마술사
오펜
뜻밖의 여행

나의 꿈에 잠기라, 낙원(上)

「어쩌긴 이럴 거다,
이 바보 자식아아아아아!」
오펜은 힘껏 소리치며
도틴을 세게 내던졌다.

「놓칠까보냐!」
방화범의 뒤를 쫓아
오펜은 내달렸다!

지진과도 같은 굉음과 함께 심한 흙먼지를 날리며
마차 몇 대가 맹렬한 속도로 다가왔다!

CONTENTS

나의 꿈에 잠기라, 낙원(上)

ORPHEN

SORCEROUS STABBER

SORCEROUS STABBER

ORPHEN

마술사

오.펜

뜻밖의 여행

애장판 6

나의 꿈에 잠기라, 낙원(上)

秋田禎信
Yoshinobu Akita

일러스트 쿠사카 유야   **번역** 김진아   **디자인** 백진화
편집 김일철   **마케팅** 김정훈   **주간** 박관형

나의 꿈에 잠기라、낙원（上）

프롤로그

"이게 어찌된 일이야?! 어찌된 일이냐고?!"

반복되는 외침——

폭발하는 열탕에 휩쓸리는 순간, 허우적거리면서 사라지는 외침이었다.

"시나! 너는 도망쳐! 배신했어——녀석이 배신했다고!"

그녀는 눈을 크게 뜬 채 그 상황을 바라보고 있었다. 아니, 보고 있다는 것은 단순히 기분상의 감각인지도 몰랐다. 무엇인가 보긴 했지만 전부 꿈속의 일인듯 도대체 뭘 봤는지는 기억하지 못했다.

"아니야?! 뭐지?! 젠장——"

아무것도 알 수 없었다. 안구 안의 무엇인가가 흔들렸다. 물의 흐름에 이리저리 휘둘리는 유리구슬처럼 흔들리다가 서서히 가라앉았다.

지옥같이 뜨거워서 숨을 들이마시는 것도 주저하게 되었다. 움직일 수가 없었다. 심장만이 격하게 약동하는 것 같았다. 가슴속 아픔마저 남의 일처럼, 그녀는 굳은 채 멀거니 서 있기만 했다.

'가슴의 고통······?'

의외의 충격을 받고 그녀는 혼자 중얼거렸다. 마구 울리는 굉음 속에서 아픔 따위 알 수도 없었다. 말하는 법도 알 수 없었다. 운명마저도, 그 어떤 것도 생각할 수 없었다.

그렇다.

그녀는 눈을 깜빡이는 것도 잊은 채 그 광경을 응시하면서——갈라진 마음에, 부서진 기억에 그것만을 새겼다. 아주 강하게, 깊게.

　——이것이 고통이다!

　격렬한 아픔. 떠나려고 하지 않는 상처. 자신이 한 짓에——하지 않은 짓에——아니, 역시 한 짓에——끊임없이 돌고 도는 후회로 그녀는 몸을 떨었다. 불길에 휩싸여 숨도 쉬지 못한 채 죽음으로 향하는 고통. 막대기로 두들겨 맞으며 변명도 할 수 없이 죽어 가는 고통. 자신의 목에 칼날이 박히면서 피부가 베이는 고통을, 미지근한 감촉을, 지금까지의 감정이 빠져나가고, 신경이 손상되고, 힘줄이 잘려나가고 뼈에 금속이 닿아 얼어붙어 버릴 것만 같은 고통을. 그 어떤 고통도 봤다. 아니, 그런 것들에 괴로워하고 버둥거리는 사람들을 보아 왔다.

　그러나 이번에 처음으로 알았다.

　이게 고통이다!

　"시나! 도망쳐! 도망쳐——"

　도망쳐. 도망쳐. 그의 말이 계속해서 이어졌다.

　"도망쳐! 도망쳐! 도망——"

　쳐. 도망쳐. 도망쳐. 도망.

　"쳐——!"

　"…………!"

　소리 없는 목소리로 그녀는 그 남자의 이름을 외쳤다. 이름을 부른 것이 아니었다. 그저 소리쳤다. 남자는 이미 너무 멀리 가버린 상태였다. 돌이킬 수 없었다. 그것만큼은 절절할 정도로 알았다.

　고통. 이게 바로 고통.

　목의 고통. 주점에서 몇 번이나 반복해서 불렀던 노래. 마지막 순간에 그걸 떠올리는 것도 고통.

"도망쳐…………!"

그 목소리를 듣는 것도 고통. 잊을 수 없는 것도 고통. 굉음 속에서 날카롭게 울리는 이명에 뇌가 비명을 내질렀다. 그것도 고통.

시나는 대성통곡을 쏟아냈다. 큰 소리를 지른 적도, 눈물을 흘린 적도 있었다. 그러나 이걸 동시에 해본 적은——그러고 보니 한 번도 없었던 듯한…….

그걸 동시에 하게 만드는 것——눈물. 시와 같은 말. 그리고 고통의 호소.

제1장 온천 없는 온천 여관

키에살히마 대륙에 이렇다 할 화산 지대가 없는 건 원래 지하 종족이었던 천인이 땅속 열기를 싫어하여 대륙 그 자체를 개조했기 때문이라고 추측하는 자도 있다.

이 대륙이 화산대 없이는 형성될 수 없는 지형을 몇 개나 품고 있다는 점이 그 주장의 근간이 되었다. 아무튼 과거, 대륙의 지배자였던 천인들이 드래곤 종족의 힘을 사용한다면 그런 지형 한두 개쯤은 창조할 수 있다는 점은 사실이나, 결국 진실은 인류의 기억에서 저 멀리 떨어진 과거에 단절되어 있을 뿐이었다.

그리고 사실 그걸로 곤란에 빠진 자가 있는 것도 아니었다.

역사를 탐구하는 것은 학자들의 크나큰 오락거리이고, 그 이상의 의미는 없다——그게 대륙에 사는 사람들의 대체적인 인식이었다.

물론 그렇게 여기지 않는 자도 있다. 당사자들. 다시 말해, 역사학자들이었다.

"이 일은 인류의 미래가 걸려 있다고 해도 과언이 아니야. 그렇게 생각하지 않나, 노사프 연구원?"

"아, 네. 그렇습니다, 콘래드 연구원장님."

험악한 산길을 천천히 따라 올라가면서 노사프는 대충 주억거렸다. 솔직히 반론하고 싶은 점도 있었지만——예를 들면, 지금 그에게 있어 역사의 해명보다도 배낭끈이 어깨에 파고들지 않도록 하는 방법을 확립하는 게 더 급한 일이라고 여겨졌기 때문이다──. 허나 그걸 말하는 것도 어른스럽지 못했다. 하다못해 방수포 재질로 된 배낭을 메는 게 현명한 일이었을지도 모른다. 어젯밤 내린 비로 축축하게 젖은 가죽 배낭은 너무나도 무거웠고, 머리가 아플 정도의 칙칙한 냄새를 뿜어내고 있었기 때문이다.

가을 산. 관광하기에 딱 좋겠지만, 그런 데 흥미도 없으면서 선선한 지상을 떠나 춥기 짝이 없는 고원 지대로 나가는 건 바보짓이었다. 이른 겨울맞이. 캐치 프레이즈로는 좋을지도 모른다. 사람은 봄에 여름을 바라고, 여름에는 가을을 기다리며, 가을에는 겨울을 그리다가 겨울에 얼어 죽는다.

"정말 좋은 일이야. 학사 측에 감사해야 할 걸세. 중대한 임무를 맡았고, 호기심을 만족시켰을 뿐만 아니라 아름다운 경치를 바라보면서 운동까지 할 수 있으니. 아, 그리고 덤으로 급여까지 받을 수 있잖나──아니, 내가 딸내미의 학비 때문에 고생을 해서 말이지."

"그러네요, 연구원장님."

노사프는 일단 동의를 표했다. 급여는 들어올 게 확실하지만, 그래 봤자 결국 덤이지 않은가.

'그거 알긴 아시죠?'

내심 빈정거리면서 노사프는 앞서가는 연구원장의 둥그런 뒷모습을 올려다보았다. 산길을 성큼성큼 걷고 있는 몸놀림은 아무리 봐도 중년의 움직임으로는 보이지 않았다. 하지만 외모는 분명 중년의 그것이었다. 따지고 보면 연구원장의 짐은 손에 든 가방 한 개뿐이고, 30대에 들어서기 직전인 노사프는 등에 거대한 배낭을 진 상태였다.

이를 비교하면 연령차에 의한 핸디캡과 더해져 서로 피장파장의 상황이리라. 그렇게 생각하면 이 중년 남자보다 먼저 다리가 덜덜 떨리는 자신을 부끄러워할 필요는 없을 지도 몰랐다.

그리고 콘래드――원망스러운 연구원장의 이름――는 기분 좋게 주변을 둘러보다가 먼곳을 보는 눈빛을 하며 말을 이었다.

"딸이 18살이 되었단 말이지."

알고 있다. 매일같이 그 얘기를 들었다.

노사프는 잔뜩 질리고 말았지만, 연구원장이 이쪽의 심경을 알아준 적은 한 번도 없었다.

"참 신기한 일이야, 노사프 연구원. 사람은 나이를 먹으면 먹을수록 돈이라는 존재의 소중함을 절실히 깨닫게 되지. 그렇지만 무엇에 돈을 쓰냐고 한다면, 그 돈의 소중함을 조금도 모르는 자를 위해서 쓴단 말이야. 딸의 진학을 위해 돈이 얼마나 드는지 아나? 나는 예복 사이즈를 고치는 것도 포기해야 한단 말일세."

살을 빼면 되잖아.

역시나 입 밖으로 꺼내지 않고 노사프가 속으로 중얼거렸다.

콘래드가 혼자서 자랑스럽게 연달아 쏟아내는 말이 들렸다.

"뭐, 예복 같은 건 아무래도 상관없지만 말이야. 문제는 담배일세. 그걸 피우지 않는 자는 그건 몸에 나쁘다, 자살 행위다, 흡연자는 비흡연자인 자신들보다 덜 떨어졌으니까 흡연을 하지 말아야 한다는 자신들의 충고를 들어야 한다. 그 말을 듣지 않는 건 흡연으로 인해 중독이 되어서 그렇다고 떠들지를 않나. 무슨 뜻인지 알겠나? 노사프 연구원."

"그러네요, 연구원장님."

사실 연달아 '흡연'이라는 단어를 남발하는 바람에 알아듣지도 못했지만, 노사프는 그냥 대충 고개만 끄덕였다. 그런데 담배. 입이 심심해졌을 때 그 이름을 들으니 더욱 짜증이 치밀어 올랐다. 배낭끈을 두 손으로 누르면서 걷고 있기 때문에 피우고 싶어도 피울 수 없는 상황이 몇 시간이 계속되고 있었던 것이다.

'하긴 어쩔 수 없지, 연구원장님도 참고 계시잖아──.'

그때였다.

콘래드가 주머니에서 종이로 만 담배를 꺼내어 태연하게 불을 붙였다. 크게 빨아들인 후──향기가 밴 연기를 뿜어냈다.

죽이자.

노사프는 조용히 그렇게 결심했다.

허나 그런 망상을 눈치채지도 못하고, 콘래드는 다시 맛있게 연기를 뿜어냈다. 만족스럽게 눈가에 주름을 잡고 싱글거리면서 덧붙였다.

"아아, 최고군──이걸 피워도 뭐라고 닦달을 하는 녀석들이 없다는 게 정말 좋아. 그건 그렇고 무슨 얘기를 하던 참이었지? 아, 맞다. 인류의 미래였지."

그런 이야기였는지 확신할 수 없었지만, 노사프는 묵묵히 고개를 끄덕였다. 부정할 이유가 없었다. 아니, 정정해 줄 의무 따위도 없었다.

"과거라는 건 시종일관, 전부 유산에 불과해. 미래의 유산이란 말이지. 문자 그대로 재산일지도 몰라. 빚일지도 모르지만. 이건 개인적인 도량과도 관계가 있다네. 젊은이는 부끄러움 그 자체를 부끄러워하지만, 어른이 되면 어린 시절에 그다지 수치를 겪지 못했던 것을 부끄러워하게 된다네. 경험이라는 과거의 유산이 축적되지 않았다는 것을 부끄러워한단 말이야. 이건 참으로 당연한 태도라고 할 수 있지. 알겠나, 노사프 연구원?"

"그러네요, 연구원장님."

"실제로 부끄러워하는 법, 수습하는 법을 알지 못하는 사람과 있으면 참으로 따분하지. 사람은 수치에 의해 위대해질 수는 없겠지만, 적어도 어엿하게 한 사람 몫을 하는 인간으로 성장할 수는 있어……. 알겠나, 노사프 연구원?"

"그러네요, 연구원장님."

"하지만 대부분의 젊은이는 결벽증이 있어. 어른이 되지 않는 한, 부끄러움이라는 것이 어떠한 것인지 전혀 알 수 없을 게야. 돈이라는 가치에 대해서도 마찬가지지. 알겠나, 노사프 연구원?"

세 번 연달아 같은 말을 하는 건 다소 좋지 않다. 그걸 깨달을 정도의 배려심은 아직 노사프에게 남아 있었다.

그러나 될 대로 되라는 심정으로 그는 고개를 끄덕였다.

"그러네요, 연구원장님."

실제로 아무래도 상관없었나 보다──콘래드는 딱히 신경을 쓰는 기색도 없이 강연 같은 장광설을 주절주절 읊어대기만 했다.

그것도 이제 슬슬 끝나가는 모양이었다. 콘래드는 이쪽을 돌아보며 확인이라도 하듯 말했다.

"……참고로 나는 딸내미의 험담을 하는 게 아닐세?"

"아, 네."

애매하게 수긍만 했다.

엄청나게 긴 산길을 끝없이 올라야 했던 몸으로는 솔직히 뭐든 다

아무래도 좋다는 식으로 여겨졌다. 노사프는 이마에서 흘러내리는 땀에 고산지대의 냉기가 스며들어 소름이 돋는 걸 느끼면서 주변을 둘러보았다. 산. 어디를 둘러보아도 산의 풍경. 레지본은 유명한 산악지대였다. 좀 더 시간이 지나야 본격적인 단풍이 들게 될 테지만, 산 곳곳에 있는 녹음에는 벌써 어두운 색이 깃들기 시작한 것 같았다. 바람은 너무나도 차가웠다. 이곳이 정말로 화산 지대였다면 고원이라고 해도 이렇게 추울 리는 없을 것이다.

"멋지군."

콘래드가──기지개를 펴면서 하품 섞인 목소리로 감탄사를 흘리는 게 들렸다. 담배는 이미 다 피웠나 보다. 휴대용 재떨이에 꽁초를 넣으면서 시원한 웃음을 지었다.

"참으로 멋지네. 이곳은 하계와는 격리된 낙원이야. 조용한 산과 숲, 기분 좋은 하늘과 바람, 웃음소리, 비명……."

…….

"응?"

"어?"

콘래드와 노사프는 기묘한 소리를 내며 시선을 교환했다. 분명 어디선가 웃음소리와 비명이 들려오는 것 같았다.

"원숭이 소리인가? 이 근방에 많다고 들었다만."

의아해하는 콘래드. 노사프는 또다시 고개를 끄덕였다.

"그런 것 같은데요."

"음……, 뭐 아무튼 서두르지. 이제 좀 지치는구먼. 그렇지 않나, 노사프 연구원?"

"그러네요, 연구원장님."

험준한 산길을 계속 오르는 통에 발바닥에서 등골까지 자꾸만 욱신거리는 아픔이 달라붙어 떨어지지를 않았다. 그는 머리를 휘저었다. 나 참, 이 산길을 누가 만들었는지는 모르겠지만 이 지역에서는 뭐라고 불리는 걸까. 멍하니 그런 생각을 했다. 그는 대충 떠오른 이름을 열거해 보았다.

천국으로 이어지는 지옥의 계단.

오르고, 오르고, 오르고, 오르는 오르막길.

The 고행의 길. 확실하게 근육통을 선물하는 길. 자신의 등골에 무한한 원한을 가진 이에게 최적인 길.

등등…….

길가에서 무엇인가를 발견하고 노사프는 바로 상념을 멈췄다.

다시 생각을 고쳐먹었다.

험준하다――라고 할 정도로 험하지는 않았을지도 모른다. 그가 발견한 것은 낡은 팻말이었다.

'생글생글 하이킹 코스 종점. 휴식처는 전방 80m에 위치한 레지본 온천향에서'

"으아하하하하하하하하하핫! 드디어 죗값을 치를 때가 왔구나, 이 빌어먹을 사채꾼! 납세는 명랑하고 신속하게다. 잽싸게 튀어 나와서 이 마스마튜리아의 투견, 볼카노 볼칸 님의 위대한 손에 들린 책받침에 문질려 죽어라!"

"끄아아아아! 살려주세요오오오!"

"핫핫핫! 이날을 얼마나 기다렸던가! 네놈과의 이 썩은 인연도 여기까지! 항상 악운 하나만으로 이 몸의 정의의 칼날에서 잘도 도망치던 네놈도 이제 끝이야! 뭐랄까, 구체적으로 설명하자면, 가늘고 길게~ 숨통을 끊어주겠다. 10초 줄 테니까 가늘고 길게 변해라!"

"끄아아아아아악!"

"…………."

웃음소리와 비명을 들으면서 오펜이 본 것은 절벽에서 가슴을 활짝 펴고 으스대고 있는 '지인(地人)'이었다. 자세히 해설을 덧붙이자면, 그 역사만으로 몇 권의 책을 쓸 수 있을 정도——다시 말해, 이 대륙의 원주민 종족들 중 하나였다. 드래곤 종족의 도래로 대륙 남단으로 쫓겨났던 그들은 지인의 자치령 이외에서 보기는 쉽지 않은 종족이었다.

체격은 인간보다 훨씬 작고 성인이 되어도 신장이 130센티미터를 넘기는 일은 드물었다. 전체적으로 다부진 체격을 갖고 있어서 땅딸막한 인상이었다. 어린이처럼 보이는 것도 그 때문일 것이다. 드래곤 종족의 힘에 의해 폐쇄된 극한의 땅, 마스마튜리아——지인의 자치령에 살고 있어서 그런지 민속 의상인 모피 망토를 두른 차림이었다.

눈앞에 있는 지인——볼카노 볼칸——은 높다랗게 웃음을 터뜨리면서 허리에 손을 대고 마음껏 뽐냈다. 허리에는 낡은 검이 매달려 있었다.

그리고——

오펜은 오른손으로 아기 고양이처럼 덜렁 들고 있는 또 한 명의 지인을 내려다보았다. 겉으로 봐서는 볼칸과 별반 다를 게 없었다. 다

만 이쪽은 두꺼운 안경을 쓰고 있고, 검은 가지고 있지 않았으며, 손발을 파닥거리며 울면서 비명을 지른다는 점에서 차이가 났다.

목덜미를 붙들려 달랑달랑 매달려 있는 지인——도틴은 계속 우는소리를 냈다.

"꺄아아아아앗?! 죽을지도 몰라아아아아?!"

"어~, 음……."

오펜은 조용히, 그저 조용히 중얼거렸다. 뭔가 한 가지 납득이 되지 않았다.

그가 몸에 걸친 옷은 전부 검은색. 즉, 온통 검은색 차림을 한 20대 남자였다. 유일하게 색이 다른 것은 이마에 두른 반다나 뿐이었다. 신체적인 특징은 딱히 없었다——아주 일반적인 검은 머리, 검은 눈동자, 중간 체격과 키, 겉으로 눈에 띄는 상처 자국도 없었다. 가슴에 매달린 은제 펜던트가 눈에 띄는 것도 그런 이유에서인지 모른다. 검에 얽힌 외다리 드래곤의 문장. 대륙 흑마술사의 최고봉 《송곳니 탑》에서 마술을 배웠다는 마술사의 증거였다. 즉, 사실상 최고의 실력을 가진 마술사라는 증명이기도 했다.

그러나 지금은 그저 멍하니 서 있기만 했다. 그는 아무것도 쥐고 있지 않은 왼손으로 머리를 벅벅 긁으면서 투덜거렸다.

"나는 좀 이해가 안 가는데……."

"헛!"

그때 갑자기 기세 좋게 소리를 지른 쪽은 물론 볼칸이었다. 그는 팔을 휘저어 비스듬하게 45도 각도의 자세를 잡으며 말했다.

"어리석고 불쌍한 자의 머리로는 다소 따라가기 어려운가 보구나——자신의 패배도 인정하지 못하다니!"

"일단 사태 파악 좀 해보자. 사건의 발단은 아까 네가 갑자기 나무 위에서 떨어지면서 검으로 베려고 했던 거잖아?"

"그렇다!"

혼신의 힘을 다해 고개를 끄덕이는 지인.

"이 몸의 완벽한 기습에 너희는 순식간에 큰 타격을 받았던 것이지."

"그렇구나. 나한테는 다람쥐 집에서 나무 열매를 훔치려고 하던 네가 어쩌다 굴러떨어진 걸로 보였다만."

"흥, 패배자의 역사에는 그렇게 적힐지도 모르겠군."

"그래서 어떻게 되었지?"

"허둥대는 네놈들을 이 마스마뷰리아의 부견의 미려한 섬을 이용해서 그 우아함과는 달리 강한 일격으로 베었다!"

"아, 지면을 데굴데굴 구르면서 열심히 버둥버둥 검을 뽑으려고 하는 사이에 그런 꿈을 꾸고 있었구나?"

"허나 영웅에게도 오산은 있는 법. 기습은 성공했지만, 뒤이은 본대의 실책에 의해 대국적으로 전황은 패색이 짙어지며——"

"호오, 간신히 일어난 네 위에 도틴이 뚝 떨어진 걸 그런 식으로 각색을 했다, 이거네."

"이 몸은 다른 자의 무능함을 저주하며 일시적으로 후퇴……."

"내 마술로 몇 번이나 새카맣게 타들어가면서도 도망쳐 다니는 그 생명력은 일단 감탄이 나온다."

"그러나! 위기를 기회로 바꾸는 것이 영웅의 일! 이 몸에게는 다소 교활하게도 전쟁터를 이 깎아지를 듯한 절벽으로 이동시켰다!"

"하긴 뭐, 깎아지를 듯한 절벽이긴 하지. 궁지에 내몰린 건 너지만……."

"거기에 나의 동생 도틴에게 화려한 죽음의 장소를 준비해 주고자 선두를 맡겼다!"

"그래, 이 녀석이 울면서 달려드니까 너무 불쌍해서 산 채로 잡았지만 말이야."

"그리고 지금! 절체절명의 네놈한테 이 몸은 관대하게도 항복 권고를 하고 있는 것이다! 항복을 하더라도 결국 링 가장자리에서 끈덕지게 버티며 죽일 거지만."

"…………."

거기서 오펜은 침묵하고 말았다. 눈을 감았다가 바로 떴다. 숨을 들이마셨다가 바로 내뱉었다. 머릿속에 스르륵 떠오른 것은 어째서인가 하는 의문뿐이었다. 어째서 이런 곳에 있는 걸까. 왜 이런 짓을 하고 있는 걸까. 왜 하늘은 넓은 걸까. 왜 우편함이 붉은 것인가는…… 그러는 편이 눈에 잘 띄니까.

이번에는 긴 숨을 토해내며——한숨이었다——오펜은 중얼거렸다.

"……그래, 대충 알겠다."

"음, 알았으면 이제 어쩔 거냐?"

"어쩌긴 이럴 거다, 이 바보 자식아아아아아아!"

오펜은 힘껏 소리치며——

도틴을 집어 들고 볼칸 쪽을 향해 세게 내던졌다.

"으갸아아아아악?!"

그게 볼칸과 도틴, 어느 쪽의 비명이었는지는 알 수 없었지만——

내던져진 도틴과 함께 볼칸은 절벽 아래로 굴러떨어졌다.

아아아아아아아아아······.

가끔 희미하게 끊기긴 했지만 비명의 여운은 계속 울려 퍼졌다.

그리고 점차 소리가 끊기는 시간이 길어지면서 이윽고 완전한 정적이 찾아왔다.

오펜은 푹하고 숨을 내쉬었다.

"······끝났다······, 모든 것이······."

"저어······."

갑자기 들린 목소리. 얼굴을 드니 어느새 근처에 소년이 서 있었다.

얼굴선이 가느다란 인상을 주는 소년이었다. 14세였던가──오펜의 기억으로는 아마 그 정도였다. 금발이 덮인 얼굴에 곤란한 웃음을 지으며 식은땀 비슷한 것을 흘리는 중이었다.

"오오, 늦었네, 매지크."

그 소년──매지크에게 말하면서 오펜은 자세를 바로잡았다. 등을 곧게 펴며 뻐근한 어깨를 이리저리 돌렸다.

검은 망토는 아무리 좋게 보아도 소년에게는 하나도 안 어울렸지만, 본인은 그다지 신경을 쓰지 않는 듯했다. 그걸 모르지는 않지만 말이다. 매지크는 한 번 고개를 끄덕였다.

"그 지인들을 쫓아가는 스승님을 따라가는 건 무리라고요. 엄청난 속도로 달려가셨잖아요, 그것도 신나게."

"아니, 그렇게 신나는 일도 아니다만······."

"클리오가 얼마나 화를 내던지. 스승님이 짐을 내던지고 그냥 가셨으니까요."

"으음."

오펜은 대충 주억거린 후, 팔짱을 끼었다. 매지크를 보며 말을 이었다.

"어느 정도 화를 낸 것 같냐?"

"어느 정도라니요?"

"어제 둘이서 정했잖아. 제멋대로 터지는 폭발녀의 위험도 단위."

"아, 그거요? 그러네요."

매지크도 마찬가지로 팔짱을 끼었다. 미간에 주름을 잡으며 잠시 고민을 했다.

"······요주의 경계 정도일까요?"

"경계라. 하지만 그 녀석의 경우는 경계 레벨에서 바로 폭발하는 경우도 있단 말이지."

"요주의 살짝 경계인데도 꽤 터지긴 하죠."

"경계가 필요하지 않다고 해도 마음을 푹 놓을 수도 없고 말이야."

"의미 없긴 하죠."

"그렇지."

오펜은 바로 인정한 후, 문득 떠오른 생각을 입 밖으로 꺼내었다. 하늘을 올려다보았다.

"왜 우리가 이런 곳에서 고생을 하고 있는 걸까."

"알 수 없네요."

"아핫핫."

"······뭘 그렇게 제멋대로 떠드는 거야?"

원래부터 새된 목소리를 잔뜩 낮추고 으르렁거리며 옆에서 나타난 사람은──.

금발을 등까지 기른 소녀였다. 등산을 위해서인지 약간 두툼한 회색 셔츠에, 평소와 같은 청바지. 셔츠는 사이즈가 꽤 큰지 옆구리 부분에 상당한 여분이 있는 것처럼 보였다. 짊어지고 있는 작은 배낭 입구에서는 부자연스럽게 기다란 금속 물체가 머리를 치켜들고 있었다. 정확히는 배낭 속에 들어간 부분보다도 노출된 부분이 더 길었다. 은색의 장려한 라인. 등을 똑바로 펴고, 기도라도 올리는 사람 같은 실루엣. 검이었다.

그러나 돌아본 오펜의 시야에 제일 먼저 들어온 것은 그녀가 아니라, 그녀의 금발 머리 위에 달랑 올라가 앉은 검은 강아지 같은 생물체였다. '같은'이라고 표현할 만큼, 문자 그대로 이 생물은 강아지가 아니었다.

하임 하고 입을 크게 벌리며 하품을 하는 생물 아래에서 소녀──클리오는 입술을 비죽이며 말했다.

"내가 언제 이유도 없이 화내고 그런 적 있어?!"

"그러냐?"

오펜은 매지크와 시선을 교환하며 고개를 갸웃거렸다. 매지크는 일단 휘말리기 싫은지 얼른 눈길을 돌리고 무표정을 일관했다.

그러자 둘 사이로 클리오가 몸을 비집고 들어왔다. 그녀는 매지크를 밀치고 자리를 확보한 다음, 몸을 쭉 펴며 이쪽의 눈을 들여다보았다.

"그게 무슨 뜻이야?"

"그런 의미인데 뭐."

"불같은 성질머리로 따지자면 오펜이 더 심하잖아!"

"내 성질 어디가 불같다는 거냐?!"

"아! 봐, 그렇게 바로 사람 목이나 조르고! 물어 뜯어버린다?! 확

물어뜯을 거야?!"

"저어—······."

옆에서 조심스럽게 손을 내미는 매지크를 향해 클리오가 잽싸게 얼굴을 돌렸다. 와락 얼굴을 구기며 말했다.

"끼리끼리 논다고 말하면 한 대 패줄 거야."

"윽······, 입 다물고 있을게."

매지크가 도망이라도 치는 것처럼 뒷걸음질을 쳤다.

오펜은 탄식하며 클리오에게서 손을 뗐다. 고지대의 공기는 역시 싸늘했다. 갑자기 불어 닥친 바람에 움츠러드는 몸을 자기 손으로 끌어안으며 그는 몸을 부르르 떨며 중얼거렸다.

"······그러고 보니 망토도 짐 꾸러미 속에 있었지."

살짝 후회했다. 처음부터 입고 있으면 좋았을걸.

의기양양하게 클리오가 참견했다.

"그럼 빨리 가지러 가야 하잖아."

"네가 가지고만 왔어도 이렇게 귀찮은 일은 없었을 텐데."

"나는 내 걸 가지고 왔는걸 뭐."

그러면서 더욱 가슴을 활짝 피며 그녀는 말했다. 작은 배낭과 머리 위의 강아지(같은) 것을 가리키며 어째서인지 자랑스러운 표정을 지어 보였다. 사실 이 산길로 들어서면서 그녀가 가지고 온 건 이게 전부였다——짐의 대부분 중, 부피가 큰 것은 모두 산기슭에 위치한 마을에 맡겨 놓았다. 그건 오펜도 마찬가지였으나 그 지인들을 발견하고서 가방 하나를 길바닥에 내던지고 왔던 것이다.

"나 참, 그 녀석들이랑 만나면 어떻게 제대로 되는 일이 없냐. 다시 돌아가야 하니까 이거 완전 괜한 걸음만 한 거잖아."

"……절벽 아래로 내던져버렸으면서도 또 불평을 하시네요……."

매지크의 지적은 무시하고, 오펜은 투덜거리면서 주변을 둘러보았다. 그들이 있는 곳은 산 속, 산길에서 조금 벗어난 곳에 있는, 우뚝 솟은 절벽 위였다. 전망은 좋았지만, 절벽 아래에서 불어 올라오는 바람이 체온을 심하게 빼앗았다.

닭살이 돋는 팔을 쓸면서 오펜은 원래 걷던 산길로 돌아가기 위해 걸음을 내디뎠다. 이 주변에는 사람의 손길이 닿아서 그런지, 길목을 벗어나도 짐승길인 듯한 가느다란 오솔길이 몇 개나 나 있는 모양이었다. 그중 하나를 따라 걸었다.

총총히 쫓아온 클리오가 물었다.

"하지만 조금만 더 가면 되지 않아? 온천."

"아마도. 이 지도대로 길이 나 있다면, 이제 5분도 채 안 걸리지 않을까."

"꽤 올라오긴 했어. 하긴 어쩔 수 없었지. 합승마차를 이용할 돈이 없었으니까 말이야."

이제 기분이 좀 나아졌는지 클리오가 미소를 지었다. 작은 배낭의 끈을 붙잡고, 종종걸음으로 오펜을 앞질러 나아갔다. 세 걸음 정도 앞선 곳에서 그녀는 어깨 너머로 이쪽을 돌아보았다. 작은 배낭에서 튀어나온 검이 흔들렸다.

"그런데 여관 이름이 뭐라고 했지? 오펜이 골랐잖아?"

"아아, 뭐라고 했더라……. 음, 미묘하게 모순된 이름이었는데……. 맞다."

오펜은 두 손을 뒤통수에 댄 채 기억을 더듬다가——말했다.

"펜션 '숲의 나뭇가지'였던가."

"온천이 딸린 여관이라니 어쩐지 좋다. 나, 그런 거 처음이야."

그녀의 기분이 좋아진 이유는 단순히 그게 원인인 듯했다. 머리 위에 달라붙어 있는 검은 강아지를 톡톡 두드렸다.

"레키도 분명 처음이겠지? 얘가 뜨거운 물에 들어가도 괜찮을까?"

"글쎄다. 온천같이 특이한 게 펜릴의 숲에 있을 것 같지는 않은데 말이지."

오펜은 의심스럽다는 듯 신음한 후, 클리오의 손이 도닿일 때마다 눈을 떴다 감았다 하는 그 생물——레키를 쳐다보았다. 특히 그 눈을. 한 쌍의 동그란 눈. 녹색 눈동자. 지상 최강의 마술을 다룰 수 있는 생물군, 소위 드래곤 종족의 증거인 녹색 눈동자였다.

심연의 숲 늑대. 딥 드래곤이라고 불린다. 이 레키는 그 새끼였다. 물론 다 자라게 되면 몸길이가 4, 5미터나 될 것을 고려하면, 레키는 갓난아기라고 보는 게 맞을지도 몰랐다. 딥 드래곤의 생태에 대해서는 오펜도 잘 몰랐지만 말이다. 그보다 드래곤 내에서도 최강 중 하나라고 하는 이 종족의 생태는, 인류에게 있어 미지의 영역이라고 해도 과언이 아니었다.

"저도 처음이에요. 땅속에서 뜨거운 물이 나온다죠?"

클리오를 따라잡기라도 하듯 종종거리며 빠르게 따라오던 매지크가 옆에서 말했다. 오펜은 발걸음을 멈추지 않고 어깨를 으쓱했다.

"나도 처음인걸 뭐. 전부터 소문은 들어서 가고 싶었거든……. '탑'에 있던 녀석들은 어째서인지 다들 우습게 여기던 것 같았지만. 정말 왜 그랬던 걸까."

"동부라서 그런 게 아닐까요?"

"……그럴지도."

짐작이 갔는지 오펜은 고개를 끄덕였다.

클리오가 어리둥절하게 눈을 깜빡거렸다.

"그게 무슨 뜻이야?"

"아아, 일반적으로 대륙 서부의 사람들은 동부를 정체를 알 수 없는 미개척지로 인식하고 있고……. 동부 사람들은 서부를 마술이 지배하는 공포의 변경 지역으로 알고 있어."

"……그런 극단적인 생각을 하는 사람이 있어?"

상당히 의심스럽다는 듯 미간을 좁히는 클리오. 오펜은 입매를 일그러뜨렸다. 쓴웃음이 튀어나오려는 걸 간신히 참고, 궁금증으로 가득한 소녀에게 대답해 주었다.

"그거야 너같이 토토칸타에 사는 양갓집 아가씨는 왕도의 근대 시설에 대해서 들은 적이 있겠지만, 도시 이외의 지역은 그런 정보로부터 완전히 차단되어 있어. 백 년 전부터 새로운 정보가 들어오지 않는 변두리 마을에서 살면 인식도 백 년 전 그대로야. 타프렘 시는 어떤 의미에서 보면 서부에서 가장 귀가 밝은 마을일지도 모르겠지만……. 의외로 그곳도 정보 수준은 뻔해. 마술사도 항상 동부와 서부를 왕래하는 것도 아니고 말이야."

"어째서?"

"북쪽은 킴라크 교회, 중앙은 펜릴의 숲, 남쪽은 마스마튜리아――――동부와 서부는 단절되어 있으니까. 바닷길 이외에는 길이 없어. 서로의 정보가 너무 적으니까 편견이 생기는 것도 어쩔 수 없지."

그러자――문득 생각났다는 듯 또 매지크가 끼어들었다.

"하지만 스승님은 동부에도 와보신 적 있죠?"

오펜은 매지크 쪽으로 몸을 돌리고, 잠시 망설였다가──애매하게 고개만 끄덕였다.

"뭐…… 일단은. 한 번뿐이지만. 그런데 그때는 여러 사정이 있어서 천천히 관광을 할 때가 아니었어."

"왜요?"

"나도 5년 전에는 문제덩어리라고 소문이 자자한 상태로 왕도에 들어갔으니까, 궁정 마술사들의 감시가──"

그렇게 말하는 와중에 산길로 나왔다.

물론 포장이 된 길은 아니었지만, 땅이 단단히 다져져 상당히 걷기가 쉬웠다. 마차도 다닐 수 있게 하려고 그런 건지 길의 폭도 꽤 넓었다.

산의 공기. 숲의 향기가 오감을 씻겨 주었다. 탁 트인 하늘이 저 멀리 높다랗게 펼쳐져 있었다. 구름은 얇게 퍼져 흐르고, 소리 없는 바람이 불었다. 그렇게 좋은 풍경 속…….

"어라?"

오펜은 눈을 껌벅거렸다. 원래 가고 있었던 산길. 그건 확실했다.

길가에 나뭇가지가 떨어져 있는 게 눈에 들어왔다. 바로 근처의 나무에서 부러져 떨어진 것이었다. 이와 동시에 지인이 땅에 떨어지는 통에 결국 소란이 일어나게 된 것이지만…….

"짐이…….."

마찬가지로 어안이 벙벙한 목소리로 중얼거리는 매지크의 목소리가 들려왔다.

길 한복판에 내던져 놓았던 짐. 낡은 가방 하나──산기슭의 마을에서 산 싸구려였다.

그 가방이 사라지고 없었다.

"차가운 이 산에 묻어서는 안 돼. 당신의 주검을 묻어서는 안돼……."

엘리스 쇼스키는 항상 그렇듯 입으로 노래를 흥얼거리면서 홀 중앙에 놓여 있는 입체 지도를 바라보는 중이었다. 아무 일도 하기 싫을 때는 이곳에 있는 게 제일이다.

"너에게 이 손가락을 줄게. 차가운 피부 아래에서 따듯한 피가 흐르는 길 믿으며……."

"뭐니, 그 노래는."

뒤에서 들려오는 물음에 돌아보지도 않고 대답했다.

"예전에 엄마가 자주 불렀잖아……. 이 가사가 아니야?"

"그런 시체가 나오고 피비린내가 나는 노래가 주점에서 먹힐 리가 없지 않니. 정말 넌 몇 살이 되어도 바보로구나."

엘리스는 거기에는 대답하지 않고 조용히 탄식했다. 납득이 가지 않아서가 아니었다——음울하게 그렇게 인정했다. 그렇다. 자신은 분명 바보다.

항상 청결하게 유지한 앞치마가 그녀의 자랑이었다. 홀에서 가장 좋은 소파에 앉아서 그 앞치마를 손으로 쓰다듬었다.

지도는 말할 것도 없이, 이 주변 일대 지형을 표현한 것으로——점토와 흙, 나무 세공으로 만든 모형이었다. 레지본 산맥이라고 불리는 고지를 대략적으로 본뜬 모양새였다. 누가 만들었는지 엘리스는 몰랐다. 아마도 아버지가 아닐까 추측했다. 누구에게도 물어보지 않았기 때문에 정확히는 알 수 없지만 말이다.

후우, 하고 숨을 내쉬고 일어났다. 눈 안쪽에는 가벼운 권태감. 현기증이 날 정도로 강한 건 아니었지만, 아주 잠깐 의식이 몸에서 멀어졌다. 그 짧은 순간에 그녀는 몸에서 먼저 일어난 의식이 자신을 내려다보고 있는 착각을 맛보았다. 스스로도 조바심이 날 정도의 완만한 움직임. 민첩해지길 바라는 건 아니었지만, 굼뜬 행동으로 어쩐지 손해를 보고 있는 게 아닐까 하는 복잡한 마음이 들었다.

20세가 된 자신의 육체. 딱히 특별한 것도 없다——태어날 때부터 그녀와 함께 존재하면서 20년의 세월이 지난 자신의 몸. 쇄골이 너무 도드라지는 게 고민이라고 친구에게 말했더니 비웃음만 샀다. 그런 게 신경이 쓰이면 숨기면 되잖아. 그걸로 해결이 되는데 그게 무슨 큰 고민이야. 그런 소리만 들었다. 하긴 그렇긴 했다.

아아, 짜증나.

세 갈래로 땋아 뒤로 넘긴 머리칼이 등 뒤를 가볍게 때리는 듯 흔들리는 게 느껴졌다. 그녀는 자신의 어머니 쪽을 돌아보았다. 자신보다 훨씬 키가 작은 어머니. 완전히 흰머리가 많아진 어머니를 엘리스는 정확히 3초 정도 바라보았다. 어머니는 그걸 알아차리지도 못한 채 빗자루를 들고 묵묵히 바닥을 쓸기만 했다.

"청소하는 거야?"

엘리스는 별 뜻 없이 그렇게 물었다. 어머니는 얼굴을 들고 냉담하게 답했다.

"오늘은 오랜만에 손님이 오니까 말이다."

"돈을 얼마나 낼까……."

초조한 듯 콧김을 내뿜으며 엘리스는 머리를 내저었다. 허리에 손을 대고 어머니를 내려다보았다.

어머니는 아무 대답도 하지 않았다. 그저 빗자루를 열심히 움직일 뿐이었다.

입술을 깨물며 엘리스는 신음했다.

"돈 좀 있는 손님은 전부 로츠 쪽으로 가잖아."

"불평만 하지 마라. 이제 슬슬 손님맞이 준비를 할 시간이지 않니?"

이제야 대답을 해주나 싶었더니 그런 말이나——

이제 와서 새삼 분노를 느낄 것도 없지만 엘리스의 낙담은 더욱 깊어졌다. 그러나——그런 기분을 겉으로 드러낸다고 상황이 변하는 것도 아니었다.

"알고 있어."

그때였다——

어떤 예감이 들어 그녀는 뒤를 돌아보았다. 홀의 가장 큰 창문을 통해 숲과 길, 그리고 여관의 현관이 보였다.

평소에는 인적도 드문——엘리스도 쓸쓸하게 인정한 바다——여관을 향해 남자 두 명이 다가오고 있었다. 한 명은 아타셰케이스를 든 남자로, 다크 슈트 차림에 키가 컸다. 또 한 명은 생기 하나 없는 눈빛을 한, 초라한 남자였다. 이쪽은 등산복을 입었는데, 더러워진 옷을 보니 산나물 채취라도 하라고 시켰던 것일까.

"저 인간들이 또 왔어."

엘리스는 어금니를 꽉 깨물며 욕설을 내뱉었다. 앞치마 앞을 두 손으로 꽉 쥐었다. 뭉쳐진 천이 몸을 살짝 조였다.

"몇 번 와도 상관없다."

어머니는 작게 중얼거렸다.

이번에는 엘리스가 말을 무시하고 홀을 나갔다. 홀 바깥은 바로 현관으로 이어져 있는 구조였다. 엘리스는 먼지 한 톨 떨어져 있지 않은 현관──어머니가 이제 막 청소를 마쳤나 보다──을 둘러본 후, 우산꽂이에 항상 상비해 놓은 스틱 볼의 나무 스틱을 발견하고 그걸 꺼내들었다. 굳은 표정으로 가만히 기다렸다.

노크.

그녀는 떨리는 숨을 내뱉었다. 어깨가 부들거렸다. 지문을 찍어 넣기라도 할 기세로 부드러운 곡선을 그리는 스틱을 꽉 쥐고 앞으로 한 발자국 내디뎠다.

그녀는 각오를 하고 문을 열었다. 예상했던 대로 얼굴이 두 개, 문 바깥에 나란히 있었다.

"어이, 안녕들 하신가."

다크 슈트의 남자가 예의 바른 웃음을 지으며 머리를 숙였다. 그 뒤에 있는 또 한 명, 상당히 젊은 등산복 차림의 남자 쪽은 눈을 반쯤 감은 표정으로 인사도 제대로 하지 않고 여관 안을 빤히 둘러보기만 했다.

침이라도 뱉고 싶었지만, 엘리스는 간신히 눌러 참았다. 속으로 자신의 상황을 저주했다──집 안만 아니었더라면.

"또 왔어요? 정말 집요하네요."

그녀는 가급적 날카롭게 대꾸하며, 가능한 가슴을 당당하게 폈다.

"몇 번을 와도 대답은 똑같아요."

"그래도 다른 답변을 받아오지 않으면 우리 보스가 인정을 안 해

주신단 말이지."

"댁들 보스 따위는 엿이나 먹으라고 해요."

담담하게 말하는 다크 슈트의 남자에게 그녀는 세차게 되받아쳤다. 발은 떨리지 않았고, 목소리에도 두려움의 빛은 없었다——그녀는 그걸 자각하며 안심했다. 앞으로 5분은 더 버틸 수 있겠어. 하느님, 감사합니다.

"이 계집이 적당히 좀——"

"너는 나서지 마라."

불쑥 끼어든 남자를 다크 슈트의 남자가 손을 뒤로 돌려 제지했다. 다크 슈트는 어이가 없다는 듯 눈썹을 치켜세웠다.

"서로에게 나쁜 얘기는 아니라고 보는데……."

"얘기라면 몇 번이나 들었잖아요. 그리고 몇 번이나 거절했고요. 댁들 로츠 쪽이 원하는 대로 뭐든 다 들어 줄 거라고 생각하면 오산이에요."

"우리 보스는——"

"실례하겠는데."

그때——

갑자기 누군가가 대화에 끼어들어서 엘리스는 목까지 튀어나오려던 말을 가슴 속으로 삼켰다. 살펴보니 바로 옆, 그러니까 현관 안쪽에서는 잘 보이지 않는 곳에 뚱뚱한 중년 남자가 이쪽을 들여다보고 있는 중이었다. 남자의 난입은 다크 슈트 일행한테도 예상치 못한 일이었는지 그들 역시 멍하니 눈만 휘둥그렇게 뜰 뿐이었다.

순간 무슨 일인지 이해를 못하다가——엘리스는 이제야 기억을 해냈다. 오늘은 손님이 오기로 한 날이었다. 좀처럼 있는 일이 아니었기에 쉽게 떠올리지 못했지만.

멍하게 있는 사이에도 그 뚱뚱한 남자는 느긋한 움직임으로 현관 안으로 들어가려고 했다. 그 남자한테 악의는 없었겠지만, 당연히 다크 슈트 일행을 밀치는 꼴이 되었다.

그는 싱긋 웃었다.

"여기가 숲의 나뭇가지인가? 나는 콘래드──예약을 했는데 말이지."

"아……, 네. 한 분이세요?"

엘리스는 허둥거리며 고개를 끄덕였다. 그 남자──콘래드라는 사람의 짐을 받으려고 손을 내밀려다가, 그 손에 쥐고 있던 스틱을 보고 얼른 등 뒤로 감추었다. 그러나가 그 남자가 짐을 가시고 있지 않다는 것을 알아차렸다. 그러자 이번에는 추레해 보이는 젊은이가 느릿하게 나타났다. 이쪽은 엄청나게 큰 배낭을 짊어진 채, 어깨를 헐떡이며 숨을 내쉬었다. 선선한 날씨인데도 땀범벅이 되었고 안색도 흙빛이었다.

"이 사람도 같이. 이쪽은 노사프일세. 내 조수지."

콘래드는 자신의 배를 문지르면서 그 젊은이를 그렇게 소개했다. 어떻게 대답하면 좋을지 몰라 일단 고개를 끄덕거렸다. 흘끗 보니까──다크 슈트 일행은 벌써 이쪽을 등지고 물러가던 참이었다. 하긴 관광객들이 있는 앞에서 싸움질을 할 정도로 바보가 아니라는 걸 알고 있긴 했지만.

"방은 어디지? 서두르는 건 아닌데, 노사프가 체력이 거의 한계에 다다른 것 같아서 말이야──"

"아, 네, 죄송합니다……. 저어, 짐을 좀 들어드릴까요?"

말은 그렇게 했지만, 엘리스는 노사프라는 사람이 짊어지고 있는 배낭을 자신이 옮길 수 있을 리가 없다는 건 잘 알았다. 콘래드가 명랑하게 웃었다.

"하하하, 아닐세. 노사프는 기자재를 옮기는 일에도 봉급을 받고 있거든. 그렇지 않나, 노사프 연구원?"

"그러네요……, 연구원장님……."

어쩐지——뭐라고 해야 할까——조심스럽게 표현하자면, 지금 당장이라도 죽이고 싶은 듯한 어두운 눈초리를 보내며 노사프는 콘래드를 향해 신음조로 대답했다.

엘리스는 활짝 웃으면서 확실히 이해했다.

'역시…… 돈이 있는 것 같지는 않구나.'

차가운 이 산에 묻어서는 안 돼.

당신의 주검을 묻어서는 안 돼.

돈을 가진 손님은 안 온다. 올 리가 없다——온천도 없는 온천 여관에.

제2장   돈 한 푼 없는 손님

"이게 어찌된 일이야?!"

오펜은 열심히 주변을 두리번거리며 외쳤다. 인적 하나 없는 산길.

"없어, 없어, 없다고?! 여기에도 없고, 저쪽에도 없고, 아무튼 아무데도 없잖아!"

허둥거리면서 이쪽저쪽에 있는 풀숲, 나무 그늘, 커다란 바위 뒤까지 들여다보았다.

근처에 멀거니 서서 매지크와 클리오가 느긋하게 외치는 소리가 들렸다──

"저어, 스승님."

"오펜, 이제 가방 따위는 포기하고 얼른 갈 길이나 가자."

"너희들 바보냐?!"

오펜은 펄쩍 뛰어오르기라도 할 듯 얼굴을 들고 두 손을 덜덜 떨었다.

"여관비까지 해서 돈이란 돈은 다 그 가방에 있었다고?! 여관에 도착해봤자 노숙을 할 판이잖아!"

"네에?!"

"어, 없어, 없잖아?! 여기에도 없고, 저쪽에도 없고, 아무튼 아무데도 없네!"

"……알면 됐다."

몇 번이고 자신처럼 파닥파닥 난리를 치는 두 사람을 보고 만족해하며, 오펜은 머리를 끄덕였다. 어쩐지 슬퍼지기도 했지만.

고개를 갸웃거리며 끙끙거렸다.

"그런데 이게 어찌된 일이지? 가방이 바람에 날려 어디로 굴러갈 리도 없고⋯⋯. 그렇다면 누가 가지고 갔다는 뜻인데."

"지나가는 사람이 분실물인 줄 알고 들고 간 게 아닐까요?"

되묻는 매지크에게 오펜은 수긍했다. 일반적으로 따져보면 그럴 것이다.

"그렇겠네."

그렇게 중얼거리고, 산길의 좌우를——그러니까 오르막과 내리막을 교대로 살펴보았다.

"선의로 주었든 아니든 간에 가방을 주운 사람은 산을 올라가기 아니면 내려가기겠지⋯⋯."

"그럼 올라가자."

클리오가 옆에서 얼굴을 쏙 들이밀었다.

"어느 쪽인지 모르는데다, 이미 여기까지 올라왔는데 다시 내려가는 건 어쩐지 손해 보는 것 같단 말이야."

"⋯⋯하긴 그렇긴 하네."

오펜은 뺨을 긁적이면서 전방의 산길을 올려다보았다——

레지본 산맥이라고 불리는 고지. 산기슭 들판에 위치한 내시워터는 교회 관리구역 바로 남쪽에 자리한다.

별 다른 특징도 없는 그 중간 규모의 마을에서 레지본 고지를 향해 이 산길이 나 있다. 그 끝에는 대륙 동부에서도 유명한 온천 마을이 기다리고 있을 터였다.

바람이 쓸고 지나갔다.

안 그래도 추운 바람이 한산한 마을을 지나니 더욱 얼어붙는 건 도대체 어찌된 영문일까. 그 신비한 현상은 기이하기도 했지만, 굳이 쫓아가서 알아내야 할 필요는 없을 성 싶었다. 직관적으로 마음에 스며드는 냉기에 몸의 심지부터 싸늘해졌다.

고지의 하늘은 아름다웠다. 덧붙여 말하자면, 마을 그 자체도 멋졌다. 활짝 펼쳐진 청색과 백색의 천공. 바람은 꼬리라도 길게 끄는 것처럼 불어와 하늘과 마을을 뒤섞었다. 부드럽고 차가운 바람의 손길은 모든 이들의 살결을 쓰다듬어 주었다.

오펜은 몸을 부르르 떨었다.

"어, 음……."

곤란해서 의미도 없는 중얼거림이 흘러나왔다.

살펴보니 매지크와 클리오 두 사람도 눈이 점이 되어 멍하게 서 있었다. 축 늘어뜨린 팔이 그 모든 감정을 설명해주고 있는 듯했다.

마침내 말문을 연 이는 매지크였다.

"스승님……."

그 웅얼거림에 아무 의미도 없었던 건 자신과 마찬가지였다. 그 뒤를 잇듯 클리오가 이쪽으로 시선을 던졌다.

그녀는 조심스럽게 물었다.

"오펜……, 여기 고스트 타운 아니야?"

"……그럴 리가 있겠냐."

마음에도 없는 소리를 하며 오펜은 다시 마을 쪽을 쳐다보았다.

그들이 서 있는 곳은 산길의 정점──그러니까 마을의 입구였다. 마을 주변에 울타리가 있는 건 아니었지만, 마을과 그 부근은 명확히 단절된 채였다. 마을은 숲에 둘러싸여 있었던 것이다. 높은 건물들이 이곳저곳에 서 있어서 마을은 숲보다 더 높게 솟아올라 있었고, 압도적일 정도로 넓게 퍼진 숲에 비해 결코 지지 않는 위용을 자랑했다. 다만 그것만 따진다면 승리라고 할 수도 있겠다.

마을은 완만하게 펼쳐져서, 가파르지 않은 사면에 넓게 자리를 잡고 있는 형태였다. 건물은 오래된 것도, 새로운 것도 있어 그야말로 관광지의 거리 같은 분위기를 풍겼다. 길은 넓고 경관도 좋았다. 곳곳에 길 안내판이 세워져 있어, 저쪽은 온천 여관, 이쪽은 온천 여관, 저 너머도, 그 너머도 역시 온천 여관이라고 시끄러울 정도로 주장을 해댔다. 입구 바로 근처에는 파출소 같은 작은 지붕이 얹힌 건물이 있었으나──아무도 없었다. 아마도 마을 전체에 사람이 하나도 없는 것처럼 보인 것도 그 때문이리라. 반드시 사람이 있어야 할 장소가 텅 비어 있으니 김빠지는 느낌이었다.

실제로도 마을은 텅 빈 것처럼 보였다.

바람이 차가워서 그런 것일지도 모르지만, 넓은 길에는 사람 그림자 하나 없었다. 그저 바람이 지나가는 길로 변했을 뿐이었다.

"온천은 하나도 안 보이는데."

이리저리 두리번거리는 클리오. 오펜은 어깨를 으쓱했다.

"그거야 바깥에서 다 보이면 안 좋지 않겠냐. 건물 안에 있는 거 아니야?"

"노천 온천 같은 걸 기대해서 수영복도 샀는데 말이야."

수영복을 입고 목욕하는 것도 이상했지만, 그건 굳이 언급하지 않았다.

그 대신에 오펜은 마을 안으로 발을 들였다. 이제껏 계속 걸었던

산길과는 달리 제대로 포장이 된 길이었다. 포장이라고 해도 아스팔트가 아니라 튼실하게 깔린 돌판이었다——여기까지 기자재를 옮기기 어렵다는 이유도 있겠지만, 오히려 마을 경관을 더 좋게 보이기 위한 노력에 가까우리라.

그때——문득 뭔가를 알아차리고, 오펜이 발을 멈췄다.

"수영복을 샀다고? 너, 돈이 있었어?"

"아, 오펜, 봐봐. 레키는 꼬리를 잡으면 뒷발로 선다?"

그렇게 말하며 그녀는 레키——소녀의 머리 위에서 잠을 자고 있는 작은 강아지의 이름인데——의 꼬리를 살짝 잡아당겼다. 그러자 눈을 동그랗게 뜨면서 놀란 강아지가 팔딱 섰다. 그러나 그런 건 신경도 쓰지 않고 오펜은 그녀의 얼굴을 들여다보았다.

"……얼버무리고 넘어갈 셈이야? 내 지갑을 마음대로 꺼내가는 건 그만하라고 몇 번이나 말했잖아?"

클리오의 푸른 눈동자를 잔뜩 노려보면서——말했다. 그러나 그녀는 태연하게 당연하다는 듯 말했다.

"뭐 어때."

"뭐 어떠냐니?! 지갑을 턱 열었을 때 내용물이 줄어 있으면 얼마나 허무한지 네가 아냐?!"

그 순간——

클리오의 표정이 살짝 변했다. 그녀는 입술을 비죽이며 가슴 앞에 주먹을 꼭 쥐었다. 떼라도 쓰는 것처럼 그 주먹을 위아래로 흔들며, 그리고 진짜로 떼를 써댔다.

"오펜이 용돈도 안 주잖아!"

"왜 내가 너희한테 용돈을 줘야 하냐!"

"그럼 누가 줄 건데!"

"내가 아냐! 자기 건 자기가 벌어!"

"우우— 우우— 우우— 우우—"

엄지손가락을 아래로 향하며 야유하는 그녀를 그냥 내버려두기로 하고, 오펜은 다시 마을 쪽으로 몸을 돌렸다.

매지크가 이곳저곳을 둘러보는 중이었다. 오펜이 쳐다보니 매지크도 알아차렸는지 이쪽을 향했다. 작은 어깨를 떨구며 소년은 조용하게 입을 열었다.

"어쩐지…… 분위기가 영 썰렁하네요. 관광지라면 누구 한 사람이라도 길에 돌아다녀야 할 텐데……."

"그러게——어쩐지 전염병으로 전멸한 섯 같은 분위기네."

"그런 찜찜한 소리는 하지 마."

오싹하다는 듯이 뒤로 물러서는 클리오, 오펜은 한숨을 쉰 후, 다시 마을을 바라보았다. 좌우로 눈길을 주어 역시나 아무도 없는 온천가를 살폈다. 없는 건 그저 없을 뿐이었다.

하는 수 없이 오펜은 시선을 들었다. 하늘. 태양은 이제 막 절정을 맞이한 참이었다.

"점심때네. 아무리 봐도 사람이 없을 시간대가 아닌데."

그렇게 중얼거린 순간이었다——

공기 속으로 묵직한 진동이 퍼졌다. 진동은 귓속에 고일 정도로 둔탁하게 울려 퍼졌다. 두둥, 두둥, 두둥, 두둥…….

"……경보?"

갑자기 들려온 종소리에 오펜은 얼굴을 찡그렸다. 종소리의 발생원이 어디인지는 모르겠으나, 마을 어딘가에 있는 건 틀림없었다.

종소리는 계속 이어졌다.

"……이게 뭐야? 무슨 일이야?"

깜짝 놀란 표정으로——그러나 어쩐지 즐거운 듯——클리오가 어깨에서 작은 배낭을 내리고, 지퍼 입구 바깥으로 툭 튀어 나와 있는 검 손잡이를 꽉 잡는 것이 보였다.

"잠깐."

오펜은 황급히 검을 꺼내기 직전의 손을 저지했다. 의외라는 눈빛으로 클리오가 되물었다.

"왜?"

"날붙이를 이유도 없이 뽑지 마!"

"어째서. 이유가 없긴 왜 없어. 경보가 울렸는걸."

마지못해 검에서 손을 떼고 클리오는 주변을 아무 곳이나 가리켰다.

"그리고 어쩐지 마을 상태도 이상하잖아. 분명 위험한 걸 거야. 몸을 지키지 않으면 큰일이겠는 걸 ♪"

"왜 '♪'가 붙는 거냐, 왜."

속 편하게 손을 짝 맞부딪치며 말하는 클리오에게 오펜은 게슴츠레한 의심의 눈초리를 보내며 대답했다. 일단 클리오의 검이 들어가 있는 배낭은 이쪽이 맡기로 하고 어깨에 메었다.

"나 참, 무슨 일만 있으면 이유를 붙여서 검이나 뽑아 들기나 하고. 이런 백주 대낮에 길거리에서 검을 꺼내 들고 다니면 긴급 체포되어도 불평 못하거든?"

"체포는 무슨. 나쁜 짓도 안 했는데."

"날붙이를 들고 걸어 다니기만 해도 범죄라고!"

오펜은 버럭 고함을 친 후, 머리를 감싸 쥐었다.

"아아아아……, 누구든 좋고, 어떤 방법이라도 괜찮으니까 나 좀 구해 줘……."

"오펜, 무슨 고민이라도 있나 보네. 내가 들어 줄까?"

"클리오……. 그 이상 말하면 스승님이 우실지도 모르니까 그만두는 게 좋을 것 같아."

나직이 대화하는 두 사람의 목소리를 귀에서 몰아내고, 머리를 누른 손바닥 사이에서 오펜은 힘없이 고개를 내저었다.

"우으으, 왜 이런 쓸데없는 걸로 고생을 하지 않으면 안 되냐고……."

"뭐라고 궁얼거리고 있어."

이쪽을 손가락으로 가리키며——보고 있지 않아서 잘 모르겠지만, 아마도 그럴 것이다——, 클리오가 말했다. 오펜은 무시하고 말을 이었다.

"그 복너구리 놈들은 여전히 빚을 갚으려고 하지도 않고——아니, 아예 갚을 가능성조차 보이지 않아. 너무 가능성이 없어서 나도 어쩐지 요즘 그 녀석들의 얼굴을 봐도 '빚'이라는 단어가 안 떠오를 정도야."

"요즘은 말보다도 먼저 물리적 공격이 날아가는 것 같으니까요."

그렇게 팔짱을 끼며——이것도 알 수는 없지만 분명 그럴 것이다——매지크가 말했다. 이것도 역시 무시.

"어디의 바보 계집애는 머리 위에 앉은 꼬맹이 동물 때문에 온 동네를 초토화할 정도의 화력을 손에 넣은 후로 더욱 폭주에 박차가 가해졌고."

"누가 폭주에 박차가 가해졌다는 거야?"

"어디의 바보 제자는 쓸데없이 공부 의욕은 넘치면서, 그런 것치고는 조금도 실력이 안 늘잖아. 돌봐야 할 시간이 늘어난 만큼 내 손해잖아. 어차피 버그업이 부쳐 주는 월사금이 늘어나는 것도 아닌데."

"으……, 실력이 안 느는 건 인정하지만. 스승님이 그다지 연습을 도와주시지도 않잖아요."

"이거 은근 불행하잖아!"

오펜은 외치면서 고개를 들었다. 휙 돌아 두 사람을 쳐다보며, 순서대로 척척 손가락으로 가리켰다.

"너희들이 불행의 원인이야! 무슨 일만 생기면 나를 귀찮게 하고! 아, 뭐랄까 좀 지나가는 비처럼 아무것도 안 남기고 싹 지나가 주면 안 되냐?!"

"갑자기 무슨 뜬금없는 비유래?"

"그런 의문이나 갖지 말고 하다못해 사고를 치지 않도록 자제나 하라고! 날붙이도, 검은 악마의 암흑마술도 금지다!"

클리오의 머리 위에 있는 검은 악마——레키를 가리키며 버럭 소리쳤다. 코를 쿵쿵거리는 레키에게서 손가락을 치우며 선언했다.

"그래, 정했어! 나는 이제 묘한 일에는 끼어들지 않을 테니까! 너희들 뒤치다꺼리도 포함해서! 그러니까 나는 지금부터 흑마술사도 아니고, 무허가 사채업자도 아니야! 인생 보드에 트러블이라는 핀이 꽂힐 일이 없는 아주 평범한 일반 시민이 될 거다!"

"자꾸만 비유를 드네."

"시끄러! 에이, 젠장, 가까이 오지 마! 뭔가 사건 터질 걸 기대하는 눈초리로 보지 마, 제길!"

"아, 너무해! 사람을 무슨 역귀라도 되는 것처럼."

"저어, 스승님······."

"왜! 말해 두지만 너도 예외는 아니라고!"

"그게 아니라······ 저어······."

곧바로——

오펜은 제정신을 차렸다. 그건 매지크의 창백한 안색을 알아차려서일지도, 아니면 클리오의 새된 외침이 뇌에 내리꽂혀서 그런 것일지도 몰랐다. 아니면 단순히 바람이 차가워서 그런 것일지도 몰랐다. 어쨌든 아무래도 상관없는 일이었다. 오펜은 정신을 차리고 매지크의 손가락이 가리키는 곳을 바라보았다.

겁먹은 소년이 가리킨 곳은 후방——그러니까 산길 쪽이었다. 클리오도 잠시 입을 다물고 그쪽을 지켜보았다. 그리고 곧 이상해하며 중얼거리는 소리가 들렸다.

"······저게, 뭐야?"

"··········?"

오펜은 미간을 좁히며 머릿속에 물음표를 띄웠다. 저 멀리 산길에서 모래먼지가 접근하고 있었기 때문이다. 경종이 울리는 통에 잘 들리지 않았지만, 지진 같은 울림이 나면서 땅을 뒤흔드는 것 같았다.

그 모래먼지 속에 있었던 것은——

몇 대나 되는 마차였다. 맹렬한 속도로 마을로 들이치는 중이었다. 마을 어귀에 있던 오펜 일행의 바로 옆을 스치듯이 지나가다가, 마차들은 한꺼번에 엄청난 소리를 내며 급정거를 했다. 개중에는 말과 함께 전복된 마차도 있는 것 같았다. 정차한 마차의 문이 열리더니 그곳에서 승객이 제각각 내렸다.

그리고…….

두 번째 지진. 어느새 마을 쪽에서 놀라울 정도의 많은 사람들이 무서운 기세로 달려오고 있는 게 시야에 들어왔다. 남녀노소 할 것 없이 여러 사람들——그러나 모두 하나같이 갖가지 색채의 깃발을 든 모습이었다.

모두 다 다른 깃발이었다. '카네기 여관', '호텔 샐리', '검은 백마 정', '비프가 사는 집' 등등……. 다 읽는 데 눈이 따가울 정도로 알록달록한 깃발이 수십 개. 그리고 그걸 들고 전력 질주하는 사람들이 역시 수십 명. 전원이 생글생글 영업용 미소를 지으면서 돌진해오고 있었다.

"헉…………."

놀라서 할 말을 잃고 있는 사이에 두 개의 지진은 주저 없이 정면 충돌을 일으켰다. 깃발을 든 남녀들이 단번에 흩어지더니 마차에서 내린 승객들한테 달라붙었다.

그들의 첫마디는——우연인지 아닌지 알 수는 없지만——동시에 쏟아져 나왔다.

"어서 오세요, 레지본 온천 마을에!"

이제 남은 건 모든 행동이 약속된 것처럼 정연하게 이루어지는 일 뿐이었다. 마차에서 내린 신사 앞에 '드라이브 인'이라는 깃발을 든 남자가 재빠르게 파고들더니 허리를 쑥 굽혀 인사를 한 후, 빠른 어조로 말을 쏟아내기 시작했다.

"손님! 레지본 온천 마을에 잘 오셨습니다! 먼 길 오시느라 많이 힘드셨지요! 본 여관에서는 24시간 항상 기적의 샘——온천을 뜻합니다만——에 들어가실 수 있습니다! 방도 일류이며, 식사까지 일류입니다! 이 여행을 잊을 수 없는 추억으로 만들어드리겠다고 약속드리겠습니다! 숙박을 하시려면 '드라이브 인'으로……."

또 다른 곳에서는 '조이 컨트롤러'라고 쓰인, 옆으로 기다란 깃발을 어깨에 떠멘 젊은이가 탈색한 금발을 슬쩍 쓸어 올리면서 미묘하게 부자연스러운 포즈를 취하며 서 있었다. 들떠서 마차에서 내린 두 명의 여자들에게 은근한 눈길을 던졌다.

"헤이, 아가씨들——양들을 헤맴 없이 극락으로 인도하는 게 바로 이 나라고."

윙크까지 날렸다. 그다지 먹히지는 않았지만.

그리고 또 나른 장소에서는 초라한 인상의 남사가 울면서 오체투지를 하며 젊은 부부의 앞길을 막아댔다. 그 너머에서 얼굴을 새하얗게 칠한 남자가 열 개 정도의 나이프로 저글링을 하며 아이들의 관심을 끌었다.

그리고——

"어머나, 아가씨! 참으로 기품이 넘치는 얼굴을 하고 계시군요——혹시 어디 공주님이 몰래 여행이라도 오셨나요? 하하."

근처에서 소리가 나기에 돌아보니 다크 슈트를 입은 남자가 싱글거리며 클리오에게 말을 걸던 참이었다. 손에 든 깃발에는 '로츠 그룹'이라고 적힌 글자가 보였다.

나이는 목소리 상태로 보아 30대 중반 정도일까? 그러나 그 옆얼굴은 좀 더 젊은 느낌이었다. 왼쪽 눈 윗부분에 작은 상처가 나 있는데, 앞머리로 가리려 한 듯 하지만 솔직히 상당히 눈에 띄었다.

그 남자에게 클리오가 솔직하게 답하는 것이 들렸다.

"공주님 아니에요."

"어이쿠, 그건 유감이네――그렇지만 아가씨가 공주님이었다고 해도 만족할 수 있는 방을 준비할 수는 있지만, 어때요, 아가씨? 어라, 이쪽 아이는 동생입니까? 남매끼리 여행? 아니면 부모님과 함께 오셨습니까? 아, 모자인 줄 알았더니 귀여운 강아지였군요. 이거 참."

시원스럽게 말하면서――남자는 클리오의 머리 위에 몸을 말고 있는 레키에게 손을 뻗으려고 했다. 예민하게 반응한 레키가 이빨을 드러내는 걸 보고 슬쩍 손을 거두었지만 말이다.

머리 위의 레키를 손으로 쓰다듬으며 클리오가 어깨를 으쓱했다.

"전부 틀렸어요. 매지크는 동생이 아니에요. 그리고 부모님이 같이 계시지는 않지만 오펜이 있으니까."

"네?"

"오펜."

클리오가 이쪽을 향해 외쳤다. 오펜은 묵묵히 손을 들었다.

남자는 일단 위에서 아래까지 이쪽을 관찰하는 모양이었다. 천천히 시선이 이동했다.

그리고――연료가 다 떨어지기라도 한 것처럼 남자의 얼굴에서 웃음기가 싹 사라졌다.

칫, 하고 들으라는 식으로 혀를 찬 후, 남자는 몸을 홱 돌렸다.

"젠장, 내가 한 푼도 없는 인간한테 말을 걸 줄이야……."

그대로 투덜거리며 멀어져 갔다.

"…………."

잠시 침묵. 뇌가 뭔가 생각해 내려고 하는데도 적당한 말이 떠오르지 않았다.

오펜은 일단 얼굴을 들었다. 왜인지 고개를 숙이고 있었기 때문이다. 얼굴을 들자 깃발을 든 다른 남자와 시선이 마주쳤다. 마침 그 남자는 손님을 놓친 참이었다.

미소를 지어 주려고 했다. 그 남자가 이쪽을 보고 미소 지어 줄 걸 예상하고.

그러나 그 남자는 순간——아주 잠깐——콧구멍을 한쪽만 벌름거리고, 역시 한쪽 입매를 끌어올리는 동시에 마찬가지로 한쪽 눈썹을 움찔거렸다. 한마디로 노골적으로 꺼리는 얼굴을 보였던 것이다.

그리고 고개를 옆으로 쓱 돌려버렸다.

"…………."

또 멍하게 있는 사이에 다른 사람과 시선이 마주쳤다. 다른 깃발을 든 여자는 시선이 얽혀들자 마자 바로 손을 흔들었다. '쉿, 쉿' 저리 가라고.

"………………."

바다인지, 하늘인지.

아무튼 푸른 것을 보고 싶어졌다.

"저기."

오펜은 꽤 오랜 시간 동안 서 있기만 하다가——클리오와 매지크에게 몸을 돌렸다.

"혹시 내 몸 어딘가에 예금 잔고 같은 게 적혀 있기라도 하냐?"

"글쎄, 적혀 있다고 한다면 적혀 있을지도……."

"스승님의 경우, 애수 같은 분위기가 배어 나와야 할 곳에서 가난의 향기가 풍기는 걸지도 모르겠네요."

"………………."

"하하하하하지만, 신경 쓸 것 없어. 분명 돈 문제에 관해서는 철저하게 약해빠졌을지도 모르지만, 오펜한테는 좋은 점이 많잖아!"

"그, 그그그그그렇죠. 신경 쓰지 마세요. 거친 부분이라든가, 물건을 금방 때려 부수는 점이라든가, 의외로 게으름뱅이라든가, 눈매가 사납다든가, 사회적 지위가 없다든가, 그런 걸 메꿔주는 좋은 부분을 금방 찾을 수 있을지도 몰라요!"

오펜이 갑자기 쪼그려 앉아서 바닥에 꾸물꾸물 낙서를 하는 걸 보고 어지간히 놀랐는지 황급히 위로——전혀 위로가 되지 않았지만———를 해대는 두 사람을 보고 오펜은 손가락을 멈췄다. 후우, 하고 한숨을 쉰 다음 일어났다. 바지 엉덩이를 두들기며 먼지를 털어내고 있는 사이——

다시금 주변을 둘러보니 그들 이외에는 아무도 없었다. 주변을 가득 메우고 있던 인파는 다들 마을 쪽으로 이동 중이었다. 마차도 한참 전에 마을을 떠나 산길을 따라 내려가는 듯했다.

덩그러니…….

바람이 부는 길 한복판에 남겨진 오펜은 멍하게 중얼거렸다.

"뭐였냐……?"

"호객 행위였나 봐."

클리오의 중얼거림이 들렸다.

"여기의 명물이라네요."

어디서 관광 가이드를 꺼내 왔는지 매지크가 소리 내어 읽었다.

"어……, 온천 여관이 많아서 손님 끌기가 굉장히 힘들다고 쓰여 있는데요."

"그래도 그렇지 준비 땅! 하고 뛰어올 필요는 없는 것 같은데."

경종도 어느새 그쳤다. 즉, 그건 마차가 도착한다는 신호였던 모양이다.

"뭔가 협정 같은 것도 있다는데요? 종이 울릴 때까지 호객꾼은 여관에서 나오면 안 된대요."

"묘하게 인적이 드물다 했더니, 그래서……."

오펜은 반쯤 눈을 뜬 채 신음하며 팔짱을 꼈다.

그때——

"저어……, 손님?"

등 뒤에서 갑자기 누군가 부르는 소리에 오펜은 뒤를 돌았다. 이제 아무도 없는 줄 일았는데, 근처에 선 안내판——'레지본 온천 마을에 어서 오세요!'——에 기대는 식으로 서 있어서 눈에 띄지 않았나 보다. 여자였다. 스웨터에 검은 스커트. 그리고 역시 규칙이라도 되는지 깃발을 든 채였다.

아무리 좋게 보아도 영 호의적으로 보이지 않는 눈빛으로——아니, 본인은 영업용 웃음을 짓고 있을 셈이겠지만——이쪽을 바라보고 있었다. 이쪽의 값을 매겨 보려는 눈초리는 아니었지만, 그렇다고 해서 무조건적으로 높은 가격을 매겨 주려는 것도 아닌 듯했다——그저 단순히 평가 자체를 하고 있지 않는 것이리라. 아니면 혹시 남을 평가하는 방법을 잘 알지 못하는지도 모른다.

"아……, 흐음."

오펜은 일단 고개를 끄덕였다. 팔짱을 꼈던 팔을 풀고 다가오는 그 여자를 관찰했다.

나이는 자신과 엇비슷한 것처럼——아니, 화장기가 없어서 그런지 더 젊고, 아니, 더 어리게 보였다. 걸음걸이가 하도 힘이 없어서 조금이라도 강한 바람이 불면 그대로 뒤로 밀려나거나 방향 전환을 해버리는 게 아닐까 싶을 정도였다. 뿐만 아니라 방향이 바뀐 줄도 모르고 그대로 나아갈 것처럼 보이기도 했다. 깃발에는 대충 '펜션· 숲의 나뭇가지'라고 적혀 있었다.

클리오가 뒤에서 소매를 잡아당기며 물었다.

"저기 원래 묵기로 되어 있던 곳 아니야?"

"그러네."

오펜은 어깨 너머로 주억거린 후 여자 쪽으로 몸을 돌렸다. 여자가 이번에는 명백하게 이쪽의 값을 따져 보려는 시선을 보냈다——그리고.

"아, 저기……, 숙소는? 정하셨나요?"

결국 별 볼 일 없는 값으로 매긴 듯했지만——

오펜은 곤혹스러워하면서도 머리를 가로저었다. 어떻게 대답하면 좋을지 몰랐다.

"……아니, 돈이 든 가방을 잃어버려서."

"아, 그렇군요……. 그럼 돈이 없는 거네요."

여자는 확실히 낙담한 듯했다. 어깨를 떨구면서——깃발을 든 손 도 툭 떨어뜨렸다.

"…………."

침묵이 몇 초간 내려앉았다.

잠시 있다가 여자가 머리를 들었다. 뭔가 결심하기라도 한 듯 입을 열었다. 손님이 아니라는 걸 알아서 그런지 어조가 아까와는 완전히 달랐다.

"그럼 여관은 어떻게 할 거야?"

"아니……, 가방을 주운 사람이 혹시 이쪽으로 오지 않을까 해서 일단 와본 건데."

"사라진 돈이 돌아올 리가 없어. 당연하잖아?"

"아니…… 뭐, 그렇게 말을 하면야……."

"우리 여관에 묵을래?"

"뭐?"

갑작스러운 말의 의미를 이해하지 못하고 오펜은 반문했다. 그러나 여자는 상관하지도 않고 말을 이었다.

"오기 싫으면 안 와도 돼. 대단한 곳도 아니고."

"아, 그래…… 고마워."

저도 모르게 멍하니 감사를 표하다가──오펜은 얼른 말을 고쳤다.

"자, 잠깐만. 진짜 한 푼도 없어. 밥값도 못 내."

"아, 그렇구나. 그럼 허드렛일이라도 해. 괜찮지?"

"…………."

침묵하는 오펜 일행을 그냥 내버려 두고 여자는 마을 쪽으로 터벅터벅 걸어갔다. 그들이 따라오지 않고 있다는 걸 모르지는 않을 텐데도 이쪽을 돌아보려고 하지도 않았다. 일일이 확인할 의무도 없긴 했지만.

"어쩌지, 오펜?"

흘러가는 상황을 따라가지 못했는지, 클리오가 이해가 안 간다는 표정으로 올려다보았다. 그 눈을 바라보며 오펜은 생각에 잠겼다.

"무료라고 하니까…… 괜찮지 않을까?"

적어도 잃어버린 가방을 찾으러 돌아다니는 것보다는 낫다고 판단하며 그렇게 답했다.

그러나 진심으로 싫다는 얼굴로 매지크가 끙끙거렸다.

"근데 허드렛일이라면……."

오펜은 고개를 끄덕였다.

"그래. 고생이 많겠다, 매지크. 힘내라."

클리오도 고개를 끄덕였다.

"그래, 고생이 많겠네, 매지크. 힘내."

"우으으……."

오열하는 매지크만 빼면——

딱히 문제기 될 것도 없이 숙소가 정해졌다. 실퍼보니 어자는 빌써 저 멀리까지 간 후였다. 아무래도 이쪽을 기다리겠다는 배려심은 한 조각도 없는 듯했다.

그러다 갑자기 뒤를 돌며, 그녀의 목소리가 바람을 타고 날아왔다. 하나로 묶인 검정 머리칼이 춤이라도 추는 것처럼 흩날렸다.

"아, 난 엘리스. 기억해 줘."

오펜 일행이 마을에 들어온 지 15분.

그 15분 사이에 수많은 손님을 가차 없이 집어삼키고, 갑작스레 활기를 띠기 시작한 레지본 온천 마을.

아까까지와는 달리 인기척을 품은 바람이 살랑살랑 불었다.

"…………."

냉정히 따져보니.

아니, 이전부터 은연중에 느끼고 있던 바였지만.

아니, 솔직히 털어 놓자면 명확하게 알고 있었던 사실이었지만.

그리고 한마디로 표현하면 자명한 이치였지만.

'……왜 나까지 이런 꼴을 당하는 걸까.'

도틴은 매우 심오한 질문을 눈앞의 큰 바위 위에 앉아 있는 갈색 메뚜기에게 던지는 중이었다. 곤충이 대답할 수 있는 질문이 아니라는 것을 알지만, 달리 의지할 상대도 없었다.

……문득 우울해져서 도틴은 눈을 감았다.

눈을 감은 덕분인지는 모르겠으나 슬픔이 조금 옅어졌다. 단순히 익숙해진 것일 수도 있지만. 어쨌든 감정이 사라지자 남는 건 단순한 인식뿐이었다. 왜 눈앞에 바위가 떨어져 있는가. 일반적으로 바위라는 건 발밑에 있는 존재다.

대답은 아주 간단했다.

눈앞에 바위가 있는 이유는 그가 머리부터 거꾸로 지면에 처박혀 있어서였다. 왜 물리법칙을 어긴 형태로 지면에 박혀 있는가 하면, 머리부터 낙하를 했기 때문이었다. 어디서 떨어졌냐면 저 높은 절벽에서였다.

'정말 간단한 답이구나…….'

또다시 울고 싶어지려는 걸 참으며 도틴은 혼자서 투덜거렸다.

그때 목소리가 들려왔다.

"으음."

목소리의 주인은 바로 전방──그러니까 눈앞에 있는 바위 너머에 완전히 똑같은 꼴로 지면에 박힌 상태였다. 메뚜기는 이미 떠난지 오래였다. 답도 해 주지 않고 그냥 가버렸나 보다.

그 목소리 주인은 말할 것도 없이 형이었다. 물구나무를 서서 솜씨 좋게 팔짱을 낀 채, 눈을 감고 탄식했다.

"아주 조금만 더 했으면 됐는데. 아깝게 승리를 놓치고 말았구나."

"그 소리를 몇 번이나 들으니까 이제 부정하기도 싫어서 나도 모르게 동조할 것 같아서 무서워."

"음, 너도 같은 의견이로구나. 아무래도 너도 이제 전투라는 게 어떤 건지 이해가 가는 모양이야."

형은 혼자서 웅웅거리며 머리로 물구나무를 서서 능숙하게 고개를 끄덕이다가 눈을 번쩍 떴다. 귤처럼 둥그스름한 눈. 안광만큼은 쓸데없이 날카로웠다.

"그렇지만 이번에 녀석은 크나큰 실수를 저질렀다!"

툭 하고 쓰러지며——벌떡 일어났다. 제대로 두 발로.

도틴 역시 동시에 쓰러졌다가 얼굴을 들었다. 눈을 깜빡거리며 되물었다.

"실수?"

"그래! 녀석은 기세에만 몸을 맡기느라 중대한 미스테이크를 저지른 것이다! 이 실수는 분명 녀석을 체크 모양으로 자수를 놓아 죽일 것이리라!"

주먹을 쥐며 땅울림이라도 등에 진 것 같은 포즈로 형은 단언했다.

도틴은 순간 어쩔까——물론 선택지는 "그게 무슨 뜻이야?"라고 되물을 만큼 어리석은 짓을 할까, 아니면 그냥 무시할 만큼 어리석은 짓을 할까, 그 두 개밖에 없었지만——, 그래도 망설였다. 결론이야 금방 나왔지만 말이다.

어차피 어리석은 짓이라면 무엇을 해도 별 차이가 없을 성 싶었다.

"그게 무슨 뜻이야?"

반문하자 볼칸은 크게 고개를 끄덕였다.

"음! 이번에 이 몸들은 단순히 나뭇가지에서 떨어졌을 뿐이지, 아무 짓도 하지 않았다! 그런데 녀석은 의미도 없이 공격을 해댔지!"

"그렇긴 하지."

"그렇다면 이건, 정의는 우리 편이라는 뜻! 그러니까 녀석이 잘못한 것이니 이 마스마튜리아는 나쁘지 않은 거고, 녀석이 잘못한 거니까 녀석의 패배라는 거다. 왜냐면 녀석이 나쁘니까. 그래. 이런 걸 가리키는 멋진 격언이 있을 터."

"으음……."

도틴이 머리만 굴리고 있자, 볼칸은 손뼉을 딱 치며 눈동자를 반짝였다.

"음, 생각났다. 판정승이야."

"그게 격언…… 일까?"

"음, 일단은 기분 좋게 승리는 했다. 이 승리를 우선 머리 이쯤에 영원히 기억해 두지. 분명 이 푸른 하늘도, 구름도, 태양도, 새도 기억해 줄 게 틀림없어."

"하긴 쉽사리 잊어 줄 것 같지는 않네."

"그럼!"

볼칸은 실컷 지껄인 후, 몸을 확 돌렸다. 높게 솟아오른 절벽——무엇을 숨기랴, 몇 분 전에 이들이 추락한 절벽인데——을 가리키며, 더욱 높다랗게 외쳤다.

"이제 우리가 하지 않으면 안 되는 일도 자연히 정해졌다는 뜻이다!"

"뭐?"

되묻자 형은 절벽을 가리키며, 태연하게 대답했다.

"여길 어떻게든 기어 올라가자."

"……그래."

한숨을 쉬며 도틴은 동의했다. 슬픔을 곱씹을 틈도 없이 불행은 계속 찾아오기만 했다.

제3장　결실 없는 노력

펜션·숲의 나뭇가지.

온천 여관에서 뭐가 펜션인지 잘 모르겠지만, 아무튼 그런 상호가 크게 현관 앞에 붙어 있었다. 페인트로 그려진 목제 간판은 상당히 낡았지만, 그리 더럽지 않은 걸 보니 자주 손질을 하는 듯했다.

건물 자체는 나쁘지 않았다. 역시 이쪽도 오래되어서 그런지 이곳 저곳 손질한 흔적이 엿보였다.

"여기야."

엘리스가 느긋하게 손을 들며 그렇게 말했다.

클리오가 입을 떡 벌렸다.

"우와."

머리 위의 레키도 따라서 괜히 입을 벌렸다. 클리오가 입을 쏙 닫는 동시에 레키도 앙 하고 입을 다물었다. 요즘은 뭐가 그렇게 재미 있는지 그녀의 행동거지를 따라하곤 했다.

그건 그렇고, 클리오가 만족스럽게 고개를 끄덕였다.

"꽤 좋은데. 대부분 이런 경우일 때, 말도 안 되는 엄청난 여관에 안내되는 줄 알고 각오했었는데."

"무슨 경우를 말하는지는 모르겠지만……."

오펜은 머리를 긁적이며 어깨를 으쓱했다.

"정말 나쁘진 않네."

그보다――

'……산기슭에 있던 마을에서 예약했을 때의 가격을 따져보면, 너

무 나쁘지 않은 느낌이 든단 말이지.'

현관만 좋게 단장했는지도 모르겠지만 말이다.

엘리스가 태연하게 말했다.

"현관만 곱게 꾸며 놓았을 뿐이야."

"…………."

"왜 그러세요, 스승님? 갑자기 풀이 죽어서."

매지크의 물음에 오펜은 깊게 탄식했다. 포기한 표정으로 답했다.

"아니, 적중하지 않았으면 좋았을 예상은 반드시 적중한다 싶어서."

건물은 전체적으로 보아도 엘리스의 말처럼 나쁘지는 않았지만, 근처에 널린 4, 5층짜리 호화 여관에 비해서는 볼품이 없는 것도 사실이었다. '숲의 나뭇가지'는 2층짜리로, 일반적으로 보았을 때, 객실은 2층에만 있고 1층에는 식당이나 주방, 그리고 종업원용 방이 있는 구조 같았다. 바깥에서 보았기 때문에 실상은 알 수 없지만. 허나 실제로 그러했다. 현관에서 보이는 가장 큰 창문 안쪽은 홀이었다.

현관은 넓었다.

고지에는 어울리지 않게, 가지가 없고 잎만 큰 식물 화분이 양옆에 배치되어 있었다. 좀 우스워 보이기도 했지만, 오히려 그 덕분에 다소 붕 뜬 것 같은 흰색 벽이 그리 어수룩하게 보이지 않았다.

그쪽을 향하면서——엘리스가 갑자기 뒤를 돌았다.

"그런데 당신들은 왜 여기에 온 거야?"

"뭐?"

그녀가 던진 질문의 의미를 몰라 오펜은 반문했다.

엘리스는 진지하게 되물었다.

"그러니까 왜 왔냐고."

"아니, 그건…… 온천으로 몸 좀 풀려고?"

적당한 대답을 찾으며 오펜은 끙끙댔다. 엘리스가 깊게 한숨을 쉬는 걸 보고, 미간을 좁혔다――그녀는 누가 봐도 낙담한 것처럼 보였다. 그러나 그 이유는 알 수 없었다.

"그래. 뭐랄까……, 유감이야."

그녀는 정말 안타깝다는 듯 머리를 숙였다.

"어째서?"

다시 되물었다. 그녀가 어깨를 으쓱하며 현관문에 손을 댔다. 그대로 묵묵히 문을 열었다.

또다시 돌아보았을 때, 그녀의 얼굴에는 딱히 낙담의 빛이 남아 있지 않았다.

"일단 이 문을 통해서 다니면 되는데, 손님에게 폐를 끼치지는 마. 빈 방은 있지만, 따져보면 객실에서 묵을 수는 없잖아. 사용인 방을 쓰도록 해――라고 말하면 좋겠지만, 그런 건 없으니까, 저 여자애만 내 방에서 묵도록 해. 그래도 되지?"

"……우리는?"

자신들을 가리키며 오펜이 물었다. 그녀는 대수롭지 않게 대답했다.

"뒷마당에 텐트를 쳐도 돼. 아마 망가지지 않은 게 창고에 하나 있을 테니까. 그쪽으로 빙 돌아가면 뒷마당 같은 장소가 있으니까 알아서 가도록 해."

"……알았어."

오펜은 그냥 될 대로 되라는 식으로 주억거렸다.

"······왜 그러는 걸까요?"

"뭐가?"

그 뒷마당이라는 곳은 여관 건물 뒤쪽에 있었다.

'뒷마당 같은 장소'라고 하는 것도 정확한 말이었을지도 모른다——
——뒷마당으로서의 알맞은 조건이 무엇인지는 알 수 없으나, 그쪽에
서 보았을 때 건물이 초라하게 보인다면 최소한의 조건이 성립된다
고 할 수도 있으리라. 뒷마당에서 올려다보니 그게 명확한 약점이라
도 되는 듯 여관은 초라한 인상을 주었다.

앞에서 보았을 때 벽은 완벽하게 청소가 되어 있었는데, 이쪽의 벽
은 상당히 오랜 기간 동안 내버려 두었나 보다. 벽에 발린 흰 페인트
의 표면은 때와 흠집으로 변색이 되었고, 창문도 안을 들여다볼 수
없을 정도로 먼지가 달라붙은 상태였다. 잡초는 아무데나 무성했다.
그 잡초 덤불에 묻힌 외바퀴 손수레의 손잡이 부분만이 어딘가로 구
해달라는 듯이 툭 튀어나와 있었다.

오펜은 이곳저곳 틈새가 벌어진 나무 담벼락에 둘러싸여 방치된
정원 안에 도대체 어디에 텐트를 칠 장소가 있는지 둘러보던 참이었
다. 무성하게 자란 풀이라도 베어 놓지 않으면 텐트는커녕 아무 것도
할 수 없을 지경이었다——실제로 풀베기라도 하라는 뜻일지도 모르
지만 말이다.

매지크는 뒷마당 구석에 있는 낡은 창고 문에 기대어 이쪽을 바라
보는 중이었다. 텐트가 보관되어 있는 곳은 아마도 그 안이겠지만,
척 보아도 그 문이 열리지 않을 건뻔했다——문이 비틀려 있었기 때
문이다. 경첩이 고장 나 있는 모양이었다.

오펜의 대꾸에 매지크는 불만스럽게 얼굴을 찡그렸다.

"아까 그 여자요. 그야 묵게 해주는 건 고맙지만, 이런 곳에서 텐트를 치고 잘 거면 노숙이랑 별 차이도 없잖아요."

"그건 그렇지만, 불평해 봤자 소용없잖아."

오펜은 무성하게 자라난 잡초를 적당히 발로 걷어찼다――그러나 그런 행동으로 이 황폐해진 공간을 정리할 수 있을 리도 만무했다.

"나는 그런 것보다 뭐랄까……. 이 마을 전체가 좀 이상한 것 같단 말이지."

"하긴 뭔가 좀 묘한 분위기이긴 했죠."

"대륙에서 둘도 없는 온천 마을이라고 하니까 원래 이런 걸지도 모르겠지만."

오펜은 중얼거리다가 움직임을 멈췄다. ――문득 무엇을 보고 눈을 휘둥그렇게 떴다.

"저게…… 뭐냐?"

정원 뒤편에 설치된 것을 보고 그가 중얼거렸다. 매지크가 싱겁다는 듯 대답했다.

"목욕물 데울 때 쓰는 가마솥 아니에요?"

"그렇지."

분명 그랬다. 금속으로 된 검은 목욕용 가마솥이었다. 투박한 형태의 가마솥 근처에 장작까지 쌓여 있었다. 비에 젖는 걸 막으려 했는지 시트가 덮인 채였다.

잠시 고민을 하다가――오펜이 고개를 갸웃거렸다.

"온천에 목욕물 데우는 가마솥이 왜 필요하지?"

"더운 물을 보충하기 위해서가 아닐까요?"

"으음……."

어쩐지 납득이 안 가서 오펜은 가마솥 근처로 가까이 다가갔다. 지금은 불을 때고 있지 않았지만, 매일 사용하는지 그을음의 흔적이 오래되지 않았다. 타다 만 장작이 아직 들어 있었는데, 이것 역시 오래된 것이 아니었다.

"그보다 어쩌실 거예요? 이래서는 텐트를 칠 수 없잖아요."

완전히 곤란에 빠진 표정으로 둘러보는 매지크를 보며 묵묵히 끄덕이며 동의했다.

"그런데 텐트가 어디에 있는지 듣지도 못했잖아. 아무래도 이 마을 분위기에 휩쓸려서 얼이 빠졌나 보다. 물어보러 갈까──어쩐지 그 엘리스라는 사람, 영 내하기가 서툭하긴 한데."

그러자 근처 창문이 드르륵 소리를 내며 열렸다.

창문 안에서 엘리스가 나타났다. 그녀는 쌀쌀한 시선으로 창고 쪽을 가리켰다.

"텐트는 저 안에 있어."

"……고맙다."

"제초기도 그 안이야."

"더욱 고맙다."

"그 준비가 다 끝나면 현관 쪽으로 들어와. 일은 얼마든지 있으니까."

"내가 납작 엎드려서 고맙다고 말하는 걸 기대한다면, 조금만 더 들이밀면 될 거다."

"……그 이상으로는 생각이 안 나네."

창문이 닫혔다.

오펜은 깊은 한숨을 쉬었다.

"여기 안 열려요."

창고의 기울어진 문을 두세 번 잡아당기고 난 매지크의 끙끙거리는 소리가 들려왔다. 그걸 보고 오펜은 자신의 착각을 알아차렸다──
──기울어져 있는 것은 문만이 아니었다. 창고 자체도 반대 방향으로 기울어져 있었던 것이다.

저도 모르게 눈을 감고 머리를 절레절레 흔들었다. 신음했다.

"아아……, 오늘까지 성실하게 살아 온 이 나에게 운명은 왜 이런 잔인한 짓을 하지?"

열리지 않는 문과 열심히 씨름을 하면서 매지크가 답했다.

"그런 말을 진심으로 하는 거라면 조만간 천벌 받을 걸요."

"……그럴지도."

오펜은 눈을 뜨고 허리에 손을 댄 채, 한숨을 푹 내쉬었다.

"운명이라는 게 있다면 거스를 수 없을 것 같지만, 일단 예방 정도는 해보지 뭐. 노력이라는 건 그런 거라고 누나도 말했고."

한차례 신음을 내뱉은 후, 오펜은 창고를 향해 걸어갔다. 자신이 돕는다고 해도 창고 문이 열리는 건 물리적으로 불가능할 것이 자명했다. 최악의 경우 문을 파괴하거나, 벽을 파괴하거나, 토대부터 뿌리째 파괴하거나, 아무튼 그렇게 하지 않으면 안 될 성 싶었다. 어느하나라도 하면 남은 두 가지는 자동으로 이루어질 것 같은 그런 낡아빠진 창고였다.

그때였다──

"너희들은 누구지?"

뒤에서 불러 세우는 바람에 오펜은 뒤를 돌아보았다. 뒷마당으로 들어올 수 있는 입구는 한 곳밖에 없었는데——거기에서 한 여자가 얼굴을 내밀고 있었다.

중년과 노년의 중간 정도로 보이는 연령의 여자였다. 몸집은 작지만 건강해 보였다. 그녀는 빵 속에서 나온 벌레라도 목격한 듯 어안이 벙벙한 눈초리로 이쪽을 쳐다보았다.

"……요상한 꼴을 하고 있구나."

"아, 그런가. 하지만 달리 어울리는 옷도 없는데."

일단 그런 대답을 하다가 알아차렸다. 그런 건 아무래도 상관없는 일이었다.

오펜은 헛기침을 하고 다시 말을 이었다.

"어……, 뭐라고 해야 하나. 우리, 여기 사람의 권유로 이곳을 잠시 빌리기로 했는데."

"여기 사람?"

여자가 더욱 의아하게 미간을 좁혔다. 다시 아무 기척도 없이 아까 그 창문이 열렸다. 엘리스가 얼굴을 쑥 내밀었다.

"아, 엄마. 이 사람들 묵을 곳이 없다고 해서 허드렛일이라도 시키려고 데리고 왔어."

"엄마?"

저도 모르게 오펜이 끼어들며 되물었다. 엘리스는 흘긋 이쪽으로 시선을 옮기고, 어깨를 으쓱하면서 대답했다.

"그래. 우리 엄마인 시나야. 엄마, 이 사람들은……."

그러다가 의문스러운 표정을 지었다.

"……이름이 뭐였더라?"

"나는 오펜. 이쪽은 매지크. 그리고 혼자 지붕 밑에서 자는 배신자는 클리오지."

"누가 배신자야!"

창문 안쪽에서 소리가 들려왔다. 아마도 그곳이 엘리스의 방으로 둘 다 그곳에 있는 것 같았다.

그런 건 신경도 쓰지 않고 이 여자와 엘리스를 비교해 보았다——그 말을 듣고 보니, 얼굴의 윤곽이나 분위기 등이 좀 닮았다. 나이 차이는 많이 나는 듯했다.

"흐음."

숨길 셈도 아니었는지 아주 빤한 관찰의 시선 이쪽으로 보내며, 그 어머니——시나는 선뜻 고개를 끄덕였다.

"그래, 괜찮다. 장작 패기도 부탁할 수 있겠구나."

"아, 그러고 보니 그것도 있었네."

"…………."

"봐요, 천벌을 받았잖아요."

침묵하는 오펜의 귀에 매지크의 나직한 중얼거림이 들려왔다.

지인이라는 종족을 생물학적으로 살펴보았을 때, 절벽을 기어 올라가는 데 적합한 몸 구조를 갖고 있지 않다는 점은 확실했다.

도틴은 그걸 뼈저리게 느꼈다. 지인의 몸은 물에 뜰 수 없을 정도로 무겁고, 관절도 단단하다. 드래곤 종족의 문명이 대륙으로 들어오기 이전, 지인들이 험난한 야생에 맞서기 위해 사용한 무기라고는 그저 튼튼한 몸뚱이뿐이었다. 음식을 구하는 지혜 대신에 얻은 건 영양분을 섭취하지 않아도 근근이 살아갈 수 있는 생태적인 능력이었다. 그런 내용을 도틴은 무슨 책에서 읽었던 기억이 났다. 저자는 인간이었던가.

아마도 그런 요소들은 생물로서는 압도적으로 우수한 능력일지도 모르지만——그래도 도틴은 한숨을 쉬었다. 절벽을 기어오르는 일에는 써먹을 수도 없었다.

머리부터 거꾸로 땅에 처박혀 있는 형을 보면서 도틴은 절절히 그런 생각을 하였다.

"……지금 건 좀 아까웠어, 형."

"음!"

벌떡 일어닌 형——볼간이 비스듬히 팔을 들어 주먹을 불끈 쥐며(최근에 정해놓고 쓰는 포즈인 듯), 기운차게 고개를 끄덕였다.

"역시 이 마스마튜리아의 투견, 볼카노 볼칸 님은 못하는 게 없다는 것이 증명되고 있나 보군! 대자연의 시련을 극복하고자 하는 민족의 영웅, 그 모습을 마땅히 칭송해야 할 거다!"

"그래. 다음에는 2미터를 목표로 올라가볼까."

"Get Ready, Go!"

다시 절벽에 펄쩍 매달린 형을 내버려 두고, 도틴은 주변을 둘러보았다. 역시 산속이었다. 절벽 아래에는 원시림까지는 아니었지만 나무들이 무성해서 지면을 다 뒤덮은 모습이었다.

하늘에서 내려오는 푸른빛을 차단하여 땅에 어두운 그림자를 떨구는 수북한 가지는 하나의 녹색 덩어리처럼 보였다.

'엄청난 숲이네……. 마스마튜리아의 영구 수빙이 더 예쁘지만.'

도틴은 자연스럽게 몸을 절벽에 기대고 숲을 넋 놓고 바라보았다.

시야에 담을 수 없을 정도로 높은 나무들이 빽빽하게 늘어서 있었다. 아름다운 숲. 누가 말했던가 하고 저도 모르게 머릿속에 떠올렸다──
──키에살히마 대륙은 아름답다. 이것을 망치는 자는 없다. 아무도 없다. 군이 지배하려는 자도 없다. 그저 잔잔히 존재하기만 하는 토지. 그게 이 키에살히마 대륙이었다.

다만 지배되지 않는다는 건 관리되지 않는다는 뜻이기도 했다.

깊은 숲의 어둠 속에──꿰뚫어 볼 수 없는 어둠을 응시하면서 도틴은 몸을 떨었다. 가슴속에서 시적인 기분이 단번에 현실적인 사고로 전환되었다. 다시 말해, 이 부근은…… 육식동물이 서식하고 있지는 않을까?

막상 고민해 보니 이건 분명 현실적인 문제였다. 이번에는 절벽 쪽을 둘러보았다. 절벽은 저 하늘 끝까지 이어진 것처럼 보였다. 눈앞의 깎아지를 듯한 절벽을 올라가지 못하면, 이 절벽을 따라 길을 찾는 방법 밖에 없었다.

그렇다고 한다면 이 숲의 정적도, 혹은 나무의 수런거림도 모두 가슴에 숨어들어 오는 어두운 그림자일 뿐이었다. 형 쪽으로 몸을 돌렸다.

"저, 저기, 형──"

"왜?"

또다시 거꾸로 머리부터 땅에 처박힌 형은 그 자세 그대로 팔짱을 끼고서, 왜인지 대범한 태도로 되물었다.

허나 그 궁금증 해결에 도전할 때가 아니었다. 도틴은 팔을 파닥파닥 휘저으면서 말을 이었다.

"저기, 내가 보기에는 일단 이 절벽을 오르는 건 무리일 것 같으니

까 얼른 다른 길을 찾는 편이 좋을 것 같은데——어, 그러니까 날이 저물기 전에."

육식수(肉食獸)라는 건 대개 야행성인 것 같거든. 이라는 말은 마음속으로만 덧붙였다.

"음!"

볼칸은 또다시 기세 좋게 팔딱 일어나 고개를 끄덕였다.

"형이야 이깟 절벽쯤이야 비기·수직으로 벽 걷기로 못 오를 건 없지만, 너한테는 다소 힘들 거라는 걸 잊었군. 영웅은 항상 평범한 자들의 무능함을 잊는 법이니 어쩔 수 없지. 혹시 몰라서 말하지만, 형이 이런 절벽은 쉽게 올라갈 수 있다?"

사실 이쪽이 그 말을 꺼내기를 기다리고 있었던 게 아닐까 하는 의문은 가슴속에 고이 접어둔 채, 도틴은 볼칸의 말에 적당히 맞장구를 쳤다.

"응, 분명 그럴 거야. 그건 그렇고…… 어쩌지? 어디로 가면 길이 있을까."

"지도는 없어?"

"하이킹 코스이고……, 이런 절벽을 떨어지는 사람도 없을 테니까 지도는 없을 걸."

"으음, 결국 네가 얼마나 쓸모가 없는지 재확인만 하게 되었구나."

볼칸은 그런 소리를 중얼대며, 곧바로——그다지 고심하는 태도도 아니었지만——오른쪽, 그러니까 하이킹 코스의 오르막길 방향을 가리켰다.

"딱 봤을 때 저쪽이 좋을 것 같다."

"어째서?"

"아니, 그냥."

"……하긴, 이럴 때 명확한 이유가 있는 것도 이상하긴 하지."

사실 오른쪽도, 왼쪽도 별반 차이는 없었다. 어느 쪽인지 모른다면 어느 쪽으로 나아가도 결론적으로는 똑같은 일이고, 그리고 결국——어느 길로 가더라도 불안한 건 마찬가지라는 뜻이었다.

그렇다면 고민해 봤자 소용없는 일이었다.

'하긴 그래도 보통은 고민을 하는데 말이지.'

내심 그렇게 덧붙이면서, 도틴은 가기로 결정한 방향으로 몸을 돌렸다. 아직 해는 높게 떠 있었으나 언제까지 지속될지는 알 수가 없었다. 서두르는 편이 좋을 성 싶었다.

"그럼 갈까. 실 같은 게 혹시 없더라도, 하다못해 위로 올라갈 수 있는 장소를 발견할 수 있을지도 모르니까."

"그렇게 서두를 필요도 없을 것 같다만."

"하지만 들개라도 나오면 무섭잖아."

"자, 가자, 도틴. 뭘 그렇게 뭉그적거리냐!"

그때였다.

사박——

뒤에서 들려온 소리에 도틴은 움직임을 딱 멈췄다. 찜찜한 맛이 식도를 타고 번지는 것을 느꼈다.

그 소리를 형도 들었는지, 볼칸은 걸음을 내디디려는 자세 그대로 굳어진 상태였다.

"……왜, 왜왜왜왜 그러냐, 도틴. 발이 멈춘 것 같다만."

식은땀을 줄줄 흘리며 발걸음을 멈추고——본인은 인정하고 싶지 않은가 본데——형이 그렇게 물었다.

들개. 스스로가 말했던 단어가 귓속에서 메아리쳤다. 도틴 역시 돌아보지도 못하고 굳은 채로 말했다.

"아, 아니, 아무것도 아니야."

"음, 물론 그렇겠지. 이 몸도 아무렇지 않다."

"그, 그래."

"…………."

"…………."

잠시 시간까지 굳어버렸다.

얼어붙은 시간 속에서 말문을 뗀 건 볼칸이었다.

"……그런데 이건 잡담인데, 도망치는 먹잇감이 둘 있을 경우 들개라는 건 발이 느린 쪽을 노리지 않냐?"

그런 소리를 하면서 서서히 전방으로 이동하는 것을 도틴은 놓치지 않았다. 그 역시 마찬가지로 앞으로 서서히 전진하며 응수했다.

"응, 하지만 이건 어디까지나 잡담인데, 들개는 한 마리만 있지는 않을 테니까 결국 둘 다 잡히지 않을까."

그 말을 듣고, 볼칸은 명백히 낙담하는 모양이었다──물론 끝까지 전진하면서.

"그렇군……. 그런데 아까 잡담인데, 하나가 여기 남아 죽을 기세로 싸우면, 다른 하나는 도망쳐 살아남을 수 있을까."

"이건 잡담인데, 누가 빨리 죽을까 문제일뿐이지 결과는 아마 똑같을걸."

"…………."

"…………."

"도틴."

"왜?"

"하나가 들개와 함께 자폭하는 건 어떨까."

"…………………."

기나긴 침묵 후——

도틴은 조심스럽게 어깨 너머로 시선을 향했다. 무엇이 기다리고 있을까 상상하며 몸을 떨었다.

주르륵 늘어선 붉은 눈.

죽음을 선고하기라도 하는 듯 으르렁대는 울음소리.

앞발의 발톱이 땅을 긁으며——

정신을 차렸을 때는 이미 아무것도 보이지 않는다. 단번에 목이 찢기면서 숨을 쉬어도 목 뒤편으로 그냥 빠져나갈 뿐이다. 폐가 고통을 호소하며, 아드레날린으로 들끓는 몸은 황홀하다고 해도 좋을 정도의 열광 속에서 몸부림친다. 대충 그런 걸 예상하며 뒤를 돌아보았다.

"…………?"

도틴은 눈을 깜빡거렸다. 아무것도 없었다.

숲도, 땅도, 절벽도, 바람도, 모두 그저 조용하기만 했다. 바람이 살랑살랑 자연을 흔들었다. 벌레 하나 나타나지 않았다.

몸에서 긴장이 빠지며 도틴은 잔뜩 힘을 주고 있던 어깨를 떨구었다.

"기분 탓이었나?"

그 찰나.

키샤아아악!

엄청난 함성과 함께 근처 풀숲에서 검은 그림자가 튀어나왔다. 검은 털이 돋아난 덩어리가 공중을 달리는 것처럼 재빠르게 돌진했다!

"으아아아아아아악?!"

비명만이 울려 퍼지는, 영혼 없이 무의미한 잔상의 풍경 속에서 몸을 돌려——

두 사람은 도망쳤다.

그 토지의 전설로 유명한 건 역시 '지열 재판'이겠지요.

마그마가 끓는 지하 처형장은 이제 다 식어서 바윗덩어리가 되었기 때문에 편하게 견학을 할 수 있습니다만, 당시에 얼마나 굉장했는지 지금도 느껴집니다. 고대 종족이 이 장소에서 무엇을 재판하고, 무엇에 대해 벌을 주었는지 방문자들 중에서는 그 과거의 목소리를 들을 수 있다든가 없다든가. 불사의 고대 종족에게 형을 가하기 위해서는 마그마의 힘을 빌릴 수 밖에 없었다고 하니 그저 두렵기만 합니다.

이 땅에는 이 처형장을 비롯하여 고대의 유적이 여럿 발견되었습니다. 이미 조사대가 탐사를 마친 이 유적들을 엿보며 지적인 여행에 탐닉하는 것도 좋을지 모릅니다. 간혹 입장료를 요구하는 곳도 있지만, 자세한 사항은 여관 종업원에게 물어보는 편이 훨씬 좋을 것입니다. 혹시 모르지만 깜짝 놀랄만한 알짜배기 장소를 가르쳐 줄지도 모르지요.

물론 레저와 관련해서는 빈틈이 없다고 감탄할 정도로 완비해 두었습니다. '로츠 스포츠 페스티벌'은 관광객 여러분이 싼 가격으로 이용할 수 있는 최고 규모의 스포츠클럽으로 유명합니다. 이 고장 인기 종목인 스틱 볼 코트는 전면 자연 잔디, 수영장, 탁구, 다양한 구기 종목에 대응할 수 있는 체육관 등, 실내 설비도 **빠짐없이** 갖추었습니다.

관광명소를 돌며 몸에 쌓인 기분 좋은 피로는 유명한 레지본 온천에서 씻어냅시다. 다수의 온천 여관들이 제공하는 질 좋은 온천수를 싼 가격으로 즐기실 수 있습니다.

여행 상담은 부디 녹색 간판으로 잘 알려진, 저희 그린 라이드 여행사로——

"——이럴 예정이었는데."

팸플릿을 탁 접으면서 클리오가 입술을 비죽거리는 걸 가만히 바라만 보았다.

그녀가 뚱해진 얼굴로 눈썹을 치켜세우며 불만을 폭발시켰다.

"전혀 다르지 않아?!"

그 불만을 이해 못하는 건 아니었다.

왜냐하면 그도 사실 같은 심정이었으니 말이다. 다만.

"알았으니까 빨리 그 접시나 이리 내."

오펜이 그렇게 말하며 불퉁한 표정으로 접시를 잔뜩 끌어안고 있는 소녀에게 손을 내밀었다.

꽃무늬 앞치마로 손을 닦고——클리오는 매지크가 내미는 큰 접시를 낚아챘다. 그리고 토라진 듯 혀를 쏙 내밀며 이쪽으로 접시를 건넸다. 그걸 받아들고 찬장에 넣었다.

주방의 설거지 공간은 넓어서 셋이 늘어서도 여유가 있을 정도였다. 매지크가 접시를 씻고——다 헹궈 낸 접시를 오펜이 찬상에 수납했다. 클리오는 할 일이 없어서 가운데에서 식기를 받아 건네주기로 했다. 손님이 거의 없는지 설거지거리가 별로 없다는 것이 그나마 다행이었다.

참고로 레키는——동물을 주방에 들일 수 없다며 은근히 따지는 클리오의 의견에 따라——문 바깥에서 기다렸다. 심심한지 혼자서 데굴데굴 구르며 이곳저곳을 둘러보고 있었다. 데굴데굴 구를 때마다 풍경이 변하는 게 재미있는 모양이었다.

"……그저 일만 하고 있다는 게 참 맥이 빠지네요."

매지크가 익숙한 손놀림으로 작은 접시를 왼손으로 두 개나 들고, 그걸 능숙하게 한꺼번에 씻어냈다.

오펜은 둘의 얼굴을 보며——인상을 썼다.

"그래도 어쩔 수 없잖아——돈도 없는데 달리 어쩌라는 거야. 여기까지 와서 길바닥에서 자라는 거냐."

"그건 싫어."

클리오가 단호하게 대답했다.

"그치? 그럼 이럴 수밖에 없지 않냐."

손가락을 척 세우며 말해도——그녀는 납득을 못하는 듯했다. 식당에서 멋대로 가지고 온 의자를 끌어와, 그곳에 풀썩 주저앉더니 미간에 주름을 잡은 채 끙끙거렸다.

"이게 다 오펜이 돈 들어간 가방을 잃어버려서 그런 거잖아."

오펜은 그냥 듣고 넘어가지 않았다.

"너, 그걸 내 탓으로 돌리기냐?"

"맞잖아. 오펜이 가방을 내던지고 어디로 가버렸으니까."

"그러면 네가 제대로 줍기만 했어도 아무 문제가 없었잖아?"

"그러니까 왜 내가——"

"저어, 그런 것보다."

설거지를 마친 접시를 마른 수건으로 닦으면서 매지크가 끼어들었다.

"그보다 누가 가방을 가져간 걸까요? 그걸 알 수만 있으면 이런 허드렛일은 안 해도 될 텐데."

"그건 그렇지……."

클리오에게 향했던 손가락을 거두면서 오펜은 신음했다——천장을 올려다보며 한숨을 내쉬었다.

"그 길은 하이킹 코스로 되어 있는데, 여기와 산기슭의 내시워터 시를 잇는 길목이지. 결국 이곳으로 오는 녀석이나 여기서 돌아가는 녀석만 그곳을 지나간다는 뜻이야."

"하지만 대부분의 사람들은 데려다 주는 마차를 타고 다니지 않아?"

"바로 그거야. 마차를 타는 비용도 아까워하는 녀석이겠지……. 뭐, 남 말은 못하겠지만."

"근데 반대로 이곳에 온 사람만이라도 점을 찍어보면 될 텐데——지금에 와서 돌아간 사람을 놓고 이래저래 추측을 할 수는 없으니까요——. 아무튼 용의자는 상당히 좁힐 수 있겠어요."

"그래. 굳이 걸어서 오는 녀석이 그리 많지는 않을 테니까."

오펜은 둘의 의견에 순순히 동의를 한 후, 손뼉을 짝 쳤다.

"방침이 정해졌으면 의욕도 생기는 법이야. 그렇게 물건을 슬쩍한 녀석한테는 생존권 따위 없으니까 상당히 빡세게 굴려도 괜찮겠지?"

"……혹시나 해서 그런데, 스승님이 말씀하시는 '빡세게'라는 건 어느 정도에요?"

눈을 반쯤 뜨며 묻는 매지크에게 오펜은 태연하게 대답했다.

"그 기억을 떨치고 인생을 재건하는 데 10년이 걸릴 정도."

"으아."

"농담은 그 정도로 하고, 가방은 찾아야 해. 돈도 돈이지만, 중요한 것도 들어 있으니까."

오펜이 절절하게 고개를 끄덕이며 중얼거렸다. 거의 혼잣말이었지만——클리오는 놓치지 않았나 보다. 벌떡 일어나더니 앞치마를 벗기 시작했다.

"그래. 빨리 찾아야지."

"맞다. 그럼 매지크, 남은 일 힘내라."

"……네?"

접시를 한 손에 든 매지크는 이제야 알아차린 것 같았다. 새파랗게 질려서 믿을 수 없다는 어조로 물었다.

"히, 힘내라니, 스승님이랑 클리오는 어디 가시는데요?"

"바깥."

오펜은 한마디로 대답한 후, 재빨리 문 입구로 향했다. 이쪽을 올려다보는 레키를 뛰어넘으며 바깥으로 나갔다.

"나도!"

클리오가 후다닥 쫓아오면서 레키를 들어올렸다.

매지크가 당황하여 외치는 소리가 들렸다.

"어, 잠깐 기다——"

그러나 바로 문이 쾅 하고 닫혀서 그 목소리를 차단하고 말았다.

펜션·숲의 나뭇가지. 오펜은 어쩐지 모순이 느껴지는 이름이라고, 자신이 했던 말을 문득 떠올렸다. 내부는 여관이라기보다는 민가에 가깝고, 이곳저곳 손을 본 흔적은 엿보이지만, 돈을 들인 느낌은 들지 않았다.

레키를 안은 클리오가 벽에 걸린 꽃 그림을 보면서 중얼거렸다.

"……매지크한테 좀 미안한 짓을 했네."

"과거형으로 말하는 시점에서 성의가 없다."

그녀의 머리를 톡 하고 두드리며 오펜이 대꾸했다. 그곳은 식당이었지만, 주방 넓이에 비하면 다소 좁게 느껴졌다. 식당은 홀로 이어져 있고, 홀을 통해 현관으로 나갈 수 있다. 대략적으로 그런 구조였다.

일단 홀 쪽으로 나가면서 말했다.

"근데 내가 돕는다고 해서 설거지가 빨라지는 것도 아니고, 잘하는 녀석한테 맡기는 게 적재적소잖아."

"그거 좀 변명 같아."

홀 중앙에 설치되어 있는 건 상당히 잘 만들어진 입체 지도였다. 마을 지도가 아니라 이 일대 지형을 표현한 모형이었다. 중앙에는 마을이 있고, 그리고 그 주변에 익숙한 하이킹 코스도, 절벽도 보였다.

인테리어로서는——꽤 오래된 것 같았으나——가치가 있는 물품 같지는 않았다.

그러나——

"어라?"

클리오가 외치는 소리를 듣고, 오펜은 발걸음을 멈췄다. 그녀는 지도를 들여다보며 눈을 동그랗게 떴다.

오펜은 다시 걸음을 옮기려고 하면서 입을 열었다.

"왜 그러는데. 너, 그 지도라면 신기하다며 아까 실컷 봤잖아."

"응. 그렇지만 지금 눈치챈 건데, 여기 좀 봐봐."

그녀의 손가락에 이끌려 그 끝이 가리키는 부분에 눈길을 주었다.

"으음?"

신음소리는 냈지만, 뭔가 알아낸 건 아니었다——오펜은 몸을 조금 되돌려 이번에는 빤히 지도를 살펴보았다. 일단 곁눈질로 클리오를 보며 무슨 뜻이냐고 시선으로 물었다.

머리에 레키를 올려놓고 클리오가 말했다.

"저기, 여기——뇌. 이상하지 않아?"

"…………?"

그녀가 무슨 말을 하는지 이해하지 못하고, 오펜은 그저 얼굴만 구겼다. 소녀는 답답해서 견딜 수 없다는 듯 다시 지도의 한 점을 가리키며 언성을 높였다.

"그러니까 여기, 여기. 아까 그 길. 절벽이랑 그 아래에 숲이 있고 말이야. 그런데 아까 봤을 때는——"

그때였다——

"아, 위험해!"

쿠과과과와당탕탕!

"꺄아아아아앗?!"

뭐라고 일장연설을 늘어놓으려고 하던 클리오의 목소리를 갑자기 소음과 비명이 뒤덮어버렸다.

"……뭐지?"

오펜은 비명이 들린 방향으로 추정되는 현관 쪽으로 몸을 돌렸다. 비명은 여자의 것으로——덧붙여 말하자면, 엘리스의 것임을 금세 알아차렸다. 홀에서 현관 쪽으로 얼굴을 내밀어 보니, 엘리스가 복도에 엉덩방아를 찧은 채로 앉아 있었다.

그리고 현관 쪽에서, 홀과는 반대편에 있는 계단에서 거꾸로 굴러 떨어졌는지, 한 남자가 그녀가 주저앉아 있는 바로 앞에서 커다란 배낭과 함께 뒤엉켜 쓰러진 모습이 눈에 들어왔다. 현관에는 그걸 느긋하게 내려다보는——좋게 말하면 풍채가 좋고, 반대로 말하자면 뚱뚱한 남자가 우물거리며 입을 열었다.

"……미안하네, 아가씨. 노사프 연구원한테 악의가 있었던 아닐세……. 다만 인간의 골격이 대자연의 중력에 대해 얼마나 무방비하고 무력한지 이해가 부족했던 모양이야."

"………………."

아무 대답도 못하고——아니, 대답할 수 없었다는 게 정답이겠지만, 엘리스는 눈만 동그랗게 뜬 채 굳어 있을 뿐이었다. 그 눈앞에서 꿈틀꿈틀 몸부림치는 것처럼 배낭 맨 남자가 몸을 일으켰다. 아직 젊은 듯했지만, 약간 조숙한 분위기가 느껴지기도 했다. 한마디로 표현하자면 '닳고 닳았다'는 인상의 젊은이였다. 추가하자면, 오펜보다 연상으로 보였다.

그 남자, 노사프 연구원이라는 사람은 척 봐도 자기 몸보다 무게가 더 나갈 것 같은 배낭을 짊어지고 간신히 일어났다.

"그……그러네요……, 콘래드 연구원장님."

완전히 핑핑 도는 눈으로 그런 말을 중얼거렸다. 뚱뚱한 남자——그가 콘래드겠지만——는 만족스럽게 웃었다.

"음, 아가씨가 일어설 수 있도록 손을 빌려 주도록, 노사프 연구원. 그래그래. 아, 어색하기도 하지. 의원들이랑 악수라도 할 셈인가? 여성을 오른손으로 에스코트하려고 하다니, 요즘——뭐 됐고. 그것보다 시간은 금일세. 서두르게나. 아가씨, 이런 사정으로 우리는 잠깐 연구 때문에 바깥으로 나간다만 저녁 식사까지는 돌아올 예정이야……. 어라, 듣고 있나?"

"네?!"

노사프라는 사람의 손을 빌려 일어나, 멍하니 입을 벌린 채 있던 엘리스가 이제야 무슨 스위치가 켜진 것처럼 소리쳤다.

"아, 아아…… 네. 알겠습니다."

"음. 그럼 잘 부탁함세   노사프 연구원, 뭘 그렇게 넋을 놓고 있나? 이전부터 이차적인 연구 후보로 생각하고 있었다만. 자네의 굼뜬 동작은 정말 어떻게 안 되겠나. 어째서 나보다 먼저 밖으로 나가려고 하지를 않나?"

"……저 아저씨가 방해해서 못 나간 게 아니라?"

작은 목소리로 중얼거리는 클리오에게 동의하면서 오펜은 노사프와 배낭——혹은 배낭에 다리가 돋아난 모양새였지만——이 콘래드의 뒤를 따라 나가는 걸 바라보았다. 문이 탁 닫혔다. 우뚝 서 있기만 한 엘리스를 남겨둔 채.

오펜은 복도로 나가 닫힌 문을 가리키며 물었다.

"……저 사람들은?"

"손님이야. 지금 우리 여관에 묵는 유일한 손님."

엘리스의 목소리에는 아직도 놀라움이 가시지 않은 듯했다——아니, 그런 느낌이 드는 건 여전히 맥이 잔뜩 빠진 분위기 때문일지도 모른다.

그녀는 일단 정신을 다잡으려는 것처럼 앞머리 몇 가닥을 손으로 걷어낸 후, 이제야 이쪽을 돌아보았다.

"……그런데 무슨 일이야?"

"아니, 저기 말이지——"

적당한 말이 없나 머리를 굴리며——오펜은 웃음을 띄우고 말을 이었다.

"가만히 보니까 설거지에 세 명이나 달라붙는 것도 좀 그렇잖아. 이럴 때는 그냥 분담을 해서 우리는 바깥으로 나가는 게——"

"아, 그것도 그러네."

엘리스는 손바닥을 탁 치면서——

"장작 패기는 날이 밝을 때 하는 게 좋으니까. 분담해서 일을 해 준다면 더 좋지."

"아니, 그게……."

"그리고 뒷마당의 텐트. 아까 보니까 바람 때문에 무너졌더라. 오늘 밤 비가 올지도 모르니까 다시 쳐놓는 게 좋을 거야."

"…………."

어떤 기척을 느끼고 오펜은 묵묵히 뒤를 돌아보았다. 클리오가 홀을 향해 다다닥 뒷걸음치는 게 보였다. 그녀는 생긋 웃으며 손을 흔들었다.

"그럼 오펜, 나는 설거지를 해야 하니까 힘내♥"

"…………."

"힘내."

웃음 한 점도 없이 덧붙이는 엘리스——

"…………네."

달리 할 말이 없다는 것에 어쩐지 부조리함을 느끼며——오펜은 체념하고 고개만 끄덕였다.

제4장   고요하지 않은 밤

대(大) 핀 로츠는 기분이 언짢았다.

그건 자신 뿐 아니라 그의 동료도 잘 알고 있으리라. 곁눈질로 흘끗 보니――동료는 커다란 덩치를 주체하지 못하는 듯 선채로 각각의 다리에 교대로 중심을 옮기면서, 불안한 시선을 어디에 두면 좋을지 찾는 중이었다. 그렇다. 알고 있는 게 분명했다. 허나 그래서 어쩌란 말인가?

그는 자문했다. 알고 있다고 해서 동료가 사태를 해결해줄 리는 만무했다.

그 점을 각오하고, 대 핀의 말을 기다렸다. 궐련을 입에 문 노신사. 이게 바로 그 노인의 외모였다. 그 외에는 특이한 점이 없었다. 그가 바로 이 레지본 온천 마을에 있는 대부분의 온천 여관을 산하로 두고 있는 로츠 그룹의 수장일지언정 말이다.

사장실은 대 핀에게 어울리도록 통일된 인테리어였다. 윤기가 흐르는 호박색 가구들이 가지런히 배치되어 있었다. 다만 한 가지――방 중앙에 설치되어 있는 온천 마을의 입체 모형 지도를 제외하고.

입체 지도는 이 일대 지형을 본뜬 것으로, 그 자체로만 보면 훌륭한 물건에 속하겠지만, 이 방에는 너무나도 어울리지 않았다. 그보다왜 이 방에 이런 것이 있는지 그는 몰랐지만. 인테리어를 고려한다면여관의 현관홀에 놔두는 편이 더 유익할 성 싶었다.

그때였다――

노인은 입에서 궐련을 빼고, 보랏빛 연기와 함께 말을 토해냈다.

"그러니까 자네들은 빈손으로 돌아왔다, 이 말이로군?"

"아, 네."

어색한 웃음을 지으며 그는 고개를 끄덕였다. 그러면 안 된다는 건 알았다. 역시나 예상대로 대 핀은 더욱 험악한 표정을 지었다——허나 달리 무슨 방법이 있단 말인가?

"로난, 나는 무엇을 위해 자네를 기르고 있지? 호객을 위해서인가? 하긴 그도 그렇긴 하지."

그——로난은 무슨 말을 하려다가 그만두었다. 대 핀이 손을 들었기 때문이다. 입 다물라는 신호였다. 그렇다면 거스르면 안 된다. 그리고.

"이보게, 내가 그렇게 무리한 요구를 하는 건가? 어떤가. 무리일지도 모르겠군. 아아, 그래, 자네한테는 너무 무거운 짐이었나?"

"송구스럽지만⋯⋯."

로난은 마지못해 입을 열었다.

"사장님, 누구이든 간에 똑같을 것 같습니다."

"그게 무슨 의미인가?"

"말 그대로입니다. 누가 가도 똑같다는 뜻입니다——매일같이 그저 밀고 들어가서 '그룹의 산하로 들어와라'라고 설득해 봤자 말이죠. 한번 거절당하면 그냥 다 마찬가지입니다. 상대방한테는 그룹에 들어올 의사가 없단 말입니다. 그렇다면 저희도 그냥 포기하는 게 낫지 않습니까?"

"그런 문제가 아니란 말이다!"

쾅! 하고——

단순히 쾅, 하는 소리가 아니었다. 문자 그대로 책상이 튀어오를 정도의 기세로 대 핀이 책상을 내리쳤다. 그 기세로 노인은 일어나 목에 혈관을 돋우며 크게 호통을 쳤다.

"어떻게든 해서라도 그 여자의 허락을 받아내라!"

"아, 네. 물론입니다!"

얼른 대답한 건 로난이 아니었다.

로난은 눈을 감고──천장을 올려다보았다. 대 핀의 기세에 눌려 겁먹은 목소리로 동료가 지껄였다.

"그년들한테 이번에는 반드시 뜨거운 맛을 보여 줘서──"

그러자 바로 대 핀의 얼굴이 더욱 험악해졌다.

"이 멍청이가! 그런 짓을 해 봐라. 너부터 죽일 테니까!"

이제까지의 성량을 뛰어넘은 수준의 호통을 듣고──

동료와 로난은 꿈적도 하지 못했다.

그대로 기나긴 시간이 지났다. 몇 분 정도였을까. 대 핀의 거친 숨소리만 시시각각 들리다가.

다음에 말문을 열었을 때, 대 핀의 목소리에서 격렬함은 사라진 후였다──그저 날카로움만 남아 있을 뿐이었다. 조용히, 그리고 날카롭게.

"……지금처럼 해라. 알겠나? 알았으면 얼른 나가 봐."

"…………네, 사장님."

로난은 짧게 답하며 고개를 끄덕인 후 인사를 하고 몸을 돌렸다. 속으로 동료를 욕하면서 사장실에서 나왔다.

둘이 나란히 방을 나서자──

등 뒤를 지켜주는 것처럼 두터운 문이 닫혔다.

그리고 둘은 동시에 중얼거렸다.

"⋯⋯큰일이구나."

"전임자가 복통으로 은퇴했다는 소문이 사실이었네요."

위장 언저리를 누르며 동료가 중얼거리자 로난은 조용히 수긍했다.

"큰일 났다⋯⋯."

"역시 천벌을 받은 거네요."

"나 이제 죽을지도⋯⋯."

"근육통으로 죽을 리가 없잖아요."

"아니, 그냥 죽고 싶어⋯⋯."

"꼭 술 마신 다음날의 우리 아버지 같네요."

"너. 말. 이. 지⋯⋯."

오펜은 끙끙거리면서 천천히 일어났다.

"사람이 허리도 못 들고 괴로워하는데 할 말이 그것뿐이냐?!"

그렇게 외쳐도──돌아본 매지크의 표정은 어디까지나 담담했다. 눈앞에 있는 의자에 얌전히 앉아 반쯤 뜬 눈으로 내려다보기만 했다.

"스승님도 저한테 설거지를 떠맡기고 도망가시려고 했잖아요."

오펜은 시선을 싹 회피했다.

"⋯⋯그건 뭐 그렇다 치고."

"뭘 그렇다 친다는 거예요?"

"이제 완전히 가을이 다 됐네. 고향도 분명 가을이겠지."

"당연하잖아요."

"♪오──, 고향이여──"

"노래로 얼버무리려고 해도 안 돼요."

"쳇."

오펜은 혀를 차며 노래를 그만두었다.

두 사람이 있는 곳은 홀이었다──오펜이 있는 곳은 소파 위였다. 그다지 크지 않은 소파 위에 엎드려서 의자에 앉아 있는 매지크를 올려다보는 자세였다. 물론 그것도 편한 자세라고는 할 수 없지만.

어쩔 수가 없었다. 다른 자세를 취할 수 없었으니까.

오펜은 눈을 감았다. 고함을 쳐도 안 됐다. 노래로 얼버무리는 것도 실패했다. 그러면──남은 건 회유밖에 없었다.

느린 어조로 말을 꺼냈다.

"너 말이다……. 별것도 아니라는 듯이 천벌이라고 말하지만, 장작을 30개나 패는 건 보통 노동이 아니라고. 완전히 허리가 나가서 결국 텐트도 못 고쳤어. 노숙을 해야 하니까 각오해."

"저도 설거지 다음에는 화장실 청소에, 다락방 정리에, 온갖 잡일은 다했으니까 힘들었다고요."

"그 말괄량이는?"

"클리오도 침대 정돈이라든가 장보기라든가 이래저래 하더라고요. 걔는 그런 건 잘하니까 오히려 즐거워 보이긴 했지만요."

"젠장, 어쩐지 일방적으로 손해 본 기분이야."

오펜은 신음을 내뱉으며 어떻게든 일어나려고 몸을 움직였다── 그러나 역시 등골이 너무 아파서 포기했다. 몇 시간이나 되는 장작 패기로 힘줄은 욱신거리고 근육은 지끈거려서 잘 움직일 수가 없었다. 산 채로 박제를 당하면 딱 이런 느낌이 아닐까 하는 생각에 더욱 침울해져서 그는 한숨을 쉬었다.

창밖을 내다보았다. 이제 완전히 해가 진 후였다. 아니, 벌써 밤의 초입도 넘어섰다.

그러나.

"……그런데 그 아저씨 일행——손님이라고 하던데——이 돌아올 때까지 저녁도 안 차려준다면서? 큰일이네. 정말로 큰일이라고."

공복으로 위장이 쪼그라드는 걸 느끼며, 더욱 기분이 우울해졌다.

"하긴 배는 고프네요……."

한심한 얼굴로 매지크가 중얼거렸다.

그때.

"——이렇게 늦으시면 우리들끼리 먼저 식사를 하는 편이 좋겠네."

그렇게 말하며 홀로 들어온 이는 엘리스였다. 오펜은 엎드린 채로 얼굴만 돌려서 그녀 쪽을 쳐다보았다. 그녀는 낮부터 변함없는 앞치마 차림으로 터벅터벅 들어오더니 홀 중앙에 있는 입체 지도를 흘끗 본 다음, 이쪽으로 몸을 돌렸다.

"나 참, 늦으면 늦는다고 나갈 때 말하면 좋을 것을. 저녁 준비를 한다고 말했으니까 그 정도는 눈치껏 알아줘야 하는 거 아니야?"

그러면서 이해가 안 간다는 식으로 얼굴을 찌푸렸다.

"……어쩌다 손님이 왔다 했더니 제대로 된 손님도 아니잖아, 정말로."

"뭐 어때요. 어쩌다가 손님이 오긴 하잖아요."

매지크가 곤란한 듯 신음했다. 오펜은 응응하며 고개를 끄덕였다.

"음, 손님이 오지도 않는 여관이라고 한다면, 이 녀석 본가는 장난이 아니란 말이지."

"……그 문제 원인이 뭘 그렇게 자랑스러워하는 건데요?"

냉랭한 눈으로 매지크가 말했지만, 그건 무시.

어쨌든 엘리스는——우스웠는지, 아니면 그저 사교적인 미소인지 모르겠지만——그런 부분을 구분할 수 없을 정도의 웃음만 지었다.

그리고.

"별 볼 일 없는 일인걸. 왜 이런 걸 계속하지 않으면 안 되는지 모르겠지만."

그런 말을 중얼거린 후, 그녀는——뜬금없는 소리를 했다.

"……일단 목욕이라도 하는 게 어때? 그러는 사이에 식사 준비를 해 놓을 테니까."

"목욕!"

오펜은 그 단어에 손가락을 탁 튕겼다. 억지로 몸을 일으켰다—— 아직 허리가 비명을 질러댔지만, 이번에는 무시했다.

"그래——그 말이 맞아. 여기에 온 목적을 잊고 있었어. 일단 온천에 들어가면 아픈 근육도 풀어지겠지."

"그러네요. 땀도 잔뜩 흘렸으니까."

"아, 근데 지금 그 애——클리오가 들어가 있으니까 걔가 나오는 걸 기다려야——"

그녀가 그렇게 말한 순간이었다.

"어째서어어어어어어?!"

기묘한 비명이 여관 전체에 울려 퍼졌다.

그것이 클리오의 비명이라는 것을 금방 알아차렸다.

인식 후에 바로 떠오른 생각은——얼른 그곳으로 달려가도 되는 걸까, 하는 의문이었다.

그 점에 있어서는 매지크도 마찬가지였나 보다. 약속이라도 한 것처럼 서로 얼굴을 마주한 채, 오펜은 다시금 마음속으로 신음했다.

"……비명?"

어쨌든 비명을 지르는 이유를 도통 알 수가 없었다.

"엘리스……"

그녀에게 물어보려고 말문을 열었지만 오펜의 물음은 갈 곳을 잃었다——엘리스는 아주 담담한 얼굴을 한 채, 식당을 향해 빠른 걸음으로 모습을 감춘 참이었기 때문이다. 타닥타닥 하는 느긋한 발걸음 소리만 남기고.

"이상하네요."

오싹해진 표정으로 매지크가 중얼거렸다.

"클리오가 비명을 질렀는데도 이 일대가 초토화되지 않다니."

"……그리고 보니 우린 엄청난 환경에서 살고 있구나."

"오펜, 오펜! 매지크! 잠깐 이리 좀 와 봐! 큰일이야!"

클리오의 새된 비명이 이어서 들렸다. 일단 가보지 않으면 안 되는 듯했다.

"……큰일 났네."

오펜은 끙끙거리다가 천천히 일어섰다——허리에 부담을 주지 않을 정도의 속도로. 그래도 완전히 몸을 쭉 펴고 일어날 수는 없었지만.

어기적거리며——

타박.

뒤꿈치와 발끝이 동시에 바닥에 닿았다. 그런 걸음걸이로 오펜은 한 걸음을 내디뎠다. 뒤를 따라오는 매지크에게 돌아보지도 않고 중얼거렸다.

"추측 ①. 누가 훔쳐봤다."

"……아무래도 상관없지만, 스승님, 무슨 괴상한 생물체 같이 걷고 계시는데요."

"내버려 둬. 추측 ②. 목욕탕에 뜬금없이 시체가 굴러다녔다."

"근육통은 마술로 낫게 할 수 없어요?"

"낫지 못할 건 없지만, 아픔이 사라지는 것도 아니니까 의미가 없어. 그리고 추측 ③. 들어가려 했던 욕탕의 물이 무슨 영문에서인지 콘 스프. 탈의실에는 양동이에 담긴 소금과 후추가 놓여 있어서 '정성껏 몸에 발라주세요'라는 주의 사항이."

목욕탕은 여관 가장 안쪽에 위치한 모양이었다——뒷마당의 목욕용 가마솥과 이어져 있는 걸 보니 당연했지만 말이다. 터벅터벅 복도를 걸어 모퉁이를 돌아 다시 나아갔다.

이윽고 '→탈의실'이라는 표시를 발견하고 오펜은 그쪽으로 몸을 돌렸다. 문은 열린 상태였다. 그 앞에 클리오가 떡하니 버티고 서 있었다.

"둘 다 너무 늦잖아!"

허리에 손을 대고 머리 위에 레키를 얹은 평소의 포즈로, 그녀는 이쪽을 보자마자 그렇게 말했다.

"그런 소리를 해도 지금 내 꼴을 보면 어떤 상황인지 알 수 있지 않냐?"

타박타박.

속도를 올리지도 못하는 걸음걸이로 오펜은 그녀에게 다가갔다.

클리오가 그걸 보고, 분노도 잊고 어리둥절해서 외쳤다.

"……와, 꼴이 말이 아니다, 오펜."

"알아."

가급적 몸이 위아래로 흔들리지 않도록 조심하면서 오펜은 고개를 끄덕였다. 탈의실의 입구에 있는 클리오한테 타박타박 걸어가서 일단 멈추고, 앞으로 뻗었던 오른팔을 내렸다. 그리고 한 박자 늦게 왼손도 내리고 난 후, 느릿느릿하게——참으로 느릿하게 무릎과 허리를 폈다.

몇 초나 써가면서 오펜은 간신히 멀쩡한 자세로 몸을 세웠다. 이마의 땀을 닦고 중얼거렸다——가슴에 담은 뜨거운 만족감과 함께.

"좋았어."

"……무슨 변신이라도 하는 것 같네요."

뒤에서 그런 말을 던지는 매지크를 무시하고 오펜은 클리오에게 물었다.

"근데 도대체 무슨 일인데?"

"아, 맞다. 내 말 좀 들어 봐. 이게 엄청나다니까. 잠깐 이쪽으로 와봐."

"응? 또 이동하는 거야? 어, 그러면 잠깐 기다려. 일단…… 허리를 굽히고."

"아, 정말! 그런 건 됐고 빨리 와 보라니까!"

그러며 오펜이 다시 걷기 위한 자세를 취하려는 순간——클리오가 답답하다는 듯 크게 소리치며 그의 팔을 덥석 붙잡았다.

등골에 오한이 흐르는 걸 느끼면 오펜이 외쳤다.

“자, 잠깐, 기다려, 클리오!”

“뭘 그렇게 꾸물거리는 거야!”

“끄아아아아아악?!”

클리오가 무자비하게 팔을 잡아 탈의실로 끌고 들어가는 바람에 오펜은 비명을 질렀다. 허리가, 무릎이, 척추에 관련된 모든 것이 무섭게 삐걱거리는 격통에 몸을 새우처럼 휘었다가——다시 그 반동으로 튀어 올랐다. 거의 질질 끌려가다시피 탈의실로 가면서, 오펜은 어딘가로 날아가 버린 사고력을 열심히 긁어모았다. 간신히 정신력을 가다듬고, 그는 말을 토해냈다.

“그만 좀 해!”

눈물을 그렁그렁 달고는 클리오의 손에서 팔을 잡아 뺐다.

돌아보는 그녀의 미간을 향해 손가락을 척 들이댔다.

“도대체 뭔데! 무슨 일이 있었는지 모르겠지만, 나는 지금 순간적으로 죽음을 각오했다고?! 별것도 아닌 일이기만 해 봐……라…….”

그때——

노성이 점차 줄어들었다. 지워지기라도 하는 것처럼 사라지는 자신의 목소리가 어쩐지 저 멀리 울리는 메아리처럼 들렸다.

완전히 말이 끊어지고, 오펜은 그저 눈만 휘둥그렇게 떴다. 클리오는 이제 알았지? 하는 식으로 코끝을 살짝 들었다. 혹시 그렇게 말로 했을지도 모른다. 다만 들리지 않았다. 회색 세계에 있는 한 개의 선. 그저 그 선을 따라가기만 하는 것 같은 잔잔한 의식. 오펜은 어쩐지 그런 이미지를 상상했다.

이미지.

인간의 머릿속에는 본 적도 없는 건 존재하지 않는다. 인간은 그

개념을 머릿속에 집어넣는 동시에, 설령 엉터리라도 할지라도 그 이미지를 만들어 낸다. 실물을 볼 때까지 당사자에게는 그 이미지야말로 '진짜 모습'이며, 아무리 자신을 타일러도 선입관의 개입을 막을 수는 없다. 아마도.

다시 말해, 인간은 제멋대로 만들어낸 상상을 쉽게 믿는 생물이라는 뜻이다.

온천.

그 본 적도 없는 장소에 대해 오펜 역시 막연한 이미지를 가지고 있었다. 사람 키만 한 자연석이 얽혀 이루어진 욕조——천장에서는 얼어붙을 듯이 아름다운 밤하늘. 뜨뜻한 수증기로 흐려진 시야, 물소리에 젖어드는 고막. 살짝 감겨드는 느낌을 주는 뜨끈한 물을 헤치며 발을 뻗으면, 물은 저항이라도 하는 것처럼 몸의 심지에 열기를 전달한다.

오펜은 눈을 감았다. 그리고 떴다.

탈의실에 쌓여 있던 바구니, 거울, 물통, 세면기, 면도칼, 숫돌——여러 가지 물품들이 보였다. 그러나 오펜은 그런 것들을 의식하지 않았다. 그저 넋을 놓고 본 건 탈의실과 연결되어 있는——목욕탕이었다.

거무스름한 베니어합판으로 된 벽이 눈에 들어왔다.

뿐만 아니라, 바닥은 지면 그 자체였다.

그곳에 1미터 정도 되는 놋대야가 놓여 있고, 그 안에 녹색 물이 출렁출렁 한가득 담겨 있었다. 대야 위에는 수도꼭지가 설치되었고, 그 수도꼭지는 베니어합판 벽과 이어진 상태였다——아마 바깥의 목욕용 가마솥과 결합된 수도꼭지이리라. 그곳에서 뜨거운 물이 나온다는 뜻이었다.

'근데 이건…….'

그는 어두운 기분에 잠긴 채 이해했다.

그러나 그 이해를 소리 내어 중얼거린 이는 뒤에서 안을 들여다보던 매지크였다.

"……그냥 목욕탕인데요."

"이…….."

오펜은——

"이게 어찌된 일이야아아아?!"

등골을 타고 격통이 지나가는데도 몸을 비틀며 두 손으로 머리를 감싸 쥐었나.

밤의 숲을 걷는 일이 편안할 리가 없었다.

노사프는 소리 없이 불평을 토로하면서 발만 열심히 움직였다. 발 위에 붙은 상반신이나 머리가 어디로 가는지 알 바 아니었지만——그래도 그는 욕설을 내뱉었다. 그런다고 숲길을 걷는 일이 편해지진 않았지만.

공포심이 드는 건 아니었다.

문제는 울창하게 우거진 숲속을 거대한 짐을 지고 걸어야 한다는 점이었다. 말할 것도 없이 암흑 속에서 발아래가 보이지도 않아, 어디 걸려 넘어지기라도 하면 어디가 땅인지도 모르는 어둠 속으로 내던져지게 된다.

"뭘 그렇게 비틀거리는가? 노사프 연구원."

전방에서──휴대용 가스등을 손에 든 콘래드가 물었다.

"아아, 나 참, 벌써 지친 겐가? 젊은이가 그래서야 너무 한심하지 않나. 어이쿠, 그쪽이 아닐세. 도대체 뭔가. 제대로 걷지도 못하나?"

'걸을 수 있다고.'

음산한 목소리로 그는 혼잣말을 했다.

'댁의 가스등이 내 발밑을 비춰 주기만 한다면 말이지.'

사실 콘래드는 10미터 더 앞서 걷고 있는 중이었다──반면에 노사프는 짐 때문에 아무리 애를 써도 간격을 좁힐 수 없었다. 숨을 돌리기라도 하면 콘래드가 가지고 있는 유일한 빛이 멀어지는 통해 그저 전형적인 악순환만 이어지고 있을 뿐이었다.

일단 가능한 한 감정을 죽이며, 노사프는 물음을 던졌다. 웃고 있는 것처럼 보이면 좋겠다고 바라는 동시에──어차피 어두우니 알지도 못하겠지 하는 생각도 했다.

"저어, 콘래드 연구원장님."

"무슨 일인가?"

"제안을 드리고 싶습니다만."

"호오."

"이렇게나 어두워졌으니 일단 돌아가서 내일 다시 오는 게 좋을 듯한데요."

"나는 딱히 그런 마음이 안 든다만. 자, 가세."

"…………."

하긴 그다지 기대하지도 않았다.

그렇게 자신을 위로하면서, 그는 다시 보이지 않는 길을 나아가기 시작했다. 밤의 소리, 숲의 소리가 뒤섞여서 밤의 숲의 소리가 된다고 느꼈는데, 막상 그곳을 걸어보니 그건 모두 별개의 것으로 여겨졌다. 발소리. 상공을 휘젓는 바람 소리. 잎사귀들이 부대끼는 소리. 밟히는 풀에서 즙이 새어 나오는, 비명 같은 소리. 밤이라도, 숲이라도, 그 어느 쪽이라고 하더라도 모두 같은 소리였다──그러나 달리 듣는 건 청자 쪽이었다. 그 소리를 밤에 듣는지 아닌지, 숲속에서 듣는지 아닌지에 따라 청자의 마음은 변화한다.

'내 심정을 알고 싶어? 한마디만 하지. 아아, 진짜 질렸어.'

가공의 상대에게 그렇게 말하며 노사프는 머리를 내저었다.

그리고.

"하지만 콘래드 연구원장님."

"뭔가?"

"추측입니다만."

"호오."

"이런 장소를 밤에 다니는 건 위험할 것 같습니다만."

"나도 동의하네. 그러니 빨리 감세."

"…………."

맞서도 소용없는 운명이라는 것도 있나 보다.

운명이라는 단어는 좋아했다. 어쩐지 낭패한 얼굴로 고개를 저으면 모두 용서가 되는 듯한 말. 가끔은 울어도 괜찮은 것 같은 멋진 말이다.

도움은 하나도 안 되지만.

한숨만 새어 나왔다.

그때였다.

——부스럭, 부스럭.

"…………?!"

노사프는 발길을 멈추고 주변을 둘러보았다——너무나도 가까운 어둠. 그렇다고 그림자를 드리운 나무들 사이에 무언가가 보인 건 아니었다.

콘래드 역시 걸음을 멈춘 채였다. 뚱뚱한 배를 흔드는 것처럼 좌우를 살폈다.

"으음……, 지금 소리는 뭐였지?"

"어떻게 알겠습니까."

노사프는 그렇게 대답한 후, 재빨리 배낭을 땅바닥에 내려놓았다. 무슨 위험한 짐승이라도 나타나면 짐을 들고 도망칠 수는 없는 노릇이었다.

풀을 헤치는 소리, 나뭇가지를 밟는 소리가 몸부림 치고 싶을 정도로 길게 이어지며——공포에 질린 것을 고려하면 정확한 판단이라고 할 수는 없겠지만——점점 가까워지는 듯했다. 발소리. 툭탁거리는 게 다소 소란스러웠다. 비명…….

'비명?'

노사프는 자문했다. 밤에, 숲에, 밤의 숲에——울려 퍼진 것은 목소리였다.

"으아아아아아아악?!"

비명을 지른 건 그가 아니었다. 갑자기 숲의 어둠 속에서 튀어 나온 두 사람의 그림자였다.

그들은 어린아이로 보였다——

등불을 든 콘래드와 떨어져 있어서 그는 새카만 어둠에 둘러싸인 상태였다. 그 어둠 속에서 사람 모양으로 보이는 두 개의 덩어리가 나타났다. 키가 작은 두 그림자는 크고 땅딸막했다. 모피 망토를 입고 있어서 더 그렇게 보이는 것일지도 모른다. 그들은 큰 소리로 떠들면서 이쪽은 신경도 쓰지 않고 그저 일직선으로 눈앞을 뛰어 지나갔다.

그리고.

그 뒤를 쫓아 또 무엇인가가 뛰어 나왔다. 이쪽도 무슨 커다란 짐을 지고 있는 것처럼 보였는데, 시야가 영 좋지 않아서 털이 숭숭 돋아난 무슨 짐승처럼 보이기만 했다. 커다란 눈을 형형하게 빛내고 키키키키, 하고 기괴한 소리를 내면서 앞서 달려간 두 그림자를 쫓았다.

"…………."

노사프가 말문이 막혀 있는 사이 그것들은 또다시 어둠 속으로 사라졌다.

"갸아아아악?!"

"살려줘어어어?!"

"키키키키키키키키!"

실에 묶여 질질 끌려가는 것 같은 비명이 어둠 속에 섞여 멀어져 갔다.

"…………."

상당히 기나긴 침묵이 흐른 후——

노사프는 도리질을 했다. 일단 콘래드 쪽을 쳐다보았다. 그때 연구원장은 느긋하게 손으로 턱만 쓸고 있던 참이었다.

어쩔까 고민하면서 입을 열었다.

"……저어, 콘래드 연구원장님."

"뭔가?"

"직감인데요."

"호오."

"뭔지 잘 모르겠지만 돌아가는 편이 좋을 것 같습니다만."

"나는 잘 모르겠네. 자, 감세."

"…………."

운명. 얼마나 멋진지.

가슴속에서 진심으로 저주를 퍼부으며 노사프는 지면에 놓아둔 배낭을 다시 짊어졌다.

제5장 잠들 수 없는 잠자리

"어떻게 납득하라는 거냐?!"

"⋯⋯그런 말을 해도 말이지. 여기 온천 여관들은 다들 똑같아."

침착한 얼굴로 감자를 깨물면서 답하는 그 말에——순순히 납득할 수가 없었다.

오펜은 더욱 언성을 높였다.

"그럼 뭐야? 이 마을 여관 전체가 다 사이비 온천 여관이라는 거야?!"

"그래, 맞아."

엘리스는 담담한 얼굴로 식사를 하면서 별것도 아니라는 듯 말했다.

그러나 옆에 앉아 있던 시나가 빵을 북 찢으며 날카롭게 부정했다. 엘리스의 어머니라고 하는데, 나란히 서면 모녀의 느낌이 풍기긴 했다. 나이 차이가 많이 나서 실감하기는 힘들지만 말이다.

"아니다!"

그녀는 쾅, 하고 테이블을 내리치며 외쳤다.

"사이비라니! 과학적으로 제대로 합성된 온천 성분을 포함한 것이야! 진짜보다 효과가 더 있단 말이다!"

저녁 식사 테이블은 별 문제 없이 즐거운 분위기로——흘러가지는 않았다.

메뉴만큼은 불만을 토로할 필요가 없을 정도였다. 여관치고는 간소했지만 수프도 빵도, 닭다리도, 클리오마저 감탄을 할 정도로 식욕을 돋우는 음식들이었다.

그건 그렇다 치고.

오펜은 가느스름하게 눈을 뜨며 시나에게 시선을 주었다. 의심스러워하면서 물었다.

"······일단 물어 보겠는데 어떤 성분이지?"

그녀는 자신 있게 머리를 끄덕였다.

"착색료와 향료지."

"그런 건 색소 탄 물이라고 하는 거라고, 온천이 아니라!"

곧바로 외쳤지만──시나는 그리 신경 쓰는 기색도 없이, 고개를 응응 끄덕거리며 말을 이었다.

"참고로 효능은······ 탕 속에 너무 오래 들어가 있으면 피부가 물색깔이랑 똑같이 물드는 것이야."

"효능이 아니잖아!"

"그 밖의 효능으로는 오래 들어가 있지 않아도 피부에 염증이 생기는 경우도 있다지. 이게 다 염료 덕분이야."

"끝끝내 효능이라고 우길 셈이라면 나한테도 생각이 있어."

손가락을 우두둑 울리면서 오펜은 낮은 소리를 냈다──그러자 오른쪽 옆자리에서 얌전히 닭을 썰고 있던 매지크가 곤란하다는 식으로 말했다.

"일단 진정 좀 하세요, 스승님."

"그래, 근육통으로 제대로 움직이지도 못하면서."

이건 왼쪽 옆자리의 클리오.

양옆에서 뜯어말리자 오펜은 한숨을 내쉬었다. 솟구치던 기세가 갈 곳을 잃자 그대로 의자에 다시 주저앉았다. 마음을 가다듬었다는 증거로 나이프와 포크를 손에 들고 뼈가 으스러지는 심정으로 중얼거렸다.

"나 참……, 예전에 내가 여기에 가고 싶다고 말했을 때, 선생님이나 티시가 바보 취급했던 이유를 알겠네."

"동부 여행에 익숙한 사람들한테는 꽤 유명한 사실인가 보더라."

엘리스가 느긋하게――무엇인가 포기한 것처럼 허공을 올려다보며 그렇게 말했다.

"가이드에는 온천 여관도 많고, 전부 질 좋은 온천수를 파격적인 가격으로 즐길 수 있다고 쓰여 있었는데."

아쉬워하며 웅얼거린 건 클리오였다. 그 모습을 본 엘리스가 어깨를 으쓱했다.

"온천 여관은 잔뜩 있고, 다들 자기네들 온천은 최고라고 주장하고 있어――아무도 천연이라고 말하지 않았지만."

"그런 걸 사기라고 하는 거야."

자기가 들어도 목소리가 언짢아서 일그러지는 걸 느끼며, 오펜은 그렇게 대꾸했다. 포크 끝으로 매지크를 가리켰다.

"이 녀석의 본가인 여관도 손님이 죽어라 안 오는 곳으로 대륙에서 손꼽히는 곳이지만, 사기는 치지 않는다고, 사기는."

"그러니까 그 최대 원인이 뭘 그렇게 자랑스럽게 말하는 건데요?"

매지크의 투덜거림을 무시하고 오펜은 눈을 꼭 감고 고개를 저었다. 옆에서 시선으로 쿡쿡 찌르는 것이 느껴졌지만.

오펜은 눈을 뜨고 평정심을 갖춘 얼굴로 고했다.

"그러니까 사기는 나쁜 것이니 우리들을 공짜로 부려먹는 건 좋지 않다고 생각합니다."

"……그렇게 어조를 바꿔서 말해도 말이지."

미간을 애매하게 좁히는 엘리스.

무슨 일인지 클리오까지 입술을 비죽이며 참견했다.

"그래, 오펜. 그리고 아무것도 할 일이 없는 것보다는 낫잖아."

"너 말이야, 그런 건 장작패기를 한 다음에 말해라, 응?"

그녀에게 대항이라도 하는 것처럼 입을 뾰족이 내밀며 오펜은 성질을 냈다.

"그것보다 온천이 없으면 여기에 오래 있을 이유가 없어. 앞으로도 오늘같이 공짜로 부려먹을 작정이라면, 내일은 지체없이 떠나겠어."

"그래?"

매우 짧은 답변은 엘리스의 것이었다. 감정도 제대로 담겨 있지 않고, 그저 소리에만 가까운 음성. 포크 끝이 접시를 긁는 소리나 반찬으로 나온 감자를 매지크가 테이블에 떨어뜨린 소리만큼 의미가 없는, 그저 소리에 불과했다. 사람이 발했다고 보기에는 너무나도 생기가 없는 그런 소리.

"…………."

어쩐지 기다리지 않으면 안 될 것 같은 기분이 들어 오펜은 잠시 말을 멈췄다. 호흡마저 멈추고 무엇인가를 기다렸다. 뭔가의 반응만을 기다린다면 그야말로 영원한 기다림이 될지도 몰랐다. 그 정도로 계기 하나 없는 침묵이었다. 그러나 문득 깨달으며 얼굴을 찌푸렸다.

"뭐?"

오펜은 짧게 되물었다.

엘리스는 이쪽이 되물을 줄은 전혀 몰랐던 모양이었다. 의외라는 듯 눈만 깜박거렸다.

"뭐가?"

"아니, 저기……."

오펜은 어쩐지 주눅이 들면서 말을 이었다.

"저어……, 괜찮아? 우리 내일 떠나도."

"그거야 당신들 자유잖아."

야유는 아닌 듯했다――혹시 이게 진짜 야유라면 눈앞에 있는 이 여자는 금세기 최고의 천재적인 야유꾼일라고, 오펜은 내심 중얼거렸다. 그러나 너무 천재적이어서 의미가 없었다. 듣는 이가 야유인지 이해하지 못하고서야.

아마노 야유가 아닌가 보다.

오펜은 의아하게 여기면서도 그걸 인정했다――

"……알았어. 내일 우리는 떠날게. 너희도 그걸로 됐지?"

"응."

"좋아. 좀 더 관광도 하고 싶었지만, 따지고 보면 어딜 가도 관광은 할 수 있으니까."

양옆에서 둘에게서 동의를 얻어 오펜은 엘리스에게 시선을 던졌다. 그녀는 딱히 신경도 쓰지 않는지 닭다리를 깔끔이 썰기만 했다. 이쪽의 일은 알 바도 아니라는 듯이――

'아무래도 상관없다는 식이네.'

이제야 오펜은 이해했다. 그렇다. 그녀는 아무래도 상관없었던 것이다. 어떤 일이 있더라도, 그 무엇이든 간에――진심으로.

밤하늘.

대륙 어디서 올려다보건 다 같은 밤하늘이었다. 낯익은 별들이 항상 같은 형태로 늘어서서 단 한순간도 같은 모습이 아닌 밤의 지상을 내려다보고 있었다.

뭐 하나 동일하지 않는 세계인 대지를 어떤 의미에서는 가장 정확하게 비추는 불변의 거울인 하늘은, 이를 올려다보는 사람을 위로하는 그 이상의 의미가 있을 터였다. 그건 인류의 몽상에 불과할지도 모르지만——

오펜은 하늘을 올려다보았다.

그리고 한 가지 진리에 도달하려고 하는 중이었다. 그건——.

'……하늘을 가만히 보고만 있으니까 잠이 오지도 않네.'

장작패기의 결과, 남은 건 근육통뿐이어서 텐트를 칠 여력도 없었다. 결국 무너진 텐트는 적당히 정리하고, 오펜과 매지크는 뒷마당에 놓은 침낭에 들어가 잠을 자려고 했다. 고지라서 그런지 벌레가 적은 건 좋았지만 그만큼 싸늘했다. 두터운 침낭에 마치 액자 속 그림처럼 꼭 끼여서 오펜은 좀처럼 잠들지 못했다.

'나 참…… 이게 뭐람.'

벌떡 몸을 일으켰다. 옆에 나란히 누워 있는 또 한 개의 침낭을 보니 매지크는 그 안에서 푹 잠들어 있는 듯했다. 열심히 일을 해서 지쳤던 걸까.

오펜은 한숨을 내쉬며 자신의 팔을 문질렀다. 소리 내어 혼잣말로 투덜거렸다.

"어쩐지 몸이 잠들려 하질 않네……."

지쳐 있긴 했지만 눈을 감아도 의미 없는 상념만 머릿속을 휘젓고 다녔다. 생각하기에 지쳐계속 잠이 오질 않았다.

마치 무엇인가 할 일을 남겨 두기라도 한 것처럼.

하늘을 다시 올려다보았다——아니, 본 건 여관 건물이었다. 밤의 어둠 속에 그림자가 되어 우뚝 솟은 건물. 소리도 없이 조용했다. 손질도 되어 있지 않은 뒷마당에서 봐서 그런 건 아니겠지만, 폐가처럼 정적 속에 잠겨 있었다.

지붕 높이를 눈으로 어림짐작하면서 오펜은 침낭을 빠져나왔다. 일어나서 몸을 쭉 폈다. 몸의 욱신거림은 많이 좋아져 있었다.

입을 열고 속삭였다.

"나 달리노라, 하늘의 은령!"

몸에서 무게가 사라지는 순간, 그는 가볍게 도약했다. 몇 미터나 펄쩍 뛰어서——아니, 날아서 여관 지붕 위에 착지했다. 올려다보니 아래에서 봤던 것과 똑같은 밤하늘.

그리고 주변에는 저 멀리까지 펼쳐진 온천 마을.

크고 작은 다양한 여관들이 있을 뿐, 그 외에는 아무것도 없는 기묘한 마을 정경이었다. 이 온천 마을은 어떤 의미로 보면 산기슭의 내시워터 시와 연속되어 있다 할만 했다. 직통——그보다 그 이외의 아랫동네와 이어져 있지 않았다——의 마차가 왕복하고 사람과 짐을 옮긴다. 이동 비용은 그대로 경제가 되어 두 도시, 혹은 둘로 나누어진 하나의 고장에 생기를 불어넣어 주고 있다. 키에살히마 대륙의 다른 마을이 거의 빠짐없이 자급자족의 체제를 갖추고 있다는 점을 고려해 보면, 사실 이 온천 마을은 참으로 특이한 지역이었다. 그것도……

'이게 온천 없는 온천 마을이라고 하니.'

어처구니가 없어서 그는 탄식했다.

'이런 말도 안 되는 마을이 이곳저곳에 있는 건 아니겠지? 다들 동부는 마계라고 했는데, 의외로 그게 사실일지도.'

그런 생각을 했다.

옛날에 딱 한 번, 이 대륙 동부에 여행을 온 적이 있었다. 5년 전의 일이었다. 지금 상황과는 모든 것이 전혀 달랐지만.

'5년 전이라. 하긴 여러 가지로 많이 변했네.'

시선을 들었다. 다시 밤하늘. 유성 하나 보이지 않았다. 변함없는 풍경. 밤하늘만큼은 불공평하게 변함이 없다는 사실에 쓴웃음을 흘렸다.

변화를 바라면 고통을 강요받고, 변화를 바라지 않으면 비극이 찾아온다.

사람만이 괴로움을 겪는다. 물론 사람인 이상 누구나 고통을 받으니──그건 평등한 행복일지도 모른다.

'……이 온천 마을에서 푹 쉬고, 그걸 마지막 휴식으로 삼을 셈이었는데.'

감동도, 감개도 없이 그는 혼잣말을 했다.

'하지만 어차피 서둘러야 하니까. 대륙 전체를 샅샅이 뒤져야 할지도 모르니까, 아자리……'

누나의 이름을 중얼거린 후, 오펜은 혼자 미소를 지었다. 그리고 ──

그 미소가 일순 사라졌다. 눈을 깜빡거렸다. 조용한 밤의 공간에 잔물결 같은 전율을 느꼈던 것이다.

'인기척이……?'

어떤 것이든 간에 '발소리'는 두 가지로 분류된다는 스승의 말을 떠올리며, 오펜은 지붕 위에서 몸을 굽혔다. 그건 단순한 분류였다.

『너한테 들리는 발소리와 들리지 않는 발소리지.』

교사, 차일드맨 파우더필드는 과묵한 남자라고 교실 바깥의 사람들은 모두 그렇게 여겼고, 그건 표면적으로는 사실이었지만──웃기 애매한 농담을 즐겨 말하는 남자이기도 했다. 물론 설령 어떤 농담이라도 두 번 다시 똑같이 말하지 않는 부분만 보면, 그야말로 과묵함의 상징이라고 할 수도 있겠지만.

그리고 스승은 이렇게도 말했다.

『발소리를 죽이지만 발소리를 내는 것이라면 그건 인간의 것이다.』

그게 의미가 있는 충고인지 아니면 단순한 농담인지, 당시 오펜은 판단할 수 없었고──지금도 확신할 수가 없었다.

그러나 자신 나름대로 찾아 낸 답은 존재했다. 발소리가 들렸다고 해도 소리는 도움이 되지 않는다. 적이 보이는 위치로 이동해야 한다.

그게 무리라면 숨어서 기다려야 한다. 그는 지붕 위에 납작 엎드려서 일이 돌아가는 상황을 가만히 기다렸다. 그저 기분 탓일지도 모른다. 그냥 일반적인 온천 마을이다. 위험한 일이 있을 턱이 없다…….

발소리는 점점 명확히 들려왔다. 나름 발소리를 죽이려고 하는 모양이었지만──단순히 규칙적으로 질질 끄는 듯이 걸음을 옮겨 봤자, 결국 아무 소리도 내지 않고 걸을 수는 없다. 두 발에 모든 체중을 싣지 않으면 안 되는 구조로 발소리를 내지 않고 걷기 위해서는 기술이 필요하다.

부드러운 신발창을 대어야 한다는 등의 그런 기술이다──그렇게 하지 않았다는 건 이 발소리의 주인이 단순히 숨어들 요량으로 걷는 초보자라는 뜻이었다.

도시라면 한밤중에 살금살금 걷는 사람이 있어도 드문 일은 아니리라. 이유만 갖추면 누가 그렇게 행동해도 이상하지 않다. 오락거리가 넘쳐나는 마을, 이곳처럼 관광지라면 더더욱 말이다.

오펜은 주변을 가만히 응시했다. 불빛이 새어 나오는 창문은 멀리 있다.——펜션·숲의 나뭇가지는 다른 여관과는 다소 떨어진 장소에 자리했다. 마을의 떠들썩함도 잘 들리지 않는 장소였다. 굳이 이런 곳까지 찾아오는 관광객은 없을 터였다.

'……저녁 무렵에 여관을 나갔던 그 연구원이라는 사람들이 돌아온 건가……?'

그런 노선으로 예상했지만, 그는 곧바로 그걸 일축했다. 아니었다. 연구원은 두 명이었지, 지금 들리는 발소리는 복수의 것이 아니었다.

점점 가까이 다가오는 발소리에 의식을 곤두세웠다. 살결에 배어드는 밤의 공기에 신경을 녹여 넣자 시각과 청각이 융합되는 듯한 착각을 맛보았다. 이 착각은 무기가 된다——라고 그는 믿었다. 가까워지는 것과 멀어지는 것을 알 수 있게 된다. 특히 자신의 호흡 소리마저 사라진다.

발소리는 여관 현관 앞에서 멈췄다.

지붕 그림자 때문에 발소리의 주인은 보이지 않았으나 오펜은 무슨 일이 있으면 바로 뛰어내릴 태세를 취하려고 상반신을 세웠다. 지붕을 밟고 뛰어내려 땅바닥으로 낙하하는 것만 제외하면, 곧바로 상대를 제압할 수 있는 형태였다. 지면까지는 약 8미터 정도. 안전히 뛰어내리기 위해서는 마술이 필요했다.

이쪽이 지붕에서 몸을 날리는 순간에 상대가 어떤 공격——던지는 도구 같은——을 가할 정도의 반사 신경과 행동력을 가지고 있다면, 그걸 막아내는 건 행운에 기댈 수밖에 없다.

오펜은 씁쓸하게 그렇게 판단했다. 어지간한 일이 없는 한, 아무 대책도 없이 튀어 나가는 건 어리석은 자가 하는 짓이다. 창문을 깬다든가, 잠긴 문을 억지로 열려고 하는 정도라면 무시하는 편이 좋을지도 모른다.

그때——

무슨 냄새가 풍겨 왔다.

"…………?"

미간을 찌푸렸다.

코를 벌름거렸다. 밤의 향기를 밀어 내는 것처럼 진하고 자극적인 냄새가 비강 안쪽을 반응시켰다.

'등유…… 냄새잖아!'

예상 밖의 일이었다. 그는 이것저것 따질 새 없이 바로 뛰어내렸다. 지붕 위에서 일어나 지면을 내려다보기도 전에 허공으로 뛰어들면서——.

"나 달리노라, 하늘의 은령!"

주문을 외치며 마술의 구성을 공간 속으로 크게 펼쳤다. 치밀하게 짜인 구성은 순간적으로 중력을 상쇄시키면서, 오펜의 낙하 속도를 낮췄다. 감각적으로 남은 낙하 감각만이 지면에 착지하는 충격에 대한 공포를 상기시켰지만, 실제로 지면에 닿은 발이 느낀 감촉은 가벼웠다. 이 격차에 넘어지려는 몸을 가누며 오펜은 재빨리 뒤로 돌았다.

여관의 현관. 그 조금 옆에 남자가 서 있었다. 키는 오펜과 별 차이가 없었다. 그러나 체격은 남자가 훨씬 큰 것 같았다. 어두워서 알아보기 힘들지만, 몸에 쓸데없는 군더더기가 없었다. 그런 체격이었다. 동작에서 젊은 기운이 느껴졌다——재빠르고 강하면서, 침착성이 부족했다. 갑자기 지붕에서 뛰어내려 온 그를 보고 놀라 저도 모르게 움직임을 멈춘 상태였다.

손에 무엇인가 들려 있는 게 보였다. 항아리. 등유가 들어간 항아리이리라. 남자는 등유를 여관 벽에 뿌리려는 참이었다.

남자를 주시하면서——말했다.

"방화라노 저지르려고? 장난치고는 상당히 악취미인걸."

"큭……."

도대체 무슨 일이 일어났는지 남자는 이해하기 어려웠나 보다————갑자기 지붕 위에서 사람이 뛰어내려 왔으니 말이다. 항아리를 끌어안고 옆으로 뛰면서 이쪽으로 등을 돌렸다. 그리고 그대로 내달리기 시작했다.

"놓칠까 보냐!"

그렇게 말하지 않아도 알고 있긴 하겠지만, 그래도 오펜은 소리 내어 외쳤다. 도망치는 남자의 뒤를 쫓아 달렸다. 남자는 당황했는지 마구잡이로 달렸지만 그래도 상당한 속도였다. 등 뒤에서 마술로 저격하면 간단하겠지만 등유가 든 항아리를 들고 있는 상대에게 그런 짓을 하면 이쪽이 아무리 힘 조절을 해도 불덩어리가 될 가능성이 다분했다.

쫓고 쫓기기가 몇 십 초 이어졌을까. 그건 알 수 없었지만, 몇 개의 모퉁이를 돌아서 어떤 수순으로 길을 달렸는지도 알 수 없어졌을 때 즈음. 체력이 한계에 도달했는지 남자의 달리는 속도가 느려졌다.

'이제 열 걸음이면 따라잡을 수 있어——.'

오펜은 직감적으로 계산했다. 달리느라 흐트러진 호흡을 가급적 진정시키며 가볍게 주먹을 쥐었다.

달려서 도망가는 상대를 뒤에서 공격하는 건 의외로 어려운 일이다. 상대보다 더 빨리 달리지 않으면 안 되니 말이다. 달려들어 제압하는 것이 가장 좋겠지만, 상대가 만약 무기를 소지하고 있기라도 하면 매우 위험한 상황에 놓이게 된다.

몇 걸음 더 나아가——조금만 더 있으면 따라잡을 수 있다. 그 순간.

남자와의 거리가 갑자기 제로가 되었다.

'아니?!'

속으로 비명을 지르며 오펜은 눈을 크게 떴다. 돌연, 남자가 멈추며 뒤로 돌았기 때문이다——등유가 든 항아리를 옆으로 내던지고, 무엇인가를 꺼내어 자세를 잡았다.

밤이라서 밝기가 충분하지 않았다. 한눈에 포착한 그 무엇인가를 비출 정도로 빛이 넉넉하지 않았다. 보이지 않는 걸 피하기는 어려운 일이었다. 옆으로 뛸 여유도 없었다.

'에라, 모르겠다!'

기도하는 심정으로 오펜은 온 몸의 기세를 오른쪽 주먹에 모았다. 똑바로 남자를 향해서 주먹을 내밀었다. 피할 여유가 없는 건 저쪽도 마찬가지일 터였다. 그렇다면 단순히 빠른 쪽이 먼저 가격할 수 있을 것이다.

찰나의 전율──

뭔가 중대한 것을 마구 날려버린 듯 결과는 재빨리 찾아왔다. 감각은 없었다. 그저 잠시 후, 오펜도, 남자도 그 자리에 멈춰 있기만 했다.

식은땀. 아픔도 느껴지지 않았다. 오펜의 머릿속에 떠오른 건 그게 전부였다. 동시에──

털썩하고 그 자리에 남자의 몸이 무너졌다. 통로의 돌바닥에 쨍그랑하고 메마른 소리가 울렸다. 남자의 손에서 미끄러져 떨어진 것은 작은 나이프였다.

후으으으──하고 숨을 내쉬며 오펜은 두 걸음 정도 물러났다. 전력질주로 얻은 기세가 그대로 수먹을 통해 남자의 몸에 내리박혔던 것이다. 더 이상의 반격을 할 수 있을 것 같아 보이지는 않았지만, 무작정 나이프를 휘두르려고 하는 상대한테는 주의에 주의를 기울여야 한다.

남자는 몸을 떨면서 움직이지 못하고 신음만 내뱉었다──공격을 하려고 비스듬히 자세를 취했던 것이 오히려 악영향을 미쳐, 이쪽의 일격이 옆구리에 박힌 모양이었다. 오펜은 지면에 떨어진 나이프를 집어 들고 어깨를 으쓱했다. 상대한테는 보이지 않았겠지만.

"……도대체 무슨 일일까. 이런 칼을 들고, 남의 집에 불을 지르러 오다니, 보통 일이 아니잖아──설마 그런 걸 몰랐다고 하지는 않겠지?"

"젠…… 장……."

입을 뻐끔거리며──간신히 내뱉은 말이 그것이었다. 오펜은 시선을 남자에게서 길가에 내던져진 등유 항아리로 옮겼다.

"민폐만 끼치고 끝나는 취미는 아닌 것 같은데. 목적이 뭐지?"

"…………."

남자는 대답하지 않았다. 길 위에 의미 없는 한 점을 바라보며 경직된 채였다. 하긴 순순히 다 털어놓는 걸 기대하지는 않았기에——오펜은 한숨을 쉬었다.

자세히 보니, 남자는 정말로 젊었다. 물론 오펜 자신과 몇 살이나 터울이 있는 것 같지도 않았다. 몸을 숨길 셈이었는지 검은 점퍼를 입고, 얼굴에는 선글라스까지 쓴 차림이었다. 밤에 선글라스는 제대로 주위가 보이지도 않을 텐데, 그런 건 개의치 않는 듯했다.

"뭐 됐고."

오펜은 손으로 나이프를 만지작거리며 읊조렸다.

"방화도, 상해도 미수야. 목격자도 없으니 이대로 경찰에 넘겨도 모르쇠로 버티면 그걸로 끝이겠지. 하지만 말해 두겠는데, 두 번은 없어. 다음에 얼굴을 또 보게 되면 린치든 뭐든——"

그러다가——놀라서 말을 멈추었다.

남자는 아직도 계속 웅크리고 있기만 했다. 그자를 내려다보는 것처럼 오펜은 서 있었다. 밤거리의 빛은 거의 없었다. 그러나 그는 문득 자신의 그림자가 보인다는 것을 알아차렸다. 발밑에서 뻗어나가는 그림자. 흔들리는 붉은 빛 속에 뻗어 가는 그림자…….

"아니?!"

혀를 차며 오펜은 뒤를 돌아보았다. 후방——달려온 방향. 멀리서 붉은 불길이 보였다. 그것도 펜션·숲의 나뭇가지가 자리한 부근이었다.

"불이……?"

그 이외의 말은 떠오르지 않았다. 불길이 치솟고 있었다. 밤은 갑작스레 밝아졌다. 그리고——

자박!

자갈을 밟는 소리가 들렸다. 돌아보니 남자가 일어나 도망치던 참이었다. 조금 발을 질질 끌면서 불꽃의 빛이 닿지 않은 곳으로 달려갔다.

"윽······."

쫓아가야 할까, 오펜은 순간적으로 망설였다.

"이런 젠장! 되돌아갈 수밖에 없잖아!"

그렇게 내뱉고 그는 달렸다——여관 방향으로.

아까보다도 더욱 빨리 질주하여 왔던 길을 열심히 되돌아갔다. 한시라도 빨리 돌아가지 않으면 안 된다. 협박과도 같은 명령을 온몸에 전달하면서 오펜은 계속 달렸다. 불꽃의 색은 하늘을 선명하게 변색시켰다. 불길이 튀는 소리가 점점 크게 들려왔다. 마음은 몹시 급했지만, 뭘 어떻게 한다고 해서 달리는 속도가 빨라지는 것도 아니었다.

마지막 모퉁이를 돌아······.

그는 멈추지 않고 여관을 주시했다. 달리면서 관찰했다. 여관은 불길에 휩싸인 것처럼 보였다.

오싹했지만——가까이 다가가면서 그건 착각에 불과하다는 것을 알아차렸다. 자세히 살펴보니 불길이 강한 곳은 등유가 뿌려진 현관뿐이었다. 불기둥처럼 솟은 화염이 현관에서 그 위에 있는 2층 객실 부근을 태우는 중이었다. 그냥 놔두면 물론 위험하지만, 지금 객실에는 아무도 없고, 물론 현관이나 그 근처의 홀에서 잠을 자는 이도 없었다. 현재로는 연기 때문에 질식할 사람도 없으리라.

불길이 밤바람을 삼키며 울부짖고 있는 현관 앞으로 달려가서——
——

오펜은 크게 외쳤다.

"나 받아내노라——"

구성이 방출되면서 세계를 변환시켰다.

"난폭한 말의 춤!"

주문과 함께 주변을 때리는 쫘쫘작 하는 충격음이 울려 퍼졌다. 동시에 그을린 목재만 남기고 불이 팍 터지는 것처럼 사라졌다.

현장에 남은 것은 살짝 열기를 띤 바람과 등유가 탄 독특한 냄새뿐이었다.

올려다보니 여관의 피해는 그리 크지 않았다. 물론 수리비용이라는 의미에서 본다면 상당히 돈이 들어가겠지만. 아무튼 구조적인 손상은 입지 않은 것 같았다. 현관에 내걸린 간판은 잿더미로 변하고 말았다.

그때——

"우와아, 이게 무슨 일이에요?!"

갑자기 들린 소리에 돌아보니 뒷마당 쪽에서 매지크가 나타났다. 침낭에 이상한 꼴로 들어가 있었는지 엉망진창으로 흐트러진 머리를 하고, 놀라서 눈을 동그랗게 뜬 모습이었다.

"불이 났어요? 왜 현관에서 불이 나는 거예요?"

"방화야. 잘 모르겠지만."

오펜은 가능한 한 간단히 설명을 한 뒤, 주변을 둘러보았다. 불이 발생하고 진화까지 걸린 시간은 아마도 1분이 채 되지 않았을 것이다. 알아차린 근처 주민들도 없는 성 싶었다.

"방화요?"

의아한 얼굴로 되묻는 매지크를 무시하고 오펜은 혼자 의문점을 놓고 머리를 싸맸다. 이해가 안 갔다. 여관에 불을 지르는 의미도 모르겠지만──그것보다 더 알 수 없는 점이 있었다.

'시한발화 장치 같은 것은…… 없었어. 자세히 본 건 아니지만, 그런 걸 설치할 시간도, 여유도 없었을 텐데.'

그렇다면 어째서 나중에 불이 붙었을까?

'공범이라도 있었던 걸까? 그렇다고 한다면 처음부터 둘이서 불을 지르면 되잖아. 내가 지붕에 있다는 사실을 알았다면 상황이 달라지지만.'

담배의 불씨라도 떨어져 있었던 걸지도 모르지만──이런 밤에 불빛이 있다면 분명 눈에 띈다. 눈치채지 못했다는 것이 오히려 부자연스러웠다.

'음……, 고민한다고 해서 답이 나오는 것도 아니지. 이런 건 경찰이 할 일이고…….'

이렇게 되면 그 남자를 놓친 건 실수일지도 모른다.

어쨌든 깊은 상념은 다 타버린 현관에서 소란스럽게 뛰쳐나오는 소리 때문에 다 날아가 버렸다.

"아, 진짜 뭐야?! 뭐야?! 이게 어떻게 된 일이야?! 왜 여기가 이렇게 탔어?! 아, 오펜이 있네. 그렇다면 혹시?! 뭔가 박살이 났고, 오펜이 거기 있다는 건……. 저기, 오펜. 변명할 수 있는 상황은 아니겠지만 매월 용돈을 챙겨준다고 약속해 준다면, 난 분명 오펜을 믿을 수 있을 것 같아."

바깥으로 나오자마자 기운차게 조잘거린 사람은——따로 언급할 필요도 없지만——클리오였다. 상당히 커다란 잠옷 바람으로, 머리에는 레키를 얹고 기분 좋은 웃음을 지었다. 용돈을 요구할 절호의 기회라고 여겼나 보다. 아니면 단순히 놀라울 정도로 잠투정 없이 잘 일어나는 습성이 있는 걸지도 모르지만.

그 뒤를 이어서——다만 클리오보다 훨씬 느릿한 걸음걸이로 엘리스가 나타났다. 역시 잠옷 차림이었지만, 그 위에 가운 같은 것을 걸친 차림이었다. 이쪽은 반대로 일어나 있을 때와 별반 차이도 없는 무표정으로 화를 내고 있는 건지, 아니면 잠투정이 심한 건지 판단조차 되지 않았다. 그녀는 반쯤 뜬 눈으로 불에 탄 여관의 꼴을 둘러보고 당연한 어조로 중얼거렸다.

"……결국은 여기까지 하게 되었네, 그 바보들은……."

그걸 흘려 넘기지 않고 오펜은 그녀 쪽으로 몸을 돌렸다.

"어디 짐작 가는 곳이라도 있나 보지?"

그 물음에 그녀는 될 대로 되라는 식으로 한숨을 쉬었다. 손을 내저으며 주변을 가리켰다.

"로츠야. 여기 일대를 장악하고 있거든. 겉보기에는 우리와 같은 온천 여관이지만, 갱 같은 거야. 로츠 그룹. 관광 가이드에도 쓰여 있었지? 이런 바보짓을 하는 건 그 녀석들뿐이야."

"로츠……."

입 안에서 반복하며, 오펜은 아까 그 남자의 모습을 머릿속으로 떠올렸다. 갱. 그러고 보니 그런 인상의 남자라고 볼 수도 있겠다 싶었다.

그때——

"감이 딱 왔어!"

클리오가——뭐가 그렇게 즐거운지 알 수 없지만——튀어 오르기라도 하듯 쏙 손을 치켜들었다. 만세 포즈를 취한 그녀는 말을 이었다.

"평화로운 온천 마을……. 그러나 그 온천 마을을 주름 잡고 있는 악의 온천 여관……. 그리고 지하에서 부활하는 대괴수! 그리고 그때 우연히 방문한 여행자가 화려하게 활약하여 그 음모를 모두 무너뜨린다! 뭐 그런 시추에이션인 거네?"

"……지하에서 대괴수라니……?"

매지크가 던진 의문은 들은 척도 안 하고, 클리오는 그에게로 몸을 돌렸다. 주먹을 꽉 쥐고 근거 없는 자신감을 가지고 외쳤다.

"사건이 해결되면 매지크가 경단 같은 걸 먹다가 목에 걸려서, 모두가 와하하 웃으며 끝나는 거야."

"……어째서?"

"왜 어째서냐고 묻는데? 대부분 그런 거 아니겠어?!"

"——그건 그렇다 치고."

오펜은 적당히 말을 끊어내고, 엘리스에게 물었다.

"네 어머니는? 모습이 보이지 않는데 아직도 주무시는 거야?"

"엄마라면——"

"여기에 있다."

역시 담담한 중얼거림과 함께 현관에서 작은 노파가 나왔다. 그녀 역시 딸과 마찬가지로 여관이 입은 피해를 살핀 모양이었다. 다만 ——이쪽은 아무 말도 하지 않고 그저 흥, 하고 콧김만 뿜어내기만 했다.

레지본 온천 마을. 도착 후, 오펜의 첫날은 이렇게 막을 내렸다.

제6장   길 잃은 조사원

몇 시간 전으로 거슬러 올라가서…….

혹시 의심이라도 받는다면, 사실은——

그렇게 그는 혼잣말로 자백했다. 사실은——그렇다. 스스로도 이걸 과연 믿을 수 있는가 의심하지 않을 수가 없었다.

빙빙 돌려서 하는 말투가 싫은 건 아니지만, 좋아하지도 않았다. 그러나 산소 부족 상태에 빠진 뇌는 잠에 빠진 듯 맥락도 없는 기억과 단어를 나열하며 멈추려 하지를 않았다. 사실 자신은 잠들어 있는 게 아닐까 하고, 도틴은 망상을 했다——이건 꿈이다. 꿈이라면 금방 눈을 뜰 것이다. 꿈이라면 좋겠다. 꿈에서 만날 수 있어.

말만 빙글빙글 돌지 아무리 시간이 지나도 결론에 도달할 기미를 보이지 않았다. 그러나 답답함조차 느낄 수 없었다.

그저 정신없이 회전하는 사고의 원을, 소용돌이를 지켜보기만 해야 했다. 무엇을 기다리고 있는 것인지조차 생각할 여력이 남아 있지 않았다.

딱히 착란을 일으키고 있는 건 아니다——라고 그는 허망하게 자각했다.

별 일은 아니다. 단지 계속 달리느라 지쳤을 뿐이다. 몇 시간이나 말이다.

'……진짜로 몇 시간이나 뛰었잖아?'

미친 듯이 뛰는 심장 소리가 귀 안쪽까지 닿는 것을 느끼며, 도틴은 자문했다. 그게 비유가 아니라는 것을 자각하고 있다. 비유가 아니었다. 말 그대로 몇 시간이었다. 이제 완전히 해도 져서——아니, 아예 온 세상이 어둠에 잠겨 있었다. 밤의 어둠이었다. 때로는 전력 질주로, 때로는 지쳐 헐떡이면서, 또 어떤 때는 넘어져 신음하고 있을 때도, 그것은 계속 쫓아왔다. 결코 바짝 따라붙지는 않았지만, 그래도 일정한 거리를 두고 줄곧 따라오기만 했다.

스스로도 믿을 수 없는 것은 이 정체 모를 무엇인가에 쫓겨 몇 시간이나 달리고 있다는 점과 그리고 이 정체 모를 존재가 몇 시간이나 끊임없이 쫓아오고 있다는 점이었다. 도무지 영문을 알 수 없었다. 이렇게나 긴 시간을 포기하지 않고 도망을 다니는 사냥감도 없겠지만, 똑같이 몇 시간이나 쫓아오는 포식자도 없을 것이리라.

'……짐승이 아닌가?'

상대의 모습이 보이지 않아서 그조차도 확인할 수가 없었다. 수수께끼의 추적자는 상상 속에서 그 형태가 점점 괴악한 것으로 변모해 갔다.

가급적이면 직선상으로 뛰는 게 좋다는 건 알았지만, 밤의 숲속에서는 그렇게 할 수도 없었다. 나뭇가지가 얼굴을 긁고, 휘두른 팔이 나무에 부딪치는 데다 나무뿌리에 발이 걸려 넘어지면서 뱀처럼 구불구불하게 나아갔다.

바로 옆을 볼칸이 같은 꼴로 달리는 것이 보였다. 헉헉대며 둘이서 거친 호흡의 이중창을 반복했다. 몸이 너무 피곤했다——손발이 무겁고, 눈앞에서 별이 깜박거리며 정신이 아뜩해졌다. 마비라도 오는 것처럼 피부 표면에 따끔함이 지나갔다. 한계가 찾아왔다는 것은 의심할 여지도 없었다.

'이제…… 안 되겠어. 더 이상 못 뛰겠어.'

달리면서 몇 번이나 중얼거렸던 그 말을 도틴은 또다시 읊조렸다. 못 뛰겠다. 달리기 힘들면 이제 어떻게 해야 좋을까? 회전하는 사고의 소용돌이 속에서 결론은 나오지 않았다. 간단한 답이 있을 터였다. 단순하고 명쾌한 답이.

그리고——

"크어억?!"

옆에서 들려오는 고함. 마침내 형이 발이 꼬여 넘어진 모양이었다. 그에 이끌린 듯 도틴도 발걸음을 멈췄다. 그때까지 느끼고는 있었지만 이해하려 하지 않았던 강렬한 피로감이 졸도해버릴 정도로 깊게 뇌리에 내리꽂혔다.

꽈당——하고 저항도 하지 못한 채 도틴은 그 자리에 엉덩방아를 찧었다. 그러자마자 몸은 아예 움직일 수도 없게 되었다. 단순하고 명쾌한 대답. 한계가 찾아왔다면 그 자리에서 멈추면 될 일이다. 그 이후 어떤 운명을 밟게 될지는 신경 쓸 필요가 없다.

"아…… 하, 아하하하하하."

몸속 어디에서 솟아나는지 맥 빠진 웃음소리가 울려 퍼졌다. 그 웃음소리의 주인이 바로 자신이라는 사실이 너무도 부자연스럽게 느껴졌다. 부자연스럽고, 저질러서는 안 될 짓처럼 느껴졌다.

그러나 지금은 아무래도 좋았다. 도틴은 힘을 빼고 흘러가는 상황에 몸을 맡기기로 했다——몸뿐만이 아니었다. 사고까지 힘이 쭉 빠지고 말았다.

"아하하하하하하하."

"으으으으으윽!"

형이 기세 좋게 벌떡 일어나는 것이 보였다. 불사신인지, 아니면 지친다는 개념 자체가 없는지 모르겠지만 주먹을 꽉 쥐고 턱에 주름을 잡으며 크게 외치기 시작했다.

"생각해 보니! 이 마스마튜리아의 투견이자 전사 볼카노 볼칸 님이 이렇게 숨을 헐떡이며 도망쳐야 하는 이유를 모르겠군!"

"아하하하하하하하."

대답할 기운도 없어서 도틴은 계속 웃음만 터뜨렸다. 형은 혼자서 꽥꽥 소리만 질러댔다.

"이 세상에 있는 것들 중에서 용사의 용기를 꺾는 것은 존재하지 않지! 그러니까 이 몸이 무엇을 두려워하여 도망가는 것 자체가 잘못된 거 아니겠냐! 예능감 있게 말하자면 되노 않는 소리는 하널 마라, 랄까!"

"아하하하하하하하."

"그러니까 이제 뛰는 건 그만! 아무튼 때려치운다! 지치기도 했고. 이 최강 전사 볼칸 님을 쫓아다니는 그런 어림 반 푼 어치도 없는 놈은 필살기 거꾸로 떨어지는 천공의 고드름 걸레짝 만들기 어쩌고 하는 기술로 조져 놓을 테다!"

"아하하하하핫, 하하하하하."

"아니면 곰 인형을 선물해서 죽일 테다!"

"아하하, 으하하, 흐흐, 후헤헤, 후허허허."

"⋯⋯⋯⋯죽일 테다⋯⋯ 음, 그러니까 그게."

형은 잠시 곤란해진 듯 우물거리다가──

그리고 갑자기 이쪽으로 고개를 돌리더니 작고 불만 섞인 목소리로 말했다.

"저기, 도틴. 네가 뭐라고 한 마디 해 주지 않으면 이 형 체면이 뭐가 되겠냐."

"아하하하, 으하하, 으헤헤헤——"

머리까지 흔들며 실컷 웃고 나서 도틴은 갑자기 웃음을 딱 멈췄다. 점차 의식이 맑고 또렷해졌다……

"저기, 형."

"왜 그래? 도틴."

"곰 인형 가지고는 좀 힘들지 않을까."

"그런 건 아무래도 상관없거드으으은!"

따악, 하고 형이 뽑은 검으로 머리를 때리자 도틴은 그 자리에 뒹굴었다. 그걸로 형도 다소 체면이 섰는지 검을 높이 치켜들었다.

"음! 자, 어서 나와라! 필살 고드름 역날검——"

그리고 잠시 말을 멈췄다.

"……아니, 이게 아닌 것 같지만 대강의 뜻은 전해진 것 같으니 오케이다! 무엇보다 이 볼카노 볼칸 님의 장절한 실력으로 제압을 할 것이니 일단 잘 보이는 곳에 나와라! 그리고 이 몸이 저쪽을 가리키며 '아'하고 외치면 그쪽을 보느라——"

"저기, 형……."

도틴은 쓰러진 채로——좋아서 그러고 있다기보다는 힘이 다 빠져서 움직일 수 없는 것이었지만, 촉촉한 흙이 뺨에 닿는 감촉이 좋긴 했으므로——형을 불렀다. 볼칸을 바로 우향우를 하더니 뒤를 돌아보았다.

"왜 그래, 도틴?"

"계속 신경 쓰였던 건데……."

이건 거짓말이었다. 생각이 사고의 소용돌이를 깨부수고 결론까지 도착하게 된 것은 달리기를 멈추고 난 후의 일이었다.

아무튼 그건 그렇다 치고, 도틴은 문득 한 가지 사실을 알아차렸다.

"아까부터 우리는 무엇에 그렇게 쫓겼던 걸까?"

"……………………."

기대하고 있었던 건 아니었지만, 역시 볼칸은 그 대답을 가지고 있지 않았다──동그란 눈을 화등잔처럼 뜬 채 당연하다는 식으로 입을 열었다. 형이 이런 표정을 지을 때는 대부분 그렇지만 상황 파악을 전혀 못하고 있다는 뜻이다.

"음, 분명 이 볼가노 볼칸 전사님에 어울리는 강적임이 분명하겠지."

일단 무시하고 도틴은 말을 이었다.

"사실 들개라면 이렇게 몇 시간이나 우리를 따라온다는 건 좀 이상해. 우리가 계속해서 뛴 건 아니잖아──가끔 멈춰서 쉬고 있을 때도 저쪽은 쫓아오지도 않았단 말이야."

"음, 실로 단순하고 누구라도 깨달을 수 있는 평범한 분석이지만, 마저 설명을 하도록 허락하겠다, 동생이여."

"고마워. 그래서 말인데……, 뒤에 있는 게 무엇인지는 모르겠지만 그게 우리를 쫓은 게 아니라 따라온 게 아닐까? 그러니까 따라잡지는 않았지만 계속 뒤를 따라온 것 같은──"

"하긴. 이 형도 그렇다고 본다!"

볼칸은 이쪽의 말을 끊으며 소리친 후, 눈물을 주르륵 흘렸다.

"이 위대한 형과 엇비슷한 결론에 도달하다니 너도 성장했다고 칭

찬을 해 주지 못할 것도 없지! 평범한 자가 쉽게 해 낼 수 있는 게 아니야. 그래서——이제 어떻게 할까."

"……일단 이제 더 이상 움직일 힘도 없으니까 그냥 가만히 있는 게 어떨까?"

"음, 이 형의 결론과 같구나."

볼칸은 자신만만하게 그렇게 대꾸하고——그 역시 지쳤는지 그 자리에 털썩 주저앉았다.

주변은 완전히 깜깜했지만 하늘을 뒤덮은 나뭇가지 사이로 희미하게 흘러들어 오는 밤하늘의 빛 덕분에 형의 표정이 그나마 보이긴 했다.

그렇다고 그 이외의 사물들이 보이는 건 아니었다. 사박거리는 숲의 소리가 귓가에 맴돌았다. 그러나 그 소리가 어디에서 나는 것인지 눈으로는 찾아볼 수가 없었다.

감각으로 배고픔을 느낄 수 있다고 한다면, 지금은 시각만이 압도적인 공복 상태였다. 신경질이 난 청각만이 잡소리까지 잡아냈다.

바스락……

풀을 밟는 소리. 아니, 바람에 나뭇가지가 흔들리는 소리일까? 도틴은 제대로 판단을 할 수 없어 형을 쳐다보았다. 볼칸은 주저앉아 침착하게 가만히 한 점을——어떤 소리가 들려온 방향과는 전혀 다른 곳을 주시할 뿐이었다. 아니, 그냥 소리조차 눈치채지 못한 것 같았다.

이윽고 소리는 점점 격해졌다. 기분 탓이라고 스스로를 속일 수 없을 정도로 격하게.

게다가 목소리까지——

'……목소리?'

도틴은 자문자답을 했다. 움직이기 힘들 정도로 지쳐 있긴 했지만, 마지막 힘을 짜내어 머리를 들었다.

귀에 들린 건 분명 목소리였다.

"……나 참, 이거 큰일이군, 노사프 연구원. 이건 그거로구먼. 내 기준에서 말하자면 목적지의 방위와 위치에 혼란이 가해졌다는 거 아닌가."

"그러네요, 연구원장님……. 그냥 길 잃은 것 같은데요."

"그렇군. 자네 기준에서 말하자면 그렇겠어."

점점 그 대화하는 목소리가 가까워지는 것을 알 수 있었다. 목소리. 사람 목소리. 약간 비음이 섞인 동부 밀투.

도틴은──스스로도 믿을 수 없었지만──숨겨진 미지의 힘을 발휘하여 일어나 형 쪽으로 몸을 돌렸다.

"형! 들렸어?"

"음."

볼칸은 크게 고개를 끄덕이더니 목소리가 들린 방향으로 검을 겨누었다. 앉은 채로.

"무슨 일인지 잘 모르겠지만, 길을 잃다니 멍청한 놈들이군."

"……지금 남보고 뭐라고 할 처지가 아닐 텐데……."

조심스럽게 중얼거리고, 도틴은 안경을 고쳐 썼다. 하늘에서 새어 들어오는 빛보다도 강하게──어둠 속 나무들 사이로 쏟아지는 불빛이 보였다. 휴대용 가스등인가 보다. 풀을 밟은 발소리와 같은 템포로 빛이 흔들렸다.

풀숲을 헤치고, 나뭇가지를 치우면서 나아가고 있기에 위치도, 방향도 명확하게 눈에 들어왔다. 대화 소리를 듣지 못했다고 하더라도 분명 산짐승은 아니었다. 틀림없이 사람이었다.

'아, 그래, 당연하지. 말하는 짐승이 어디 있겠어? 아, 하지만 서부에는 인간의 말과 비슷하게 들리는 울음소리를 내며 사람에게 접근해서 포식을 하는 맹수가 있다던데.'

도틴은 필사적으로 머리를 굴렸다——아니, 오히려 영혼이 이탈하여 멋대로 누군가와 이야기를 나누고 있는 듯한 감각이었다. 누군가를 설득하지 않으면 안 된다. 그러기 위해서 말을, 지식을 짜내지 않으면 안 된다. 설득 상대가 자기 자신일지언정.

'아, 근데 그 맹수는 30년도 훨씬 더 넘는 옛날에 포획되어 멸종되었다고 그랬잖아. 그리고 신음 소리를 비슷하게 흉내 낸다는 거지 언어를 구사할 수 있다는 게 아니니까. 그러니까 지금 다가오는 건 사람이 맞아. 노사프 연구원과 연구원장……. 어쩐지 어디 연극에 나오는 광대 콤비 같은 호칭이긴 하지만, 광대 콤비는 누굴 잡아먹거나 하지는 않을 테니까 걱정할 필요는 없겠네.'

보고 있는 와중에도 불빛은 점점 다가왔다. 어차피 움직일 수도 없는 상태였으므로——접근하는 것의 정체가 무엇이든 간에 선택의 여지는 없지만, 도틴은 그 사실을 어떻게든 잊으려고 애를 썼다.

'하지만 잘 따져 보니 광대 콤비가 우리를 발견한다고 해서 무슨 의미가 있겠어……. 길도 잃었다고 하는 판국에. 아, 그래도 불빛을 가지고 있는 건 좀 고마운 일이라 생각해야 하나. 기왕이면 듬직한 산림 안내인 같은 사람을 데리고 있다면 더욱 기쁘겠는데. 그건 좀 무리겠지?'

망설이고 있는 시간은 어떤 의미에서 보면 행복했다. 생각이라도 할 수 있다. 공포란 생각을 가로막아 버리는 것이다. 생각을 할 수 없는 순간의 끝에——죽음이 버티고 있다.

마침내 그 순간이——

어둠이 개이면서 둥근 가스등을 든 뚱뚱한 사람의 그림자가 어두운 숲속에서 나타났다.

그리고 그 뚱뚱한 남자 뒤에는 추레해 보이는 젊은이. 엄청나게 큰 배낭을 짊어지고 있었다. 그 얼굴은 가스등 불빛을 받아 새파랗게 질린 것처럼 보였다. 짐이 너무 무거워 고개를 숙이고 있는 탓이기도 하겠지만, 그걸 빼고 봐도 안색이 참 안 좋았다. 짙은 피로의 흔적이 엿보였다.

모두가 순간 할 말을 잃고——

넷은 그저 멍하게 마주 보았다. 이쪽 두 사람과 저쪽 두 사람이 아니라, 네 명이 각자 서로의 얼굴을 본 순간 조리 있는 사고 자체를 잃은 것 같았다. 도틴 역시 자신이 무엇을 하면 좋을지 머릿속에서 그렇게나 반복했던 생각을 어딘가로 다 날려버리고 말았다. 그저 서로를 바라만 보았다.

가장 처음으로 입을 연 사람은 등을 들고 있던 중년 남자였다.

"어라."

목소리를 들어 보니 아까 전에 연구원장이라고 불리던 자이리라. 어리둥절한 얼굴로 말했다.

"이건…… 그거로군? 노사프 연구원."

그가 뒤에 있던 추레한 남자——당연히 노사프겠지만——에게 물음을 던졌다.

"이를 어쩐다. 아까 언뜻 봤을 때부터 신경이 쓰였던 것이다만······."

"왜 그러세요? 연구원장님."

척 보니 노사프는 이제 아무래도 좋다는 식의 표정이었다——멈
춰 설 거라면 차라리 쉬면 좋을 텐데, 그것마저 허락해 주지 않을 것
이라는 걸 매우 잘 이해하고 있다는 원망 섞인 감정이 절절히 전해져
왔다.

그러나 정작 연구원장은 자신에게 쏟아지는 원망은 손톱만큼도 모
르고 있는 건 확실했다. 그저 느긋하게 말을 이어나갔다.

"음······, 자네는 들어 본 적이 없나? 서부의 미개척지에는 자주
있다고 하는데······. 이런 곳까지 존재하고 있을 줄이야."

"네에?"

반문하는 노사프에게 연구원장은 곤란해하는 시선을 보내더니 손
가락으로 이쪽을 척 가리켰다.

"음. 인간의 흉내를 내며 숲에 숨어 살다가 어리석은 여행자가 다
가오면 균사를 몸에 심는다는 흉악한 살인 버섯에 대한 연구 논문이
작년에 나오지 않았나. 그런데 이렇게 직접 그걸 목격하다니 정말 놀
랍군."

"누가 버섯이냐?!"

이제까지 멍하게 있던 볼칸이 버럭 호통을 치며 일어났다——

오오, 하는 경악의 소리를 지르며 두 사람은 뒷걸음질을 쳤다.

형은 한 걸음 나아가 검을 들어 보였다.

"민족의 영웅이자 마스마튜리아의 투견, 볼카노 볼칸 님께 살인
버섯이라니! 너희의 그 가당치 않은 용기와 무모함에 경의를 표하며,
계단식 밭에서 귤 농사로 죽일 테다!"

"오오오?!"

"연구원장님, 저 검이 균사입니까?!"

"아니라니까아아아아아!"

"아, 저어—……."

조심스럽게 손을 뻗으며 도틴은 간신히 대화에 끼어들었다.

"저희는 버섯이 아닌데요."

"뭐라고?!"

예상치도 못했던 사실을 듣기라도 한 듯 화들짝 놀라며 연구원장은 머리를 내저었다.

"버섯이 아니라고…………. 그럼 양……."

"양?"

"양배추?"

"버섯도, 양배추도, 무도, 당근도, 하물며 멋들어지게 피는 장미도 아니란 말이다!"

검을 휘두르며 볼칸이 외쳤다.

"누가 뭐라고 한들 영원의 챔피언! 운명을 검에 맡긴 마왕! 볼카노 볼칸 님이다!"

"동생인 도틴입니다."

"오오, 그렇군."

자기소개를 하자 연구원장은 금세 진지한 표정을 지었다.

"나는 귀족 연맹 유적 조사회 탐색 평의회 북부 레지본 지부 연구원장인 콘래드일세. 그리고 이쪽이 이번 조사에 조수를 맡고 있는 노사프 연구원. 하하, 산책하기 참 좋은 밤이지 않나?"

"아니……, 뭐랄까 그렇게 싹 태도를 바꾸어도 그다지 석연치 않은데요…….”

도틴은 어쩐지 거북해서 신음을 쏟아냈다——

하지만 그와 동시에 마음에 한 가지 걸리는 단어가 있었다. 귀족 연맹 유적 조사회 탐색 평의회…….

'유적 조사?'

인간 종족이 유적이라고 칭하는 경우, 오직 단 한 가지의 의미만 가지고 있다.

그 옛날 대륙을 지배했던 드래곤 종족, 그것도 인간과 관계가 깊었던 천인인 월드 드래곤 노르니르가 남긴 유적이라는 뜻이다.

“음.”

볼칸이 고개를 연신 끄덕이며 검을 검집에 집어넣었다.

“무슨 일인지는 잘 모르겠지만 이후 이 마스마튜리아의 검은 번개, 폭포의 시원한 바람에 노래하고 금빛으로 불타는 투견, 볼카노 볼칸 님을 버섯으로 착각하지 말도록.”

이름 길이로 지고 싶지 않은지 형의 자기소개에 붙는 직함이 늘어났다. 그런 건 사실 한없이, 끝도 없이 아무래도 좋을 일이었지만.

“그건 그렇고…….”

도틴은 중얼거리면서 얼굴을 들었다. 그리고 마침 콘래드도 중얼거리면서 고개를 숙였다.

“……이런 곳에서 무엇을 하고 있는 거예요?”

“……이런 곳에서 자네들은 무엇을 하고 있나?”

각자의 의문은 그대로 상대방의 의문과 겹치고 말았다.

“오오, 그렇군. 그 흉악한 사채업자가 자네들을 절벽 아래로 내던졌다고⋯⋯. 그거 참 고생했겠어."

"고생이라니⋯⋯. 그런 단어로 정리해버릴 수 없을 정도로 뿌리 깊은 운명이 자리 잡고 있는 것 같은데요."

그 자리에 넷이서 둘러 앉아 사정을 털어 놓길 30분 정도 지났을까?

일단 도틴은 이런 곳을 헤매게 된 이유에 대해 간략한 설명을 마친 참이었다. 그러는 사이 콘래드는 마치 자신의 일처럼, 그리고 때로는 맞장구까지 치며 들어 주었지만——노사프라는 남자는 전혀 관심도 없는지 눈을 감고 입을 다물고 있었다. 졸고 있는 모양이었다.

꾸벅꾸벅 조는 노사프 뒤에서는 볼칸이 그의 거대한 배낭을 아무런 거리낌 없이(아니, 그 이선의 문제시만) 멋내로 열어 안을 뒤지는 중이었다. 도틴은 못 본 척했고, 콘래드도 딱히 신경 쓰는 것 같지도 않아서 형은 은근 기뻐하며 배낭을 뒤적였다. 보나마나 먹을 걸 찾고 있는 거겠지만. 아마, 아니 틀림없이.

콘래드는 벌써 몇 개비나 되는 담배에 불을 붙이며 어쩐지 감회가 깊다는 듯 고개를 끄덕였다.

"그렇지. 뭐가 뭔지 알 수 있는 듯하면서도, 전혀 알 수 없는 게 운명이라는 것이지. 그보다 영문을 알 수 없는 것까지 다 합쳐서 운명이라고 부르는 것이겠지만. 대륙의 역사상, 사채업자에 의해 절벽 아래로 내던져지는 경험을 한 자는 그리 많지 않을 텐데 자네들은 그런 험한 일을 겪고 나와 만난 것이야. 어떠한가? 이런 가설에는 관심이 없나? 사채업자에 의해 절벽 아래로 내던져지는 일은 황금 시계가 가진 저주의 힘으로 복싱 선수로서 연전연승을 하는 것만큼 진귀한 일이라고 할 수 있지. 그렇다면 나는 오늘밤 황금 시계의 저주에 걸린 복싱 선수와 만날 가능성도 있었다는 뜻이겠군."

"아니, 그런 말씀을 저한테 하셔도……."

도틴은 곤혹스러워서 끙끙거렸다. 그러나 콘래드는 개의치 않고 계속 말을 이었다.

"흠, 복싱 선수라고 하니 왕궁 검투사인 키노만의 몸 상태가 영 좋지 않은 건 도전자를 사고로 죽게 해서 그렇다는 소문이 있다지? 그렇지만 내가 보기에는 아무래도 그 엄청난 위력의 오른쪽 훅이 사람 죽이는 맛을 알고 다시 한 번 '사고'를 일으키려고 의도하여 벌인 짓 같단 말이야."

"아니, 그런 사람 모르는데요……."

"아, 그래 맞다. 얼마 전에 젊은 연구원과 대화를 했었는데, 그 남자가 일반적인 차륜에 전기를 축적할 수 있을 거라는 무슨 말도 안 되는 소리를 하더군. 일단 시원한 물로 얼굴이나 씻고 오라고 했더니 후회할 거라며 무서운 말을 남기고 갔지 뭔가. 이건 협박이지 않나? 그래서 경찰에 신고를 했지."

"어, 음……."

선택지를 놓고 보자면——제각각 빈도의 차이는 있겠지만——그 종류는 많을 게 분명했다.

첫째, 화를 낸다——"그딴 건 내 알 바 아니거드으으은! (푸욱)" 아니, 죽여서는 안 된다.

둘째, 운다——"그런 건 제 알 바가 아니라고요. 그래서 저희는 결국 어떻게 되는 건데요?(흑흑)" 아니, 질문해 봤자 소용없을 것 같다.

셋째, 되묻는다——"네?" 말도 안 된다. 괜히 되물었다가는 정말 상세하게 설명할 것만 같다.

결국 도틴은 가장 일반적인 선택지를 골랐다.

"그렇군요."

애매하게 맞장구만 쳤다.

"그래서…… 저희는 그런 이유로 이렇게 길을 헤매게 되었는데 당신들은 어떻게?"

물어 보니 콘래드는 후우, 하고 큰 한숨을 쉬었다. 콧김이 이쪽 얼굴에 닿을 정도로.

"우리는 아까 말한 직함대로의 일 때문에 온 걸세."

"……유적 조사 말인가요?"

"음, 그렇지. 바로 얼마 전에 매우 귀중한 고문서를 발견해서 말이지. 그게 이 부근에 있는 유적과 직접 관계가 있는 것으로 보이는 기술이 있던 건 아니었지만, 몇 가지 마음에 걸리는 부분이 있어 확인차 온 거네."

"고문서……. 얼마 전에 발견했다면서 그렇게 간단히 다 해독할 수 있는 건가요?"

유적과 마찬가지로 인간 종족의 학자가 고문서라고 칭한 경우, 그것도 천인이 기록한 것을 의미한다. 한 달 전에 함께 있었던 여자 마술사가 그런 문서를 읽는 데 상당한 시간이 걸렸던 일을 떠올리며 도틴은 물었다.

그러나 콘래드는 자신도 이상하다는 듯 웃음을 터뜨렸다.

"하하, 그런데 현대어로 쓰여 있었네."

"그럼 고문서가 아니지 않나요……."

"본부 측에서도 그렇게 말하면서 예산을 내어 주지 않았지. 어쩔 수 없이 우리 둘이서 조사를 온 것이네. 그렇지, 노사프 연구원?"

"네…… 그러네요, 연구원장님……."

어조를 들어 보니 잠꼬대 같았지만——노사프가 대답했다.

콘래드는 별 의문도 제기하지 않은 채 그저 만족스러워 보이기만 했다. 크게 고개를 끄덕인 후, 가스등 불빛 아래에서 눈동자를 빛냈다.

"알고 있나? 이 주변은 천인의 처형장이 있던 곳이라고 하지. 다만 화산 분화로 인해 대부분 매몰되었는데——어쨌든 그때 천인이 화산대 전체를 철저하게 진화했기 때문에 지금은 용암 한 방울도 보이지 않지만——지금까지 발견된 시설은 거의 일부에 불과하네. 그마저도 전부 조사가 끝나고 현재는 관광객을 상대로 입장료를 받으며 개방을 시켜 놓은 상태고. 그런데 정작 중요한 것이 발견되지 않았단 말이야."

"네?"

"무엇인지 짐작이 안 가나?"

그렇게 묻는 콘래드의 눈에는 형언할 수 없는 기쁨이 가득했다. 눈동자도 반짝반짝 빛났다. 어린아이의 눈동자처럼——혹은 어린아이보다 더 어려 보일 정도로 빛나는 눈동자로.

"모르겠는데요."

도틴이 솔직히 대답하자, 콘래드는 더욱 기쁘게 고개를 끄덕였다.

"음……."

그는 담배 연기를 빨아들였다 내뱉어 호흡을 고른 후, 말을 이었다.

"천인의 처형 방법을 아는가……?"

"예? 아니요."

"그 고대 종족은——마술사들이 속칭 '고대 마술사'라고 부르는 것처럼 광대한 마술을 소유하고 있었지. 평범한 방법으로 그 생명 활동을 정지시킬 수는 없지……. 마음만 먹는다면 정신만 분리하여 처형인의 몸에 빙의하여 빼앗아 계속 살아갈 수도 있단 말일세. 그 마술의 힘은 익히 알고 있겠지만, 대륙의 지형을 바꿀 정도의 것이지. 불가능이 없다고 해도 과언이 아니야."

"그렇다더라고요. 저희 고향에는 드래곤 종족이 있지만요."

도틴은 마스마튜리아를 돌아다닐 때 근처에서 작은 산만 한 덩치에 강철 피부를 가진 생물이 아무렇게나 뒹굴고 있는 걸 떠올리고 그렇게 중얼거렸다. 드래곤 종족의 마술은 정말로 지형을, 자연을, 세계의 섭리소차 제어하고 소종할 수 있나.

콘래드는 씩 웃음을 지었다——그건 지금까지 얼굴에 달라붙은 듯 보인 만성적인 미소가 아니라 좀 더 강한 웃음이었다.

"맞네. 강대한 마술로 자신들의 몸을 완벽하게 지킬 수 있는 종족. 그런데 그런 자기 종족의 일원을 처형하려면 어떻게 해야 하는가? 사실 자네들이 모르는 것도 무리는 아니네. 아무도 모르는 일이니 말일세. 그런 처형 방법을 명확하게 밝혀 주는 시설을 아직 우리는 발견하지 못했어. 처형장에 있는 처형장을 말이야."

"이 주변에 그게 있다는 뜻이에요?"

"그런 말이 있긴 하지만. 이 주변은 매우 흉포한 육식 동물의 서식지가 있어서 사실 제대로 된 조사대가 진입한 적이 없었네."

"……네?"

그냥 흘려 넘길 수 없는 말을 듣고 도틴은 되물었다.

그러나 그와 동시에——아니, 그보다 더 빨리.

"연구원장님?!"

갑자기 눈을 번쩍 뜬 노사프가 새된 목소리로 외쳤다.

"흉포한 육식 동물이라고요?! 그런 말씀은 저한테 안 해주셨잖아요?!"

"아아, 뭔가, 노사프 연구원. 알고 있는 줄 알고 일부러 말하지 않았지. 이런, 내가 그만 실언을 했구먼."

"그렇게 머리만 긁적이지 마시고요! 그런 위험한 장소를, 이런 시간에! 이건 너무 무리한 짓 아닙니까?!"

"사실 나도 그렇게 생각하네."

"생각만 하지 말고 행동을 했어야죠!"

"그렇게 급하게 굴면 자기 손해일세."

"그런 거랑 상관없거든요!"

노사프는 빠른 어조로 따지더니——볼칸이 아직도 매달려 있는 배낭을 그냥 통째로 들어 벌떡 일어났다. 척 봐도 알 수 있을 정도로 아랫입술을 꽉 깨물고 말했다.

"얼른 돌아가죠! 이제 한계에요. 이런 일은 그만 두겠습니다! 대학까지 나와서 왜 이런 고생을! 어떻게 납득을 하라는 겁니까!"

"그렇게 성질을 내며 뛰쳐나간 노사프——그러나 자신의 마음에 한 줄기 바람이 불었을 때, 그 마음속 빈틈을 발견하게 되었던 것이다……."

"뭘 멋대로 해설을 넣고 있는 겁니까?!"

"그리 화내지 말게나, 노사프 연구원. 칼슘 소모가 심해질 것이야."

끝까지 느긋한 어조로 콘래드가 답했다. 그 모습을 무슨 콩트라도 보는 심정으로 바라보면서 도틴이 끼어들었다.

"저어…… 그래서 그 위험한 짐승이라는 건 어떤 건데요?"

"음, 그게 말이지."

콘래드는 태연하게 대답했다.

"이 주변——특히 이 숲에 들어온 사람은 하나도 빠짐없이 모두 시체가 되어 그 산길 근처의 절벽 아래에서 발견되는 바람에 실태를 아는 자는 아무도 없네."

"그렇게 위험한 장소를 왜 폐쇄하지 않았던 겁니까?!"

질문한 사람은 노사프였다. 콘래드는 조금 시끄럽다는 듯이 그를 쳐다보았다.

"누가 일부러 절벽 아래 출입 금지를 시키겠는가. 내려가는 길도 없는데."

"어, 저어."

도틴은 다시 대화에 끼어들었다.

"그럼 당신들은 어떻게 이곳에 온 거예요?"

"음, 저 절벽에 로프를 매달고 열심히 내려왔지."

"그때 이상하다는 걸 알아차렸어야 했는데~!"

머리를 쥐어 싸며 노사프가 큰 소리로 울부짖었다.

그때였다——

"에이, 진정 좀 해라!"

목소리가 울렸다.

그 호통의 주인공은 노사프의 배낭 위에 떡 하니 서 있는 볼칸이었다. 팔짱을 끼고 배낭 안에서 발굴한 바나나를 껍질째 물고 우물거렸다.

"다 큰 남자가 그렇게 징징대다니! 짐승이든 뭐든 간에 그딴 동물 따위 이 마스마튜리아의 투견이 얼마든지 처리해 주지! 그래, 바로 통조림에 꽉꽉 채워 죽여서 말이지!"

………….

일동 잠시 침묵.

잠시 후, 입을 연 사람은 노사프였다.

"……너, 그런 곳에서 뭐하는 거야?"

"음, 신경 쓰지 마라."

당당하게 대꾸하며 뛰어내린 볼칸은 바나나를 단번에 삼켰다. 검을 뽑아들며 높다랗게 외쳤다.

"훗! 이 전사 볼카노 볼칸 님이 동물 킬러라고 불린다는 걸 모르나 보군."

"……아니, 나도 그건 처음 듣는데……."

도틴의 중얼거림을 완전히 무시하고 볼칸은 혼자서 멋진 척, 포즈를 잡았다.

"그날 밤 길거리에서의 싸움……. 지금도 인근 주민들은 기억하고 있겠지! 붉은 달빛이 비추는 세계. 고요하고 어리석은 세계를! 이 몸과 그 흉악한 짐승은 대치해서——"

"길거리라고 하는 시점에서 그 짐승이라는 건 들개인 것 같은데?"

"뭐라?! 그게 무슨 문제가 있는 거냐?!"

도틴의 나직한 지적에 볼칸은 당황하여 홱 돌아보았다. 일단 이쪽의 대화는 무시하고, 노사프는 더욱 언성을 높였다.

"아, 정말! 절망적이야! 이런 일을 위해 가족 곁을 떠나 유학을 간 게 아닌데! 이래가지고는 연구자 순직 명단에도 이름을 올릴 수 없잖아! 어머니는 내가 보내 주는 생활비에만 의존하는데! 위로금도 안 나오고, 그냥 내가 죽으면 어쩌란 말이야?!"

"이거 미안하게 됐군, 노사프 연구원."

"순순히 사과하지 말고 하다못해 무슨 변명이라도 하시죠?!"

초점마저 흔들리는 눈동자로 노사프가 콘래드한테 덤벼들었다. 손을 들고 달려드는 일은 없었지만, 그래도 무슨 신호라도 주면 물어뜯어 버릴 기세였다. 일단 외부인이 뭐라고 할 문제는 아니라 보고 도틴은 물러났다. 그리고——알고 싶었던 정보를 모두 얻을 수 있기도 했고.

바스락, 바스락…….

도틴은 한숨을 쉬었다. 바림 소리도 소란 때문에 하나도 무섭지 않았다. 풀숲의 소리도. 그걸 헤쳐 나아가는 소리도.

아니——

'풀숲을 헤치는 소리?'

도틴은 고개를 들었다. 뭐라고? 풀숲을 헤치며 나아가는 소리라고?

가스등 불빛 덕분에 시각은 충분히 확보된 상태였다. 물론 소란 때문에 청각도.

하도 시끄러운 탓에——작은 소리를 탐욕스럽게 갈구하려 들지 않았다. 그래서 듣지 못했었다…….

"헤치며 나아가는 소리——"

그 찰나 속에서 도틴이 내뱉은 중얼거림은 그게 전부였다. 그 찰나 속에서 얼마나 많은 일이 일어났다고 해도——도틴이 명확히 기억할 수 있는 것은 자신이 그 말을 중얼거렸다는 사실 뿐이었다. 오직 그것뿐. 그것만이 도틴이 완수해낸 역할이었다.

찰나가 시작되었다.

갑자기 콘래드의 느긋한 목소리가 사라졌다. 붉은 선이 허공을 메웠다. 도틴은 그게 무엇인지 알 수가 없었다——알고 있었다면 발광했을지도 모른다. 천천히 콘래드가 쓰러지는 것이 보였다. 좌우로.

오른쪽으로도, 왼쪽으로도 아니었다.

머리끝부터 다리 사이에 걸쳐 두 덩어리로 쪼개져 좌우로 푹 쓰러졌던 것이다.

몸이 반동강이 났으니 똑바로 서 있을 수가 없다. 그건 너무도 당연한 일이라 이해하지 않고도 알아차렸다. 콘래드는 이제까지 서 있던 장소에서 붉은 고형의 물보라만 남긴 채 좌우로 갈라지며 나뒹굴었다.

"어?"

노사프의 말도 그뿐이었다. 그러니 분명 그도 나중에 기억할 수 있는 건 이 중얼거림뿐일 거라고 도틴은 생각했다. 괜한 참견일지도 모르겠지만——

쓰러진 콘래드의 몸 뒤에 무엇인가가 서 있다는 건 금세 눈치챘다. 흉포한 짐승. 도틴은 그 단어를 지금 본 것에 끼워 맞춰 보려고 했다. 그러나 기름투성이가 된 부품처럼 손가락에서 자꾸 빠져나가 제자리에 끼울 수가 없었다. 그건 덩치가 작았다. 키로만 따지자면 자신보다 더 작은 것 같았다. 두 발로 서 있었다. 몸통이 길어서 직립보행이라는 이미지는 아니었지만.

손에 무엇인가 들고 있는 것이 보였다. 길고 날카로운 것. 콘래드의——좌우로 갈라진 콘래드의——가스등 불빛 속에서 매끄럽게 빛

나는 것.

검이었다.

"으어?"

긴장감 하나 없는 노사프의 목소리. 비명. 그는 놀랐다기보다는 어안이 벙벙해져 소리를 지르고는──살짝 뒤로 물러선 모양이었다. 투욱, 하는 소리도 이어서 들렸다. 그가 배낭을 떨어뜨리는 소리.

도틴은 움직이지 않았다. 움직일 수가 없었다. 정수리부터 가랑이까지 일직선으로 찢겨나간다. 그런 일이 가능키나 한 걸까, 하고 절로 생각에 잠기고 말았다. 그럴 수 있다고 해도──그건 어떤 종류의 힘일까? 검이다. 검으로 사람을 반으로 쪼갰다. 하지만 검은 길이도 짧고 크기도 작았다. 사람을 '절단'할 수 있는 것이 아니었다. 그런 걸 가능케 한다면 도대체 얼마나 대단한 괴력을 갖고 있다는 뜻일까?

"으아아아아아악?!"

이제 제정신을 차렸는지──참 부러운 일이다──노사프가 크게 비명을 질렀다. 그는 그대로 홱 뒤로 몸을 돌려 빛이 닿지 않는 곳으로 도망쳤다. 숲의 어둠 속으로 전력을 다해 달려갔다.

도틴은 움직이지 않았다. 움직일 수가 없었다.

단지 갑자기 나타난 그것을 가만히 바라보기만 했다. 짐승이라고 하기에는 너무나도 기묘했다. 도대체 저것의 정체가 무엇인지 알 수 없을 정도로. 그저 짐승과 동떨어진 모습이라고 치부하기도 어려웠다. 형상만 보면 틀림없이 짐승이었으니 말이다.

키……키익…….

기괴한 소리. 저 짐승의 울음소리인가 보다.

원숭이와 닮았다. 아니, 원숭이였다. 원숭이는 좀 더 밝은 색의 털로 뒤덮여 있는 줄 알았는데, 이 눈앞에 있는 것은 전혀 그렇지 않았다. 불에 타기라도 한 것같이 시커먼 갈색이었다.

덩치는 작았다. 그건 착각이 아니라 명확한 사실이었다. 위화감을 느끼게 만든 것은 손이었다. 마치 인간의 것 같았다. 도구를 사용하는 인간과 똑 닮았다. 원숭이의 손목부터 그 끝까지만 바꿔 끼운다면 딱 이 모습이 되리라. 아니――그것만으로는 한 가지 결정적인 차이가 있다.

그 짐승의 가장 도드라지는 특징은 두부였다. 원숭이의 머리. 그 점만큼은 단언해도 좋았다. 머리에는 원통형의 수조 비슷한 것이 두개골을 꿰뚫기라도 한 듯 박혀 있었다. 유리 재실이었는데, 안에 늘어 있는 액체가 노랗고 탁해서 엄청나게 더러운 물체처럼 보였다.

그 원통형 수조 안에 둥그스름한 것이 떠 있었다.

뇌였다. 원숭이의 두개골 안에는 다 들어갈 수 없을 정도로 큰 뇌가 둥둥 떠 있었던 것이다.

원숭이는 이쪽을 보았다. 깜박거리지도 않는 눈으로.

도틴은 직감적으로 깨달았다――아까까지 뒤를 쫓고 있었던 짐승.

'틀림없어. 이 녀석이야.'

그렇지만…….

'왜…… 갑자기…… 공격을 하는 거지? 아까까지…… 뒤를 따라오기만 했었는데.'

그런 의문이 떠올랐지만 대답은 찾을 수 없었다. 그리고 곧.

"으으으으으음!"

이번에 울려 퍼진 것은 형의 목소리였다. 검을 손에 쥔 채, 상황 파악을 했는지 못했는지 알수 없지만, 원숭이를 향해 뭐라고 크게 소리를 질렀다.

"뭐가 뭔지 잘 모르겠지만!"

역시 상황을 이해하지 못했던 모양이다. 하긴 그 점에 관해서는 도틴도 마찬가지였지만.

볼칸은 계속 말을 이었다.

"머리에 뭐가 박혀서 무겁게 이고 있는 걸 보니 참 수고가 많다만, 이 마스마튜리아의 투견과 마주치다니 운이 참 나쁘구나! 이 동물 킬러의 필살 검이 네놈 같은 건방진 동물을 여러 가지로 괴롭힐 것이다! 그러니 근이완제로 릴랙스 시켜서 죽이겠다——"

"저기, 형——"

도망치는 게 좋을 것 같은데, 라고 도틴이 말하려던 찰나였다.

오싹한 기운이 몰려왔다.

오한 때문에 그 순간이 아직 끝나지 않았음을 알았다.

원숭이가 움직였다.

그리고 순식간에 형의 눈앞으로 달려가더니 팔을 휘둘렀다. 검을 가진 그 팔을.

형의 목이 땅바닥에 데구루루 굴러 떨어졌다.

"응?"

그건——당연하지만, 볼칸의 중얼거림이 아니라 도틴의 것이었다.

이번에야말로 정말 상황을 이해할 수 없었던 도틴의 몸에서 힘이 쏙 빠졌다.

그러나.

원숭이가 이쪽을 쳐다보았다. 털썩, 하고 볼칸의 몸이 가벼운 소리를 내며 무너졌다. 허공을 휘저을 틈도 없이 곧바로. 원숭이가 이쪽을 향했다.

머리는 돌아가지 않았지만, 몸은 민첩했다. 위험하다는 건 이미 잘 알았다. 도틴은 뒤로 돌아 냅다 달리기 시작했다. 원숭이의 시선을 등 뒤에서 느끼면서——

자신도 끝이다.

분명 자신은 이제 틀렸다.

가슴속에서 그런 말이 메아리쳤다. 그냥 다 끝장이었다. 허나 몸은 계속 도망쳤다. 살아님을 가능성을 보고 도망치는 게 아니었다. 다만 도망치지 않을 수가 없었을 뿐이었다. 달리고, 달렸다——

키익!

원숭이의 울음소리이리라. 날카롭게 들려왔다.

그리고 무슨 기척이 느껴졌다. 등 뒤에서 무엇인가가——

콱, 하는 큰 충격을 받고 도틴은 그 자리에 넘어지고 말았다. 박혔다. 무엇인가가 등에. 검일 것이다. 원숭이가 갖고 있던 그 검. 비명을 지르고 싶었지만 그럴 수가 없었다. 숨결만 흘러나왔다.

'봐, 역시 소용없잖아…….'

아프지는 않았다. 발소리가 들릴 정도로 의식도 또렷했다. 원숭이가 다가오는 발소리. 어쩔 셈이지? 나는 이제 어떻게 할 수도 없는데. 나를 어떻게 하려고…….

도틴은 등에 꽂힌 검을 내려다보았다. 그리고 그 칼날을 보았다. 등에 걸친 망토를 뚫고 지면에 박힌 채였다. 예리한 검. 어디서 본 것 같기도 했다. 도틴은 그게 원숭이가 들고 다닐 만한 검은 아니라는 생각이 들었다. 그렇다. 마치 암살자가 가지고 다닐 법한 단검이었다…….

그때 정신이 번쩍 들었다.

자신은 검에 찔리지 않았다!

망토를 꿰뚫었을 뿐이었다. 원숭이가 다가오고 있다……. 도틴이 죽었는지 확인하기 위해서.

'숨을 멈춰야 해……. 심장도!'

도틴은 필사적으로 빌었다. 빌어서 어떻게 될 것도 아님을 알았지만, 그래도 빌었다.

어차피 꿈같은 일이야…….

뭐든 할 수 있어!

그렇게 되면 숨도 멈출 수 있을 것만 같았다. 심장까지도. 돌멩이가 되면 된다. 돌을 죽이는 사람은 없다. 그건 자연계의 섭리다.

발소리가…… 가까워지고 있어…….

그러나 그 발소리마저 잊고 도틴은 빌었다. 순간적으로 원숭이의 냄새를 맡은 기분이 들었다. 그러나 그런 건 생각하지 않기로 했다. 돌멩이는 생각하지 못하는 존재니까. 자신은 돌멩이니까! 그리고——

원숭이는 땅바닥의 돌 위를 그냥 지나가는 거다. 그게 만약 종교라고 한다면 순교도 할 수 있을 정도의 신념으로 도틴은 기도했다.

………….

어느 정도 시간이 흘렀는지는 알 수 없었다.

턱!

한층 더 강한 발소리. 도틴은 무슨 일인가 의아해했다. 그리고 금방 알아차렸다——그건 방향을 바꾸는 발소리였다. 그걸 기점으로 발소리는 점점 멀어졌다. 저 멀리로 달려간 것 같았다. 방향은 확실했다. 아까 노사프가 도망친 쪽으로 쫓아갔나 보다.

도틴은 일어났다. 눈을 반짝 떴다.

'그 원숭이는 내가 기절한 줄 알았던 거야.'

어떻게든 몸을 일으키려고 했지만——그럴 수 없어 조바심을 느꼈다. 단검이 망토를 땅바닥에 단단히 고정시켜서 그렇다는 걸 안 것은 몇 초 후의 일이었다.

'그래서 도망친 노사프라는 사람을 먼저 쫓기로 한 거구나. 빨리 이곳을 떠나지 않으면…… 돌아올지도 몰라!'

도틴은 거의 무의식적으로 단검을 바닥에서 뽑아냈다. 흙으로 지저분해진 검은 원래 은빛을 띠었던 듯했다. 강철 손잡이는 단단하고 차가웠다. 온기를 완전히 거부하고 있는 느낌의 검.

'하지만…….'

그 검을 손에 들고 멈춰 섰다.

'도대체 뭐야……. 뭐냐고, 그건?!'

혼란에 빠진 도틴은 소리 없이 외쳤다. 눈이 핑핑 돌았다. 모든 것이 빙글빙글 돌았다. 아무 것도 알 수가 없었다……. 알 리도 없었다.

'이런 건…… 이런 건 말이 안 되잖아?! 이상해, 이상하다고——그러니까——그래, 규칙 위반이야!'

마구잡이로 생각을 나열했다.

있을 수도 없는 일이었다.

절대로 있을 수 없는 일인 줄 알았다!

자신들을 죽이는 자가 있다니?!

'거짓말⋯⋯. 이런 건 말도 안 돼⋯⋯.'

눈을 꼭 감았다. 그러나 그것도 실패였다. 눈을 감으니 더욱 선명하게 목과 몸이 분리된 형의 모습이 떠올랐다.

형의 시체가!

'그럴 리가⋯⋯.'

도틴은 몇 번이나 반복했다. 말도 안 된다. 그러나 그 말도 안 되는 일을 그 원숭이──아니, 괴물──는 해내고 말았다. 또 비명. 노사프라는 남자의 목소리였다. 그래도 저항은 하고 있겠지만, 도틴은 확실히 깨달았다.

할 수 있는 일은 아무것도 없다. 그런 괴물에게 대항할 수 있는 무기를 자신들은 하나도 갖고 있지 않았다.

'저항⋯⋯ 할 수 있는 건⋯⋯.'

문득 한 가지 대답이 머릿속에 떠올랐다.

"⋯⋯⋯⋯⋯⋯."

눈을 떴다. 혼란은 자취를 감췄다. 답이 보였다. 명확한 답이.

어떤 괴물에도 대항할 수 있는 자가 있다. 아니, 그라면 대륙에 있는 어떤 괴물과도 싸울 수 있을 터──그 남자라면!

"으아아아아아!"

크게 외쳤다──아니, 울부짖었다. 도틴은 전력을 다해 달렸다. 아직 그 남자는 근처에 있을 것이다.

대륙 최강의 흑마술사⋯⋯.

음험하게 치켜 올라간 눈초리. 흉기처럼 예리하고 강인한 육체. 강대한 힘을 원하는 대로 조종하는 정신력. 끝까지 표적을 노리는 투쟁심.

그리고 자신들에게 빚 독촉을 하는 그 남자를 향해.

피 묻은 단검을 손에 들고 도틴은 온 힘을 짜내어 달려 나갔다.

(계속)

후기

"상하권으로 되어 있는데 『작가 후기』라니 이상하다고 여기면서도 괜찮은 표제가 도통 떠오르질 않아서 이렇게 되고 말았습니다. 따지고 보면 인터미션 독백 메모라는 분위기겠지만. 어쨌든 독백이기 때문에 캐릭터 없이 작가 혼자서 후기를 보내드리도록 하겠습니다. 시리즈 열한 번째 권 권말입니다……."

"……그 내용은 지난번에도 했는데."

"으엇?! ……그, 그럴 수가…… 이다음에 제 2부 개시도 힘들었다고 말하려 했는데……."

"그건 더 전에 했어."

"……당신은 대체 누구세요?"

"엘리스야. 이 권에 나오는."

"그렇군요……."

"…………."

"어, 저기……."

"왜?"

"말 좀 해도 될까요?"

"그게 일이잖아."

"네, 죄송합니다……. 아니, 왜 내가 직접 만든 캐릭터한테 머리를 숙이지 않으면 안 되지?!"

"숙이지 않으면 되잖아. 누가 하라고 한 것도 아닌데."

"……하긴. 어흠, 매번 나오는 작가입니다. 이렇게 독자 여러분들께서 또 함께해 주셔서 감사할 따름입니다.(깊숙이)"

"뭐 깊숙이 찌르기라도 한 거야?"

"아니거든! ……이제 좀 가만히 있어."

"네에—."

"나 참(투덜투덜). ……어, 상당히 오래간만에 뵙습니다. 드디어 제 2부 개시. 이제 예고대로 툭탁툭탁 우당탕하는 이야기로 진도를 나갈 수 있을 것 같습니다."

"근데 그걸 판단하는 건 독자잖아. 당신이 아니라."

"……모처럼 제 2부 개시!니까 작가 후기도 좀 길게 잡아서 와이드판 노 컷 노 CM(클리어)으로 보내드리겠습니다."

"본편이 얄팍하니까 그렇게 메꾸려는 거구나."

"………….(쳐다본다)"

"마저 말하지 그래?"

"흑흑.(울음) 젠장, 지지 않을 테다. 아무튼 시리즈 때마다 말씀을 드리고, 전에도 언급했듯 제 2부는 동부편이기에 이번에는 일행이 대륙 동부를 남하하게 되었습니다. 솔직히 이야기에 대해서라면 저보다 독자 여러분들이 더 잘 아시는 것 같다는 그런 생각이 요즘 든

단 말이지요.(웃음)"

"울고 웃고 참 바쁘네⋯⋯. 작가가 저러니 이쪽이 힘들어."

"우으으⋯⋯. 시어머니의 괴롭힘을 받는 새색시 기분이야⋯⋯."

"아, 그건 남자들은 진짜 이해할 수 없을 정도로 굉장한 세계래."

"오호, 하지만 네 그 발언은 좀 여성 비하이지 않아? 조심하려고 해도 그런 부분은 좀 어렵긴 하지. 어떻게 보십니까, T지마 씨?"

"누가 T지마라는 거야. 그리고 자꾸만 이야기가 삼천포로 빠지는데. 자꾸 칸이나 메꾸려는 수작이라는 소리 듣고 싶지 않으면 빨리 본론으로 돌아가는 게 좋지 않아?"

"⋯⋯점호라도 할까?"

"어디 따라한다고 들키기 전에 그만두는 게 좋을 것 같은데."

"그래. 그럼! 제 2부 개시를 하면서 갑자기 상하권! 지난번에 이어 재미 붙인 게 결코 아닙니다. 아니, 두 번 다시 할까보냐, 하는 마음이었는데 뭐랄까, 으음⋯⋯. 설명으로 전해질지 모르겠지만 역시 제 성격이 아닐까 하는 생각이 최근에 들었습니다."

"성격?"

"음, 지금까지도 몇 번이나 가볍게 이야기한다~ 라고 하면서도 거의 실현시키지 못했는데, 그건 다시 말해서 여유가 없어서 그런 게 아닐까 하는 생각이 드네요."

"여유?"

"매수의 여유 말이지요. 페이지의 매수. 대화로 개그를 하는 건 좋아하지만, 그거 마무리가 안 되니 끝나지가 않는단 말이죠. 쉽게 말해서는 칸만 잡아먹는 거죠. 그렇다고 한 권 분의 매수로 스토리를 넣어 사건을 일으키는 식으로 진행을 하면, 본편과는 관계없는 소소한 내용들을 넣을 수 없게 된단 말이지요. 그래도 괜찮긴 하지만, 작정하고 두 권 분량으로 한 편을 해보면 얼마든지 재미있는 대화를 넣을 수 있지 않을까 하는 생각이 들었는데."

"……난 그런 쓸데없는 걸 고민하는 게 속편하게 할 수 없는 최대 이유인 것 같아……."

"시끄러. 아무튼 그래서 이번에는 독자 여러분이 저를 그냥 따라오시길. 아마 재미있을…… 것 같으니 하권까지의 시간차를 꾹 참아주세요.(꾸벅)"

"음, 참고로 본편을 이미 읽으신 분께 혹시 모르니까, 이 칠칠치 못한 작가한테 미스터리를 기대하지 말아주세요."

"……하긴…… 그건 부정하기 어렵지……."

"좋아하는 트릭은 있어? 라는 질문을 받으면「빙고 교수의 코 흡입약」이라고 대답할 녀석이니까."

"뭐 어때, 좋아하는걸."

"아무렴 어때……. 그래서 최근에는 좀 어때?"

"음, 노트북을 샀지."

"기계치면서?"

"시끄러. 잘 사용할 수 있을 때까지 노력할 거라고. 일단 떨어뜨리지 않게 조심해야지."

"엄청나게 기본적인 것부터 주의를 하는구나."

"전원을 켜고 끄기와 먹통이 되었을 때 태연하게 리셋하는 정신력은 몸에 배어 있으니 어떻게든 되겠지."

"대충 사는구나."

"현실적이라고 해야지. 일일이 설명서 읽으면서 기계랑 놀 시간은 없으니까."

"분명 기계 문명의 붕괴라는 건 이런 녀석들이 넘쳐나서 시작되는 걸 거야."

"이 여자가……, 누굴 볼보크인 줄 아나."

"그 외에 별 다른 일은 없었어?"

"음, 글쎄. 요즘은 계속 원고에만 매달려 있었으니까. 일단 헝크편은 클리어 했지만."

"……그 발언의 모순에 대해서는 따지지 않기로 하고. 어쨌든 의외로 따분한 생활을 하는구나?"

"그럼 뭐 어쩌라고."

"교통사고를 당했다든가, 경품에 당첨되어서 신이 났는데 돌아가는 길에 검은 벤츠 꽁무니를 들이받았다든가, 동쪽 하늘을 고속으로 날아가는 도깨비를 봤다든가, 그런 기쁜 소식은 없어?"

"전부 불행한 얘기잖아……. 아니, 도깨비는 어떨지 모르겠지만."

"확정 신고는? 아무 일도 없었어?"

"그런 건 무슨 일이 있으면 곤란하지."

"……좋아. 그럼 이만 돌아가도 좋아."

"왜?!"

"약간의 농담이야."

"아, 맞다. 역에서 좀 떨어진 곳에 새로운 이발소가 생겼는데."

"……그래서?"

"역 바로 앞의 이발소보다 거기가 훨씬 가격이 싸."

"근데?"

"다음에 한 번 가볼까 하고."

"…………."

"…………."

"알았으니까 돌아가."

"어째서?!"

"그럼 이번에는 길게 보내드린 제 11권 권말——"

"아, 뭘 영업 스마일로 정리하려고 그러는 거야, 너는?!"

"출연은 망할 작가와 저, 엘리스였습니다. 그럼 다시 하권에서 만나요."

"망할 작가라고?!"

"그럼~ See you ♪"

"야, 도망가지 마아아아?!"

1998년 3월——

아키타 요시노부

SORCEROUS STABBER

ORPHEN

마술사 오펜
뜻밖의 여행

나의 꿈에 잠기라, 낙원(下)

「그런 얼굴도 하는구나.」

갑자기 누군가가 말을 거는 소리에 고개를 드니

엘리스가 위로 여닫는 문에서 나와 이쪽을 바라보고 있었다.

거꾸로 쓰러진 자신의 몸 위에
클리오가 달랑 올라앉아 있었다.
오펜은 어쩐지 울고 싶어졌다.

「나 발하노라, 빛의 칼날!」
열파와 충격의 소용돌이가
원숭이 같은 짐승을 삼켰다!

CONTENTS

SORCEROUS STABBER

ORPHEN

나의 꿈에 잠기라, 낙원(下)

SORCEROUS STABBER

마술사 오펜
뜻밖의 여행

애장판 6

나의 꿈에 잠기라, 낙원(下)

秋田禎信
Yoshinobu Akita

일러스트 쿠사카 유야　**번역** 김진아　**디자인** 백진화
편집 김일철　**마케팅** 김정훈　**주간** 박관형

나의 꿈에 잠기라、 낙원（下）

제7장 보수 없는 의뢰

"……뭐야, 꿈이잖아."

볼칸은 눈을 뜨자마자 그렇게 중얼거렸다.

꿈이라고 해도 어떤 꿈이었는지 잘 기억이 나지 않지만, 아무튼 굉장한 악몽임에 분명했다. 뇌 어딘가에 직접 찬물이라도 뒤집어쓴 것처럼 생생한 아픔이 남아 있었다.

아주 천천히 눈을 깜박여 보았다. 감각은 확실한데도 몸의 움직임이 느릿하고 묵직하게 느껴졌다. 시야는 살짝 부옇다가 몇 초 후에는 점차 초점이 잡혔다. 녹색 빛이 감도는 돌 천장. 돌 표면은 온통 긁은 자국투성이였다. 가로세로, 그리고 비스듬히. 온갖 방향으로 새겨진 자국들은 흡사 문자 같았다. 문자였다고 하더라도, 물론 그저 평범한 자국이었다고 해도——읽어 낼 수도 없었지만 말이다.

문득 머릿속에 떠오르는 건 고향이었다. 마스마튜리아. 지인 자치령.

지금에 와서 향수를 느끼고 그런 것은 아니었다. 사실 고향을 떠올렸다고 해서 무슨 감정이 따라오는 건 아니었다. 고향. 그저 있을 곳에 있는 고향. 볼칸은 크게 숨을 쉬었다. 아직도 마음대로 움직일 수가 없었다. 온몸에 미지근한 기운이 느껴졌다. 이곳의 공기는 답답하기 그지없었다. 그는 그렇게 생각했다. 당연한 일이다. 이곳은 실내니까.

그럼.

"……뭐였더라?"

볼칸은 홀로 얼굴을 찌푸렸다. 무슨 말을 했던 것 같다. 그러나 무슨 말을 했는지 당최 기억이 나지 않았다. 꿉꿉한 뒷맛을 맛보며 그는 똑바로 누운 채로 고개를 좌우로 흔들었다. 천천히.

눈에 들어온 것은 천장과 똑같은 녹색 벽이었다. 천장도 그렇지만 선명한 녹색은 아니었다. 희끄무레하면서 푹 죽은 녹색——만약 이 세상의 '녹색'들을 평가해서 순위를 매긴다면 꼴찌 자리는 따놓은 듯한 별 볼 일 없는 녹색이었다. 천장, 벽, 그리고 흘끗 보였던 바닥. 모든 것이 녹색이었다.

시야가 스르륵 어두워졌다. 눈을 감기 일보직전이었나 보다. 순간 정신이 번쩍 들어 볼칸은 눈을 떴다. 무슨 의도가 있어서가 아니었다. 그저 반사적으로 삼기운에 저항한 것에 불과했다.

그런데 참 졸렸다.

그는 그렇게 중얼거리며 그래도 애써 정신을 차리려고 했다. 전사라면——하물며 자신과 같은 민족의 영웅이라면, 상황 파악도 못한 채 그냥 다시 잠들 수는 없는 노릇이라는 생각이 들었다.

마음만 있다면 일어나는 건 간단했다. 다소 나른하긴 했지만, 억지로라도 몸을 일으키려고 했다. 그는 자신의 몸까지 포함하여 주변을 둘러보았다.

그가 누워 있던 곳은 바닥이 아니었다. 아니, 바닥 같지는 않았다——침대처럼 보였다. 굳이 따지자면 방 중앙에 가장 높다랗게 솟아 있는 바닥이 아닐까 싶었다. 침대의 높이는 1미터 정도. 자신의 키를 고려해 보았을 때, 볼칸은 이건 상당한 높이라고 여겼다.

벽 한쪽에는 입구 같은 네모난 구멍이 뚫려 있었다. 문은 달려 있지 않았지만 긴 통로가 계속 이어져, 도대체 어디로 향하는지는 알 수 없었다. 방의 천장 근처에는 가스등과는 다른 기묘한 빛이 둥둥 떠 있기만 할 뿐이었다. 그저 빛을 모아두기만 한 것 같은 부자연스러운 빛의 덩어리였다. 방 안이 부옇게 보였던 것도 이 빛 때문인 듯했다. 허나 이 빛이 없었다면 방은 깜깜했으리라. 방에는 창문 하나 없었다.

"그게 무슨 큰 문제겠어."

볼칸은 그렇게 단언했다.

바깥으로 나갈 수 없다는 뜻일지도 모르지만.

그런데——

그는 팔짱을 끼고 고개를 갸웃거렸다. 도무지 이해가 되지 않았다.

침대 위에서 그는 끙끙거렸다.

"……왜 난 죽는 꿈을 꾼 거지?"

결국 화재 자체가 치명적인 피해를 줬는가는 그리 큰 문제가 아니었다.

그의 마술로 완전히 복원된 펜션·숲의 나뭇가지의 현관을 돌아보며 오펜은 혼잣말을 했다.

'문제는…… 같은 일이 또 일어날 수도 있다는 점일까.'

가능성으로 따져 보자면 일어날 수도, 혹은 안 일어날 수도 있다.

지금에 와서 방화범을 놓친 일이 후회스러웠다. 혀를 차면서 오펜은 머리를 긁적였다.

어젯밤, 방화범에게 매운맛을 보여 줬다는 확신은 들었다——그야말로 두 번 다시 바보 같은 짓거리는 하지 않겠다고 맹세시킬 정도는 말이다. 그러나 놓쳤기 때문에 재범의 가능성을 부정할 수는 없었다.

그래서 어느 쪽도 일어나기는 충분했다.

"……동기에 따라서…… 겠지?"

소리 내어 중얼거리며, 그는 무심코 주변을 둘러보았다. 그렇게 운 좋게 문제의 방화범이 근처에 숨어 있을 리도 없겠지만.

그때였다——

"스승님."

그는 자신을 부르는 소리가 난 방향을 감으로 찾아냈다. 펜션 2층 창문에서 금발 소년이 이쪽을 내려다보고 있었다. 그걸 올려다보며 오펜은 의아해하며 되물었다.

"뭐야, 매지크. 거기 객실이잖아? 왜 거기에 있는 건데?"

"스승님, 아직 소식 못 들으셨어요?"

매지크는 의외라는 듯 눈을 깜빡거렸다.

"엘리스 씨가, 어제 스승님이 위험한 불을 꺼 주셨으니까 이제부터 언제까지고 객실에 묵어도 된다고 했어요. 그래서 저 짐을 옮기던 참이었어요."

"오호……."

오펜은 멍하게 맞장구만 쳤다. 몇몇 생각이 떠올랐지만——매지크에게 그걸 말해 봤자 소용없기에 그냥 입을 다물었다.

대신 다른 말을 꺼냈다.

"근데 우리 오늘 여기 떠나는 거 아니었냐?"

"그러고 보니 그러네요……."

매지크는 곤란한지 얼굴을 찡그렸다.

"하지만 모처럼 제대로 된 방에서 묵을 수 있으니까 좀 더 있어도 되잖아요."

"으음……."

"그렇게 해요. 그리고 꽤 방이 좋아요. 2인실이고, 저랑 같이 써야 겠지만. 클리오는 결국 계속 엘리스 씨의 방에서 지낸다는데, 뭐라고 투덜거리더라고요."

"그 녀석, 아주 배가 부르구나."

"그렇죠? 그리고 여관의 잡일을 하지 않아도 된대요. 그러니까 스승님, 오늘은 제 연습 좀 꼭 봐주세요."

"…………."

오펜은 잠시 묵묵히 있다가 답했다.

"……가능하면."

"스승님?"

기분이 좋아 보였던 매지크의 얼굴이 바로 흐려졌다――미간에 항상 입고 다니던 검은 망토처럼 그리 어리지도 않는 주름을 잡았다.

"가능하면이라니, 못할 이유가 어디 있다고! 그렇게 땡땡이만 치려고 하시고……. 제 입장도 되어 보세요. 제대로 제어할 능력을 익힐 때까지 마술을 사용하지 않겠다는 약속을 지키고 있단 말이에요. 그리고 그 제어법도 좀 빨리 가르쳐 주시지 않으면 공평하지가 않잖아요――"

"아――, 아――, 알아. 알고 있다고."

오펜은 대번에 따지기 시작한 매지크의 말을 끊으며 손을 내저었다. 한숨을 쉬며 말을 이었다.

"딱히 땡땡이를 치고 싶어서 그런 게 아니야. 그저……."

"그저, 뭐요?"

아직도 납득이 가지 않는다는 표정인 매지크. 오펜은 쓰게 웃으며 대꾸했다.

"아니, 뭐랄까——이제 노숙도 안 해도 되고, 하인처럼 강제 노동도 안 해도 되니까 만만세이긴 한데."

그러면서 허리에 손을 얹고, 아담한 흰 펜션을 올려보았다——매지크가 몸을 내미는 창문만이 아니라 건물 전체를.

아까보다도 더 길게 잠자코 있다가 오펜은 대답했다.

"……내가 보기엔 이제 더 바빠질 것 같은 기분이 든단 말이지."

기분 좋을 터인 화창한 아침에 이렇게까지 고민거리가 많은 건 어찌된 영문일까.

'……운명일까. 아니면 천성인가.'

오펜은 씁쓸하게 웃으며 상념에 잠겼다. 어느 쪽이라도 다 똑같지만. 결국 양쪽 모두 죽을 때까지 나을 것 같지는 않았다.

계속 끌어안고 살아야 한다면——쓴웃음을 짓는 것 이외에 무엇을 할 수 있을까?

할 일이 전혀 없다는 것도 참 문제였다.

아침의 상쾌한 바람을 맞으며 지붕 위에 누운 오펜은 하늘을 올려다보았다. 고지대에서 보는 하늘은 더욱 높았다. 맑고 깨끗한 푸른 하늘에 새들이 원을 그리고 있었다. 그림으로 다 그려낼 수 없는 무수한 색채를 흩뿌리면서 단색으로 변화하는 이상적인 하늘. 그 하늘

위에는 무엇이 있을까 하는 몽상을 이끌어 냈다.

대륙 어디에 있어도 똑같은 하늘이다――광대한 하늘. 조그마한 대륙 어딘가에서 올려다봐도 보는 방향이 그리 다르지도 않으리라. 이 하늘이 무한히 펼쳐진다고 하는 자도 있다. 세계의 구조가 다 해명된 것도 아니지만, 오펜은 어쩐지 그 주장만큼은 믿어도 될 것 같은 기분이 들었다.

'하늘……이라.'

가장 단적이고, 가장 단락적이고, 가장 알기 쉽고, 가장 노골적인 죽음의 세계. 누구도 하늘에서는 살아갈 수 없다.

그래도 하늘에서 죽는 자는 없다. 하늘에 떨어지는 자는 없다…….

"그런 얼굴도 하는구나."

"…………?"

갑자기 누군가가 말을 거는 소리에 오펜은 얼굴을 들었다―― 살펴보니 지붕에 네모난 모양으로 달린, 위로 여닫는 문을 열고 엘리스가 상반신을 내밀며 이쪽을 쳐다보고 있었다. 별 특징도 없는 문이었기에 그런 출입구가 있었는지도 몰랐지만, 오펜은 별로 놀라지 않았다. 하늘은 올려다보는 자의 감정 대부분을 빨아들일 때가 있다.

"어떤 얼굴인데?"

다시 하늘을 올려다보며 오펜은 되물었다.

아주 슬쩍 쳐다만 보았지만, 푸른 하늘에 그녀의 모습이 비추어 마치 하늘에 둥둥 떠 있는 것처럼 보였다. 웃었나 보다―― 그것도 이쪽의 착각일지도 모르겠지만. 어쩐지 울적한 어조로 그녀는 말했다.

"……어딘가로 떠나려는 얼굴……."

"어딘가로?"

"그런 표정을 짓는 사람은 이곳에 없어. 마을 사람들도 떠날 마음은 없으니까."

"관광객도 언제까지고 여기서 묵지는 않잖아."

"그 사람들이 하는 건 돌아가는 얼굴. 이제부터 어딘가로 또 가보려는 사람은 없어."

그건 말장난이지 않나──

그런 생각이 들었지만 입 밖으로 꺼내지 않고 오펜은 벌떡 일어났다. 어깨 너머로 엘리스의 멍한 표정을 엿보며 낮은 어조로 대꾸했다.

"난 돌아갈 장소가 없는 게 아니야. 좀 해야 할 일이 있을 뿐이지."

"…………."

그녀는 눈을 가늘게 뜨며──물론 웃은 것 아니었다. 눈을 감다가 말았는지──, 탄식을 한 것 같았다. 멀리서 봐도 가녀린 어깨가 한숨과 같이 흔들렸다.

"난 잡담을 잘 못하는 것 같아."

"……그럴지도. 나도 뭐 비슷하지만."

몸의 방향을 완전히 바꿔 그녀와 마주 보면서 물었다.

"근데 나한테 할 말이 있는 거 아니야?"

"실은 부탁하고 싶은 게 있어서."

"어제 말했던…… 그 뭐라고 했더라. 로츠? 거기 때문에?"

오펜의 물음에 엘리스는 고개를 끄덕여 보였다.

"원래부터 약삭빠른 건 알았지만, 그 녀석들이 이렇게까지 수단 방법을 가리지 않을 줄이야……."

"그다지 아주 약삭빠르다고 하기는 어려울지도."

허공을 올려다보며 오펜은 한숨을 푹 내쉬었다. 그리고 어깨를 으쓱하며 말했다.

"방화까지 저질렀어. 생명에 위협을 가했잖아. 어떻게 봐도 경찰 쪽에 부탁할 일인 것 같은데 말이지."

"산기슭에 있는 내시워터까지 가지 않으면 제대로 된 경찰을 만나기는 힘들어. 이 마을에는 자경단만 있거든……. 그 자경단도 로츠가 관리하고 있어."

그녀는 담담하게 그렇게 답했다. 아니, 오히려 그 대답은 그저 체념했다는 식의 어조가 강했다.

오펜은 잠깐 그녀를 관찰했다. 어제와 똑같은 앞치마. 방을 청소하다가 이쪽이 지붕에 있는 걸 알아차려서 그랬는지── 먼지떨이를 든 채였다. 여전히 무표정이었지만, 눈빛은 필사적인 것 같았다.

그 눈동자를 바라보며 그는 탄식했다.

"무슨 사정인지 말해 줘. 음……, 어떻게든 되겠지 뭐."

그녀가 얼굴을 환히 빛내는 걸 기대한 건 아니었지만──실제로 그 말을 듣고 그녀가 보인 변화라고는 손에 든 먼지떨이를 아래로 내린 행동이 다였다. 그리고 아주 살짝 뺨이 누그러진 것도 포함해서.

"로츠는 예전부터 있었어……. 아주 옛날부터 지금처럼 이 마을을 장악했지."

엘리스는 거기서 말을 잠시 멈추고, 지붕 위로 몸을 내밀었다. 아슬아슬하게 지붕 위로 나와 미끄러지기 쉬운 나무 지붕을 엉금엉금 기어 다가왔다. 그녀는 바로 근처까지 오더니 마을 중심부를 가리켰다.

그녀의 손가락이 가리킨 곳에는 눈에 확 들어오는 거대한 건물이 한 채 보였다.

"저게 로츠 그룹의……, 뭐라고 하더라. 본가……, 본부…… 아무튼 그런 곳이야."

"저쪽도 사이비 온천이래?"

어머니한테 똑같은 질문을 했을 때처럼 그녀도 반박을 하려나——하고 오펜은 순간 그런 의문이 들었지만, 얼굴을 딱 보고 그렇지 않을 거라는 확신이 들었다. 엘리스는 키득거리며 대답했다.

"맞아. 예외는 없어. 로츠 호텔. 로츠는 저 커다란 호텔을 말하는 건데……, 아무튼 요는 이 근방의 온천 여관들을 총괄하는 조합장 같은 거야. 그게 로츠 그룹이라는 거지. 상당히 강제적인 방법으로 산하에 두는 여관들을 증식시키고 있어. 어디서 갱 같은 녀석들을 구해 고용까지 했지. 요즘 성가시게 구는 건 로난이라는 남자야. 원래는 전직 파견 경찰관인데 힘도 세고 그러니까 이제까지 로츠를 거부했던 사람들도 모두 무서워하고 있어……."

"그럼 넌 어떤데?"

이야기를 들으면서 로츠 호텔의 검은 벽을 바라보며——오펜은 그녀의 말에 생긴 공백을 메웠다. 그 이상의 의미는 없었다. 대답은 이미 알고 있었다.

"무서워. 당연한 거 아니야?"

엘리스의 표정에서 대번에 핏기가 싹 가셨다. 두 팔로 자신의 몸을 가볍게 끌어안으면서 말을 이었다.

"소문에 의하면 로난이라는 남자는 사람을 죽이는 바람에 경찰에서 해고당했대."

"흐음."

오펜은 별 뜻 없이 그렇게 맞장구를 쳤다. 엘리스가 보기에는 그게 의외였던 모양이었다.

어리둥절한 얼굴로 물었다.

"……당신은 안 무서워? 상대가 살인자일지도 모르는데?"

"글쎄. 소문을 그렇게 믿는 편이 아니거든. 그래서 나한테 부탁하고 싶은 게 뭔데?"

"로츠는 우리 여관을 산하에 두려고 끈질기게 요구하고 있어―― 하지만 우리는 그럴 마음이 없다는 거지. 지금까지는 매일 찾아오기만 했는데, 이제는 결국 방화까지 저지르고."

"…………."

눈길을 돌리며 짧게 한숨을 내쉬고, 가볍게 고개를 내젓는 것처럼.

분노를 표현하려고 했지만 잘되지 않았다――

그런 그녀의 생기 없는 표정을 보면서 오펜은 입을 열었다.

"그걸 그만두게 하고 싶다는 뜻?"

자기가 말해 놓고 바보 같다고 느끼면서도――당연히 그만두기를 원치 않는 사람은 없겠지――, 달리 좋은 질문이 떠오르지 않았다.

엘리스는 순순히 고개를 끄덕였다.

"두 번 다시 그러지 않겠다는 확실한 보장을 받고 싶어."

그렇게 말하며 한숨을 쉬었다.

"이제 두 번 다시 그 녀석들이 오는 시간에 안절부절못하거나, 길에서 마주칠 것 같으면 일부러 반대쪽 보도로 옮겨간다든가, 그 성가신 권유를 듣는 것도 너무 싫어! 그래, 물론 한밤중 현관에 불을 지르는 것도. 짜증나서 미치겠어. 집에 있어도 녀석들이 오고, 바깥으로 나가면 또 만날지도 모른다는 생각에 맨날 흠칫거려. 이렇게 따분한 마을에서 스트레스만큼은 고생할 것도 없이 손에 들어온다니까——"

웬일로 빠른 어조로 말을 쏟아냈다.

그리고 그녀는 제정신이라도 차린 것처럼 깜짝 놀라 말을 멈췄다. 헛기침 비슷한 소리를 내며 목을 가다듬은 후, 다시 말을 꺼냈다.

"저어…… 당신이 그——마법을 쓰는 사람? 인 것 같으니까 이런 부탁을 하는 거야. 하지만 딱히 당신보고 위험을 감수하라는 뜻은 아니야. 사실 화재를 막아 준 것만으로도 감사하고 있으니까 객실을 쓰는 건 그렇게 부남 갖지 않아도 괜찮아. 부탁을 들어 주지 않아도."

"나도 은혜 갚으라고 생색을 내고 싶지는 않아."

오펜은 어깨를 으쓱했다.

"그리고…… 원래는 이곳에 잠시 체류할 예정이었으니까."

"부탁을 들어 주는 거야?"

"그래."

오펜은 쓴웃음을 지으며 로츠 호텔을 바라보았다——

"오랜만에 갱같이 인간다운 인간을 상대하지 않으면 인간불신에 빠질 것 같아서 말이지."

"…………?"

어리둥절해하는 엘리스의 시선을 느끼면서도 오펜은 그에 대답하지 않고, 시선만 지상의 호텔에서, 온천 마을에서——

저 멀리 하늘로 옮겼다.

"······저기, 오펜."

"왜?"

"생각해 보니까 좀 이상한 것 같아."

"뭐가?"

"산책이라면 좀 더 눈이 즐거운 장소라든가, 기념품 가게라든가 그런 곳에 가야 하잖아."

"그렇지."

"근데 왜 여기야?"

"그건 말이지."

오펜은 이제야 뒤를 돌아보았다——그렇지만 크게 몸의 방향을 바꿀 필요는 없었다. 대화 상대는 그의 바로 옆에 있었으니 말이다. 금발을 허리까지 기른, 아담한 몸집의 소녀. 머리 위에는 평소처럼 레키를 얹어 놓은 상태였다. 처음 보는 연분홍빛 원피스는 엘리스한테 빌리기라도 한 걸까. 이 소녀는 틈만 나면 남의 옷을 빌리고 싶어 하는 안 좋은 습관이 있는 듯했다. 오펜은 자신에게 그다지 피해되는 일이 아니니 지금까지 신경 쓰지 않았지만.

오펜은 그녀에게 말했다.

"어린애를 데리고 가는 산책인데 당연히 공원이 알맞지 않겠나?"

"······여기가 공원이야······?"

매우 의심스럽다는 듯 소녀——클리오가 낮은 소리로 되물었다.

'······동감이다.'

오펜도 속으로 혼잣말을 했다.

딱히 무슨 의미가 있어서 한 말은 아니었다. 대충 아무렇게나 주워섬긴 소리였다. 그녀를 데리고 온 것마저도 무슨 의도가 있었던 게 아니었다. 여관을 나갈 때 어쩌다 눈에 띄기에 그냥 같이 가지 않겠냐고 한 것뿐이었다.

그들이 있는 곳은 온천 마을 입구였다——마차가 들어오는 동시에 온천 여관들의 호객 행위가 시작되는 그 광장이었다. 지금은 인적도 없어서 조용하기만 했다.

어제 그들이 마을에 도착했을 때와 거의 같은 상황이었다.

시간이 되면 이 장소에 내시워터에서 온 마차가 도착하고, 그와 동시에 여관의 호객꾼들이 돌진할 것이다. 오펜은 하늘을 올려다보며 시간을 재어 보았다. 정해진 시간까지 앞으로 수십 분 정도 남았으리라. 어디까지나 감이지만.

"그런데 오펜, 도대체 무슨 바람이 분 거야?"

사실 소녀는 그다지 기분이 상한 건 아니었나 보다——머리 위에 올라앉은 레키도 기분이 좋은지 몸을 둥글게 말고 있었다. 클리오는 생글생글 웃으면서 물었다.

"뭐가 말이야?"

되물었다. 그러자 그녀는 살짝 어깨를 휘청거렸다.

"아니, 어제 그렇게나 난리를 치면서 떠나겠다고 하더니."

"……그냥 한마디로 말해서 마음이 바뀌었다고나 할까……."

오펜은 반쯤 우물거리는 어조로 중얼거린 후, 다시 말을 바꾸었다.

"어제 방화가 있었던 건 너도 알잖아. 그냥 놔두고 돌아가는 것도 좀 뒷맛이 영 좋지 않으니까."

아주 당연한 말을 한 것 같은데, 클리오는 납득이 되지 않는 표정이었다. 의외라는 듯 눈을 깜빡거리며 미간을 좁혔다.

"……어, 그거 오펜이 한 짓 아니었어?"

"어째서?!"

무슨 잡담이라도 하는 것처럼 명랑하게 엄청난 소리를 해대는 클리오를 향해 바로 큰 소리로 되받아쳤다. 하지만 그녀는 그 어조 그대로 말을 이었다.

"왜냐하면 현관이 불에 탔고, 오펜이 거기에 있었으니까――"

소녀는 궁얼거리면서 이해가 안 간다는 듯 팔짱을 꼈다.

"그리고 남은 건 동기 정도일까. 정말 수상해."

"네가 나를 어떻게 인식하고 있는지는 이제 대강 알았다."

오펜은 눈을 반쯤 뜬 채 신음 소리를 흘렸다. 클리오의 머리 위에서 발끝을 깨물고 있는 레키를 흘끔 본 후, 다시 그녀에게 시선을 돌렸다.

"아――, 아――, 그래, 알아. 어차피 나는 앞뒤 따지지도 않는 파괴마 겸 내달리는 폭주마라고. 그런데 미리 말해 두지만, 지금 '무의미하게 물건을 때려 부쉈습니다 기록'에서는 네가 단연 일등이니까."

"윽……!"

아픈 곳을 찔렸는지 클리오가 살짝 식은땀을 흘리며 고개를 홱 돌리는 모습을 반쯤 뜬 눈으로 쫓았다. 품에서 수첩을 꺼내어 페이지를 넘겼다. 자신의 이마에 손을 얹으며 마치 현기증이라도 느낀다는 식의 포즈를 취하며 말을 이었다.

"봐, 기록을 보면 난 기물 파손이 19건이지만, 넌 무려 20건이라는 무시무시한 수치를 경신했단 말이다."

"……별 차이도 없는데 뭐."

"바보냐?! 너, 십 단위 자리가 2잖아?! 나는 1! 이건 뭐 10건의 차

이가 있다고 해도 과언이 아니라고!"

"과언 맞잖아?!"

클리오는 파닥파닥 팔을 흔들며 크게 소리쳤다. 빈틈을 타 얼른 이쪽의 수첩을 낚아챘다.

"아─! 어쩐지 좀 이상하다 싶었더니. 오펜, 치사하게. 나만 냄비랑 냄비 뚜껑을 별도로 기록했잖아! 이런 어른스럽지 못한 짓하다니 너무하잖아. 역시 납득이 안 돼. 왜 이런 짓을 하는 거야. 내가 무슨 잘못이라도 했어?!"

"아─, 뭐냐. 넌 냄비와 냄비 뚜껑이 어디까지나 함께해야 한다는 거냐? 다 따로 독립된 거니까 다른 이름이 붙은 거잖아. 냄비 뚜껑은 냄비가 아니니까 냄비 뚜껑이라고 부르고, 냄비가 냄비 뚜껑이 아니니까 냄비라고 부르는 거 아니냐! 냄비 뚜껑으로 무를 조리고, 냄비로 뚜껑을 덮을 수 있겠어?!"

"뭔 소리야! 내가 말하고 싶은 건 오펜의 짓이 교활하다는 거지, 냄비 뚜껑과 냄비 차이 따위는 아무래도 상관없거든!"

"아무래도 상관없긴, 네가 먼저 시작해 놓고! 알겠어? 냄비 만드는 사람도, 냄비 뚜껑 만드는 사람도 각자 자신의 영역을 지키면서 분명 밤낮─"

"───!"

"──!"

………….

한바탕─어느 정도의 시간이 흘렀을까. 서로 고함을 쳐대다가 하도 숨이 차 어깨를 들썩이면서 오펜은 잠시 신음했다.

"……그만하자. 괜한 짓이다."

"…………그래, 맞아……."

일단 동의를 얻고 나서 다시 하늘을 올려다보았다.

"그건 그렇고."

클리오는 벌써 싹 잊고 이쪽의 얼굴을 들여다보는 것처럼 까치발을 세우면서 말했다.

오펜은 시선만 그녀의 얼굴로 돌렸다.

"왜 또?"

"결국 뭐가 뭔지 하나도 모르겠지만, 어제 그 방화는 도대체 뭐였어?"

"그러게 말이다."

오펜은 탄식하며 설명하기 석합한 말을 찾아보았다.

찾아냈다고 해야 할지——아니면 찾아내지 못했다고 해야 할지. 그는 천천히 입을 열었다.

"……한마디로 바보 같은 범죄라는 거지."

"뭐가?"

바로 되묻는 클리오 쪽으로 오펜은 다시 몸을 돌렸다. 어깨를 으쓱하며 마저 말을 이었다.

"엘리스의 말로는 그게 이 온천 마을을 장악하고 있는, 로츠라는 녀석들의 짓이라더라——로츠 그룹의 온천 갱들이 엘리스의 여관을 자신의 산하에 두려고 끈질기게 권유를 한대. 그런데 엘리스 쪽은 그럴 마음이 없어서 계속 평행선만 달리니까 결국 참다못해 여관에 불을 지른 거라면."

그러면서 탄식했다.

"이 얼마나 바보 같은 범죄냐. 아무 의미도 없으니까."

"하지만 화재까지 날 뻔했으니까, 겁이 나서 로츠라는 온천 갱들의 명령을 따를지도 모르잖아."

"여관이 다 타고, 종업원과 관광객이 불에 타 사망. 그럼 당연히 산기슭의 마을에서 경찰이 대거 찾아와 학살 죄로 체포해서 인생 다 망칠 가능성이 더 높을 것 같은데."

오펜은 말하면서 클리오의 머리를 톡 하고 두드렸다.

"아마 말단 부하 녀석이 깊이 생각도 않고 폭주해서 그런 짓을 저질렀을 것 같단 말이지. 시골 건달들이 다 그렇지 뭐."

"정말 그래?"

"몰라. 난 전문가가 아니야. 그런 걸 잘 아는 사람은──"

그때였다.

어제도 들었던 종소리가 또 높다랗게 울렸다. 높은 하늘을 향해 시원하게 울려 퍼졌다. 산에 메아리치며 마을에 퍼지는 종소리와 함께. 마을 바깥, 산기슭으로 이어지는 산길 저편에서 모래 먼지가 이는 것이 보였다. 어제와 똑같이──아마 예전부터 계속 변함없었을 터인 그 광경은 역시 한 치의 변화 없이 동일한 전개를 맞이했다.

차례로 마차가 도착했다. 그와 동시에 이곳저곳 온천 여관에서 깃발을 든 호객꾼들이 우르르 나타났다. 마차에서 내리는 관광객들에게 서로 달려드는 호객꾼들. 조금 떨어진 곳에 서서 오펜은 그 광경을 가만히 지켜보았다.

소동은 의외로 빨리 끝났다. 손님들도, 호객꾼들도 모두 바로 여관으로 되돌아가기 시작했다. 남은 건 바람과 모래 먼지. 그리고──

오펜은 씨익 웃으면서 소리 높여 말했다. 클리오한테가 아니라 좀 더 먼 곳으로 목소리를 닿게 하려는 것처럼.

"——갱에 대해 잘 아는 사람은 당연히 경찰 아니겠어?"

그의 시선 끝에는.

한 남자가 서 있었다. 그다지 품위 있어 보이지 않는 다크 슈트. 왼쪽 눈 윗부분에는 상처가 남아 있어 어쩐지 날카로운 분위기를 가진 남자. 그 분위기에 어울리지 않는 건 오른손에 든 깃발뿐이었다. 깃발에 적힌 로츠 호텔이라는 이름이 보였다.

"아, 어제 그 사람."

클리오의 중얼거림이 들렸다.

웃음기를 유지하며, 오펜은 물었다——가만히 이쪽을 바라보고 있는 그 남자에게.

"……땡땡이라도 치나 보지? 아까부터 봤지만, 호객을 전혀 하시지 않던데."

"즐거운 시간 보내고 계십니까? 아직도 이곳에 있는 걸 보니 당신들한테도 묵을 수 있는 여관이 있었나 보군요."

"당신이 로난인가 보지? 그냥 때려 맞춘 거지만, 분위기가 딱 그런 것 같아서——전직 경찰이라는 소문은 들었어."

그 남자——정말로 대강 짐작해서 한 말이었지만, 로난이 맞는 모양이었다. 움찔하며 표정에 금이 가는 것이 눈에 띄었다.

그러나.

곧바로 동요의 기색이 사라졌다. 남자는 아무 일도 없었다는 듯 웃음을 지었다——입가를 아주 살짝 끌어올리면서.

"어떻게 그걸?"

"그냥 관심이 있어서 말이지."

오펜은 몸을 펴며 남자와 대치했다.

"몰랐던 것도 아닌 것 같지만, 나는 지금 숲의 나뭇가지 쪽에서 신세를 지고 있어. 엘리스가 당신에 대해 얘기를 해 줬거든. 좀 만나보고 싶었지."

"──손윗사람을 대한 예절을 잘 모르는 모양이로군, 젊은이."

로난의 어조가 매끄럽게 바뀌었다. 아주 자연스럽게, 빈틈 하나 느껴지지 않을 정도로.

그 눈매까지도 변했다. 이제까지는 그저 평범한…….

'평범하게 그런 분위기를 가진 남자에 불과했었어.'

오펜은 그 시선을 눈동자로 받아내면서, 속으로 혼잣말을 했다.

'그런데──.'

바로 알아차렸다.

로난의 눈은 명백하게 전직 경찰의 것으로 변해 있었다. 전직 경찰에──현역 갱의 눈빛.

그 점에 살짝 놀라면서도 납득한 오펜은 말했다.

"어제 나와 한판 붙었던 건 당신은 아닌가 보네. 방화 사건에 대해 소문이 조금은 났나?"

"듣기는 했지."

"오늘 아침부터 몸을 운신하지 못하는 부하가 있지 않아? 그러면 당신이 전해 주면 좋겠는데. 두 번째는 없다고 말이야."

"흠?"

로난은 미묘한 웃음을 지을 뿐이었다. 그리고 대꾸했다.

"무슨 말인지 잘 모르겠군. 아무래도 자네는 우리가 무슨 범죄 조직이라도 되는 것처럼 여기나 본데. 그러나 권유를 금하는 법률은 없는 걸로 아네만. 나 역시 온천 여관이 다른 온천 여관에 업무적 제휴를 권했다는 죄로 누군가를 체포한 경험도 없어."

"권유도 수단에 따르지. 당신들이 어떻게 말하든지 간에 고소를 하는 건 피해자 마음이야."

"법의 옹호를 오용하려 든다면 그것도 엄연한 폭력이 아닌가?"

"방화에 비하면 양반이지."

"……."

거기서 대화는 끝인 듯했다——서로.

오펜은 원래 무슨 명확한 의도가 있어서 눈앞에 있는 남자에게 말을 건 것도 아닌데다, 상대방도 딱히 할 말이 떠오르지 않는 모양이었다. 그 분위기를 감지했는지 로난이 천천히 숨을 내쉬며 과장된 몸짓으로 두 팔을 벌렸다.

"그래, 좋아. 어쩐지 형세가 안 좋은 것 같군——자네는 그 여관에 경호원으로서 고용이 되었다고 보면 되나?"

"……뭔가 좀 아닌 것 같긴 하지만, 대강 그런 식이지."

오펜은 대충 그렇게 대답하며 로난을 향해 손을 내저었다.

그 후, 서로 아무 말도 하지 않았다. 로난은 분명한 발걸음으로 자리를 떠나버렸다.

그 뒷모습을 바라보며——

이제 완전히 상대가 가버린 걸 확인한 후, 오펜은 어깨를 툭 떨구었다. 힘을 빼며 고개를 휘저었다.

"아, 힘들다."

신음한 후 다시 돌아보니——

아까부터 조용했던 클리오가 어지간히 심심했던지 아까 그 수첩에 뭔가 적고 있었다.

"너 뭐하는 짓이야?!"

오펜은 소녀의 손에서 수첩을 빼앗았다.

"아―! 이게 무슨 짓이야!"

클리오가 비명 같은 소리를 내질렀다.

그걸 무시하고 수첩을 살펴보았다. 오펜은 더욱 언성을 높였다.

"너, 왜 멋대로 고치고 있는 거야?! 아, 내 기물 파손 리스트, 귀이개에 귀 파는 부분이랑 면봉 부분을 두 개로 나누어 쓰는 건 아무리 그래도 사기잖아?!"

"뭐 어때서! 이름이 다르면 다른 물건이라고 오펜이 그랬잖아!"

"――――!"

"――!"

다시 끝없이 시끄러운 언쟁을 시작하면서――

오펜은 슬쩍 시선만 돌려보았다. 로난의 모습은 이제 보이지 않았다.

어제와 같은 시각. 같은 장소.

레지본 온천 마을. 체재 이틀째를 맞이하게 되었다.

녹색 벽――

흘러가는 기포――

약하게 스미는 빛――

빛나는 저편에는 아무것도 보이지 않았다.

미적지근한 감각이 들었다. 희미하게 주름이 잡힌 용액 속에서 가만히 바깥을 바라보고 있다.

의미가 없는 시간만이 흘러간다……. 1년, 2년…….

나는 그걸 견디고 있다. 기다림에는 도저히 익숙해지지 않았다.

보일 리도 없는 하늘을 올려다보는 일이 많아졌다. 그대로 빨려 들어갈 것만 같았다. 적어도 마음만은 한참 전에 어딘가로 떠났다. 어둠 속에서 하늘을 올려다보며 물음을 던졌다. 어째서 이런 일이 되었는가…….

제8장   겁 많은 갱

로난은 태어나서 이렇게까지 서둘러 걸어본 적이 한 번도 없음을 자각했다.

달리는 게 아니었다——걸어서였다. 달리다니 말도 안 되는 일이었다. 맹수로부터 뛰어 도망치는 사람이 어디 있겠는가? 정말로 위험에 맞닥뜨렸을 때, 인간은 뛰지 않고 걷는다. 그것도 죽을 만큼 서둘러서 걷는다. 그는 그렇게 믿었다.

그가 발소리를 울리고 있던 곳은 복도였다. 아직 이곳에 온 지 얼마 되지 않았지만, 그래도 이제 완전히 익숙해진 로츠 호텔의 종업원용 통로. 관광객의 눈이 있는 곳에서는 이런 식으로 걸을 수 없다. 바로 총지배인에게 혼쭐이 나고 만다.

게다가 이렇게 허둥거리며 혼잣말까지 하다니——

"이, 이이이이게 어찌된 일이야?!"

종업원용 통로는 그리 길지 않다. 뒷문으로 들어가 주방을 옆에 끼고 지나자 바로 종업원용 방에 도착했다. 로츠 호텔의 종업원 대부분이 이곳에서 숙식을 하고 지낸다. 로난도 그중 한 사람이었다. 그리도 또 한 사람…….

"고들!"

자신이 거주하는 방의 문을 난폭하게 열어젖히며 로난은 소리쳤다.

"눈매가 더럽고, 척 봐도 악당 같은 젊은 놈이 은근슬쩍 나한테 협박을 하잖아?! 고들, 안 그래도 너 수상하던데 정말 그 여관에 불을 질렀냐?!"

방은 난잡하지는 않았지만 사람의 생활이 느껴질 정도 어질러진 상태였다. 갈아입을 옷이 바닥에는 내던져져 있고, 담요는 침대 위에 둥글게 말려 있었으며, 베개는 푹 찌그러진 채, 책상 위의 잉크병에는 뚜껑조차 없었다.

이 방 가장 안쪽에 있는 이층 침대의 아래층에 한 남자가 담요에 몸을 말고 누워 있었다. 로난은 그 남자를 보고 발걸음을 멈췄다.

"일어나라아아아아아아!"

나무 침대의 머리맡을 쾅, 하고 걷어찼다. 침대가 튕겨나가듯 흔들렸다. 놀랐는지 남자——고들이 벌떡 일어났다.

"무, 무슨 일입니까, 갑자기——형님?!"

"무슨 일이긴!"

신발 끝으로 침대를 더욱 쾅쾅 걷어차며 로난은 동료의 얼굴을 날카롭게 노려보았다.

"대답이나 해! 너, 그 여관의 화재 소동은 네가 한 짓이——"

그때——

거기까지 말하다가 그는 숨을 멈췄다. 말이 아니라 숨을 멈췄던 것이다. 폐에 숨을 가득 들이마신 다음, 발길을 홱 돌렸다. 그는 열린 문으로 저벅저벅 다가가 바깥으로 머리를 내밀어 복도를 한 번 둘러본 후, 문을 닫았다. 후우, 하고 숨을 내쉬었다.

그리고 머리를 가로저었다. 온갖 방법을 통해 잠시 시간을 갖고 싶었다. 그렇게 생각했다. 손톱을 깨물고, 손을 씻고, 창밖을 바라보고, 양말을 갈아 신어서 그걸 빨고, 꽃에 물이라도 주고 싶었다. 그런 마음이 들었다. 그러나——

영원히 그렇게 뜸을 들일 수도 없었다. 그렇게…… 느꼈다.

로난은 방금 닫은 문에 이마를 갖다 대었다. 문의 요철 부분에 이마의 피부가 파고들었다. 그 문의 표면을 쓰다듬는 것처럼 손가락을 휘젓더니 그는 작게 중얼거렸다.

"……저기, 고들. 넌 내 동료 맞지?"

"아, 네──형님."

"나는 누구지?"

자신의 목소리가 쉬어 쩍쩍 갈라지는 게 느껴졌다.

그러나 동료는 그런 낌새를 조금도 눈치채지 못한 것 같았다──아니면 단지 무관심한 걸지도 모른다. 명랑하게 대답했다.

"당연히 형님이죠!"

"아, 아니……. 그게 아니라…… 저기. 그래. 5년 전에 나는 누구였지?"

"아……."

이번에는 조금 고민을 하더니 그래도 고들은 여전히 태평하게 답했다.

"훌륭한 경찰이셨죠!"

"어, 훌륭했다고?"

"훌륭했어요! 저 같은 좀도둑을 괴롭히지 않았으니까요! 형님은 정말 위대하셨어요!"

"뭐 그렇지……."

쿵쾅거리는 심장을 억누르는 것처럼 두 손으로 가슴을 감싸면서, 어디선가 찌릿찌릿 울리는 불협화음에 얼굴을 찡그렸다. 고통 속에서 로난은 신음을 토해냈다.

"너, 너는 소매치기 상습범이었지만, 대범하지 않아서 그런지 훔치는 액수도 잔돈 정도였으니까. 일일이 연행하는 것도 귀찮았고, 어차피 나 같은 나이의 삼등관 경찰이 아무리 작게 포인트를 벌어도 승진할 수도 없었으니까⋯⋯."

"아니에요! 형님은 도량이 넓으신 분이라니까요!"

"고, 고맙다. 어쨌든――저기, 물어보고 싶은 게 있는데. 넌 나한테 거짓말은 안 하지?"

"물론이죠!"

"그, 그럼 솔직하게 얘기해 주겠지? 너, 어젯밤, 방에 없었잖아. 어디에⋯⋯ 갔었어?"

"일하러요!"

의기양양하게 단언하는 동료의 대답에 또다시 무엇인가가 찌릿한 소리를 냈다⋯⋯.

그래도 고들은 계속 말했다.

"어제 사장님한테 진탕 혼이 났지 않습니까! 저야 뭐 괜찮지만, 형님까지 혼이 났으니⋯⋯. 형님은 훌륭하신 분인데! 그래서 이럴 때는 제가 힘을 내서 형님의 부담을 덜어드리려고 했어요!"

"어, 어어, 그――그래서?"

찌릿, 찌릿, 찌릿, 찌릿, 찌릿, 찌릿, 찌릿⋯⋯.

지금 이 순간이 되어서야 그 소리가 자신의 위장에서 나는 것임을 확신했다――그리고 그걸 깨닫는 동시에 비틀리는 것 같은 아픔이 역시 같은 장소에서 퍼지는 것이 느껴졌다.

그 소리는 고들의 목소리와 기가 막힌 하모니를 이루었다.

"그보다 제일 나쁜 건 그 계집이에요! 형님이 몇 번이나 다녀가셨는데 건방진 소리나 해대고! 우리 집 할멈하고 똑같다니까요! 그래서 머리를 열심히 굴렸죠! 그런 것들이 말을 제대로 듣게 하려면 어떻게 할까 하고!"

"호……오오."

"이게 또 기똥찬 거란 말이죠! 형님도 깜짝 놀랄 걸요! 뭐랄까, 아무튼 그런 것들은 혼이 빠져나가게 놀라게 하면 되는 거 아닙니까! 그래서 전 기름을 들고 한밤중에 그 여관에 갔단 말이죠. 형님, 놀랍죠?"

"으음."

"그래서 전 그 빌어먹을 여관 현관에 기름을 뿌렸어요!"

"크윽……."

위장이 펄떡 뛰어오르는 것처럼 삐걱거렸다.

고들의 목소리는 더욱 명랑하게 울렸다.

"그래서 불을 붙이려고 하던 찰나였는데 갑자기 하늘에서 요상한 남자가 펄쩍 뛰어내려 오더니——"

"으으윽……."

"보니까 검은 옷을 입은, 눈매 더러운 녀석이었어요. 저까지 도망치면 안 되겠다 싶을 정도로 무서운 얼굴이었다니까요! 그런데 막 쫓아오기에 이거 안 되겠다, 어서 처리하자 했는데, 이게 또 그 자식이 얼마나 주먹이 세던지. 결국 된통 당했죠……."

"크어어어어어!"

견디지 못하고 로난은 크게 고함을 내질렀다——아니, 비명이었을지도 모른다. 자신도 알 수가 없었다. 그저 버럭버럭 소리를 지르며 그는 두 손으로 머리를 감싸 쥐었다. 눈물까지 흘러내리는 걸 자각하면서 돌아보았다. 침대에 걸터앉아 싱글거리며 떠들어대는 고들을 향해 그는 척, 하고 삿대질을 했다.

"오오오오오오오오——"

"아, 형님. 피가 끓어오르시네요?!"

"아니야! 너너너너. 잘도 말했다. 당장 차렷!"

"넷!"

재빨리 벌떡 일어나 차렷 자세를 하는 고들. 로난은 이어서 외쳤다.

"열중쉬어!"

"네!"

"어금니 꽉 깨물어라!"

"네(엣!)"

네, 라는 대답의 후반부는 이를 악무느라 아무 소리도 나지 않았다.

"턱 바짝 당겨라!"

"네!"

"으랴아아아앗!"

퍼억, 하고 전력으로 고들에게 주먹을 날렸다. 시원하게 뒤로 날아갔다가 바로 일어난 고들은 피투성이가 된 입을 뻐끔거리면서 크게 외쳤다.

"혀, 형님, 지, 지금 때리셨어요? 때린 겁니까?!"

"그래, 때렸다!"

"때렸어요. 그것도 턱을 당겼을 때, 네, 라고 말한 바로 다음에 때려서 입 안에 피가 흥건하다고요!"

"그래, 알았다. 다음부터는 턱을 당긴 다음에 어금니 깨물어라!"

로난은 한바탕 소리를 지른 후, 고함을 질렀다.

"너는 어쩌면 그렇게 치명적인 실수를 자연스럽게 해낼 수 있는 거냐?!"

"엇, 안 좋은 거였어요? 역시 안 좋은 거?!"

"당연히 안 좋지이이이이!"

"뭐——뭐가 안 좋았던 건데요!"

"방화는 범죄잖냐아아아! 범죄를 저질러서 어쩌자는 거냐!"

전력으로 외쳤다. 고들은 눈만 껌벅거리면서 뒷걸음질 쳤다——진심으로 놀랐다는 듯이.

"어, 그럼 매일 다른 여관에 쳐들어가서 '우리 말 좀 들어라~'라고 협박하는 건 범죄가 아니었습니까?!"

"그게 무슨 범죄냐! 범죄라고?! 그걸 범죄인 줄 안 거냐?! 어디가 범죄라는 거냐! 자, 어디가 범죄인지 말 좀 해 보라고!"

미친 듯이 질책을 하다가——말을 멈췄다. 숨을 내쉬었다. 일단 호통 치는 걸 멈추자 갑자기 뇌리에 차가운 것이 스치고 지나갔다. 크게 몸을 떨며 로난은 신음했다.

"너, 너…… 이 바보가. 이걸 사장님이 아시면……. 그 사람은 진짜 갱이야. 어떤 꼴을 당하려고……."

"어떤 꼴인데요? 어떤 꼴인데요?!"

"잠깐!"

로난은 고들을 제지하며 눈을 감았다. 귀를 기울이면서——

"고들……, 무슨 소리 들리지 않았어?"

"뭐가요?"

"뭔가 오싹거리는 소리가. 오싹오싹하고!"

"오싹오싹이요?!"

"아, 그거네. 털이 오소소 서는 소리다. 그런 소리가 들리기도 하는구나……."

절절한 감동을 느끼면서 중얼거렸다. 눈을 떠보니 고들도 이해가 간다는 듯 고개를 끄덕이던 참이었다.

로난은 조용히 손가락을 하나 세웠다.

"어떤 꼴을 당하는가 하면 말이지."

고들이 겁을 먹었는지 움찔 몸을 떨었다. 로난은 몸을 내밀며 말을 이었다.

"분녕…… 엄청난 일이 일어날 거다."

"엄청난 일이요?"

"구체적으로 말하자면 아주 끔찍한 일이 일어난다는 거지."

"굉장히 구체적이네요."

"그러니까 네가 한심한 짓거리를 한 덕분에 나까지 불똥이 튄다고나 할까, 아니, 거의 당사자 취급으로 엄청나고 끔찍한 꼴을 당할 게 뻔하지. 이 분노를 어떻게 하면 네 녀석한테 전달할 수 있을까. 아아, 그래, 이거다. 우랴아아앗!"

퍼억, 다시금 고들이 쓰러졌다.

아까보다 더 피를 뿜으면서 고들은 바로 벌떡 일어났다.

"때렸죠? 또 때리셨죠?"

"그래, 몇 번이라도 때려 주지! 얘기가 끝날 때까지 몇 번 더 때리고, 끝나고 나서 한 번 더 때릴 거다!"

"너무 때리시는 거 아니에요?!"

"아니야! 결코 아니다! 지금 내가 너를 죽이지 않는 이유는 단 두 가지! 첫 번째, 죽이면 범죄가 되니까!"

"법이란 건 참 고마운 존재네요!"

"그리고 네가 지금 죽으면 나중에 사장님의 호출이 왔을 때, 나만 가게 되니까 말이다!"

그리고——

갑자기 분출하던 감정이 뚝 끊겼다.

로난은 하아, 하고 작게 한숨을 내쉬었다. 관자놀이를 누르면서 슬슬 머리를 내저었다. 그러자 고들이 불안한 표정으로 물었다.

"저기……, 형님. 이제 어떻게 할 수도 없나요?"

쳐다본다.

종잡을 수 없는 심정으로 로난은 현기증을 느꼈다. 어떻게 표현하면 좋을까——굳이 표현을 해야 할 필요가 있는지는 알 수도 없었지만. 로난은 그렇게 꿍얼거리면서도 천천히 생각했다. 이건 도대체 뭘까.

아마 우정이라는 건 이런 것이리라. 상당한 확률로 말이다.

그리고 그것과 똑같은 확률로 깊은 절망감을 맛보면서 로난은 신음을 흘렸다.

"아, 아니. 어떻게든 손을 써 놨다——써 놓은 것…… 같아, 아마도."

"뭘 어떻게 하셨는데요?"

기대로 가득 찬 눈빛으로 고들이 물음을 던졌다. 로난을 고개를 끄덕였다.

"아아, 옛날부터 잘 써먹던 특기로 상대를 쫄게 해 놓았지."

"형님의 특기? 뭔데요?"

"허세야."

"그거 도움이 되나요?"

"그래서 아마도, 라고 말했잖냐!"

소리쳤다. 그때였다——

"호오오……."

그 목소리는 정말로 갑자기 방 안에 울려 퍼졌다.

그 어떤 조짐도 없이, 예고도 없이, 그저 어느 시점에 불쑥 돋아난 것처럼.

목소리가 들려온 쪽으로 얼굴을 돌렸다. ——

첫 번째로 살핀 곳은 꽝이있다. 문은 그냥 닫혀 있을 뿐, 아무도 없었다.

두 번째도 꽝이었다. 창문에도 아무도 없었다.

그리고 세 번째.

어쩐지 속은 기분으로 로난과 고들은 동시에 천장을 쳐다보았다.

목소리는 이어졌다.

"그렇군. 대강의 경위는 파악했다. 이렇게 소소한 행복을 여름에도 검은 옷을 입고 다니는 비상식적인 마술사에게 무참히 짓밟히는 불쌍한 약자들이 많이도 넘쳐나는구나. 그런 와중, 지나가던 영웅 볼카노 볼칸 님을 어쩌다 만난 자들은 참으로 운명적인 행운아라고 할 수 있겠지."

"…………."

"…………."

이건 뭘까.

커지기만 하는 한 가지 의문. 팔짱을 끼고 거만하게 뽐내고 있는 그것.

어찌된 영문인지 의기양양하게 이쪽을 내려다보는 중이었다. 천장에 발을 대고, 거꾸로 매달려 이쪽을 내려다보고 있었다. 계속 그곳에 있었지만, 키가 작아서 시야에 들어오지 않았나 보다.

그것의 정체가 무엇인지 로난은 알 수가 없었다. 그리고.

'상상력 따위 정말 싫군…….'

속으로 그렇게 혼잣말을 했다.

알 수 없다. 허나 짐작은 되었다. 이건——

'유……령…?'

그 순간, 뚝 하고 로난의 의식은 암전되고 말았다.

마술은 방치하면 반드시 폭주한다. 그래서 방치하면 안 된다.

그건 다시 말해, 제어를 해야 한다는 뜻이다.

정도의 차이는 있지만 마술사가 우선하는 것은 바로 이 점이다——마술의 제어.

제어되지 않는 힘은 그 아무리 강대하더라도 의미가 없다. 그건 마술에만 한정된 것이 아니라 감정, 의지, 욕구 등 어떤 것이든지 제어가 되어야 한다고 마술사는 생각했다.

그러나…….

"…………."

오펜은 한숨과 함께 혼잣말을 했다.

"이걸 어떻게 판단하면 좋지?"

그 독백이 들렸는지——진지한 표정으로 자세를 잡고 있던 매지크가 바로 이쪽으로 고개를 돌렸다.

"뭐가요?"

그러자 소년 주변에 나타났던 마술 구성이 바로 흩어졌다.

구성.

마술은 구성없이 힘으로서 발현되지 않는다. 구성되지 않은 마술은 그저 무(無)에 불과하다. 마술이 아무것도 없는 곳에서 힘을 이끌어 내는 것처럼 보이는 건 그 때문이다. 정확히 말해서, 마술은 존재하고 있는 것이다——그러나 구성되지 않는 한 완전히 무의 상태다.

마술사란 실현되지 않는 마술을 감지하고 구성하여 실현시키는 능력을 가진 자다. 그런 건 마술사라면 누구나 안다. 아니, 이해할 수 있다. 이해하지 못하면 마술을 쓸 수 없다.

구성된 마술은 본래 세계를 바꿔버릴 정도로 압도적인 실재성을 가진다. 오펜이 소년의 주위에서 본 것은 바로 그것이었다. 매지크가 이미지하여 공간에 투사한 마술의 구성 말이다. 이 구성을 보면 실제로 마술을 발동시키지 않아도 그 마술의 효과를 이해할 수 있다. 물론 술사의 숙련도에 따라서는 타인이 봐도 곧바로 이해할 수 없을 정도의 복잡한 구성을 짜낼 수도 있지만.

그곳은 펜션·숲의 나뭇가지의 뒷마당이었다. 황폐해지든 말든 그냥 내버려둔 곳으로, 그리 넓지 않은 빈터에서 매지크의 연습을 봐주고 있는 중인데…….

오펜은 희미한 신음을 흘렸다.

"그것도 어떻게 보면 재능이기도 하겠다. 넌 왜 그렇게 자신의 최대 위력을 아낌없이 쏟아 내는 거냐?"

"네?"

말뜻을 이해하지 못했는지 매지크가 되물었다. 오펜은 잠시 곰곰이 생각에 잠겼다가 말을 고쳤다.

"구성을 보면 네가 가지고 있는 힘을 거의 100% 방출하려 하고 있다는 걸 알 수 있어. 그 자체는 별로 어려운 일이 아니야——누구라도 할 수 있는 일이지. 하지만 보통 다들 망설인단 말이지."

"……네에."

선대답만 하는 매지크를 보고 오펜은 한숨을 쉬었다. 어떻게 이해시킬 수 있을까 고민하느라 절로 미간이 좁아졌다.

"매시그, 너도 알고 있지 않아? 마술이라는 건 본래 위험한 거야. 말할 것도 없어——인간이 맨몸으로 다루기에는 위력이 너무 크지. 아주 살짝 제어에 실패하기만 해도 목숨을 잃을 수도 있어. 제아무리 숙달된 술사라도 공포심이 생길 수밖에 없다고. 아니, 반대로 공포심을 갖지 않는 사람은 능숙해지면 할수록 오래 살 수 없다고 보는 편이 더 정확할지도. 그런데 넌 태연하게 자신의 생명줄 아슬아슬한 곳까지 위력을 설정하잖아."

"……저, 혼나고 있는 거예요?"

"아니, 그저 단순히 이해를 못하겠다는 뜻이야."

오펜은 고개를 내저으며 대답했다. 그러자 매지크가 살짝 입을 삐죽이며 반론했다——

"하지만 스승님도 별 중요하지도 않은 곳에 마술을 쓰시고 그러잖아요. 그렇게 위험해 보이지도 않던데요 뭐."

"아니, 위험은 느끼지. 그래서 위력을 조절하고 있는 거라고."

그렇게 말하면서 손을 슥 하고 흔들었다. 이제 의식하지 않고도 짜낼 수 있는 구성. 순간적으로 떠올려 순식간에 지울 수도 있다. 매지크도 당연히 보였을 텐데도, 소년은 그 구성을 이해할 수 없었는지 눈만 껌벅거렸다.

더 깊은 한숨이 새어 나왔다.

"그러니까 실패를 하더라도 커버 할 수 있는 범위 안에서 하라는 뜻이야. 내가 이해할 수 없었던 건 바로 그 부분이지——네 구성을 보면 자폭 특공 병사라도 훈련시키는 기분이 든다니까. 최대 위력, 혼신의 힘으로 쏟아 내는 일격이 필요할 때도 분명 존재해. 그렇지만 그건 그럴 때 외에는 쓰면 안 된다는 거야. 여력을 남기지도 않고 써버린 일격이 실패해서 오는 역효과가 너를 덮치기라도 하면 어떻게 몸을 지킬 건데? 전신이 새카맣게 타서 그 화상이라도 낫게 할 여력을 남겨 놓지 않으면 살아남을 수가 없잖아. 항상 내가 곁에 있는 것도 아니고."

"그럼…… 어떻게 하면 될까요?"

"그러게……."

오펜은 곤란함을 느끼며 위만 쳐다보았다. 어떻게 설명하면 좋을지 적절한 말이 떠오르지 않았다. 한 가지 머릿속에 떠오른 것은 이것뿐이었다.

"——현명하게 행동해라, 라는 거지."

"어때?"

"……뭐가?"

뒷마당 입구에 클리오가 서 있다는 건 알고 있었지만——도대체 왜 거기에 그녀가 있는 것인지는 솔직히 잘 몰랐다.

클리오는 평소와 마찬가지로 레키를 머리 위에 태운 채, 뒷마당에서 여전히 여러 구성을 짜보며 시행착오를 겪는 매지크를 바라보고 있는 중이었다. 매지크는 잔뜩 찡그린 얼굴로, 괜한 포즈까지 잡아가며 차례로 쓸데없이 구성을 짰다가 지워댔다. 개중에는 지울 필요도 없이 유지되지 못하고 그냥 자연 소멸하는 것도 있는 것 같았지만.

오펜은 소녀를 내려다보며 다음 말을 기다렸다. 클리오는 손가락을 뻗어 매지크를 가리켰다.

"음, 어쩐지 요즘 들어 쟤가 연습을 열심히 하는 것 같은데. 실력이 늘었는지 내가 보기에는 모르니까 오펜한테 물으면 알까 싶어서."

"실력 상승이라……."

아랫입술을 비죽 내밀며 오펜은 머리를 긁적였다. 어리둥절해서 바라보는 클리오의 머리를 툭 쳤다.

"잠깐 이리 좀 와봐."

"?"

의아해하는 클리오의 등을 밀며 오펜은 뒷마당에서 나와 여관 정면으로 빙 돌아갔다.

"왜 그래?"

되묻는 클리오에게——

오펜은 발걸음을 멈추고 미간에 주름을 잡았다.

"저기, 클리오."

"응."

"저 녀석의 어머니를 만난 적 있어?"

"있어."

그녀가 단박에 고개를 끄덕였다.

오펜은 주변을 둘러보았다──매지크는 그 자리에 없었다. 당연하지만 그래도 없다는 걸 확인해 놓고 싶었다. 그리고 물었다.

"어떤 사람이야?"

"……오펜……."

클리오의 반응은 예상 밖의 것이었다. 단번에 의심스럽다는 듯 표정을 흐렸다.

"은근 연상녀한테 묘한 감정이 있는 것 같다 싶긴 했지만, 너무 범위가 넓지 않아?"

"뭔 소리야?!"

저도 모르게 고함을 치면서, 헛기침을 했다. 은근 싸늘한 눈빛으로 이쪽을 바라보는 클리오에게 말했다.

"난 말이지, 그 녀석에게 자질을 제공한 사람이 누구인지 궁금했던 것뿐이라고. 그 녀석의 어머니, 마술사 아니었어?"

"글쎄……."

금발 위에서 용케 균형을 잡으며 발라당 누워 배를 보이는 레키와는 반대로, 심각하게 얼굴을 찌푸리면서 클리오가 입가에 손을 댄 채 끙끙거렸다.

"마술사라고는 한마디도 하지 않으셨어. 그냥 평범한 엄마였는데. 그런 산속에 사는 건 좀 이상했지만. 원숭이들과 사이가 좋은 것 같았어."

"……그래?"

"응. 그리고 생고기를 넣은 샐러드도 드셨어."

"그다지 참고가 안 되는데."

중얼거리며 팔짱을 꼈다. 살짝 위를 올려다보니 복원된 여관의 간판이 시야에 들어왔다. 날씨가 화창했다.

"아무래도 그 녀석, 나랑 알기 전부터 어떤 형태로 마술 사용법을 배운 것 같단 말이야——그것도 정규적인 방법이 아니라……. 아니, 뭐 아무럼 어때."

"정규인지 아니지 보면 알아?"

"…………."

태평한 어조로 묻는 클리오에게 오펜은 반쯤 뜬 게슴츠레한 눈으로 쳐다보았다.

"야, 내 입으로 이런 말 하긴 좀 그렇지만, 이래 봬도 난 대륙에서 세일 표준석인 마술사 훈련을 받았다고."

"평범한 훈련?"

"……대개 참신한 훈련 같은 건 받고 싶지 않을걸."

뭐어, 하고 클리오가 의외라는 식으로 언성을 높였다.

"난 천장에 매달아 놓은 통나무를 목검으로 쳐낸다든가, 날계란을 검 위에 올려서 균형을 잡는 그런 훈련을 했는걸."

"그래서 솜씨가 엉망인 거야."

"아——, 너무해!"

빽빽 소리치는 클리오를 무시하고——

오펜은 몸을 돌렸다. 일단 여관에 들어가서 쉬려고 현관으로 향하려던 순간이었다.

"……어라?"

오펜이 갑자기 발걸음을 멈췄다.

"누구야? 이런 곳에 쓰레기를 버린 건."

"응? 아—, 너무해. 또 어제 방화처럼 누가 질 나쁜 장난을 친 걸까."

또 입가에 손을 댄 채 같은 말을 반복하는 클리오가 질색하는 소리가 들려왔다. 오펜은 순간 로난이라는 남자의 얼굴을 떠올렸다. 질 나쁜 장난.

'아니야…….'

그는 머리를 가로저었다.

"아닐걸. 녀석은 프로야. 일반적인 건달하고는 분위기 자체가 달랐으니까. 그건 분명 진짜였어――지금 와서 이런 별 볼 일 없는 장난을 할 것 같지 않다고."

그러자 고개를 갸웃거리면서 클리오가 물음을 던졌다.

"아까 그 사람 말이야?"

"그래. 전직 경찰이라고 그랬잖아. 파견 경찰이면 대륙 사법의 실행부대에서도 최정예야. 그냥 바보가 그렇게 쉽게…… 될 리가…… 없는…… 게……."

"……왜 갑자기 우물거려?"

"아니, 신경 쓰지 마. 다 얘기하자면 길어지니까."

깊은 현기증을 느끼면서 손을 흔들어 대화를 멈췄다.

그러는 사이에 클리오는 무언가 다른 것을 눈치챈 듯했다.

"저기……."

동시에 현관 앞에 놓인 진흙투성이의 쓰레기를 가리켰다.

"이거 쓰레기가 아닌 것 같은데?"

"……뭐?"

"손이 달려 있는걸."

"손…… 이라니……."

그 말을 듣고 다시 자세히 관찰했다.

그건 척 보기에는 너덜너덜해진 무슨 덩어리처럼 보였다. 진흙이 묻어 상당히 더러웠다. 크기는 한 번에 못 끌어안을 정도는 아니지만 상당히 컸다. 그리고 무거워 보였다. 달리 보면 뭔가를 낡고 더러운 천으로 둘둘 말아 버린 것 같았다. 실제로 오펜은 쓰레기인 줄 알았지만——천 아래에서 동그란 손가락이 엿보였다. 어쩐지 낯익은 손가락 모양.

자세히 보니 진흙으로 더러워진 천의 일부인줄 알았는데, 그 텁수룩한 머리도 낯이 익었다.

자세히 보니 다 벗겨지기 일보 직진인 안경도 낯이 익었나.

자세히 보니 낡은 천인 줄 알았던 건 모피 망토임이 분명했다.

"……이거 지인 아니야?"

당연한 사실을 클리오가 중얼거렸다. 그때였다.

"————?!"

오펜은 깜짝 놀라 그 지인——도틴의 몸 밑을 들여다보았다. 무엇인가를 끌어안고 있었다. 가늘고 긴 금속 덩어리. 엎드려 쓰러져 있는 도틴을 똑바로 눕혀 놓고, 완전히 기절한 듯한 그가 소중히 끌어안고 있는 것을 떼어 내었다. 그건 검이었다.

단검. 역시 진흙으로 더러워져 있긴 하지만 은으로 된 날은 아직 금속의 광택을 잃지 않았다. 이것 역시 확실히 낯이 익었다.

"이거…… 내 검이잖아? 그런데 이거 꼴이 왜 이래."

검의 몸체는 중간 부분이 무슨 단단한 것에 부딪히기라도 했는지 찌부러진 상태였다. 게다가 날의 일부가 뭉개져 있기까지 했다. 검의 찌그러진 부분이야 그냥 놔두면 알아서 괜찮아지지만, 뭉개진 날은 다시 갈지 않으면 어찌할 도리가 없다.

"얘한테 도대체 무슨 일이 있었기에……."

역시나 걱정스럽게 클리오가 도틴 옆에 쪼그려 앉아 얼굴에 묻은 진흙을 떼어 내 주었다. 머리 위의 레키는 고개를 갸웃대기만 했다.

검을 손가락으로 톡톡 두드리면서 오펜이 중얼거렸다.

"어제 절벽에서 떨어진 후에…… 간신히 기어 올라온…… 건가? 그런데 이 녀석이 왜 내 검을 가지고 있는 거지?"

"그 검은 왜?"

"어제 잃어버린 내 짐 안에 들어 있던 건데. 이 녀석들이 주웠다고 해도 가방을 잃어버린 시점은 녀석들을 절벽 아래로 내던진 다음이었는데——뭔가 딱딱 들어맞지가 않네."

도틴은 축 늘어져 있었지만 호흡은 안정적이었다. 확연히 눈에 띄는 상처도 없었다.

손수건으로 얼굴을 닦아 주던 클리오가 얼굴을 들며 말했다.

"안으로 옮기는 편이 낫지 않아?"

"그래. 아니, 우선 목욕을 시켜야 하지 않나. 깨끗이 씻겨 놓긴 해야지. 긁힌 상처도 있는 것 같으니까……. 좀 더러워져도 되는 담요가 있으면 가지고 와 줘. 그걸로 말아서 옮기자. 서두를 필요도 없을 것 같고, 괜히 끌어안아서 우리까지 때를 묻힐 필요는 없지."

"그렇겠네."

클리오는 일어나 여관 안으로 총총히 사라졌다. 혼자 남은 오펜은 뺨을 긁적이며 혼잣말을 했다.

"도대체 이게 무슨 일이냐……. 이 녀석들, 왜 이렇게——"

순간 위화감을 느꼈다.

'어라……?'

주변을 둘러보았다. 자신의 근본적인 착각을 깨닫고, 오펜은 더욱 고개를 갸웃거렸다. 아주 당연하게 이 녀석들이라고 했는데…….

'한쪽밖에 없잖아.'

볼칸의 모습이 보이지 않았다.

그걸 깨달았을 때였다.

"으으……응."

도틴이 잠꼬대라도 하는 것처럼 끙끙거렸다.

"의식이 돌아왔나?"

오펜은 신음하는 노틴 옆에서 몸을 굽히며 물었다. 그러나 반응이 없었다. 헛소리를 하는 모양이었다.

가위라도 눌린 것 같은 소리.

"…………인자…….."

"인자?"

되물었다. 거기에 대한 대답도 없이 도틴은 다시 침묵했다. 땀을 흘리는 기색은 없었지만, 상당히 쇠약해진 몸 상태였다. 그리고 의식이 없으니 뭔가 먹여 기운을 차리게 할 수도 없었다.

오펜은 다시 은제 단검을 바라보았다. 일그러지고 망가진 레이저 엣지.

"도대체 이 마을은 영문을 알 수 없네. 동부는 마경(魔境)이라더니 ──정말 그럴지도 모르겠어."

그렇게 소리 내어 혼잣말을 했을 때, 클리오가 담요를 가지고 여관에서 나왔다.

작은 몸집의 여자와 함께였다. 순간 오펜은 그 사람이 엘리스인 줄 알았다――하지만 아니었다. 엘리스의 어머니였다. 이름은…… 그러고 보니 아직 듣지 않았다. 별 중요하지 않은 것이기도 했지만.

그냥 묵묵히 두 사람을 바라보았다. 클리오는 탁탁 뛰어오더니 물어보지도 않은 걸 줄줄 늘어놓았다.

"아, 오펜. 빨리 왔지? 저기, 시나 아주머니가 마침 쓰지 않는 담요를 찾아 주었어."

"시나……?"

되묻다가 알아차렸다. 무표정으로 이쪽을 그냥 지나가 도틴을 보러 간, 엘리스와 닮은꼴인 어머니를 가리키는 이름임을.

"흠……."

쓰러져 있는 지인을 보자마자 시나는 탄식인지 뭔지 알 수 없는 소리를 냈다.

"잔뜩 지쳐 있나 보구나. 겨우 청소를 다 해 놨더니 또 목욕탕이 더러워지겠어. 일이라는 건 참 끝이 없단 말이야."

투덜거리면서 솜씨 좋게 도틴의 몸을 담요로 말았다.

그리고 머리만 돌려 어깨 너머로 이쪽을 흘겨보았다.

" ……돕지 않을 게냐?"

"아, 아니……. 지금 갈게."

오펜이 얼른 앞으로 나왔다. 클리오는 등 뒤에서 얼굴만 들이밀며 몸을 내밀고 있었다.

지인은 덩치가 작지만 상당히 무겁다――오펜과 시나, 클리오까지 셋이나 달라붙어도 들어 올리는 데 굉장히 고생을 했다. 힘들어하면서도 가장 무거운 상반신을 들었다. 시나와 클리오는 각각 발을 한

쪽씩 들었다. 힘이 쭉 빠져 있는 지인의 몸은 어떻게 안아 올려도 자꾸 축축 쳐지고 휘어서 마치 옮기는 이들의 손을 거부하고 있는 것 같았다. 비틀거리면서도 중심을 어떻게든 들어 올리려고 앞으로 나섰다. 그러자…….

"?"

오펜은 시나의 목에 시선을 주었다. 옷깃 안쪽. 큰 작업을 하는 탓에 살짝 옷이 벌어져 안이 들여다보였다. 순간적이어서 잘 알 수 없었지만, 상당히 큰 화상 자국이 엿보였다.

곧바로――그 시선을 눈치채서 그런지는 알 수 없었지만, 도틴을 끌어안은 채 시나는 바로 옷매무새를 고쳤다. 물어볼 수도 없어서 곧바로 도딘을 옮기는 작업에만 집중했다. 클리오가 삭게 뭐라고 꿍얼거리는 소리가 들렸다. 아무래도 이럴 때 자리에 없는 매지크한테 화를 내고 있는 듯했다.

이 마을은 도통 알 수가 없다.

자신이 했던 말을 반복하면서 오펜은 작게 한숨을 쉬었다.

제9장 기운 넘치는 사자(死者)들

저릴 정도로 뜨겁다.

찌를 정도로 차갑다.

열은 그 사람의 사인(死因)이기도 하며──

얼음은 죽음의 나라의 바람이니까.

그 사람처럼 그걸 맛보자. 예전에 모든 것을 함께했으니까.

후회는 하고 있다. 물론 그래서 노래를 할 때도 있다.

"차가운 이 산에 묻어서는 안 돼. 당신의 주검을 묻어서는 안 돼……."

"문제는 이곳이 어디인지 알 수 없다는 것 아닌가, 노사프 연구원?"

"네에."

항상 그렇듯 건성으로 대답을 하며 노사프는 역시나 항상 봐서 익숙해진 상대를 쳐다보았다. 결코 익숙해지고 싶지 않은 상대──그러나 지금이라면 단언할 수 있다──이 남자. 연구원장인 콘래드는 솔직히 연구자로서도, 그저 상사로서도 결코 유능한 남자라고 할 수 없으리라. 친구로서도 그럴지 모르겠지만, 이 점은 그다지 중요한 것이 아니었다. 친구라고 여긴 적은 단 한 번도 없었으니까.

문제는 이곳이 어디인지 알 수 없다는 점이었다.

그거 참 명언이군, 하고 노사프는 빈정거렸다.

이곳은 기묘한 방이었다. 방의 중앙에 침대가 있고, 돌로 만들어진 이 침대는 바닥에 붙은 구조였다.

"이게 기묘하다는 것일세, 노사프 연구원."

콘래드가 과장스럽게 손을 흔들며 그렇게 말했다.

"방 중앙에 침대가 있단 말일세! 게다가 움직이지도 않고! 이렇게까지 철저하게 방 구조의 변경을 경원시하는 정신은 도대체 무엇이란 말인가? 이건 엽기적이라고 해도 과언이 아니야. 아니, 우리는 그야말로 미지와 조우했다는 뜻일세."

사실 일반적인 침대라기 보다 단순히 바닥이 장방형으로 솟구쳐 올라간 깃이라고 표현하는 게 그 '정신'──인지는 모르겠지만──을 전달할 수 있는 방법이 아닌가, 하고 노사프는 생각했다. 방의 벽은 모두 녹색. 물론 바닥도, 바닥과 일체화된 침대도 같은 색이었다.

'문제는 이곳이 어디인지 알 수 없다는 건데──.'

노사프는 마음속에서 반복했다. 그리고 문제는 왜 자신들이 이곳에 있는지, 어디가 출구인지, 어떻게 하면 나갈 수 있는지, 그리고──

오싹함을 느끼며 덧붙였다.

'……그리고 난 죽지 않았었나……?'

문제는 얼마든지 있었다. 주변에 널린 모든 것이 다 문제였다.

이곳은 어디지? ──모르겠다.

왜 자신들이 이곳에 있지? ──여기가 어디인지도 모르는데? 알 리가 없다.

출구는? ──방에는 출입구가 있다. 하지만 문도 달려 있지 않다.

그렇지만 출구라는 것은 알고 있는 장소, 예를 들자면, 고향으로 연결되어 있어야 출구라고 할 수 있는 법이다. 또 다른 미지의 장소로 이어지는 출구는 출구라고 할 수 없다.

자신은 죽지 않았던가? ——그냥 살아 있다는 것에 감사하자.

"……이곳이 사후 세계가 아니라면 말이지……."

"뭐라고 했나, 노사프 연구원?"

"아닙니다."

노사프는 여전히 건성으로 대답하면서 방 안을 이리저리 바쁘게 돌아다니며 떠들고 있는 콘래드를 바라보았다.

"으~음……, 인자……, 인자……."

그건 도틴이 중얼거렸던 헛소리.

"인자."

아무 의미도 없는 그냥 소리라는 식으로 클리오가 그 말을 반복했다.

도틴의 부상은——유난히 나뭇가지에 긁힌 자국들 이외에는 딱히 심각한 곳은 없었다. 일단 비어 있는 객실 침대에 눕혀 놓았지만 계속 가위에 눌리기만 하면서 의식을 되찾지 못했다.

"인자(仁慈)하다?"

괜히 따라서 오펜은 중얼거렸다. 침대에서 좀 떨어진 방 입구에 선 채로, 누워 있는 도틴을 건너다보았다.

"인자(因子)?"

여기에 또 따라서 중얼거린 이는 매지크였다. 바로 옆에서 어리둥절한 표정만 짓고 있었다.

"이건 분명——"

주먹을 꽉 쥐는 클리오.

"인자한 인물이 인적이 드문 인가에서 인기를 모아."

"뭔 소리인지 모르니까 그만해라."

일단 오펜은 손으로 제지했다. 클리오가 불만을 터뜨렸다.

"엥, 인사이트라든가 인터하이 등등 여러 가지로 있는데."

"마지막은 정말 억지스러운 것 같은데……."

그렇게 참견하는 매지크.

후우, 하는 한숨 소리가 울렸다. 놀아보니 그 한숨의 주인은 엘리스였다. 어쩐지 싸늘하게——평소와 별반 차이도 없었지만——, 끙끙대고 있는 도틴을 바라보는 중이었다. 그녀는 이쪽의 시선을 알아차리고 눈만 들어 쳐다보았다.

"……아는 사이야?"

물음을 던졌다. 오펜은 애매하게 고개를 끄덕였다.

"아——……, 뭐 그렇지. 알긴 알지."

"무슨 일이 있었을까."

식은땀을 흘리며 목을 좌우로 자꾸만 흔드는 도틴을 보면서 그녀가 중얼거렸다. 오펜은 눈을 감고 찬찬히 대답했다.

"마지막으로 본 게 절벽으로 내던졌을 때였단 말이지."

"맞아. 아주 평범하게 헤어졌는데 말이야."

"그런거야……?"

동조하는 클리오와 이쪽을 번갈아보면서 엘리스가 어딘지 모르게 어처구니없다는 식으로 말했다. 그녀는 도틴이 입고 있던 모피 망토를 펼쳤다. 마른 진흙이 후두두 떨어졌다.

더러워진 망토 한가운데에——뭔가에 찢겨 생긴 듯한 구멍이 보였다.

"어쩐지 보통 일이 아닌 것 같은데⋯⋯."

"으음⋯⋯."

오펜은 신음하며 천장을 올려다보았다. 보통 일이 아닌 분위기. 그럴지도 모른다.

찰나.

정말로 순식간의 일이었다. 겨우 한 단위만의 시간. 감각이 감지해낼 수 있는 아주 최소한의 원 컷. 침대 위의 도틴이 벌떡 일어났다.

그야말로 펄쩍 뛰어올랐다——벌떡 몸을 일으키더니 이쪽을 노려보다가 갑자기 내달리기 시작했다!

"우아아아아아앗!"

소리를 지른 건 도틴이었다. 누워 있던 도틴의 안경을 벗기지 말라고 주장했던 건 클리오였는데——딱히 의미가 있었던 건 아니었지만——그 때문에 안경 안의 표정이 보이지 않았다. 너무나도 갑작스러운 일이라 오펜이 경계 태세에 들어가기도 전에 도틴은 그대로 방을 가로질러 돌진했다.

"살인자아아아아아아아!"

은근 미안하다고 느끼면서도——

오펜은 얼른 옆으로 피했다. 가속도를 붙인 채 옆을 그대로 통과한 도틴이 정면에 있던 벽과 충돌했다. 엄청난 충돌음과 함께 벽의 구조재가 파이는 소리. 토대의 어딘가가 흔들렸는지 발밑으로 진동까지 생긴 것 같았다. 거의 대(大)자로 벽에 달라붙은 도틴에게 오펜은 조심스럽게 손을 뻗었다.

"어, 어이……?"

모두 놀라 그저 멍하게 있을 뿐이었다.

그런 중, 도틴은 아무 일도 없었다는 듯 몸을 빙글 돌렸다. 찢어진 이마와 코피로 피투성이가 된 얼굴로, 낮게 으르렁거리는 소리를 냈다.

"이 살인자아아아아아……."

"어, 음……."

오펜은 곤혹감을 느끼며 손을 내저었다.

"무슨 소리를 하는지 노통 알 수가 없다만."

그렇게 끙끙거리고 있는데――

문득 크리스와 매지크, 그리고 엘리스의 표정이 눈에 들어왔다. 어느새 셋이 모여서 뭔가 수군거리고 있었다.

"뭘 죽였다는 걸까――"

"저 애가 가지고 있던 검은 오펜 것이었대."

"스승님의 무기――잃어버린 척해서 우리까지 속였다는 가능성도."

"왜 뜬금없이 믿는 방향으로 가는 거냐, 너희는?!"

오펜은 척, 하고 삿대질을 하며 외쳤다. 곧바로 도틴 쪽으로 몸을 돌렸다.

"너도 갑자기 불길한 소리나 해대고!"

"살인자를 살인자라고 하는 게 뭐가 잘못이에요!"

그러나 도틴은 명확하게 반박했다. 흐르는 피를 닦지도 않아 절로 뒷걸음칠 치게 만드는 형상으로 말을 이었다.

"당신이 매번, 매번 아무렇지도 않게 해대는 짓 때문에 결국——언젠가 이런 날이 올 줄 알았다고요!"

피에 눈물이 섞였다. 얼룩진 얼굴로 서서히 다가왔다.

"흐윽……, 형이…… 형이!"

"형——?"

오펜은 멍하니 되물었다.

그 자리의 공기가 얼어붙었다.

의식이 하얘지면서 둔감해졌다. 오펜은 천천히 다시 말을 꺼냈다.

"저기……, 도틴."

"왜요?"

날카롭게 받아치면서도 다가오는 걸 그만두지 않았다. 오펜은 뒤로 물러서서 그걸 피하려는 행동을 이미 그만두었는데도 말이다.

"저기, 하나 확인하고 싶은 게 있는데…….."

"네."

"그러니까 넌 그 볼칸이 죽었다고 말하는 거야?"

"그렇다니까요!"

쾅! 하고 그 자리의 바닥을 걷어차며, 도틴이 언성을 높였다.

"당신이 저희를 절벽에서 내던지는 바람에 전부 엉망진창이라고요! 미친 듯이 도망만 치다가 형이…… 형이, 그런 일을 당하다니!"

"…………."

툭——하고 들고 있던 손을 떨어뜨렸다.

오펜은 표정이 스르륵 사라지는 것을 자각했다. 무표정으로 클리오와 매지크 쪽으로 몸을 돌려 쳐다보았다.

두 사람도 자신과 똑같은 표정이었다. 눈이 점이 되어 얼떨떨해하는 얼굴이었다.

"매지크."

"네."

"……너, 연습하던 도중이었지? 가서 마저 더 하고 있어."

"네."

담담하게 대답한 후 매지크가 방에서 후다닥 뛰어나갔다. 주먹을 꽉 쥐고 있던 도틴이 눈만 깜빡거리면서 그걸 바라보았다.

"저어……."

조금 맥 빠진 소리를 냈지만, 그것도 무시하고 오펜은 클리오 쪽을 돌아보았다.

"클리오."

"응."

"매지크가 땡땡이치지 않는지 좀 살펴봐 주겠어?"

"응."

클리오 역시 담담히 대답한 후, 머리 위에서 자고 있는 레키를 깨우지 않도록 고개를 흔들지 않으면서 슥 걸어 나가 매지크 뒤를 쫓으려 했다. 그러자──

"잠깐, 잠깐만요!"

도틴의 비난이 방 안에 울려 퍼졌다.

"뭐예요. 도대체 이 반응은 뭐냐고요!"

"아니, 하지만 너──"

오펜은 게슴츠레하게 눈을 뜬 채 대답했다.

"무슨 말을 하나 했더니 그 복너구리가 죽었다느니 말도 안 되는 소리를 하니까……."

"어쩐지 저희에 대해 좀 잘못 알고 있는 것 같은데요?!"

더욱 강한 어조로 도틴은 외쳤다.

"저희는 절대로 죽지 않는다든가, 그런 식으로 착각하고 있는 거죠!"

"아니, 그렇잖아."

"그렇긴 뭐가 그래요!"

도틴은 허둥거리기라도 하듯 손을 파닥파닥 흔들었다.

"저희는 분명 봤다고요! 그 절벽 아래에서 원숭이 같은 것에 쫓기다가 그래서 형의 모, 목이……."

"……그서 참 시끄럽구나."

갑자기 대화를 막으며 다른 사람의 목소리가 끼어들었다. 보니 입구 쪽에 물과 타월이 들어가 있는 세면기를 든 시나가 서 있었다. 언짢은지 입을 꾹 다문 채였다.

"아──, 아니, 그러니까 그게──"

마저 말을 하려던 도틴을 흘끔 시선만 던져서 입을 다물게 하고──반쯤 뜬 눈으로 지인을 가만히 보며 입을 열었다. 거역할 수 없는 힘이라도 내포하고 있는 듯한 명확한 어조로 시나는 다시금 도틴에게 말했다.

"……또 더러워졌구나."

"아니, 지금은 그런──으윽."

피투성이가 된 안면에 타월을 들이미는 바람에 도틴은 말을 삼켰다.

한쪽 손뿐이었지만, 여자 특유의 기묘한 완력으로 도틴의 얼굴을 쓱쓱 닦으면서 시나는 이쪽으로 쳐다보았다.

"이제 나가거라. 오늘 이곳을 나간다고 하지 않았나?"

"엄마……."

엘리스가 옆에서 참견을 하려 했지만, 시나는 들은 척도 하지 않았다. 험악한 시선만 슬쩍슬쩍 던질 뿐이었다.

"엘리스가 뭐라고 말했는지는 모르겠지만, 공짜로 언제까지 묵는 건 민폐란 말이다. 장작도 패지 못하니 일손이라고 할 수도 없지."

"뭐라고요!"

클리오가 허리에 손을 대고 빽 소리를 질렀다.

"어제 화재를 막아 준 걸 벌써 잊은 거예요?!"

"네가 불을 꺼 준 것도 아니잖니."

"아, 그건 그렇지만……."

바로 날아온 반박에 클리오는 찍 소리도 못하고 입을 다물고 말았다.

그대로 대화가 뚝 끊겼다. 어색한 침묵이 분위기를 부옇게 흐렸다.

아무 말도 하지 않고 있던 이는 오펜 뿐이었다. 자연히 자신에게 모여드는 시선을 느끼며 그는――천천히 결심했다.

'뭐……, 괜찮겠지.'

오펜은 한숨을 쉬며 말문을 열었다.

"그렇게까지 말하면 나도 그쪽의 호의에 기댈 수는 없겠는걸―――"

"…………?!"

격한 반응을 보인 건 엘리스였다――배신이라도 당한 듯 상심한 빛이 담긴 눈동자가 이쪽을 향했다. 클리오는 사태 파악을 못하고 있는지 아무 생각도 없는 듯했고, 시나는 전혀 감정의 움직임을 보이지 않고 그저 도틴의 얼굴을 닦기만 했다. 그 때문에 도틴은 무슨 말을 할 수 있는 상황이 아니었다.

모두를 한 번 훑어본 다음 오펜은 어깨를 으쓱했다. 품에서 부러진 단검을 꺼냈다. 검집에 들어가지 않아서 그냥 칼날에 천만 감아 벨트에 끼워 놓기만 했었다.

"여관비를 낼게."

"어떻게?"

되물은 이는 클리오였다. 머리 위에서 레키가 하품을 했다. 오펜은 단검을 천천히 흔들어 보였다.

"이걸 찾았다는 건 이게 들어 있던 가방도 거기 함께 있다는 뜻이니까. 그러면 여행비도 전부 되찾을 수 있지. 그걸 회수할 때까지는 미안하지만 여기 묵어야겠어. 어차피 원래 후불이었잖아?"

"그걸 어떻게 납득하라는 게냐."

시나는 고집스럽게 고개를 저었다. 이쪽은 보고 있지 않지만, 곁눈질로 또렷이 노려보고 있었다.

"우리는 돈을 낼 여력이 없는 손님은 얼른 쫓아낸단 말이다."

"엄마……."

이번에는 엘리스가 자신의 앞치마 끝자락을 꼭 쥐고 짜증스러운 목소리로 말했다.

"무슨 소리 하는 거야. 알잖아? 로츠가——"

"너는 좀 가만히 있어라!"

날카로운 타박에 엘리스는 입을 꾹 다물었다. 시나는 더욱 강하게 눈을 번뜩였다. 몸의 다른 곳에서는 드러내지 않는 만큼, 그 감정을 전부 충혈된 눈에 집중시킨 것처럼.

"……그래 어찌할 테냐? 담보라도 있다면——"

"담보는 없어."

오펜은 은제 단검을 감은 천을 벗긴 다음, 곧바로 의식을 집중하더니 중얼거렸다.

"——나 치유하노라, 석양의 상흔……."

그러자 고물이 된 칼날이 점차 원래의 모습을 되찾기 시작했다. 휘어졌던 검의 몸체는 덩굴처럼 뻗었고, 칼날의 흠집들은 전부 사라졌다. 완벽히 수복된 단검을 오펜은 검집에 담아 시나에게 내밀었다.

"……일단 이게 내가 가진 것들 중에서는 제일 값이 나가는 거니까."

"…………흥."

시나는 세면기를 바닥에 내려놓고 단검을 받아든 후, 짧게 콧김을 내뿜었다.

그게 허락의 의미라고 해석한 오펜은 클리오를 데리고 방에서 나갔다.

"형이——!"

타월 틈새에서 간신히 새어 나온 도틴의 목소리를 들으면서.

대 핀 로츠는 오늘 기분을 어떻게 표현하면 좋을까 하는 그런 상념에 잠겨 있었다.

계기는 사소한 것이었다. 보고를 하나 받았기 때문이다.

그리고 그 이후, 소문을 하나 들었다.

마지막은 조사였다. 결과, 거의 틀림이 없다고 그는 판단했다.

그저.

그저 아무런 저항 없이, 어떻게 하면 격노라는 감정을 전부 상대에게 전할 수 있을까. 그는 그런 걸 고심하고 있었지만.

'늦었군……'

그는 혼잣말로 빈정거렸다.

'이런 걸 가지고 왜 머리를 싸매는 건지 원. 늙은이가 화를 내는데 뭘 그렇게 조심스러워하는 거지?'

그는 결국 고심하기를 그만두었다. 그리고 사장실의 문을 열고 마침 복도를 지나가고 있던 종업원에게 이렇게 지시했다.

"그 두 명에게 내가 부른다고 전해라."

종업원의 겁먹은 표정——그 두 명이 어떤 자들인지 정확히 이해했다는 증거로 보고 대 핀은 매우 만족했다. 재빨리 그의 얼굴을 기억해 두었다. 유능한 자는 우대를 해 주어야 한다.

문을 닫고 방으로 돌아간 순간, 종업원의 얼굴은 잊고 말았지만 별 신경을 쓰지 않고 대 핀은 사장실의 호화스러운 의자에 편히 앉았다. 숨을 내쉬었다. 천천히 몸의 힘을 빼며 시야에 들어오는 방 중앙의 이 지역 입체 지도를 바라보았다……

'주니어……'

조용히 가슴속에서 중얼거렸다.

'빨리 돌아오려무나. 내가 살아 있는 사이에……. 그 정도는 너도 나를 사랑하지 않았느냐……'

책상 위에는 액자가 두 개 놓여 있었다. 오래된 사진과 최근 사진. 최근 것은 별것 아니다──이 로츠 호텔을 3년 전에 개장하기 직전, 옛 모습을 보존하기 위해 촬영한 것이다. 오래된 것은 인물 사진이었다. 자신과 주니어. 20년 전에 찍은 낡은 사진.

사진 속의 주니어는 수줍게 웃는 모습이었다.

'……20년이나 지나도 넌 너무 천진한 게 고민거리였지. 아아, 참 행복했다──그런 것만 고민하면 되었으니까. 그런 건 아무래도 좋았단다, 주니어. 너에 대해 고민하고 싶었으니까 고민거리를 찾았을 뿐이다. 지금이라면 그걸 알 수 있지. 그리고.'

동시에 혀를 찼다.

'그 어린애같이 천진한 면이 사라지지 않아서 그따위 여자한테 걸렸다고 할 수도 있군.'

잠시 사진을 바라보면서 속으로 읊조리고 있는데──

누군가가 문을 노크했다. 책상 위로 손을 뻗어 액자를 탁 엎어버렸다.

"누구냐?"

뻔히 알고 있으면서도 물었다. 겁에 질린 목소리를 듣고 싶은 기분이었다.

그러나.

"……로난과 고들입니다."

문 너머로 들린 것은 로난의 목소리였다. 그러나 예상했던 만큼 목소리가 떨리지도, 두려움이 담겨 있지도 않았다. 대 핀은 얼굴을 찌푸리며 목청을 가다듬었다. 누가 보는 것도 아니었지만 팔을 휘두르며 대답했다.

"들어오너라."

문이 열릴 때까지 다소라도 망설임을 보일 줄 알았는데, 이것 역시 예상 밖의 일이었다── 문은 바로 활짝 열리며, 로난과 고들이 사장실로 들어왔다. 푹신한 융단이 둘의 발걸음을 삼켰다. 둘은 들어오자마자 별 감정을 드러내지 않고 그저 여유로운 표정으로 차렷 자세를 취했다. 두 사람은 나란히 선 채로 침묵만 지켰다.

상대방이 두려워하고 있다면 그 침묵을 길게 끌어볼 셈이었다. 겁에 질린 상대를 혼내는 건 간단한 일이니 말이다──가만히 있기만 하면 되니까. 그러나 방으로 들어온 둘에게 두려움의 기색은 전혀 없었다.

솔직히 불쾌했다. 대 핀은 두 사람을 순서내로 날카롭게 노려보았다.

"내가 말이지, 아침에 아주 흥미로운 이야기를 들었다."

"네."

로난이었다. 막힘없이 아주 침착하게 고개만 끄덕였다. 아니, 오히려 그다음 말을 재촉했다──대 핀의 말을.

'좋다……. 그래, 각오를 했다, 이 말이지.'

관자놀이에 힘을 주며 그는 속으로 혼잣말을 했다.

"어젯밤 숲의 나뭇가지에서 화재 소동이 났다더군."

"그런 것 같습니다."

"방화라고 들었다."

"네."

뻔뻔하게 대답만 하고 있는 로난을──

그냥 봐 줄 정도로 늙지는 않았다. 그리고 봐 주고 넘어갈 정도로 늙지도 않았다.

에둘러 말하는 걸 그만두고 대 핀은 물었다.

"……너희들 짓이냐?"

사죄를 어떻게 하느냐에 따라 죽일지 말지 정하자.

어두운 불꽃을 일렁이면서 대 핀은 둘을 진득하게 노려보았다.

그러자──

두 사람은 아무 대답도 하지 않았다. 그러나 침묵을 지키는 게 아니었다. 어깨를 잘게 떨고, 소리까지 내며 숨을 몰아쉬더니 가슴까지 헐떡이면서…….

"훗훗훗……."

웃음을 터뜨렸다. 도저히 참지 못하겠다는 듯 입가까지 일그러뜨리면서.

"훗훗훗──하하핫……."

점점 크게 웃다가 등을 돌렸다.

"하아──핫핫핫핫!"

마지막에는 박장대소를 터뜨리면서 그대로 성큼성큼 걸어 방을 나가버렸다. 문이 닫히고도 복도에서는 웃음소리가 계속 울렸다.

"…………?"

너무나도 갑작스러운 일에 상황 파악을 하지 못해, 대 핀은 그저 그들을 멍청히 바라보기만 했다. 언제까지고 울려 퍼지는 웃음소리는 귀에는 들어오지만 뇌까지 닿지는 않았다.

"……저것들이 미쳤나?"

홀로 멍하게 중얼거렸다.

사장실에 정적이 되돌아왔다.

"그 녀석이 죽었을 것 같지는 않지만, 아예 가능성이 없다고 할 수도 없으니까 일단 한 번 살펴보는 게 나중에 아무 일도 없었을 때 무슨 변명이라도 할 수 있으니까 가보지 뭐."

"……그렇게까지 못 믿는 거야?"

클리오가──이쪽도 아무래도 좋다는 투였지만──그렇게 중얼거리는 걸 들으면서 오펜은 고개를 끄덕였다.

"솔직히 가방 문제만 아니었다면 갈 필요도 없을 것 같긴 하지."

"이렇게 그런 말을∼……."

낮게 으르렁거린 이는 도틴이었다.

내려다보니 도틴은 어깨를 들썩이며 씩씩거리는 중이었다. 모피 망토 때문에 잘 알 수는 없었지만.

어쨌든 그다지 신경 쓰이지도 않는지 클리오가 태평한 목소리로 말했다.

"가방이라니, 오펜이 잃어버린 그 가방? 있긴 있을까."

"음, 가능성의 문제지. 저쪽 길에서 가방을 발견한 사람이 돈만 쏙 빼가고 절벽 아래로 던져 버렸을 수도 있겠지만."

그러면서 절벽 아래를 내려다보았다.

어제 볼칸과 도틴을 내던진 그 장소였다. 절벽은 거의 깎아지를 듯한 낭떠러지로 높이는 4, 5미터 정도 될까. 절벽 아래는 숲으로 덮여 있어, 아래가 어떤지 잘 보이지 않았다.

숲은 상당히 먼 곳까지 펼쳐져 있었다. 그야말로 저 멀리 보이는 산까지 이어져 있는 것 같았다. 숲으로 들어가면 나뭇가지가 이리저리 겹쳐 있어서 하늘도 제대로 보이지 않으리라. 강이나 언덕 등 표식으로 삼을만한 것도 보이지 않았다.

"그런데 너희들……."

얼굴을 찡그리며 도틴을 쳐다보았다.

"왜 이렇게 척 봐도 헤맬 것 같은 숲속으로 들어간 거냐? 절벽을 따라가다 보면 올라가는 길을 찾을 수 있었을 텐데."

"그러니까 이상한 원숭이의 습격을 받았다고 말했잖아요!"

도틴이 분통을 터뜨리며 대꾸했다.

"쫓기는 바람에 정신을 차리고 보니 숲속으로 들어간 후였어요!"

"그거야 사람을 공격하는 원숭이도 있을지 모르겠지만, 그렇게 집요하게 쫓아오기나 할까?"

"그런 문제가 아니었어요. 뭐랄까……, 하여간 묘한 짐승이었다고요."

화를 계속 내는 것이 익숙하지 않은지, 아니면 뭔가를 떠올렸는지——아마 후자였겠지만, 도틴은 몸을 부르르 떨었다.

"흐음……."

일단 다시 절벽 아래를 내려다보았다.

"클리오, 로프 가지고 왔어?"

"응, 여기."

소녀가 안고 있던 건 가느다란 로프였다. 겉으로 보기에 가늘게 보일 뿐이지, 실제로는 철선을 함유한 섬유로 짜여 있어 매우 튼튼한 것이었다. 사람 한 명의 체중을 지탱하기 위한 용도라기보다는 산악 등지에서 공사를 할 때, 암괴나 절벽을 고정하기 위해 사용되는 종류의 밧줄이었다. 길이는 10미터 정도. 여관 창고에 보관되어 있었던 것을 엘리스가 기억해 내고 찾아 꺼내주었다.

오펜은 클리오에게서 그걸 받아 시험 삼아 이쪽저쪽 잡아당겨 보았다.

"음, 역시 비를 맞아도 몇 십 년이나 암석을 고정하는 밧줄이라 그런지 튼튼하네."

"이걸로 아래에 내려가려고?"

"그래. 암벽을 타는 기구가 제대로 갖춰져 있다면 더 안전하겠지만."

그러자——

웬일로 도틴이 대화에 불쑥 끼어들었다.

"다 내려가면 정신 바짝 차리세요!"

창백한 안색이었지만 어조에는 열기가 감돌았다.

"방심하면 순식간에 당한다고요! 저, 봤단 말이에요! 사, 사람이 머리부터 두 쪽으로……."

그렇게 열변을 토하다가 갑자기 목소리가 얼어붙었다. 이를 딱딱 떨면서——본인은 또박또박 말할 셈이겠지만——입만 뻐끔거렸다.

"그 얘기는 몇 번이나 들었어."

오펜은 한숨을 쉬면서 아직도 덜덜 떠는 도틴을 손으로 제지했다. 듣기에도 질려서 신음을 흘렸다.

"그리고 몇 번이나 말했잖아——내 검은 부러져 휘기까지 했고 날도 다 나가 있긴 했지만, 그래도 사람 하나를 세로로 단번에 쪼갰다고 볼 수 없다니까."

"그러니까 안 믿어서 몇 번이나 말하고 있는 거잖아요!"

"저기 말이지."

이제야 다시 제 목소리를 되찾은 도틴을 바라보았다. 그 모습이 거짓말을 하는 것처럼 보이느냐 따져 보자면, 오펜은 100퍼센트 확신했다——이 지인은 무엇 하나 거짓말을 하고 있지 않다고.

다만 공포는 판단력을 흐리게 하고, 공황 상태에 빠지면 기억도 엉망진창이 된다. 잔뜩 과장했다고는 할 수 없겠지만, 아무튼 도틴의 이야기는 납득이 안 되는 점이 한두 가지가 아니었다.

어깨를 으쓱하며 덧붙였다.

"인간의 몸은 점토와는 달라. 골격도 있고, 상황에 따라서는 나름 단단한 근육도 존재해. 그걸——그것도 전체 부위 중에서 가장 튼튼한 곳 중 하나인 두개골부터 세로로 가볍게 썰어버리는 건 원숭이든, 인간이든, 곰이든 할 수 있는 기술이 아니라고."

"하, 하지만——"

"설령 그 원숭이가 네 말대로 무슨 괴물이고, 그렇게 할 수 있을 정도의 위력을 가지고 있다고 해도 검 자체가 그걸 버틸 수가 없어. 원래부터 이 단검은 그리 잘 만들어진 것도 아니야. 네 말대로 그렇게 강한 힘으로 휘둘렀다고 해도 검의 몸체는 어쨌건 간에 손잡이나 고정 부분이 부러져서 끝이지."

"그렇지만 전 진짜 봤다고요……."

"미안하지만, 패닉 상태에 빠진 순간 인간의 관찰력은 비오는 날의 가죽 신발만큼이나 믿을 수 없어."

"우으……."

납득을 하지 못하는 것 같았지만, 우길 재료가 없었는지 도틴은 입을 다물고 말았다.

오펜은 머리를 내저었다──천천히. 다시금 절벽 아래 펼쳐진 숲을 바라보며, 어깨를 부들부들 떠는 도틴의 머리를 툭 두드렸다.

"아무튼 가보면 알 일이야."

"큭……!"

분하다는 듯 신음을 터뜨리며 도틴은 이쪽을 노려보았다. 손을 홱 뿌리치고, 눈썹을 치켜세우며 외쳤다──

"알았어요! 도저히 믿지를 못하니 그 장소에 가 봐야죠!"

"아아……, 으음? 어이."

"서두르죠! 서둘러요! 서두르자고요!"

도틴은 이쪽의 제지도 무시하고 고함을 치며 낭떠러지 끝으로 돌진하다가──

바로 굴러 떨어졌다.

비명도 들린 것 같았다. 몇 초 후에 뭔가 묵직한 것이 땅바닥과 충돌하는 둔탁한 소리가 울렸다.

"……로프를 고정할 때까지 기다릴 수 없었나. 어지간히 험한 꼴을 당한 건 분명한가 보네."

"성격까지 바뀐 것 같아."

클리오의 맞장구였다. 로프를 근처 나무에 묶어 고정시키고 온 모양이었다.

그녀에게서 로프를 받아들고 몇 번 정도 세게 잡아당겨 강도를 확인한 후, 오펜은 다소 놀라 눈을 휘둥그렇게 떴다.

"……어, 굉장한데. 로프 고정하는 법을 누구한테 배웠나 보지?"

"뭐?"

클리오가 무슨 말인지 이해하지 못한 듯 입만 떡 벌렸다. 레키도 머리 위에서 고개를 갸웃거리기만 했다.

오펜은 살짝 안 좋은 예감을 느꼈다.

"……아니, 그러니까 로프 묶는 법말이야. 매듭만 덜렁 묶지 않고 등반가들처럼 제대로 했잖아."

"그냥 나비매듭으로 묶은 건데."

"……다시 묶을게."

낮게 끙끙거리며 오펜은 로프를 묶은 나무로 성큼성큼 걸어갔다. 살펴보니 정말로 평범한 나비매듭으로 고정된 채였다.

"우으, 왜—."

그녀는 당연한 권리라는 듯 불만스러워했다.

오펜은 묵묵히 재빠른 손놀림으로 로프를 풀었다. 순간 볼멘소리가 사라졌다 싶더니 클리오가 바로 옆에 와서 이쪽의 손을 들여다보며 이제 알겠다는 듯 흠흠 소리를 내고 있었다.

"오오, 그렇게 하는 거구나……. 근데 나비매듭이랑 별 차이도 없는데?"

"……뭘 어떻게 보면 똑같이 보인다는 거냐."

신음하며 오펜은 클리오가 아니라 그녀 머리 위에 있는 레키를 쳐다보았다. 가끔 이 아기 드래곤은 그녀의 감정 변화를 가장 잘 알아낼 수 있는 발신원이 되어 있어서, 생각을 읽어내기에는 이쪽을 살피는 편이 그녀를 보는 것보다 나았다.

레키는 앞발로 클리오의 머리를 톡닥톡닥 두드리며 잠자리를 마련하던 참이었다. 복잡한 심정으로 고심했다――그럼 이건 클리오는 관심이 있는 척하는 것뿐인가, 아니면 단순히 레키가 졸린 것뿐인가.

양쪽 모두 가능성은 엇비슷했다. 오펜은 절로 씩 웃었다.

"뭐, 이런 건 그냥 한번 익히면 잘 잊지 않는 법이지. 나도 딱히 자리 깔고 배운 건 아니니까."

"흐음."

건성으로 대답하는 그녀를 일단 놔두고, 이번에는 정말로 단단히 묶었는지 몇 번이나 로프를 당겨 확인해 보았다. 나무에 묶었기 때문에 잡아당길 때마다 나뭇가지가 흔들려 악기처럼 나뭇잎들이 시원한 소리를 내었다.

"……이러면 되겠지."

오펜은 중얼거린 후, 묶지 않은 로프 반대편을 절벽 아래로 떨어뜨리기 위해 걸음을 옮기려고 했다.

그때였다——

"…………?"

어떤 기척을 느끼며 뒤를 돌아보았다. 시선 끝에는 소녀가 있을 뿐이었다. 평소와 변함없는 금발의 소녀. 머리를 헝클어뜨리는 게 싫었나 보다. 나른하게 눈을 감고 있는 레키를 가슴께에 끌어안고 이쪽을 가만히 바라보기만 했다.

딱히 뭔가를 느낀 건 아니었지만——오펜은 그저 시선으로 그녀에게 말을 재촉했다.

"저기, 오펜."

어쩐지 어색한 목소리로 클리오는 물었다. 눈을 살짝 내리깔아서 그런지 속눈썹이 흔들렸다.

"왜?"

오펜은 뒤통수를 긁적이며 대답했다. 클리오는 그 어조 그대로 말을 이었다.

"……가방은 핑계고, 사실은 그 지인이 죽었는지 걱정이 되었던 거…… 아니야?"

"왜 그렇게 생각하는 건데?"

하늘은 계절에 어울리게 탁 트여서 높고 푸르렀다. 상공에서 회오리치는 바람이 느껴지면 겨울이 다가오고 있음을 감지할 수 있으리라. 아직 그런 낌새는 보이지 않았지만, 그럴 날도 머지않았다는 예감이 들었다.

하늘을 올려다보며 되물었다. 시선을 되돌려보니 클리오는 여전히 이쪽을 지긋이 바라보고 있었던 모양이다.

"음……, 그냥 상상을 좀 해 봤어. 만약 그렇다면 오펜이 어떤 얼굴을 할까 하고. 그랬더니 지금 오펜이 좀 불안해 보였거든."

"…………."

오펜은 발길을 돌렸다. 절벽 끝자락을 향해 나아갔다. 로프를 손에 쥐고, 눈 밑에 펼쳐지는 자연의 영역으로.

클리오가 따라온다는 건 발소리로 금방 알아차렸다. 흘끔 어깨 너머로 돌아보니, 가슴속에 안긴 레키가 흔드는 꼬리 때문에 얼굴이 간지러워서 한쪽 눈을 감고 있었다.

"클리오, 넌 내 파트너가 되겠다고 했었지?"

"응."

"파트너라는 건 어떤 사람을 가리키는 것 같냐?"

오펜은 어깨를 으쓱하며 그렇게 물었다. 클리오는──석연치 않아 하면서도 대답을 했다.

"……동등하게 실력이 좋고, 신뢰할 수 있는 사람?"

"아니야."

오펜은 바로 답하며 로프를 절벽 아래로 던졌다. 빙글빙글 소용돌이치며, 중력의 폭포를 향해 튼튼한 로프가 흘러 떨어졌다.

이제 눈치챘지만, 굴러 떨어진 도틴은 여전히 땅바닥에 처박혀 움직일 수 없는 듯했다.

다시 한 번 그는 강하게 로프를 당겼다. 나무의 굵은 몸통에 묶여 고정된 로프는 꿈적도 하지 않았다.

로프를 쥐고 발을 절벽 측면에 디뎠다. 내려갈 자세를 잡자 자연히 뒤로 돌게 되어 클리오와 마주 보는 형태가 되었다.

그녀는 아직 복잡한 표정으로 이쪽을 바라보는 중이었다. 오펜은 조용히 고했다.

"……그림 부딕할게, 클리오. 앞으로도 말이야."

일단 대화가 있다는 게 기뻤는지 클리오의 얼굴이 확 밝아졌다. 그녀는 조금 허둥거리면서 맡겨만 달라고 가슴을 활짝 폈다.

"응, 여관 말이지? 그 로츠라는 갱의 동향을 주의하고 있을 테니까——"

그걸 들으면서 오펜은 로프를 쥔 손을 미끄러뜨렸다. 로프의 표면과 항상 끼고 있는 가죽 글로브의 마찰음이 선명히 들려왔다. 시야가 바로 단조로운 흙벽에 묻혔다. 올려다보아도 이제 클리오의 모습은 사각지대로 들어가 버려 확인조차 할 수 없었다.

그러나 소리만은 들려왔다. 잠시 있다가 그녀가 어리둥절해하는 소리가 들려왔다——

"……앞으로도?"

그 말에 오펜은 살짝 쓴웃음을 지으며 로프를 타고 절벽 아래로 내려갔다.

제10장 의미 없는 인생

둘러보니 숲은 매우 아름다웠다.

모형 정원의 아름다움과는 달랐다——실제로 숲은 울창한 녹음의 카오스에 불과했기 때문이다. 혼돈의 소용돌이에 미를 느끼고, 숲의 여러 소리를 황홀하게 듣는다면, 이 숲은 분명 그런 대상이 되었을지도 모른다.

일단 그곳이 위험한 장소로 보였는가 하고 묻는다면, 그 대답은 노라고 오펜은 속으로 자문자답을 했다. 도틴을 흘끔 쳐다보았다. 이 수수한 생김새의 지인은 괜한 불행까지 불러올 정도로 흠칫거리며 주변을 경계하는 것 같았다.

겁에 질린 자가 할 수 있는 일은 한 가지다——이불을 폭 뒤집어쓰고 잠을 자버리는 것. 착각으로라도 자신이 충분한 주의를 기울일 수 있다고 믿으면 안 된다.

예전에 들은 그 말을 떠올리며 오펜은 다시 자문했다. 공포라는 것이 마음으로 느끼는 위협이라면, 겁이란 몸이 느끼는 위협인 걸까. 아니면 마음속에 다 집어넣고 걸어 잠글 수 없었던 공포가 겁일지도 모른다. 공포와는 싸울 수 있다. 굴복시켜 지배할 수 있다. 하지만 겁은 폭주한다. 제압할 수가 없다.

"이 숲 안쪽에서 만난 사람이 있는데요."

도틴은 두려움으로 가득 찬 표정으로 말했다.

"그 사람의 말로는, 이 주변에는 흉포한 육식동물이 살고 있어서 조사도 쉽게 하지 못한대요. 아마 제가 본 게 그 위험한 짐승인 것 같은데······."

"관광지가 코앞인데?"

오펜은 어깨를 으쓱하며 숲 안쪽을 들여다보았다.

볼칸과 도틴이 숲으로 들어간 것으로 보이는 흔적은 금방 나타났다——엉망진창으로 밟힌 풀들이 숲 안으로 이어지고 있었다.

조사라고 해 봤자 무슨 대단한 일을 할 수 있는 건 아니라서, 오펜은 짓밟힌 풀들을 헤치고 땅바닥을 조사하며 중얼거렸다.

"그런 짐승 소문이 있다면 분명 귀에 들어왔을 텐데."

"관광지니까 비밀로 하고 있는 걸지도 몰라요."

"비밀이든 뭐든——소문이라는 건 그런 것과 상관없이 그냥 흘러나오는 법이야."

그때——손을 멈췄다.

"······조사대가 접근할 수 없는 장소······. 이 지역에는 천인의 유적이 많이 남아 있다고 가이드북에 쓰여 있었지. 예상할 수 있는 가능성으로는 조사대가 위험성을 비밀에 부쳐서······ 온천 마을 사람들도 그 위험을 모른다는 것."

"······네?"

이해가 가지 않는다는 듯 짧게 외친 도틴을 무시하고, 오펜은 말을 이었다.

"계속 위험을 모르고 있으려면——최소한 위험에 노출되지 않아야 하지."

"그게 무슨 뜻이에요?"

"희생자가 한 명이라도 나오면 분명 누군가가 그 위험을 알아차린다는 뜻이야."

"도대체 무슨 소리를——"

묻다가 도틴은 깜짝 놀랐다.

"이 숲이 위험하다는 걸 믿어 주는 거예요?!"

"으음~, 뭐라고 해야 할까……."

오펜은 말끝을 흐리며 도틴 쪽을 어깨 너머로 돌아보았다. 일어설 수도 없었고, 몸의 방향을 바꿀 수도 없었다.

"…………?"

의문스러운 표정으로 도틴은 총총히 따라왔다.

"뭔가 찾았어요?"

그때.

이쪽의 손을 들여다본 순간, 그 안색이 창백하게 변했다.

비명은 정확히 한 박자 늦게——

"히이이이이이이익?!"

큰 비명을 지르고 뒷걸음질 치며 엉덩방아를 찧는 도틴을 보고 오펜은 오히려 냉정한 태도로 한숨만 쉬었다.

"이걸 어쩌면 좋다……."

지면을 조사하려고 풀을 헤치던 그의 오른쪽 손목을.

땅속에서 불쑥 튀어나온 동물의 손——원숭이의 손으로 보였다——이 꽉 쥐고 있었다.

마치 고정 기계처럼 단단히, 심지어 붙들려 있다는 감촉마저 들지 않을 정도로 짐승의 손은 이쪽의 손목에 딱 달라붙은 상태였다.

"아아아아아아."

땅바닥에 엉덩방아를 찧은 채 이쪽을 가리키며 비명을 지르는 도틴을 보고 오펜은 절레절레 머리를 흔들었다.

"설마 땅속에 숨어 있었을 줄이야."

"아아아아아아아아아아아."

"그보다 이게 어찌된 일이람? 올지 안 올지 알 수도 없는 우리를 위해 이렇게 굳이 땅속에 숨어서, 이곳에 손을 댈지 안 댈지 예상까지 해가면서 계속 기다렸다는 건가?"

"아아아아아아."

"납득이 안 가네. 이제 어쩔까."

"왜 그렇게 느긋하게 있는 건데요?!"

마침내 정신을 차리고 도틴은 소리쳤다──

"아니, 당황할 타이밍을 놓치게 되면 다 이래."

"그, 그래요?"

"아니, 잘 모르겠지만. 좀 뒤로 물러서 봐."

그런 지시를 내리지 않아도 도틴은 주절거리면서 이미 뒤로 서서히 물러간 후였다. 오펜은 몇 초 정도 의식을 집중시키며 머릿속에서 마술의 구성을 떠올렸다. 마른 솜을 꼼꼼히 물로 적시는 것처럼 구성에 힘을 불어넣기 위해서는 주문이 필요하다. 주문의 내용은 뭐든 상관없다. 숨을 들이마시며 입 밖으로 소리를 냈다.

"**나 쏘노라──**"

그러자 변화가 일어났다.

오른손을 쥔 짐승의 손이 천천히 움직였다. 아니, 느린 속도로 보인 건 의식이 거기에 완전히 집중했기 때문이리라. 실제로는 순식간의 일이었을 것이다. 꽃봉오리가 오므라드는 것처럼 짐승의 손이 작아졌다. 손목이 점점 옭죄어졌다.

고통은 느껴지지 않았다. 어떤 아픔도 없었다. 그건 그저 결과로서

망막에 남았을 뿐이었다. 짐승의 손이 완전히 쥐어지는 순간——아주 당연한 수순으로, 오펜의 오른쪽 손목은 지면에 잘려 떨어졌다.

"————?!"

충격이 머릿속을 지나갔다. 오펜은 순간적으로 마술을 중단했다. 중단하지 않을 수가 없었다. 집중력이 흩어지면서 짜 내고 있던 구성이 안개처럼 흩어졌다. 오펜은 심지어 곤봉으로 맞고 쓰러지는 와중에도 정확히 구성을 확립할 수 있는 자신이 있었거늘——

'……이건……?!'

지면에 뚝 떨어진 오른쪽 손목을 짐승의 손이 집어 들었다. 그리고——

너무나도 긴 찰나 후에는 정말로 단순한 찰나가 찾아왔다. 눈앞에 검은 그림자가 휙 지나가더니 땅에서 짐승 손이 사라졌다. 잔상을 따라 오펜은 시야를 움직였다——위쪽으로. 땅에서, 아니 지하에서 뛰어 올라온 짐승은 바로 위에 있는 나뭇가지에 휘감기듯 매달렸다. 정말로 원숭이와 닮았다. 아니, 그보다 '손'이 있는 짐승이라면 대다수는 원숭이와 비슷한 형상을 갖고 있을지도 모른다. 그러나 이것은 절대로 원숭이라고 보기에는 어려웠다. 목이 앞쪽으로 툭 튀어나와 있는 꼴이었다. 아마 머리의 중량 때문인 것 같았다. 원숭이의 뒤통수에는 참으로 무거워 보이는 유리 용기가 튀어나와 있었으니 말이다. 용기 안에는 연녹색 액체와 뇌 같은 분홍색 육괴가 들어 있었다.

뇌는 용기 속에 둥둥 떠 있는 건 아닌 모양이었다. 정확히 말해서, 두개골 속에 다 들어가지 못한 뇌가 부풀어서 튀어나온 식이었다.

덩치에 비해 커다란 이빨이 늘어선 입을 벌리며 짐승은 날카롭게 우짖었다.

"키키킷!"

위협을 하는 듯했다. 그러나──

오펜 역시 짐승을 향해 소리쳤다.

"나 발하노라──"

그리고 목표물을 향해 손목이 없는 오른팔을 뻗었다.

"빛의 칼날!"

짐승 쪽으로 허공에서 일직선으로 흰 빛이 모여들었다. 굉음을 쏟아 내는 열파와 충격의 소용돌이가 나뭇가지에서 다른 곳으로 이동하려던 짐승을 삼켜버렸다. 목표를 휩싸면서 섬광과 함께 불길이 치솟았다──

불속에서 짐승은 아무 일도 없었다는 듯 뛰어내려왔다. 타지도 않았을 뿐더러 그을린 흔적 하나 찾아볼 수 없었다. 이쪽을 향하더니 주저하지 않고 돌진해 왔다!

"이게!"

오펜은 옆으로 펄쩍 뛰어 원숭이의 돌격을 피하면서 바로 뒤를 돌아 왼손을 뻗었다. 빠른 어조로 외쳤다.

"나 부르노라, 파열의 자매!"

충격파가 튀는 게 보이지는 않았지만, 반발하는 소리가 이쪽의 얼굴까지 두들겼다. 풀들이 쓰러지고, 낙엽들이 급격하게 쓸려 올라가며 미친 듯이 바람을 타고 흩날렸다. 그 폭발 속에서──

원숭이는 그저 나머지 빈손을 이쪽으로 내밀 뿐이었다. 그 손 중심에 빛나는 문자가 보였다.

단지 아는 글자라고 하기는 어폐가 존재했다──그 문자를 읽을 수 없었기 때문이다. 구체적으로는 그 문자가 무슨 의미를 가지고 있는지조차 오펜은 알 수 없었지만, 그래도 분명 그 문자는 낯이 익었다. 몇 번이나 본 문자.

'마술 문자^{월드 그라프}……!'

원숭이는 충격파를 전혀 개의치 않고 그대로 달렸다. 그 방향에는 도틴이 아직도 땅에 엉덩방아를 찧어 주저앉은 채였다.

'젠장!'

오펜은 욕설을 내뱉으며, 다시 자세를 잡았다. 파괴할 수 없다면——

"도틴!"

남은 시간은 이제 몇 초. 그런 와중에 오펜은 소리쳤다.

달려가는 원숭이를 응시하며, 잔뜩 겁에 질려 도틴이 대답했다.

"네?"

"죽지 마라?"

"으응?"

그때 이미 오펜은 전력으로 구성을 확립한 후였다. 아슬아슬한 한계까지 자신의 힘을 대가 삼아 마술을 만들어 냈다.

원숭이는 여전히 달리면서 손바닥의 마술 문자를 이쪽으로 향하고 있었다. 오펜은 그 손바닥에 초점을 맞추었다.

"나의 계약에 따라——성전이여, 막을 내려라!"

파아앗!

빛이 다시 원숭이를 감쌌다. 그러나 아까의 것과는 성질이 다른——그냥 빛이었다.

아니면 착각하게 만드는 빛이라고 해야 할까.

빛 자체에는 큰 의미도 없었고, 필요한 것도 아니었으리라. 그저

빛은 반짝이다가 그 빛이 사라졌을 때, 원숭이의 왼쪽 절반, 그러니까 왼팔, 어깨, 상반신 대부분이 소멸하고 말았다. 그대로 도틴의 눈 앞에 무시무시한 기세로 달려오던 원숭이가 푹 쓰러졌다.

"으아아아앗!"

도틴은 이제서야 비명을 내질렀다. 허겁지겁 뒷걸음질을 치며 원숭이의 시체에서 멀어지려고 했다.

"어, 어어어어어어어어——"

"으음."

오펜은 대강 추측해서 공황 상태에 빠진 도틴에게 대답해주었다.

"혹시 어떻게 쓰러뜨렸냐고 묻는 거라면 정보 파괴에 의한 존재 발생원의 소거, 의미의 소실. 대충 이런 이론을 고집하지 않는다면, 그냥 필살기라고 해도 되겠지——성공률은 거의 반반 정도 되니까 필살인지는 잘 모르겠지만. 좀 더 실력이 좋은 술사가 한다면 조준을 놓치거나 제어를 실패하는 실수를 다소 줄일 수 있겠지만, 나는 이 정도가 한계야."

"어어어어어어——"

"뭐야, 그게 아닌가? 으으음…… 그럼 어디서 튀어나왔냐고 묻고 싶은 거야? 그런 걸 내가 어떻게 알겠냐."

그렇게 말하며 오펜은 뒤를 돌아 짐승이 튀어나온 땅을 바라보았다——그리고 얼굴을 찌푸렸다. 지면에는 짐승이 튀어나온 흔적이 그 어디에도 없었다. 흙을 파헤친 것도, 풀들을 다 헤집은 것도 아니었다. 바로 좀 전과 한 치의 변화도 없는, 있는 그대로의 지면만 있을 뿐이었다.

"어어어어어어——"

그래도 도틴은 여전히 말을 더듬어 댔다. 아무래도 지금 것도 아닌가 보다.

오펜은 오른손으로 머리를 긁적이려다 손목을 비롯한 손 전체가 없는 것을 알고 어쩔 수 없이 팔짱을 끼었다.

"어째서 이런 곳에 원숭이가 있는가── 그거야? 그러게. 잠복하고 있었던 것 같지만 우리가 이곳에 올지 안 올지 어떻게 알았을까."

"어어어어어어──"

"뭐? 이것도 아니야? 그럼 도대체 뭔데? 으으음……, 어느 정도 고맙다고 말해야 좋을까 라든가?"

"어어어어어어──"

"이닐 것 같았어. 그럼 그 외에 뭐가 있는데? 어디까지나 계속 이런 기세로 나가죠, 이건가?"

"어어어어어어──"

"아니면 발상을 좀 바꿔서 어이, 이 정도 가지고 소란을 떨지 마, 라든가?"

"어어…… 어."

이즈음에서 도틴의 목소리가 멈췄다. 갑자기 딸꾹질이 멈췄을 때 딱 이런 얼굴을 하는 걸지도 모른다. 땅바닥에 주저앉아 초점을 제대로 잡지도 못하는 눈으로 허공만 바라보고 있었다.

오펜은 반밖에 남지 않은 원숭이의 사체를 발끝으로 뒤집어, 원숭이가 아직도 가지고 있던 자신의 손목을 왼손으로 집어 들었다. 찢겨나간 상처 부위에서는 녹은 치즈처럼 붉은 것이 주르륵 흘러나왔다.

아직도 멍해져 있는 도틴에게 오펜은 물었다.

"결국 무슨 말을 하고 싶었던 거냐?"

"……흐어억."

"어이, 웬 비명을."

"아니, 그런 건 이제 됐어요!"

벌떡 일어난 도틴은 이쪽으로 다가오려다가——그만두었다.

이쪽을 가리키며 물었다.

"저, 저어——그거 정말 손 맞아요?"

"으응?"

오펜은 자신의 오른손을 들어보였다. 본인도 직접 확인하려는 듯 빤히 보며 덧붙였다.

"맞아, 내 손이야."

"뜨, 뜯겨져 나갔어요?"

"으음, 그런 것 같네."

"저어……, 뭐 하나 물어 봐도 돼요?"

"그래."

"아까도 물었지만, 왜 그렇게 침착해요?"

"…………."

미간을 좁히며——오펜은 잠시 생각에 잠겼다. 실제로 처음에 손목이 떨어져 나갔을 때는 충격에 빠질 뻔했다. 그러나 그렇게 되지 않았다.

그 이유를 지금 말해 보라고 해도 좀처럼 표현하기 적절한 말을 찾을 수 없었다. 오펜은 한참 동안 고심하다가 가장 처음에 떠오른 대답을 알려 주었다.

"……이상하니까."

"이상하다고요?"

"아니, 명백히 이상하잖아. 봐봐."

그러면서 도틴에게 잘려나간 손목을 들이대었다.

도틴은 싫은지 뒤로 물러섰지만, 그래도 개의치 않고 오펜은 말을 이었다.

"잘 봐봐."

"네?"

"집게손가락을 말이야."

오펜은 조용히 중얼거렸다. 그리고——

완전히 잘려 분리되었을 오른손이 기민하게 집게손가락을 굽혔다, 폈다 하는 것이 보였다.

"……안 아파요?"

"전혀 아프지 않아."

절벽 아래에 있는 한 바위에 앉아 다시 빤히 자신의 손목을 살펴보았다.

기묘한 심정으로 오펜은 한숨을 쉬었다.

오른손. 자신의 오른손이다. 평범하게 산다면 그걸 일일이 관찰하는 일도 없으리라. 예전에 자신의 손을 데생하라고 해서 그려본 적이 있었지만, 그때 자세히 뜯어봤던 건 왼손이었다. 오른손잡이가 오른손을 보면서 데생을 그리다니 불가능하다.

주로 쓰는 손에는 자신이 했던 일, 배웠던 것들이 모두 드러나는지도 모른다. 그렇다면 이렇게 손을 관찰하는 것도 의미가 있으리라. 그런 상념에 잠기며 손등, 손바닥을 교대로 뒤집어보았다. 아주 평범한 손——인 것 같다.

《탑》에서 격투기를 배우는 마술사 중에서는 소수이긴 하지만 주먹 그 자체를 단련시키는 자들이 있다. 소수파인 이유는 단순히 파괴력을 원하는 것이라면 마술에 의존하는 것이 몇 배나 효율적이기 때문이다. 덧붙이자면, 완력이든 마술이든 파괴력을 갈구하는 자도 그리 많았다고 볼 수 없었다. 상대를 파괴해야 할 정도의 전투는 일반적인 삶을 살 때 잘 일어나지 않으니 말이다.

오펜도 이런 점에서 따지자면 다수파에 해당했다. 주먹을 단련한 적은 없다. 파괴력을 필요로 한 적도 없었다. 그러나 이유만 보면 대다수의 마술사들의 그것과는 상당히 달랐다――주먹을 단련시키지 않은 이유는 그가 15살까지만 《탑》에서 지내서였다. 육체를 개조하는 수준의 호된 연습은 어느 정도 몸이 성숙해질 때까지는 결코 허락되지 않았다. 파괴력을 갈망하지 않았던 이유는 그런 것이 필요한 국면에 조우할 것 같지 않아서가 아니었다. 너무나도 자주 조우하면서 살았기 때문에 진정으로 필요한 건 파괴력 같은 게 아니라는 사실을 몸소 체험했기 때문이었다.

자신의 오른손.

따져보자면 꽤 큰 손이리라. 누군가와 비교한 건 아니지만, 오펜은 그렇게 느꼈다. 단련시킬 셈은 아니었지만 그래도 역시 부분적으로 굳은살이 배여 있긴 했다. 가장 힘이 센 곳은 손가락이었다――그럴 마음만 있으면 얇은 나무판 정도는 꿰뚫을 자신도 있다. 손등에는 몇 개의 상처. 손바닥에는 거의 상처가 잘 남지도 않으면서 손등에는 왜 그렇게 쉽게 흔적이 남는 것일까. 문득 그런 의문이 들었다.

"……그보다 이건…… 정말 잘려나간 걸까?"

까딱까딱 움직이는 손가락을――뜯겨나간 손목에 붙은 손가락을 자유자재로 움직이며 오펜은 도틴을 쳐다보았다.

도틴은 기분 나쁘다는 듯 그걸 바라보았다.

"그거 어떻게 움직이고 있는 거예요?"

"아니, 그냥 평소처럼 손가락을 움직이는 건데. 그런데——이거 상처 부위가 좀 이상하지 않아?"

그러면서 상처 입구를 살펴보았다.

팔 쪽의 상처와 손목의 상처, 모두 똑같았다. 출혈은 거의 없었다. 그보다 출혈이 일어나고 있는 줄 알았는데 전혀 그렇지 않았다. 상처는 뜨거운 치즈처럼 눅진하게 녹은 형태였다. 붉은색과 분홍색이 섞인 것처럼 보이는 건 근육과 혈액의 색 때문이겠지만.

엉문을 알 수 없어 오펜은 고개를 가웃거렸다.

"처음에는 타들어 가면서 잘린 줄 알았는데, 어디에도 화상을 입지 않았단 말이지. 단순하게 녹아버린 느낌이랄까. 아픔을 느끼지 않는 건 신경이 연결되어 있으니까——손가락이 움직인다는 건 그렇다고 밖에 볼 수 없어."

"그, 그렇지만 팔이 잘려나갔잖아요? 신경만이 연결되어 있다니……."

"그 원숭이는 마술 문자를 사용했었어. 침묵마술^{월드}——천인의 마술이라면 무슨 일이 일어나더라도 놀랍지 않을 걸?"

말하면서 문득 뭔가 머릿속에 떠올린 오펜은 잘려나간 손목과 오른팔의 상처 부위를 서서히 갖다 대어 보았다. 녹아내린 부분끼리 닿을 정도로 접근하자——

파충류의 갑작스럽고 날렵한 움직임처럼 그 녹은 부분이 빨려들면서 잠시 후에는 오른팔은 원래 상태로 되돌아왔다. 이어진 오른손을 쥐었다 폈다. 그리고 흔들어도 보았다. 전혀 위화감도 없고, 상처 하나 남지 않았다.

원래대로 나은 오른팔을 도틴에게 보이고 쓴웃음을 지으면서 오펜은 어깨를 으쓱했다.

"······그렇지?"

입을 떡 벌린 도틴은 내버려둔 채 벌떡 일어섰다. 크게 기지개를 펴면서 오펜은 들으라는 식으로 중얼거렸다――

"이걸로 네가 말했던, 반 동강 난 사람에 대해서도 신빙성이 생겼네."

"네에······."

이해를 못했는지, 도틴은 그저 숨이라도 토해내는 듯한 대답만 했다.

일단 알아차릴 때까지 계속 설명해 보기로 했다.

"단순한 추측이지만, 그 원숭이의 손에 있던 마술 문자는 아마 내가 아까 쓴 마술과 비슷한 종류가 아닐까――물질의 의미를 바꾸는 것 말이지. 나한테는 그 의미를 파괴해서 존재 자체를 없애는 것만이 한계야. 천인의 마술이라면 연결되지 않으면 기능할 수 없는 것도 그 능력을 잃지 않고 잘라 내거나, 지면을 '투과'해서 그 안에 숨어 있는 것도 가능하겠지. 내 마술도 위력을 투과시켜서 방어했던 걸 거다."

그러면서――씩 웃으며 덧붙였다.

"그 능력을 고려해 보면 내 단검으로도 인간을 두 동강 내든가, 튼튼하기 짝이 없는 복너구리의 목도 뎅겅 날려버릴 수도 있겠지."

"············!"

그 말을 듣고서 이제야 도틴은 알아차린 모양이다――충격의 연속이라 뇌가 마비되었었나 보다. 얼굴을 환히 빛내며 외쳤다.

"그럼 형은 살아 있다는 거네요?!"

"그렇지 뭐——"

오펜은 애매하게 허공을 올려다보았다.

"알게 된 건 이 원숭이의 수법이지 목적이 아니야——그보다 이 녀석이 왜 이곳에서 이런 짓을 하는지 그걸 알아내지 못하는 한 뭐라고 말할 수는 없지."

"그…… 그렇죠. 그렇네요……."

도틴은 잔뜩 풀이 죽어서 신음을 흘렸다.

이제 더 이상 움직이지 않는 짐승의 시체를 내려다보아도 지금 알아 낸 시실 이상은 알 수 있을 것 같지 않았다. 하지만 오펜은 그대로 시선을 옮겼다. 물론 어떻게 봐도 자연적으로 존재하는 생물은 아니다. 천인의 마술을 사용한다는 것은 천인 종족——월드 드래곤, 노르니르에 의해 만들어진 부하들인가. 그녀들의 마술로는 생명 그 자체를 창조해 낼 수는 없다고 전해진다. 그 대신 이 강대한 드래곤 종족은 어떤 생물을 개조하여 거기에 역할을 부여하는 행위를 자주 했다고 한다.

"이것도 그런 종류이려나……. 어쩐지 미안한 기분도 드네."

"그렇네요……."

오펜은 중얼거린 후, 짐승 사체에 가까이 다가갔다. 몸을 굽혀 가만히 그걸 살폈다. 건드린 것도 아닌데 뒤통수에 박힌 수조가 퉁, 하는 묵직한 소리를 냈다. 이제 더 이상 움직이지 않는 짐승의 죽은 얼굴을 지긋이 바라보았다. 짐승의 눈동자는 빛 하나 없이 아무것도 비추지 않고, 그저 부옇게 변한 눈동자를 부릅뜨고 있을 뿐이었다.

◆◇◆◇◆

　평소와 같은 시간, 매번 그랬던 일이지만 청과물 가게에서 나왔다. 항상 똑같이 구입하던 채소를 자루에 담아 엘리스는 역시 평소 때처럼 가게를 나서 걷다가 세 걸음 째에——조용히 한숨을 쉬었다.

　걸음 수에 딱히 무슨 의미가 있는 건 아니었다. 가게를 나와 바로 한숨을 쉬는 걸 점원이 목격이라도 한다면 다소 겸연쩍을 것이다. 가게를 나와 두 걸음 째. 그런 곳에 가다 멈추면 다른 사람들의 통행에 폐를 끼칠지도 모른다. 그리고 세 걸음 째에 결국 그런 배려가 무슨 의미가 있겠는가 하고 한숨을 쉬었다.

　애당초 그 한숨을 왜 쉬는 건지도 사실 별 중요한 건 아니었다.

　엘리스는 자신이 지불한 금액을 머릿속으로 떠올리면서 무지 천으로 된 자루——상당히 조잡한 짜임새지만 채소를 넣어 들고 다니기에는 이 정도가 알맞으리라——를 들여다보았다. 무, 당근, 우엉에 양배추, 감자, 토마토, 연근, 시금치. 그것들을 바라보면서 그러고 보니 무엇을 요리할 것인지 염두에 두지 않았다는 걸 깨달았다. 가게에 들어가서 선반에 진열된 순서대로 그냥 집어오기만 했던 것이다.

　'뭐 어때……. 어차피 저녁 만드는 건 엄마니까.'

　일단 건네주면 뭐라도 만들 것이리라.

　생각하는 것도 그만두고 걸음을 내디뎠다. 고민은 바보 같은 짓이다. 평소처럼 하던 일을 했다. 다시 말해, 평소처럼 별 일 없이 하루가 끝난다. 무슨 일이 일어나는 것도 아니다.

　평온에는 항상 불만이 따라다니긴 하지만——그 불만이 너무 커지지만 않는다면 적당한 심심풀이도 되어준다. 그런 상념에 잠기며 그녀는 또다시 한숨을 쉬었다.

"결국……."

길을 걷고 있기 때문에 남들한테 들리지 않을 정도로 혼잣말을 했다.

"나는 무엇을 하고 싶은 걸까."

자잘한 일 정도는 쉽게 머릿속에 떠올랐다.

일단 신발. 길이 포장되어 있지 않은 이 온천 마을에서 신발은 소모품이다. 그러나 여관에 손님이 왔을 때, 현관을 청소하고 있으면 장난감 같은 하이힐, 옷 색깔과 맞추어 신은 에나멜 부츠, 어떻게 신으면 좋을지 알 수노 없을 정도로 끈만 잔뜩 달린 샌들 같은 신발들을 목격하곤 한다. 자신 역시 그런 물건들을 갖고 있어도 되지 않을까 하는 마음도 든다. 신발뿐만이 아니다. 가방도, 옷도, 모자도. 그리고 저녁 식사도 숙박객과 같은 테이블에서 어머니가 직접 만든 요리를 먹지 않아도 괜찮을 터이다——가끔은 말이다.

그때였다——

집 근처까지 왔을 때, 그녀는 발걸음을 멈췄다. 무슨 말다툼을 벌이는 소리가 들려왔기 때문이다.

"…………?"

어디서 많이 들어본 목소리였다. 얼른 달려가 모퉁이를 돌았다.

"——아무튼 내 눈에 흙이 들어가기 전까지는 여기를 절대로 못 지나간다니까!"

명확한 의지가 담긴 소녀의 새된 목소리가 마을 전체 뒤흔들 듯 울렸다.

"얼른 돌아가! 미리 말해 두지만, 딱히 오펜을 믿고 이런 소리를 하는 게 아니야. 당신들 정도는 나 혼자서도 충분히 쫓아낼 수 있으니까."

"……클리오?"

웬일로 기억한 손님의 이름을 엘리스는 입에 올렸다. 펜션·숲의 나뭇가지──그녀의 집 현관 앞에서 분홍색 원피스를 팔랑거리며 떡하니 서 있는 건 바로 어제부터 이곳에 묵고 있는 손님들 중 한 명이었다. 금발 머리 위에 검은 강아지를 얹어 놓고, 꽤 큰 검까지 겨누고 있었다. 다행히 검까지 뽑아들지는 않았지만.

그녀와 실랑이를 벌이고 있던 이는──

따지고 보면 그 상대방이 엘리스와 더 잘 알고 지내는 인물이었다. 씁쓸하지만 인정하지 않을 수 없었다.

"믿고 자시고 간에──"

검은 슈트 차림에, 평소의 은근한 미소를 지으며 남자가 클리오에게 말하는 중이었다. 흉기를 들고 있어도 어린애가 그런 걸 쓸 수 있을 리가 없다고 여기는 건지, 아니면 사용한다고 해도 어떻게든 처리할 수 있다는 뜻인지 클리오의 검에 그다지 주의를 기울이지도 않았다.

어깨를 으쓱하면서──말을 이었다.

"그 남자는 아까 마을을 나간 걸로 알고 있습니다만? 아닙니까?"

"잠깐 나간 것뿐이야!"

클리오가 날카롭게 대꾸했다.

"그리고 아까도 말했지만, 오펜이랑은 상관없다고! 아니면 뭐야? 역시 나같이 뛰어난 애가 이런 역할을 맡기에는 문제가 있다는 뜻이야?!"

"아니, 그 반대겠지……."

"무슨 소리를 해대는 거야! **아무튼**! 얼른 갸악— 하고 소리치고, 허겁지겁 도망치면서 너 두고 보자, 라고 외치다가 굴러 넘어지고 그러란 말이야!"

"아니, 그렇게 상세하게 주문을 해도 말이지……."

"뭐가! 이제부터 더 세세하게 갈 거란 말이야! 손가락을 곧게 편 채로, 세게 흔들면서 턱을 바짝 당기는 스프린터 대시도 하라든가."

"으음~."

"이 꼬맹이, 가만히 있으니까 아주 기어오르고 난리야——"

고함을 진 건 역시나 엘리스가 잘 아는 이로, 흐트러진 등산복 차림을 한 남자였다. 항상 이 다크 슈트와 한 세트로 나타나는 남자였다. 이름은 잘 모르겠지만.

"그만해라, 고들!"

다크 슈트를 입은 남자, 로난이 그 남자를 제지했다. 이름을 불렀으니, 아마 그 등산복 남자의 본명이리라. 고들.

어쨌든 클리오는 마음에 두지도 않는 모양이었다. 핫, 하고 짧은 웃음을 터뜨리더니 머리에 손을 대고 허리를 살짝 굽히며 고들에게 혀를 쏙 내밀었다.

더욱 분노를 표출하는 고들에게 클리오는 더 소리 높여 말했다.

"뭐야? 소리까지 질러대고. 당신 따위 보나마나 자기를 무서워하지 않는 사람하고는 제대로 대화도 못하는 타입이지 않아? 내 말이 맞지?"

"뭐라고……!"

"내 말이 틀렸어?"

"이게——"

"틀렸어? 틀렸어? 틀렸어? 틀렸냐고!"

"으윽…….."

클리오의 속사포 같은 말 공격에 고들이라는 남자는 겉으로 봐도 알 수 있을 정도로 질려서 뒤로 물러나고 말았다. 고통을 겪기라도 하는 것처럼 식은땀을 흘리며 꽉 쥔 주먹을 부들부들 떨었다.

"누굴 바보로 알고——"

주변의 시선이 모여드는 와중, 고들이 천천히 말문을 열었다.

"누굴 바보로 알고. 내가 지금 허세를 부린단 말이냐……. 말해 두지만, 내가 나를 무서워하지 않는 녀석이랑 대화도 못한다는 건 엄청난 오해라고."

그렇게 떨리는 목소리로 말했다.

그리고 고개를 번쩍 들더니 단번에 빠른 어조로 말을 이었다.

"난 그런 녀석한테는 바로 기어서 알랑거린단 말이다!"

"너, 그건 좀 슬프다……."

로난이 옆에서 거들었다.

중얼거림을 무시하고, 클리오는 재빨리 말꼬투리를 잡으며 맞섰다. 고들에게 척 하고 삿대질을 하며 고함을 쳤다.

"그럼 나는 당신을 털끝만큼도 무서워하지 않으니까 빨리 내 앞에서 설설 기도록 해!"

"웃기지 마!"

소녀에게 대항하려는 듯 과장된 몸짓으로 고들이 허세를 부려 댔다.

"아무리 썩었어도 이 고들 더 파울러닝! 딱 봐도 나보다 약해보이는 상대한테 어떻게 기어들어가겠냐!"

"고들……."

조금 뒤에서 로난이 한심하다는 듯 고개를 젓는 모습이 보였다.

더 이상 언쟁을 벌여도 의미가 없다는 것을 알았나 보다——정말로 영양가 없는 행동으로 밖에 보이지 않았지만——, 로난은 어깨를 털썩 떨어뜨렸다.

"뭐, 알겠습니다……. 오늘을 일단 돌아가도록 하지요, 꼬마 아가씨."

"형님, 그냥 돌아가는 겁니까? 그럴 수가. 이따위 꼬맹이 따위는——"

"그럼 어쩌라는 거냐. 이 애를 후려쳐서 비키게 하라는 거냐? 어리석긴. 돌아가자."

단념한 태도로 몸을 빙글 돌리며 돌아가려고 했다——

그러다가.

돌아보았을 때, 이쪽의 존재를 알아차린 모양이다. 두 사람의 시선이 자신에게 모이다가 다른 쪽으로 옮겨가 버렸다. 특별히 무슨 말을 하지도 않고, 둘은 얼른 그 자리를 떠났다.

"…………."

그저 멍하게 서 있기만 했다. 그때, 타닥거리는 발소리가 들려서 제정신을 차렸다. 클리오가 달려왔던 것이다.

"엘리스, 시장 보고 오는 길이야?"

친한 친구처럼 허물없는 어조로 소녀가 물었다. 그걸 딱히 신경 쓸 필요를 느끼지 못했기에, 엘리스는 바로 고개를 끄덕이며 장바구니를 들어 보여 주었다.

"저 녀석들이 왜 왔대? 평소와 찾아오는 시간이 많이 다른데……."

항상 산하에 들어오라는 권유를 하는 것이었다면, 호객 행위를 하는 시간 전에 올 터이다──손님이 마을에 와서 산책을 하러 다니고 싶은 시간대에 소란을 일으키는 건 어떻게 봐도 득이 되지 않을 테니까.

글쎄? 하고 그리 고민하지도 않았다는 식의 어조로, 클리오는 의문을 의문으로 되받아쳤다.

"잘 모르겠는데, 여관 안에 있는 모형 지도를 보여 달라고 그랬어."

"지도를……?"

영문을 알 수 없었다.

여관 밖에서 홀을 들여다보면 그곳에 모형 지도가 있다는 것을 쉽게 확인할 수 있다. 그래서 그 두 사람이 이 여관이 모형 지도를 가지고 있다는 걸 알고 있어도 전혀 이상하지 않다. 그러나 반대로 말하자면, 정 보고 싶다면 창문으로 넘겨다보면 될 일이다. 그런데 왜 굳이 그걸 가까이에서 보고 싶어 하는지 엘리스는 잘 이해가 가지 않았다.

"어쨌든──"

그렇게 말하며 얼굴을 찡그렸다──고들의 위협에도 주눅 들지 않았던 소녀에게 효과가 있을지 모르겠으나, 한 마디 해 주지 않을 수가 없었다.

"저 녀석들은 네 일행한테 부탁했으니까…… 너는 위험한 행동을 하지 마. 혹시 무슨 일이 생기기라도 하면——"

"괜찮대도."

"무기를 갖고 있어도, 위험한 건 위험한 거야. 부탁이니까 성인 남자를 둘이나 상대로 도발하는 짓은 하지 마. 방화까지 저지르는 녀석들이니까."

그렇게 말하자, 클리오는 다소 풀이 죽은 것처럼——보였다. 그러나 사실 그렇지 않았다. 그저 마음에 걸리는 부분이 있어 골똘히 생각에 잠겨 있었던 것뿐이다. 바로 고개를 들며 물었다.

"……범인은 저 녀석들이야?"

"응? 그런 것…… 같은데. 증거는 없지만."

"음, 그런 짓을 할 사람으로는 보이지 않던데."

검을 든 채, 두 손을 뒤로 돌린 자세로 클리오가 중얼거렸다.

어떻게 대답하면 좋을지 몰라, 엘리스는 잠시 입을 다물었다. 그때 ——등 뒤에 누군가의 그림자가 닿은 기척이 느껴졌다.

몸을 돌렸을 때, 눈에 들어온 것은 어머니였다. 엘리스가 지금 돌아온 길을 그대로 따라 걸어오는 중이었다. 상당히 거리가 가까워진 후, 시나는 클리오의 검, 그리고 주변을 흘끔 둘러보았다. 묵묵히 다가와서 손을 내밀었다.

엘리스도 조용히 어머니의 손에 장바구니 손잡이 끈을 건네주었다.

바로 장바구니 안을 뒤적이기 시작한 어머니에게 문득 신경이 쓰여서 물어보았다.

"……엄마, 어디 갔다 왔어?"

"뭐가?"

장바구니 안만 계속 쳐다보는 시나. 엘리스는 말을 이었다.

"아니, 이 시간은 저녁 준비를 해야 하잖아……. 그런데 저쪽에 돌아왔으니까."

"저녁 재료도 없는데 어떻게 준비를 할 수 있겠니. 네가 하도 꾸물거리니까 찾으러 갔던 것뿐이야. 너도 참 바보구나."

"그래……."

냉랭하게 대꾸하는 어머니를 보고 어쩐지 석연치 않았지만, 엘리스는 고개를 끄덕였다.

"너무하잖아요."

갑자기 클리오가 언성을 높였다.

"그런 식으로 말할 것까지는 없잖아요."

"괜찮아."

엘리스는 손을 뻗어 클리오의 말을 가로막았다. 잔뜩 얼굴을 구기고 소녀가 이쪽을 쳐다보았다. 머리 위에 올라앉은 검은 강아지도 동그란 눈을 치켜뜨려고 애를 쓰는 것 같았다.

"그렇지만——"

그렇게 입을 비죽이며 마뜩하지 않다는 듯 투덜거리는 클리오의 말을 또다시 제지한 건 엘리스가 아니었다.

"엘리스."

시나였다. 장바구니에서 고개를 들고, 어처구니없어 하며 한숨을 내쉬었다.

"……또 채소만 사 왔니?"

"…………."

잠시 뜸을 두었다가.

"아."

엘리스가 나직이 외쳤다.

그러고 보니 별 생각도 없이——

채소 가게밖에 가지 않았다.

제11장 기억하지 못하는 기억

숲속을 걸을 때, 주의해야 할 것이 있다.

길을 헤매는 일 없이 나아갈 수 있다고 믿으면 안 된다는 점이다.

──아니, 사실은 그게 아닐지도 모르겠지만, 오펜은 대충 그런 식으로 각오하기로 했다. 하늘도, 저 멀리 보이는 산봉우리도 나뭇가지에 가려져서 도통 보이지가 않았다. 불규칙적으로 솟아 자라고 있는 나무들 때문에 똑바로 길을 걷는 것도 불가능했다. 산길의 높낮이는 이제까지 걸어온 거리를 착각하게 만들었고, 무성한 잡초를 헤치며 지나가려는 행보는 금방 체력과 집중력을 앗아갔다. 게다가 현지인마저도 발을 들여놓지 않은 미개척지라서, 의지할 지도조차 없었다.

"헤매지 않을 리가 없는데 말이야."

오펜이 가만히 중얼거렸다.

"그래요?"

도틴이 대답했다. 오펜이 헤쳐 나가며 만든 길을 간신히 따라오고 있는 모양이었다.

오펜은 뒤를 돌아보지 않고 말을 이었다. 발은 멈추지 않고 계속 걸음을 옮겼다.

"아니, 너 말이야. 이런 곳을 지치지도 않고 걷고, 방향도 잃지 않았다니 완전 동물이잖아."

"음, 그럴지도 모르겠지만."

"우리 어느 정도 걸었지?"

"잘 모르겠지만……, 한 시간 정도 걷지 않았을까요?"

"으음, 슬슬 해도 질 것 같은데."

"저어, 어제 습격을 받은 것도 밤이 되어서였는데……."

"으으으으."

다른 할 말이 떠오르지 않아서 일단 신음만 내뱉었다.

사실, 길을 잃는 것에 대해서는 별 의문도 들지 않았다──아무 저항도 없이, 아주 당연하게 길목에서 벗어난 것에 불과하다. 실제로, 길 없는 숲속을 헤매지 않고 걷기란 매우 어려운 일이다. 막연히 걷기 쉬운 장소만 골라 걷다 보면, 사실은 같은 장소를 빙글빙글 돌고만 있었다는 식이 될 수도 있다.

그러나 도통 이해기 기지 않는 점은──

얼굴에 달라붙은 잎을 치우면서 오펜은 물음을 던졌다.

"너, 잘도 돌아왔다?"

"네?"

허를 찔린 소리를 낸 도틴의 얼굴을 오펜은 어깨너머로 쳐다보았다. 도틴은 무슨 말을 하는지 몰라서 입만 떡 벌리고 있었다.

오펜은 다시 물었다.

"아니, 그러니까 네가 그 원숭이한테서 도망친 건 이 숲이었잖아? 거기서 잘도 여관까지 되돌아올 수 있었구나 싶어서."

"아니……, 미친 듯이 도망만 치느라고 잘 기억도 안 나는데요."

살짝 위를 올려다보며 입가에 손을 댄 채, 도틴은 상당히 곤란한 듯 그렇게 대답했다.

"그리고 저 절벽을 어떻게 올라갔겠어요? 저 절벽을 올라갈 수 없으니까 이 숲에 들어온 건데."

"어엉?"

오펜은 미간에 힘을 주며 되물었다.

"······너, 저 절벽을 못 올라간다고?"

도틴은 아주 당연하다는 듯 고개를 끄덕였다.

"그렇지 않아요?"

"아니 뭐, 그렇긴 한데······. 그럼 넌 어떻게 여기서 위에 있는 온천 마을까지 도망쳐 온 거냐?"

"······그게······ 말이죠."

남의 일처럼 고개를 갸웃거리는 도틴에게 재차 물었다.

"근데 너, 내가 묵고 있는 여관을 어떻게 알아냈어? 계속 신경 쓰이는 부분이긴 했다만."

"어라? 어라?"

질문을 받을 때마다 스스로도 의문이 늘어나기만 하는 것 같았다. 그러자 갑자기 뭔가 기억이 났는지 손뼉을 짝 쳤다.

"아, 혹시 이런 게 아닐까요? 어딘가에 마을과 연결된 지름길이나 샛길 같은 게 있어서, 도망치는 사이에 저도 모르게 우연히 거길 지나갔다든가."

"절벽 부분은 그럴 수도 있겠지만, 내가 머무는 여관 앞에서 쓰러질 것까지는 없잖아. 그것도 우연이라고?"

"······평생에 한 번 정도는 그런 우연이 있어도 괜찮을 것 같은데요."

진지하게 그렇게 말하는 도틴을 보고 오펜은 한숨을 쉬었다.

'하긴 고민해 봤자 어쩔 수 없지만.'

대화를 나누면서도 계속 걷고 있었지만, 뒤를 돌아보고 있었기 때문에 걷는 속도는 상당히 느려진 상태였다. 다시 원래 속도로 되돌린 후 열심히 앞만 보고 걸었다. 물론 인간은 아주 똑바로 걸을 수는 없으니까 그 '앞'이 지금까지의 '앞'과 동일한 것인지 매우 의심스럽기는 했지만.

오펜은 어쩐지 막연한 위화감을 느끼면서 도틴에게 말을 건넸다——아니, 딱히 누군가에게 한 말도 아니었을지도 모르지만.

"이런 격언 알아? 이미 발생한 우연을 의심하는 건 어리석은 일이다. 근데 우리 선생님의 말에 의하면, 우연을 의심하지 않는 녀석은 영원히 필연에 도달하지 못한다고 그랬지."

"그렇다면 결국 그게 그건 것 같은데요."

"하긴 그러네. 그래도 역시 니는 후자의 신봉자란 말이지."

부엽토가 깔린 땅 위를 걸으며 오펜은 그렇게 중얼거렸다.

"운명론 같은 건 잘 이해도 안 가지만, 이 세상은 복잡하니까 순수한 우연이 그리 쉽게 일어나지는 않을 것 같단 말이야. 우연이라는 건 무한대로 겹치면 결국은 필연에 가까워지잖아? 산처럼 많은 우연을 통괄하는 하나의 열쇠가 있지 않을까 하는 생각이 드는데. 그게 있으면 전부 딱 맞아 들어가는 거지. 그렇지만 그 열쇠만이 통 보이지 않아. 그런 느낌이 아닐까."

"……그럼 저의 형이 당신에게 빚을 진 것도, 뭔가의 필연이라는 건가요?"

"그건 어렵네."

오펜은 잠시 고민을 하다가 마저 말을 이었다.

"공을 위로 던지면 아래로 떨어진다. 이건 필연이지?"

"네."

"10미터 저편에 있는 과녁에 공을 맞출 수 있을 때까지 계속 던진다. 몇 번째에 명중할까. 이건 우연일까?"

"아니에요?"

"몇 번째 공이 과녁을 명중시킬 수 있을지는 우연이 맞긴 한데. 맞을 때까지 계속 던지니까 언젠가는 분명 맞긴 할 거야. 사실은 이 부분의 필연이 더 중요한 게 아닐까. 딱히 돈을 빌려 준 게 나고, 빌린 사람이 너희라는 점이 중요한 게 아니라 내가 빌려 주지 않았더라도 다른 사람이 빌려 줬을 거고, 너희가 빌리지 않았다면 다른 사람이 빌렸겠지. 그래서 전체적으로는 그건 필연이 된다는 뜻이야."

"알 듯 말 듯한 이야기네요."

어쩐지 불만스럽게 도틴이 대꾸했다.

"혹시나 해서 일단 지적하는 건데요. 당신한테 돈을 빌린 건 형이 혼자지, 저는 전혀 상관도 없——"

"이야기가 딴 곳으로 흘렀네. 아무튼 내가 말하고 싶었던 건 분명 그 자체가 우연이라고 해도 그게 포개지면, 포개지는 이유가 좀 있어도 되지 않을까 라는 뜻이야."

"아니, 갑자기 이야기를 돌리지 마세요. 중요한 부분이라고요. 돈을 빌린 건 형이고, 덧붙여 말하자면 쓴 사람도 형 혼자고——"

도틴은 빠른 어조로 말을 쏟아내면서, 걷는 속도를 높여 이쪽까지 따라붙은 모양이었다. 거기에 대항해서 오펜도 속도를 높였다. 숲속이라서 마음같이 쑥쑥 걷기는 힘들었지만.

빠른 걸음으로 걷는 탓에 무성한 잡초들이 몸을 자꾸만 때리는 것을 느끼며, 오펜은 계속 설명했다.

"결국 문제의식이란 거기서 시작되는 것으로——"

"아무튼 저는 빚하고 전혀 상관도 없다고요. 듣고 있어요?"

"문제의식이라고 하니까 괜히 거창해 보이지만, 요는 사고 정지를 하지 않는다는 뜻이지. 아니, 이게 더 거창한가."

"저기——"

"…………."

갑자기.

오펜은 걸음을 멈췄다. 그리고 곧바로 쿵 하고 오펜의 등 뒤에 도틴이 부딪쳤다.

잠시 침묵——코를 부딪친 듯한 도틴이 자세를 가다듬는 것을 기다리며 침묵하였다.

훗, 히고 웃으며 오펜이 뒤를 돌았다.

"도틴."

"네헤?"

진짜로 코를 부딪쳤는지 코맹맹이 목소리를 냈다. 얼굴을 손으로 감싸고 있는 지인에게 오펜은 천천히 고했다. 두 손을 펼치는 천사의 포즈로.

"또 한 가지 격언을 알려주지."

"아, 네."

"아주 중요한 격언이야——채권자는 많으면 많을수록 좋다."

"……그 논리는 어떻게 봐도 시한폭탄 아닌가요……."

"핫핫핫, 내가 그 말을 믿을 줄 알고."

오펜은 저 멀리를 바라보며 웃은 후, 주변을 찬찬히 둘러보았다.

숲속. 그 사실이 변하는 것은 아니었다. 실제로는 같은 장소만 빙빙 돌고만 있는 것일지도 모른다——라고 씁쓸하게 생각했다. 이 예감이 아주 골치 아픈 이유는 진짜로 알고 있는 길이 나올 때까지 확인할 방법이 없기 때문이다.

원래라면, 조난을 당했을 때에는 한 장소에서 움직이지 않고 구조를 기다리는 것이 정석이겠지만, 현재 구조 같은 건 기대할 수도 없다.

'……믿고 걸어갈 수밖에 없다는 뜻인가.'

스스로를 믿는 건 매우 어려운 일이다. 그런 표어 같은 말을 생각하면서 오펜은 근처 나무줄기에 손을 대었다. 아까도 이것과 똑같은 형태의 나무가 있었던 것 같다. 이게 정말 같은 나무가 아니라는 증거는 어디에도 없었다.

"……숲이 계속 어두워서 잘 몰랐는데."

도틴이 불길한 소리를 했다.

"벌써 해가 진 것 같아요."

도틴은 불안한지 입매를 일그러뜨리며 하늘을 올려다보았다. 나뭇가지 사이로 쏟아지고 있던 햇살이 점점 옅어지고 있었다. 금방 깜깜해지리라. 이렇게 되면 역시 쉽게 움직일 수가 없다. 본격적인 조난을 각오하는 수밖에 없는 상황이었다.

오펜은 일단 손바닥을 위로 향하며, 속삭이듯 영창을 했다.

"나 낳노라, 작은 정령……."

손바닥 위에서 톡 터지는 것처럼 흰 도깨비불이 피어올랐다. 빛의 구슬은 주변을 희뿌옇게 비추면서, 바람에 흔들리는 것처럼 둥실거리며 머리 위 높이까지 떠올랐다.

그 빛을 올려다보는 도틴의 작은 중얼거림이 들려왔다.

"어제도 역시 밤이 되어서 쉬는 도중에 습격을 받았는데요……."

"차라리 그러는 편이 더 빠를지도 모르겠다——그 원숭이가 아까 그놈 이외에 또 있는지 알 수도 없고, 그리고 그게 공격을 가한다고 해도 사실은 전혀 위험하지가 않다는 게 전제지만……."

"문제의식에 대한 이야기 말인데요……."

"응?"

"도대체 그 원숭이는 왜 있는 걸까요. 당신은 드래곤 종족이 개조한 짐승이라고 설명했잖아요——별 의미도 없이 그런 짓을 할 리도 없으니, 분명 무슨 역할이 있을 것 같은데."

꼭 그렇지도 않단 말이지, 하고 오펜은 속으로 중얼거렸다. 그리고 입 밖으로는 이렇게 말했다.

"몇 백 년——아니면 몇 십 년일지 모르겠지만, 아무튼 미래에 이 대륙에 인류가 전부 멸망한 다음에 또 다른 종족인지 민족인지가 대륙에 와서 너와 똑같은 소리를 할지도 모른다? 음, 이 고대 종족은 방망이를 세 번 헛스윙을 날리면 아웃이라고 정했나 보군. 무슨 이유가 있을 거야, 라고 말이지."

"그럼 의미가 없다는 말이에요?"

"아니, 그냥 말해 본 것뿐이야. 네 의견에는 찬성이지. 다만——"

될 대로 되라는 식으로 오펜은 두 손을 벌렸다.

"다만, 고민해 봤자 정답은 나오지 않으니까. 가장 좋은 방법은 그 복너구리나 네가 어제 이 숲에서 만났다는 두 사람——아마 그 여관에 묵은 두 명 같지만——과 만나야겠지. 적어도 지금 우리보다는 더 정보를 많이 갖고 있을 거야."

"그렇겠네요……."

"그럴까……."

…………..

잠시 대화가 멎었다.

너무나도 갑작스럽고, 무슨 일인지 순간 파악하지 못했지만, 둥실 둥실 떠다니는 불빛 아래에서 오펜은 간신히 이해를 했다. 제삼자의 목소리가 불쑥 끼어들었기 때문이다.

"누구지?!"

상대방에 누구인지 물으며 돌아보았다──목소리가 뒤에서 들려 왔다는 확신이 있었던 건 아니었지만.

그곳에는.

"?!"

나뭇가지에 거꾸로 매달린 남자. 그가 이쪽을 가만히 바라보고 있 었다.

낯선 사람은 아니었다. 어제 여관에서 한 번 봤다. 거대한 배낭을 메고 계단에서 굴러 넘겨졌던 그 남자였다. 유적 조사원이라든가 그 랬었다. 도틴이 숲에서 만났다는 자들이 이 조사원과 그의 상사라고 하는 또 한 명의 남자라는 것을 예상하고 있어서 그런지, 이 남자가 이곳에 있는 것 자체는 그리 신기한 일이 아니었다.

그러나──나뭇가지에 거꾸로 매달려 흐리고 음습한 표정에, 탁 한 눈동자로 이쪽을 응시하고 있다고 한다면.

몇 가지의 가능성이 오펜의 뇌리를 스치고 지나갔다. 유령. 망령. 원귀. 귀신. 아니면 그냥 매달리는 걸 좋아하는 남자이거나 아니면 그저 매달려 있기를 잘하는 남자.

마지막 두 가지 가능성이 제일 무섭다고 느끼면서, 오펜은 그 의문 을 해소하기 위해 말을 걸기로 결심했다──

"저기."

팔짱을 낀 채 똑바로 물었다.

"설문조사에 답 좀 해 주겠어? 첫 번째 질문, 당신은 유령입니까?"

"엄청 직설적이네요."

지쳤는지 도틴의 신음소리가 들려왔다.

그냥 무시하고 있자니, 거꾸로 매달린 남자는 슬프게 고개를 저었다.

"죽지 않았어어어어——라고 믿고 싶어."

흑흑거리며 눈물을 흘리자 그 눈물은 뺨이 아니라 미간과 관자놀이를 따라 머리로 흘러내렸다.

오펜은 도틴 쪽으로 몸을 돌렸다.

"네 의견은 어때? 거짓말 탐지기, 도틴."

"아니, 허락도 없이 그런 역할을 떠넘겨도 곤란한데요……."

"그럼 일단 만져 보고 위험한지 확인해 봐, 도틴이라는 건 어떨까?"

"그러니까……."

"칫, 속 좁기는."

혀를 찬 오펜은 남자를 향해 다시 얼굴을 돌렸다.

거꾸로 매달려 있는 것만 제외하면 남자의 용모는 아주 평범하여, 어디를 찔러도 위험 요소 따위는 한 조각도 나오지 않을 것만 같았다. 그렇지만 세상의 모든 위험이 버섯의 생태 법칙을 따르는 것도 아니다.

그런 생각을 하면서 입을 열었다.

"으음, 유령이라고 하기는 다소 뜬금없다 해도. 거꾸로 매달려 있다는 건…… 응. 건강에는 좋지 않겠네."

"그런 문제예요?"

도틴의 지적을 다시 무시했다.

오펜은 남자 쪽으로 반걸음 정도 다가갔다. 상대방은 아무 반응도 하지 않았다——놀라거나, 펄쩍 뛰어 덤비거나, 염산을 토해 내며 공격을 하든가 뭐든 해도 좋았을 텐데——잠시 상황을 살핀 다음 다시 전진했다.

"일단 혹시나 해서 물어보는데……. 당신, 어제 낮에 나와 같은 여관에 있었지?"

"으응? 숲의 나뭇가지라는 여관? 그렇긴 하지."

"으음~, 역시나."

"…………."

잠시 경직했다가——

오펜은 남자 쪽을 손가락으로 가리키며 도틴에게 말했다.

"봐, 역시 내 말대로 이 녀석들 무사하잖아."

"어디가 무사하다는 거예요!"

납득하지 않는지, 도틴은 버럭 소리를 쳤다.

어쨌든 아마 이것이 이 온천 마을에 온 이후 처음으로, 자신의 뜻대로 일이 진전된 것일지도 몰랐다.

"클리오, 감기 걸려."

뒤에서 누군가가 부르는 말에——

클리오는 살짝 머리를 흔드는 식으로 뒤를 돌았다. 여관의 현관문을 열고 매지크가 얼굴만 쏙 내밀고 있는 중이었다.

그의 말도 일리는 있었다.

아직 가을이라고는 하나, 날이 저물고도 계속 현관 앞 계단에 가만히 앉아 있으면 분명 감기에 걸리기 십상이다. 사실, 이곳은 고지대에 위치해서 그런지 밤공기가 싸늘했다. 담요 대신으로 무릎에 올려놓은 레키를 가슴에 꼭 끌어안고, 클리오는 또다시 정면으로 얼굴을 돌렸다. 온천 마을을 뒤덮는 밤의 색깔을 가만히 바라보았다.

매지크의 한숨이 들려왔다. 그래도 애써 숨겨 보려고 했던 것 같지만.

"그거야 스승님이 돌아오시지 않아서 나도 걱정은 되지만, 스승님이라면 괜찮을 거야. 지금까지 이런 일이 없었던 것도 아니잖아."

"……딱히 걱정하고 있는 건 아니야."

별 뜻 없이 그렇게 답했다가, 문득 허세로 들리지는 않았을까 하는 생각이 들었다. 클리오는 감정이 눌어붙는 것을 느끼면서 그대로 입을 다물어버렸다. 재차 언급해 봤자 더욱 허세를 부리는 것처럼 들릴 것이리라.

그게 아니었다. 이곳에 있는 이유는 물론 오펜을 기다리는 것이기도 했지만, 홀로 있고 싶어서이기도 했다.

"음……, 그럼 담요라도 갖다 줄까? 걸치기만 할 거라면, 스승님의 겉옷이라도 괜찮지?"

"그래."

그녀가 고개를 끄덕이자 등 뒤에서 탁 하는 소리가 났다. 문이 닫혔나 보다.

'……걱정하고 있는 게 아니란 말이야.'

클리오는 가슴속에서 재차 말했다.

그저 불안할 뿐이었다.

앞으로도. 그때 오펜은 분명 그렇게 말했다.

'결국 무슨 뜻인지 잘 이해는 되지 않았지만……. 근데 오펜이 영문을 알 수 없는 소리를 하는 건 그리 드문 일도 아니고.'

그러나 은근 기쁘기도 했다. 허나 동시에 가슴속 같은 자리에서 불쑥 솟아오른 것도 있었다.

그게 기분 나빴다.

흔들거리며 떠올랐다가 사라지는 상념들이 있어도, 그걸 곱씹어 보려고도 하지 않고 클리오는 그저 멍하게 어둠, 아니 밤을 응시하기만 했다.

자연스레 입술이 벌어졌다.

언제 배웠는지 기억나지 않는 노래를 흥얼거리며, 클리오는 품속에서 꾸벅꾸벅 조는 레키의 등을 조심스레 쓰다듬어 주었다. 매끈하고 동그란 등을 따라, 꾸미기라도 한 것처럼 예쁘게 나부끼는 털을 보며 저도 모르게 넋을 놓았다. 자세히 보지 않으면 알 수 없을 정도로 미미한 호흡을 하는 그 생물의 모습에 클리오는 미소를 지었다.

그때 문이 열렸다.

매지크인 줄 알고 뒤를 돌아보지 않았다. 노래도 그만두지 않았다. 그러나.

"……좋은 노래구나?"

목소리의 주인은 매지크가 아니었다. 놀라서 몸을 돌리니 열린 문에서 담요를 든 엘리스가 막 나온 참이었다.

눈을 깜박이며 클리오가 중얼거렸다.

"엘리스?"

"잠시 얘기를 좀 하고 싶어서. 그 애 대신에 내가 담요를 가지고 왔어. 괜찮지?"

"아……, 응."

그녀가 내민 담요를 받으면서 클리오는 고개를 끄덕였다.

엘리스는 소리도 없이 슬슬 걸어와서 나란히 옆에 앉았다. 레키는 클리오가 움직인 탓에 눈을 떴는지 머리를 들며 하품을 했다. 그걸 들여다보며 엘리스가 말했다.

"귀엽다."

"……응."

달리 다른 대답이 머릿속에 떠오르지 않아 일단 그렇게 머리만 끄덕거렸다.

이쪽이 어떤 표정을 짓든, 엘리스는 그다지 상관하지 않는 모양이었다――아까까지 클리오가 바라보고 있던 장소로 똑같이 시선을 주며, 여전히 조용한 목소리로 말했다.

"저기, 물어보고 싶었던 건."

"응."

"즐겁냐는 건데."

그녀는 막연한 것을 아주 명확한 질문인 냥 물었다.

잠시 대답을 망설였지만――

"그러네."

일어난 레키가 제멋대로 어깨를 타고 머리 위로 기어 올라가려고 하는 걸 내버려 둔 채, 클리오는 대답했다.

"온천이 없어서 아쉽긴 하지만, 목욕까지 못하는 건 아니니까. 평범한 여관에 묵었다고 치면 뭐 그냥 됐다 싶어. 그리고 오래간만에 침대 정리라든가 집안일을 할 수 있었고——"

"그게 아니라."

가느다란 오른손을 들며, 엘리스가 대답을 가로막았다. 그녀는 씁쓸하게 웃는 것처럼 입술을 일그러뜨렸다. 다만, 클리오에게 쓴웃음을 짓는 기색은 그리 느껴지지 않았지만 말이다.

"여기에 대한 게 아니라, 넌 먼 지역에서 온 거잖아? 그런 거 즐거울까 궁금해서."

"음——."

이번에야말로 대답을 하기 힘들었다. 머릿속에는 아무것도 떠오르지 않고, 얼굴 표면만 흠칫 반응하는 것이 느껴졌다.

"즐거운 줄은 잘 모르겠어. 벌써 몇 달 째, 오펜이랑 매지크와 함께 있으면서 그 생활에 익숙해졌다는 느낌이거든. 하지만 처음에는 여러모로 즐거워서……. 지금 따분하지 않다는 건 여전히 즐거워서 그런 게 아닐까 해."

스스로도 잘 이해가 가지 않는 말을 하면서, 클리오는 그걸 얼버무리려는 것처럼 되물었다.

"엘리스는 즐겁지 않아? ……여러 가지로."

"나는…… 정반대야."

이번에는 확실하게 쓴웃음을 지으면서 그녀는 고개를 내저었다.

"재미를 느낀 적이 없으니까 따분한 것 같아."

"……친구들이랑 놀아도 그래?"

"친구."

그녀는 미지의 단어를 들은 듯이 되풀이해 말했다. 저 멀리를 바라보며 복잡한 표정을 드러내었다——쓴맛이 날 줄 아는 걸 핥아보고, 역시 쓰구나 하는 그런 얼굴.

"친구——잘 모르겠어."

"응? 없어?"

"그걸 잘 모르겠어. 친한 친구도 있는 것 같지만……. 문득 정신을 차리고 보면 혼자였어. 대화를 나눈 일도 있긴 한데, 딱히 그 얼굴이 떠오르는 것도 아니고."

그녀의 말을 전혀 이해하지 못하고, 클리오는 그저 고개만 갸웃거렸다. 그러자 머리에서 미끄러져 떨어질 뻔한 레키가 발버둥을 쳤다.

"……기억 상실이야?"

"그런 걸지도. 정신을 차리고 보니 여기에서 엄마와 살고 있었다는 느낌. 그러면서 내가 은근 이곳을 나가고 싶어 한다는 건 이해하고 있어. 하지만 어째서인지 여기에 있지 않으면 안 될 것 같은 기분도 들고……."

"…………."

클리오는 대답도 하지 못한 채, 그저 엘리스의 이야기를 듣기만 했다. 엘리스는 술술——이런 이야기를 하는 것에 아주 익숙한지, 아니면 머릿속에서 몇 번이나 혼자서 연습했는지, 단어 하나 막힘없이 매끄럽게 이야기를 이어나갔다.

"그리고 뭔가 머릿속에 떠오르는 게 있는데, 왜 생각이 나는지 이유를 잘 모를 때가 있어. 들어본 적도 없는 노래를 알고 있다든가. 그리고…… 로츠."

"그 사람들이 왜?"

"……보기만 해도 구역질이 나. 그 외에도 싫어하는 것들이 있는데도, 로츠 관련이라면 무조건 자꾸 기분이 나빠지는지 이유를 모르겠어. 밉고……, 무서워. 견딜 수 없을 정도로."

"갱이니까 싫고 무서운 건 큰 문제가 아닌 것 같은데."

당연한 말을 하며, 클리오는 곁에 앉은 엘리스 쪽으로 살짝 더 다가앉았다. 어깨가 가볍게 닿을 정도였지만, 이 정도라도 상대방의 체온을 느낄 수 있다.

"그 녀석들에 대해서라면 괜찮아. 나, 그런 녀석들은 하나도 안 무서워. 그리고 오펜이 더 깡패라니까."

"……그래?"

어쩐지 그 점에 대해서는 별 감명을 받지 못했는지, 엘리스의 눈에 의심의 빛이 어렸다.

어떻게든 만회를 하려고 클리오는 얼른 말을 덧붙였다.

"아, 아니, 다시 말해서 걱정하지 말라는 거야. 우리 아버님도 걱정 따위는 미래에 웃고 넘어갈 추억밖에 안 된다고 말했는걸. 아마…… 그렇게 생각하면 무섭지 않을 거야."

"미래……."

엘리스는 멍하게 그 단어를 입에 올렸다. 눈을 감더니 중얼거렸다.

"미래 같은 게 있을까?"

"아니, 그런 식으로 바로 최종 단계 같은 걱정을 해도 곤란한데……."

끙끙대다가 클리오는 일단 탁 하고 가슴을 치며 호언장담을 하기로 했다. 벌떡 일어나서 목에 조금 힘을 주었다.

"아. 무. 튼! 생활 운운에 대해서는 일단 그렇다 치고, 로츠에 대해서라면 아무 걱정할 필요는 없어. 내가 확실히 책임질 테니까. 통칭, 도움의 손길을 주는 소녀, 프리티 클리오가 이 여관을 세상에서 가장 안전한 장소로 만들어 줄 테니까. 일단은 지금 필살기로 플라즈마 다이내믹 기가번을 연구 중인데."

"프리티인데……?"

그런 대화를 하고 있는데——

저 멀리서 무슨 소리가 들려왔다.

"…………?"

일단 대화를 중지하고, 엘리스와 서로 얼굴을 마주 보았다. 인적도 없는 길에서 들려온 건 발소리였다. 무거운 어떤 것을 나르고 있는지 천천히 발걸음을 떼는 소리.

"뭘까."

자신의 스커트자락을 꼭 쥐고, 엘리스가 신음했다. 클리오는 얼굴을 찡그리며 주변을 둘러보았다. 잘 알 수는 없지만——잘못 들은 건 아니었다. 분명 발소리임을 그녀는 확신했다. 그다지 규칙적이라고 할 수 없는 발소리와 함께 거친 숨소리까지도 들렸다.

엘리스를 내려다보니, 겁에 질린 눈빛이 되돌아왔다.

"괜찮아. 나한테 맡겨."

클리오는 그렇게 말하며, 경계 태세를 갖추고 잠잠히 기다렸다. 무엇이 접근하고 있는지, 그보다 정말로 이곳으로 다가오는 발소리인지 알 수 없다는 사실을 알아차린 건 잠시 후의 일이었지만.

곧이어——모퉁이에서 느릿하게 모습을 드러낸 건 한 명의 남자였다.

달빛 아래에서도 확연히 드러났다. 낮에 로츠에서 온 그 2인조 중 한 명이었다. 등산복을 입고 궁상스러운 얼굴을 한 남자 쪽이었다. 뭐가 들었는지 무거운 양동이를 들고 천천히──아니, 꿈지럭거리며 이쪽으로 다가오는 중이었다.

모퉁이에서부터 여기까지 20미터 정도. 이 거리를 걷는 데 1분은 걸렸다. 숨을 헉헉 몰아쉬면서 한 아름이나 되는 거대한 양동이를 들고, 씨익 웃음을 짓고 있었다.

현관 앞까지 도착한 남자 쪽으로 클리오는 한 걸음 앞으로 나서며 단호하게 말했다.

"더 이상 오지 말라고 히지 않았어?"

"꼬맹이의 허풍이 뭐 무섭다고."

남자는 그렇게 말하며 양동이를 들어 올리더니──

"────!"

클리오는 순간 판단을 망설였다──덤벼드는 것이 나을지도 모른다. 양동이에는 물 같은 액체가 한가득 담겨 있는 것이 보였다. 남자는 잔뜩 지쳤는지, 동작이 매우 완만했다. 덤벼들지는 않더라도 옆으로 뛰어 피하는 것이 나을지도 모른다. 그러나.

오싹함과 함께 떠올리고 말았다. 엘리스가 아직 자신의 발밑에 앉아 있는 상태였다. 그녀가 도망칠 수 있을 리가 없다.

양동이 속에 들어 있는 것은 과연 무엇인지──

짚이는 점이 있긴 했다. 방화. 혹시 기름 같은 것이라면?

물론 이런 것들을 논리적으로 추측해 낸 것은 아니었다. 클리오의 뇌리에 떠오른 명확한 말은 이것이었다.

'피할 수 없겠어!'

혹시 위험한 것이라면 레키가 막아 줄 게 분명하다.

그걸 믿고, 클리오는 마음의 준비를 했다. 몸을 움츠렸다고 하는 편이 맞을지도 모른다. 어차피 양동이에 든 무엇인가를 뒤집어쓸 것에 대비하여 취할 수 있는 유효한 방어 태세가 있는 것도 아니었으니 말이다.

'레키, 부탁해……!'

머리 위에 항상 올라앉아 있는 생물을 부르며, 클리오는 다음 순간을 기다렸다. 결과는 바로 나올 터이다——

촤아아악!

남자가 양동이를 내리는 동시에 몸을 강타하는 충격이 찾아왔다. 대량의 액체를 정면에서 받아낸 것이다. 결과는 바로 나왔다.

액체는 꽃망울처럼 터지며 바로 퍼졌다. 충격은 금방 지나갔고, 남은 건 발밑에 고인 물웅덩이와 뚝뚝 떨어지는 물방울 소리뿐이었다. 클리오는 머리부터 발끝까지 푹 젖은 채 조용히 중얼거렸다.

"……그냥 물……?"

레키는 느긋하게 머리 위에서 뒹굴고 있는 모양이었다.

오펜이 이전 딥 드래곤 종족은 다 자라면 전체 몸길이가 수 미터에 이를 정도로 자라기 때문에 물속에서 살게 된다는 이야기를 해 준 적이 있었다. 물은 레키에게 있어 전혀 위협 요소가 아니었다. 물을 위협이라고 인식조차 해 주지 않았다.

살펴보니 엘리스도 물에 빠진 생쥐 꼴이었다.

클리오는 가느스름하게 뜬 눈으로 양동이를 휘두른 그 남자를 쳐다보았다. 남자는 의기양양하게 고개를 끄덕였다.

"그래, 그냥 물이야."

"……그게 무슨 의미가 있는데?"

그런 질문을 할 필요가 있는지는 둘째치고, 물어보지 않을 수가 없었다. 남자는 이 역시 자랑스럽게 답했다.

"그냥 심술부리는 거야."

"…………………그렇구나……."

클리오는 조용히, 그저 조용히 중얼거렸다——

남자는 몸을 빙글 돌린 후, 곧바로 전력으로 도망쳤다.

"그럼, 그런 거다. 잘 있어라!"

"아! 잠깐만! 내가 놓칠 줄 알아!"

레키를 가슴 앞으로 꺼안고, 물을 머금은 탓에 발에 자꾸만 감기는 스커트를 발로 걷어차며——

클리오도 전력으로 남자를 쫓아갔다.

"에취!"

작게 재채기를 하면서 여관으로 돌아오기까지 30분 정도 걸렸을까.

"아이 참……, 그 건달, 이곳저곳으로 도망쳐 다니지를 않나, 숨지를 않나……. 이쪽은 스커트를 입고 달리는데. 게다가 푹 젖어서 달리니까 당연히 감기에 걸리잖아. 결국 놓치기까지 했고. 아, 정말—— ——에취!"

현관 앞은 여전히 물바다였다. 이제 와서 신발이 더러워지는 걸 걱정하는 건 아니었지만, 물웅덩이를 빙 돌아서 현관으로 다가갔다. 엘리스는 이미 여관 안으로 들어간 것 같았다. 그녀에게 부탁해서 목욕물을 좀 데워 달라고 해야겠다며, 문손잡이를 쥐었다.

그러자——

그 장소에 벌어진 이변을 알아차렸다.

무엇인가를 느끼고, 옆으로 시선을 주었다. 그곳은 홀의 큰 창문이었다. 창문 유리가 완전히 깨져 있었다.

"아앗?!"

별 의미도 없는 소리를 외치면서, 클리오는 창문 앞으로 다가갔다. 창문 유리는 누가 바깥에서 깼는지, 유리 파편이 방 안쪽으로 흩어진 상태였다. 흩어진 파편이 방의 가스등 불빛을 받아 반짝거려 아름다워 보이기도 했지만, 거기에 넋을 놓고 바라볼 때가 아니었다. 홀에 누군가가 쓰려져 있는 것이 보였다.

"매지크!"

클리오가 외치며, 깨진 유리를 피하면서 홀로 들어갔다. 매지크가 유리 파편 위에 쓰려져 있는 것이 아니라는 사실에 안도하며 얼른 달려갔다.

"이게 무슨 일이야!"

기절했던 건 아니었는지——단지 쓰려져 있었던 모양이다. 힘없이 얼굴을 들더니 매지크는 가느다란 목소리로 말했다.

"그게……, 창문을 깨고 이상한 남자가 들어오더니——갑자기 때리는 바람에 저항도 할 수 없었어."

"엘리스는? 시나 아주머니는?"

클리오는 아우성을 치며, 주변을 둘러보았다. 두 사람의 모습도, 기척도 없었다. 그녀는 거의 직감적으로 이 여관에는 자신과 매지크, 두 사람밖에 없다는 것을 알아차렸다.

"모르겠어."

혼란스러운지——아니, 어지간히 심하게 얻어맞았는지 눈이 핑핑 도는 것 같았다——매지크는 고개를 저었다. 머리를 움직이다가 다시 아팠는지, 얼굴을 찡그렸다.

"여기에 있었는데……. 그런데 엘리스 씨가 현관에서 클리오와 있다가 물을 뒤집어썼다고 하던 차에 갑자기 창문이 깨지면서——"

"어떻게 됐는데."

"그러더니 검은 슈트를 입은 남자가 들어왔어……. 내가 앞으로 나선 순간, 얻어맞아서 그다음에는 기억이 안 나……."

거기까지 말하고, 표정을 흐렸다. 단지 상처 때문만이 아닌 것 같있다.

"——미안해, 클리오."

"아이참. 얻어맞을 바에야 차라리 도망을 치지."

클리오는 짜증스럽게 말을 하며, 매지크의 머리와 얼굴을 살펴보았다. 왼쪽 뺨이 이미 잔뜩 부풀어 오른 것 이외에는 딱히 눈에 띄는 상처는 없어 보였다. 그 이상의 것은 의사에게 묻지 않으면 알 수 없으리라.

"와, 열 받네."

클리오는 주먹을 쥐며 신음했다.

"역시 그 녀석들은 갱이야. 이렇게 되면 역시 필살기, 플라즈마 다이내믹 기가번의 봉인을 풀 수밖에 없겠어."

"……그게 뭐야."

얼굴의 부은 부분을 조심스럽게 문지르는 매지크.

"이런, 이런."

묵직한 목소리에 클리오는 움찔하며 등을 꼿꼿이 세웠다. 순간적으로 몸을 돌리며 임전 태세를 취했다. 갱들이 돌아온 줄 알았던 것이다. 허나.

그게 아니었다.

"젊은 아가씨가 그런 필살기를 갖고 있다니 좋게 보이지 않는군. 그렇지 않나, 노사프 연구원——어라, 어디에 있는 겐가, 노사프 군."

그런 말을 아주 자연스럽게 말하고 있는 이는 천장에 거꾸로 매달린 뚱뚱한 남자였다.

본 적이 있는 이였다. 어제 여관 손님으로 있던, 연구원장이라는 남자다. 그러나 그때는 적어도 천장에 거꾸로 매달려 있지는 않았다.

그 머리 바로 아래, 홀에 놓여 있는 모형 지도가 자리하고 있었다. 연구원장은 혼자서 웅웅거리며 고개만 주억거리고——

뭐라고 중얼거린 후, 휙…… 하고 모습을 감췄다.

제12장 침묵하는 노인

그 건물은 숲속, 눈에 띄지 않게 고즈넉이 서 있었다. 겉으로 봐도 낡아 보이는 벽의 색깔은 이곳저곳에서 보이는 이끼와 곰팡이가 섞인 탓에, 칙칙한 녹색이었다.

밤의 어둠 속에 묻혀 희미하게 건물 실루엣만 보였지만, 그래도 윤곽은 알아보기 충분했다. 마술로 만든 순백의 빛에 비친 벽. 흔들리는 도깨비불이 뿜어내는 빛의 파도가 그 벽 표면에서 수면처럼 일렁거리며 퍼졌다.

어쩐지 보호색을 연상시키는 녹색의 건물을 올려다보며, 오펜은 딱히 누구에게라도 할 것 없이 물음을 던졌다.

"……여기야?"

"우우……, 맞아."

울먹이며 대답한 이는──당연히?──그 연구원이었다. 노사프라는 이름이었던가.

여전히 나뭇가지에서 거꾸로 매달린 채였다.

'……아니.'

오펜은 속으로 중얼거렸다.

미묘하게 그건 아니었다.

노사프는 이곳까지 나뭇가지 아래를 옮기면서 걸어왔다.

마치 나뭇가지에 발이 달라붙은 것처럼 말이다.

그것도 사실은 정확한 표현이 아니었다. 나뭇가지에 달라붙어 있는 건 아니었으니 말이다.

그가 움직일 때마다 나뭇가지가 흔들렸다. 그것도 위를 향해서. 그의 발의 무게에 의해 휘청거리고 있는 것이다. 위를 향해서. 그는 자기 체중을 나뭇가지에 맡기는 것으로 낙하를 방지하고 있다는 뜻이다——단, 몇 번이나 반복하지만, 그것도 위로, 저 멀리 하늘로 낙하하려는 몸을.

다시 말해, 그는 나뭇가지에 매달려 있는 게 아니라 나뭇가지 아래쪽에서 거꾸로 서 있는 것이었다.

'중력이 역전되고 있는 건가⋯⋯?'

그렇게밖에 여겨지지 않았다.

그게 어떤 의미가 있는지는 잘 알 수가 없었지만. 오펜은 고심하면서 시선을 건물로 되돌렸다.

지면에 머리를 푹 꽂으며 거꾸로 솟아 있는 사각뿔. 겉으로 보기에 그것은 그런 식으로 보였다. 크기는 상당한 것 같지만, 색깔이 녹색인 점, 그리고 건물 위까지 나뭇가지로 덮여 있는 바람에 위쪽에서 봐도 발견은 어려울 성 싶었다. 절벽 위에서 살폈는데도 찾아 낼 수 없었던 건 이 때문인가 하고, 오펜은 조용히 이해했다. 건물에는 창문도, 입구 같은 곳도 없었다.

'⋯⋯아니.'

또다시 같은 혼잣말을 했다.

어렴풋이 느끼고 있었긴 했다——

거꾸로 선 사각뿔의 밑변 쪽에 사람이 통과할 수 있을 만한 구멍이 뚫려 있었다.

그야말로 사각뿔 모양의 건물이 거꾸로 서 있는 형태였다.

"혹시⋯⋯?"

오펜은 그 구멍을 가리키며 노사프에게 물었다. 연구원은 그렇다고 고개를 끄덕였다.

"아아, 저기서 나왔지. 저기서 나무를 타고……."

"역시나."

"올라가기…… 어렵죠?"

의심스러워하는 도틴.

올라갈 수단은 얼마든지 있지만, 오펜은 얼굴을 찡그리며 주변을 둘러보았다. 두 사람의 얼굴을 보고 어깨를 으쓱했다.

"나 혼자라면 어떻게든 되겠지만. 너희들은 어쩔 건데?"

"여기서 기다릴게요. 형을 부탁해요."

"저런 곳으로…… 또 돌아가고 싶지는 않아."

도틴과 노사프, 둘 다 즉시 대답했다.

한숨을 푹 내쉬고, 오펜은 손을 내저었다.

"그럴 줄 알았다. 됐어. 오래간만에 걸리적거리는 게 없는 것도 좋지."

그렇게 중얼거리며, 마술의 구성을 머릿속으로 그렸다. 거꾸로 된 사각뿔 꼭대기에 있는 작은 입구에 초점을 맞추어 도약을 하려던 찰나──

"…………?!"

그 순간, 오펜은 어떤 충격을 받아 제정신을 차렸다. 아래를 내려다보았다.

"어이, 뭐야. 팔은 갑자기 왜 붙잡는데."

도약할 준비를 하면서 무심결에 내린 팔에 굳은 표정으로 도틴이 매달려 있었던 것이다. 그때였다.

"으아아아아?!"

나뭇가지에 서 있었던——그렇게 표현하는 게 적절한지는 알 수 없지만——아무튼 노사프의 비명 소리가 들려왔다. 살펴보니 놀라서 허둥대는 연구원이 위쪽 나뭇가지로 뛰어내리는 중이었다. 나뭇가지를 타고 그 건물 입구로 향하는 모양이었다.

"……뭐야, 왜 저래?"

상황을 이해하지 못한 오펜이 중얼거렸다. 그 의문에 대답하는 자는 없었지만, 그 대신 바들바들 몸을 떨며 도틴이 손가락으로 멍하게 뒤를 가리키고 있다는 것을 알아차렸다. 목 안쪽에 뭔가 쓰디쓴 것을, 관자놀이에 무거운 것을, 귓속에 예리한 것을, 등등 그런 언짢은 감각을 느끼며, 오펜은 시선을 몸서리치는 도틴의 손가락이 가리키는 곳으로 옮겼다.

그리고——

돌아보지 않고 시선만으로 주변을 탐색했다.

마술의 불빛은 그리 넓은 범위를 비추는 것은 아니었지만, 그래도 어렴풋이 주위가 보였다.

이곳저곳의 나무. 아니, 주변 나무 모든 곳에. 나뭇가지와 나무줄기, 무성한 나뭇잎 속에 숨은 짐승의 얼굴이 있었다. 가만히 이쪽을 주시하고 있는 짐승들은 틀림없이 아까 전에 조우했던 원숭이였다. 모습은 원숭이와 매우 비슷했지만, 기묘하게 발달된 손가락을 가진 동시에, 두개골에서 비어져 나온 뇌를 역시나 머리에 달린 수조로 보호하는 생김새였다. 소리도 없이, 기척도 없이 나타날 수 있었던 건 마술로 '통과'하여 이동할 수 있어서였을까.

전율은 느껴지지 않았다. 그저 오펜은 조용히 판단했을 뿐이었다.

"……그럼."

몸은 전혀 움직이지 않은 채, 도틴에게 물었다.

"여기서 기다릴 거냐?"

"아니요."

이 역시 즉답하는 도틴. 이쪽의 재킷을 손으로 꼭 쥐었다.

둘러보니 이미 노사프의 모습은 없었다. 벌써 입구 안으로 들어간 것 같았다.

오펜은 조용히 숨을 들이쉬었다. 중간에 그만두었던 구성을 다시 형성시켰다.

무수한 동물들의 무수한 시선. 무수한 두 개의 눈, 눈, 눈. 그것들이 너무나도 단순한 양상으로 교착하는 중심점에서 오펜은 외쳤다.

"나 달리노라, 하늘의 은령!"

바닥을 박차는 순간, 몸의 무게가 사라졌다.

도틴을 안고, 숲의 색을 띤 그 건물을 향해 뛰어오르면서——

그는 어떤 한 가지를 떠올렸다.

온천가 중심에 자리한 건물은 그 누구도 막지 않겠다는 듯 당당하게 서 있었다. 건물 자체는 낡은 것이리라——군데군데 꼼꼼하게 개장을 했는지, 외관은 새것처럼 보였지만 말이다.

달빛 아래, 부옇게 흐려진 모습을 불길하다고 평하는 건 다소 공정한 것이 아닐지도 모른다. 그러나 매지크는 그곳에서 뿜어져 나오는 우중충함을 확실히 느끼면서 건물을 올려다보았다. 밤의 온천 마을.

주위에 인적이 없을 리도 없다. 실제로, 호텔 입구를 드나드는 손님들의 시선이 은근 이쪽을 향하고 있다는 점은 싫어도 의식하지 않을 수가 없었다.

"……여기구나!"

"그러네."

로츠 호텔의 정면 입구에 서서, 주먹을 쥐고 중얼거리는 클리오에게 매지크는 힘없이 고개를 끄덕였다. 옆을 (다소 멀찌감치 떨어져서) 지나가는, 주부 같은 여자들 세 명이 저편에서 키득거리는 웃음소리가 귀에 들려왔다.

아무래도 클리오한테는 들리지 않는 것 같지만.

그녀는 쫄딱 젖었던 옷을 갈아입어서, 평소의 티셔츠와 청바지 차림이었다. 항상 그랬듯 머리에는 레키가 자리했다. 그것뿐이라면 그냥 넘어갈 수도 있겠지만…….

검을 끌어안은 채, 어디서 가지고 왔는지 무슨 스포츠에 쓰는 보호구를 하얀 티셔츠 위에 장착하기까지 했다. 어깨와, 가슴과 배, 허벅지와 무릎을 팬케이크 모양을 한 고무 패드로 감쌌고, 등에는 중간에 미묘하게 구부러진 나무 막대기를 매고 있었다.

"근데 클리오, 그 꼴은 도대체 뭐야?"

결국 참지 못하고 매지크가 물었다. 클리오는 응? 하고 뒤를 돌아보았다.

"나도 잘 모르겠지만 스틱 볼인지 뭔지 하는 경기의 도구 같아. 팸플릿에 적혀 있었어."

"……왜 그걸 입고 있는데?"

"그거야 내 몸을 지켜야 하니까. 당연하지."

클리오가 별것도 아니라는 듯 대답했다. 그건 매지크의 입장에서 너무나도 두려운 답변이었지만.

"어~, 저기."

살짝 뒷걸음질을 치면서, 매지크는 더욱 두려워했던 질문을 입에 담았다.

"왜 몸을 지킬 필요가 있는 건데?"

"그거야 저기 쳐들어가서 한바탕 난리칠 거니까."

"아아아앗! 역시이이이이?!"

역시나 곧바로 답한 클리오를 향해 매지크는 비명 같은 소리를 지르며 머리를 싸쥐었다.

얼른 뒤로 돌아 도망치려고 했지만, 등 뒤에서 덥석 목덜미를 붙잡히고 말았다. 조심스럽게 뒤를 돌아보자 아니나 다를까 클리오였다. 불퉁한 표정으로 말했다.

"왜 도망치는 거야."

"우으으……, 얼굴이 부어서 그런데 조퇴할게요."

울면서 신음했지만, 클리오는 전혀 들어 주지 않았다. 매지크의 목덜미를 붙잡은 채 몸만 돌려 그대로 로츠 호텔 쪽으로 걸음을 내디뎠다. 당연히 질질 끌려가면서 매지크는 아우성쳤다.

"으아아! 클리오, 클리오. 갑자기 그렇게 쳐들어가지 않는 편이 아니, 그냥 여관에서 아침까지 기다리는 편이 더 안전하다고나 할까, 괜히 위험한 지뢰를 안 밟을 수 있다고나 할까."

"도대체 뭐라는 거야!"

개의치 않고 앞으로 나아가면서 클리오가 날카롭게 외쳤다.

"엘리스나 시나 아주머니가 없어졌잖아! 그 녀석들한테 납치당한 게 분명해!"

"분명한 건 아닐 것 같은데!"

"어째서!"

"아니, 이상하잖아! 내가 기절했던 건 겨우 몇 초뿐이었고, 그사이에 한 명도 아니고 두 명이나 데리고 도망을 치다니——"

"무슨 소리야. 사라진 건 맞잖아!"

"그, 그럼 천장에 서 있었던 사람은?!"

"잘 모르니까 일단 보류!"

"기왕이면 이렇게 쳐들어가는 걸 보류해 주면 좋겠는데——"

그때였다.

매지크는 문득 자신이 너 이상 질질 끌려가고 있지 않다는 걸 알아차렸다. 클리오의 걸음이 멈춰 있었다. 슬슬 일어나 그녀의 뒷모습을 바라보았다. 레키만이 이쪽을 보며 고개를 갸웃거리고 있었다.

비스듬히 기운 녹색 눈동자를 보면서 매지크가 나직이 물었다.

"……클리오?"

"왔구나."

그렇게 말한 것은 물론 레키가 아니라 클리오였다.

"뭐?"

불길함을 느끼면서 레키가 아니라 클리오의 어깨너머, 그녀가 보고 있는 방향으로 눈길을 주었다——다시 말해 로츠 호텔의 입구를. 상당한 거리를 끌려와서 그런지 벌써 건물 근처까지 당도한 상태였다. 거슬리지 않을 정도로만 돋보이는 로츠 호텔의 간판. 그 아래에 넓은 로비의 입구에서.

한 그림자가 나왔다. 일반적인 관광객과는 달리 어딘지 모르게 정중한 태도에, 키가 크고 침착한 분위기를 뿜어내는 부류의 남자였다.

입고 있는 옷은 종업원용의 절제된 갈색 슈트고, 머리는 척 봐도 물들인 것을 알 수 있는 금발이었다. 뺨과 아래턱의 면적이 꽤 넓어서 그런지 어지간한 미남보다 금발이 어쩐지 미묘하게 더 잘 어울려 보였다.

"저어, 아가씨."

호텔 앞에 떡 하니 서 있는 클리오에게 남자가 예의바르게 말을 걸었다——

"저어, 손님들로부터 불만 사항이 있어서. 당신의 그 차림은 바깥을 돌아다니기에는 적합하지 않아 보입니다만……. 그리고 장난감이라고는 해도 검과 비슷한 물건을 들고 다니는 건 좋지 않습니다."

"에잇."

터억.

아주 일순간의 일이었다. 둔탁한 소리와 함께 이어서 남자가 코피를 뿜으며 그 자리에서 쓰러졌다. 클리오가 검집을 통째로 번쩍 치켜든 자세로 이쪽을 돌아보았다.

"전투 개시야, 매지크. 방해만 하지 말아 줘."

"……그러면 안 데리고 왔어야지."

울고 싶기도, 웃고 싶기도 한 복잡한 심경으로 매지크는 투덜거렸다. 물론 말은 그렇게 해도 그녀 혼자서 보낼 수는 없었기 때문에 결국 이렇게 따라올 수밖에 없었지만.

어느 틈에 클리오는 주저하지 않고 과감히 로츠 호텔로 들어가려 했다. 땅바닥에 쓰러진 남자와 같은 차림을 한 남자 두세 명이 황급히 막으려고 모여들었다.

한숨을 쉬고, 뒤를 쫓으려고 한 그때였다──

"어이!"

흠칫 몸을 떨며 매지크가 걸음을 멈췄다. 목소리는 등 뒤에서 들려온 것이었다. 돌아보니, 우락부락한 얼굴을 한 거한이 벌건 얼굴로 다가오는 중이었다. 복장은 아주 평범한 재킷과 바지였지만, 팔에 찬 완장이 눈에 들어왔다. 어두워서 잘 보이지는 않았으나 글자를 읽지 못할 정도는 아니었다──아니, 사실 예상은 했다. '자경단'이라고 적혀 있었다.

그 남자는 성큼성큼 다가오더니 이쪽의 어깨를 거칠게 붙들었다. 몸을 잡아 거의 흔들어 대며 따졌다.

"이게 무슨 일이야?! 너희는 누구지?!"

"저기~……."

몇 가지의 선택지가 머릿속을 스치고 지나갔다. 그러나──

사과해 봤자 어차피 소용도 없으리라. 마술 사용은 오펜이 금지했었다. 오펜마저도 감탄할 정도의 완벽한 제어력을 익힐 때까지는 쓰지 않겠다고 결심할 정도의 자존심은 존재했다. 사정을 설명…… 하는 것만큼 바보 같은 짓도 없을 것 같았다. 그럼 울면서 얼버무릴까. 웃어서 넘어갈까. 하늘에 대고 기도를 하면 하늘에서 천사가 내려와서 사악한 남자를 별의 화살로 쏴서 처치해 줄 것이다.

'결국…….'

뭔가 다 체념한 심정으로 매지크는 탄식했다.

'나만 조용히 사양하고 있을 의미는 없을지도.'

어째서인지 머릿속에 킴라크에 있었던 암살자의 얼굴이 떠올랐지만.

일단 결심을 하면 할 일은 하나였다. 단 하나, 상상할 수 있었던 건 스승님이라면 어떻게 할까? 라는 점뿐이었다. 상황은 아주 이해하기 쉬웠다. 화를 내는 거한. 어깨를 붙잡혀 있다. 이길 수 있을 것 같지도 않다.

반사적으로 몸이 움직였다. 다리라고 직감적으로 느꼈다——오펜이라면 무릎을 걷어찬 다음, 웅크리고 있는 상대의 뒤통수를 팔꿈치로 내리찍을 것이다. 몇 번이나 봤던 그 동작을 상상한 순간, 자신의 몸도 자연히 움직였다.

오른발 뒤꿈치로 상대의 오른쪽 무릎을 노려서——

퍼억.

"아얏."

"…………."

반응은 그게 다였다. 남자는 어리둥절한 얼굴로 자신의 발밑을 내려다보기만 했다——매지크의 오른발이 그의 오른쪽 무릎을 걷어찬 채로 멈춰 있었다.

"……어라?"

중얼거렸다. 올려다보니 남자의 표정에 더욱 분노의 색이 짙어진 후였다. 당연하다면 당연한 일이지만, 어쩐지 부조리함을 느꼈다. 매지크는 남자가 분노로 몸이 굳어진 사이, 그 남자의 손에서 어깨를 빼낸 다음에 몇 걸음 정도 거리를 벌려 놓고 황급히 손을 내저었다.

"아, 저기, 아니, 지금은 뭐랄까——아, 사과드릴게요! 그리고 사정을 설명하고, 울며 웃으며 얼버무릴게요! 아아, 가능하면 5분 정도 하늘에 기도할 시간을 주시면 좋겠는데…….."

"이 꼬맹이가!"

남자는 이쪽의 말에 귀를 기울이지도 않고, 분노에 몸을 맡긴 채 주먹을 치켜들고 달려들었다. 순간적으로 숨이 멈췄다. 아니——

숨을 들이쉬고 있었다.

자신이 숨을 들이쉬면서 남자의 움직임을 보고 있다는 사실에 스스로도 다소 놀라면서, 매지크는 내리려고 하는 그 주먹을 눈으로 쫓았다. 자신을 향하는 주먹. 그냥 놔두면 거기에 얻어맞는다. 반신을 옆으로 비틀면서 궤적에서 벗어나며, 매지크는 침착하게 오른발만 그 자리에 남겨두었다. 다음 순간, 자신의 옆을 지나가려던 남자는 매지크가 내민 발에 걸려 균형을 잃고——

"아아아아앗?!"

기세에 밀려 두세 걸음 앞으로 나아간 그 앞에는.

"으억?!"

아까 클리오에게 맞고 쓰러진 금발 남자가 의식을 되찾고 일어서던 참이었다.

"으아아아앗?!"

서로 비명을 지르면서——

격돌한 후, 둘 다 빙빙 도는 눈으로 그 자리에 켜켜이 쌓여 쓰러지고 말았다.

"아이고."

그저 우연에 불과했지만, 자신이 저지른 일의 효과에 너무 놀라 매지크는 입가에 손을 갖다 대며 주변을 둘러보았다.

그때였다.

퍼엉! ——하는 폭발음이 울렸다.

발생지는 의심할 것도 없었다. 로츠 호텔 쪽을 쳐다보았다. 클리오가 무슨 짓을 저질렀는지 로츠 호텔의 로비에서는 검은 연기가 치솟았다. 비명을 지르면서 손님이나 종업원들이 우르르 도망쳐 나오기까지 했다.

"……저쪽이 아이고, 구나."

조용히 중얼거린 후, 매지크는 기절한 두 사람을 남겨두고 도망치는 인파를 거슬러 호텔로 향했다.

호텔 안은 엄청난 상황이었다.

파괴된 벽이나 기둥에서는 연기가 솟았고, 종업원들은 이곳저곳에 널브러진 채였다. 미처 도망치지 못한 손님의 울음소리나 아우성이 들려왔지만, 그다지 큰 피해가 나지 않은 건 클리오가 이 호텔을 '깡그리 태워버리자'가 아니라 '때려 부수자'는 방향으로 갈 셈이라서 그런가 보다──대규모의 화재라도 일어나면 엄청난 피해가 나올 판국이었다. 그 부분까지 당사자인 클리오가 의식하고 있는지 없는지는 알 수 없지만.

도망치기 바쁜 사람들로 가득한 로비를 매지크는 모른 척하고 지나갔다. 흐르는 인파를 거스르는 건 어려울 것 같아도, 벽 귀퉁이에 붙어 이동하면 별것도 아니다. 그나마 행운이었던 건 클리오가 나아간 방향을 쉽게 알 수 있다는 점이었다. 복도 한쪽에서 파괴음과 비명이 울려 퍼졌다.

일단 그 복도로 서둘러 나아가──

큰 어려움 없이 클리오의 뒷모습을 찾아냈다.

"클리오!"

들고 있던 스틱 볼 라켓으로 요리장으로 보이는 남자를 두들겨 팬 그녀를 향해 매지크는 소리쳤다.

클리오는 스윽 뒤를 돌아보았다.

"어라, 매지크."

마치 남 일이라는 식으로 대답을 했다.

관자놀이가 욱신거리는 것을 느끼며, 매지크는 신음했다. 좌우를 둘러보아 일단 이 복도에 종업원이나 경비원 등이 없다는 것을 확인한 후 말했다.

"어, 저기……, 신경 쓰여서 그런데. 클리오, 공격 목표를 정하긴 했어?"

"그거야 당연히 정해 놨지."

그녀는 허리에 손을 얹더니 당당하게 대답했다.

"뿌리째 박살을 내는 거야."

"아아아아아."

반쯤 예상하고 있던 대답에 또다시 머리를 쥐어 쌌다.

'어떻게든 해야 해…….'

막연한 사명감을 느끼며, 매지크는 얼른 머리를 굴리다가 탁 하고 손뼉을 쳤다.

"아! 맞다……. 아, 저기, 클리오. 중요한 걸 잊지 않았어? 왜, 우리 여기 온 이유는 때려 부수러 온 게 아니라 엘리스 씨나 시나 아주머니를 찾으러 온 거 아니었어?"

"……아, 그러고 보니 그랬던 것 같기도."

힘이 쭉 빠져 허공을 올려다보며——아무래도 진짜 잊고 있었나 보다——클리오가 중얼거렸다.

매지크는 말 그대로 펄쩍 뛰어 달려들 듯 말을 이었다.

"그래, 맞아! 그 사람들을 찾기도 전에 이곳을 다 때려 부수면 다들 죽을지도 몰라! 어, 분명 납치한 사람들을 객실에 감금할 리는 없으니까 아마도 종업원 방 같은데 갇혀 있지 않을까――여기는 마침 그런 방이 있는 곳 같으니까 일단 전부 문을 열어서 확인해 보자!"

"그래, 좋아!"

스틱 볼 라켓을 든 채, 주먹을 쥐고 클리오가 힘차게 동의했다. 머리 위의 레키도 앞발을 어떻게든 둥글게 말아 주먹을 쥐어보려고 애를 쓰고 있었다.

"일단 문을 열어서 아는 사람이 있으면 10점. 잠깐만 기다려. 기록표 만들 테니까. 일렬 빙고로 트래블 찬스야."

"아니……, 즉석에서 그런 말을 해도 좀 곤란한데……."

중얼거리면서도 어떻게든 시간을 번 것에 만족하며, 매지크는 가장 가까운 곳에 있는 문에 손을 대었다. 손잡이를 돌려 문을 세게 밀어 열었다――

그리고.

"……10점……."

어리둥절해하며 클리오와 둘이서 동시에 똑같은 말을 입에 올렸다.

되돌아온 건――

"누가 10점이라고?!"

그런 고함 소리였다. 고함의 주인이 로프로 둘둘 말린 상태에서 몸을 꿈틀거리며 더욱 언성을 높였다.

"그렇기는커녕 이 몸은 항상 120점 만점의 영웅이자 마스마튜리아의 투견, 볼카노 볼칸. 이참에 나를 구하지 않으면, 구멍 파놓고 소리쳐 죽일 테다.”

“아, 그러지 뭐…….”

매지크는 중얼거리며 방으로 발을 들였다. 이어서 들어온 클리오가 신기하다는 듯 묻는 소리가 들려왔다.

“……넌 왜 풍선 같은 꼴을 하고 있어?”

“결코 풍선이 아니다!”

풍선이었다.

매지크한테는 그렇게 보였다. 볼칸은 방 중앙에 로프로 돌돌 말려 둥실둥실 떠 있었던 것이다.

평범하게 천장에 매달려 있다면 별 문제 없었겠지만, 볼칸을 감은 로프는 그대로 아래에 있는 소박한 책상에 고정된 상태였다. 다시 말해, 그렇다──풍선과 같은 형상이었다.

그것만 보면 중력을 거슬러 둥둥 뜬 볼칸을 로프로 약 2미터 정도의 높이에서 붙잡아 묶어 놓은 것 같았다. 로츠 호텔의 천장은 높았다. 3미터 정도는 될까. 그래서 천장까지의 공간에 여유가 꽤 있는 편이었다.

방 안은 상당히 어질러져 있었다. 2층 침대에 잡다한 짐들. 그다지 오래 사용한 것 같은 분위기는 아니었다. 거의 새것과도 같은 종업원용 방이었다.

그렇게──

둘러보고 있는데, 클리오가 성큼성큼 방 안쪽으로 들어갔다. 검집에서 검을 뽑아들더니 왼쪽에서 오른쪽으로 은빛 검을 휘둘렀다. 볼칸을 묶어 놓고 있던 로프가 툭 하고 끊겼다.

“으아아아아아앗?!”

쿵 하고 볼칸은.

떨어졌다──천장에.

그리고 로프에 둘둘 말린 채로 천장에 발을 붙이고 거꾸로 섰다.

"어이! 그런 안이한 짓거리가 용서되는 건 6살 때까지라고! 왜 6살이냐고 하면, 7살부터는 바나나는 간식이냐고 물으면 비웃음을 사기 때문이다."

"아니, 무슨 뜻인지 하나도 모르겠는데……."

곤란한 듯 클리오가──천장에 선 볼칸을 올려다보며 나직이 중얼거렸다. 아무래도 그 표정을 보아하니, 볼칸을 구하려고 했다기보다는 그저 로프를 자르면 어떻게 될지 시험해보고 싶었던 것일지도 모른다.

매지크도 방으로 들어가 일단 물어 보았다.

"왜…… 왜 거꾸로 매달려 있는 거예요?"

"뭐라?!"

볼칸은 아주 의외의 질문을 받았다는 것처럼 당황하더니 진지한 얼굴로 반문했다.

"거꾸로 서 있는 건 너희가 아니냐? 전 세계적으로 그런 게 유행하고 있는 줄 알았다만."

천장에 떡 하니 버티고 서서 그런 말을 해댔다.

매지크는 어쩐지 의식이 휭 날아가는 걸 느꼈다.

"아마…… 거꾸로 서 있는 건 당신인 것 같은데요."

"그보다 너 왜 여기에 있는 거야. 절벽 아래로 내던져졌으면서."

"아! 맞다. 당신의 동생이 당신보고 죽었다고 말했는데!"

여러 가지 것들을 떠올리며 지적했다. 그러나 볼칸에게 있어서는 그다지 중요한 게 아니었나보다. 로프로 돌돌 말려 마치 애벌레 같은 꼴이었지만, 재주 좋게 삐기면서 몸을 젖혔다.

"하━하하하하! 이 불사신의 마신, 누가 제일 튼튼한가 대회에서 2등의 실적을 가진 이 몸이 그렇게 간단히 꺾일 리가 없지! 그보다 왜 죽은 줄 알았는지가 더 수수께끼군."

"아니, 그런 말을 해도 좀……."

"그것도 2위라는 거구나."

클리오의 작은 중얼거림이 들려왔다.

볼칸은 다시 말을 시작했다.

"훗훗, 그건 그렇다 치고 너희 바보들한테도 이 몸이 왜 여기에 있는지 그 영웅적인 선발에 대해 설명해 주지."

"……왜요?"

"……아니, 들려주면 구해 주지 않을까 싶어서."

"괜찮긴 하지만요……."

"그건 녹색의 방에서 시작된 일이었다!"

척━하고 손가락질을 하고 싶었을 터이지만.

로프로 온몸이 묶여 있었기 때문에, 묶인 채로 그냥 작은 손가락을 하나 치켜세우기만 했다.

그리고 볼칸은 큰 소리로 마저 설명을 했다.

"눈을 떴다! 그리고 복도를 걷다 보니 묘한 모형이 있어서, 주운 일기로 이렇게 저렇게 하면 좋다고 쓰여 있어서, 하라는 대로 했지. 그렇게 하다 정신을 차리고 보니 어찌된 일인지 이 건물 안에 있었다! 그래서 어쩌다 들어간 이 방에 있던 멍청이 두 명에게도 일기를 보여 줬더니 이렇게 되었단 말이지! 아아, 영웅 볼카노 볼칸 님의 내

일은 어디에 있는가. 계속."

"…………."

"……뭔가 알아냈어?"

클리오가 물었다. 매지크는 묵묵히 고개만 저었다.

볼칸은 어처구니가 없는 모양이었다. 노골적으로 짜증스러운 얼굴을 했다.

"으음, 역시 애들은 애들. 이해력은 무척추동물 수준이군. 아까 그 두 사람한테도 같은 설명을 해 주어도 뭔가 깨닫지도 못한 것 같던데."

한차례 그렇게 투덜거리다가 지인은 다시금 말했다.

"그러니 너희 우매한 꼬맹이들도 알 수 있게 아나그램으로 설명을 하자면."

"……아나그램으로 하면 더 알 수 없게 되는데요……."

"앗!"

갑자기 클리오가 비명을 질렀다.

그 소리에 놀라면서도 다음 순간, 파르륵 하고 뭔가가 바닥에 떨어지는 소리를 들었다. 볼칸의 품에서 뭔가 떨어진 것 같았는데——그건 책이었다.

책이라기보다는 노트에 가까웠다. 얄팍한 두께에 회색 표지였다. 클리오가 그걸 재빨리 집어 들고 펼쳐보았다. 옆에서 매지크도 들여다보았다.

"아앗!"

볼칸이 한 박자 늦게 비명을 질렀다.

"으음, 너희들, 영웅이 떨어뜨린 물건을 그렇게 가벼이 주워들어

보는 건 그야말로 동그란 쿠션에 파묻어 죽일 수밖에 없는 만행——
—"

"시끄러워!"

볼칸의 말보다 이쪽이 더 제대로 된 단서라고 판단했는지——매지크 역시 같은 의견이었지만——클리오가 곧바로 호통을 쳤다. 은근 주눅이 든 볼칸은 일단 무시하고, 매지크는 그 노트를 살펴보았다.

볼칸이 그걸 '일기'라고 부른 이유를 금방 알았다——노트의 각 페이지에는 날짜가 세세하게 적혀 있었기 때문이다. 낡은 노트였다. 종이는 변색되어, 문자의 잉크도 희미해진 상태였다. 그러나 읽지 못할 정도는 아니었다. 페이지는 거의 파손이 없었기에, 그 노트가 매우 소중히 보관되었을 것 같다는 느낌이 들었다. 첫번째 페이지. 그리고 첫 문장…….

제목이었다. 결코 간결하다고 할 수는 없었지만, 단 하나의 제목.

"……천인의 처형장이라고 할 수 있는 유적에 있어, 불사의 종족을 처형하는 방법에 대한 고찰."

매지크는 조용히 소리 내어 그것을 읽었다. 제목 아래에 적힌 서명이 보였다.

"핀 쇼스키 로츠."

끼익…….

"누구야?!"

클리오가 화들짝 놀라 뒤를 돌아보았다. 매지크도 따라서 방의 입구 쪽을 향해 경계 태세를 취했다——바닥이 삐걱거리는 소리. 결코 크지는 않았지만, 정적 속에서 유달리 크게 울려 퍼졌다.

문을 활짝 열어 둔 채였다. 부주의한 행동이었을지도 모른다. 아예 처음부터 숨으려는 발상조차 없었다——그 점을 떠올리자, 매지크는 스스로가 봐도 너무 어처구니가 없었다. 이렇게나 소란을 일으켜 놓고 이제 와서 숨어 봤자 소용없다 싶었지만, 굳이 문을 열어 둘 필요까지는 없었다. 문의 그늘 속에서 한 사람의 그림자가 눈에 띄였다. 기척을 낸 이임이 분명했다.

"핀 쇼스키 로츠."

그림자는 바늘이라도 삼키는 듯 괴롭게 그 이름을 반복하면서, 문의 그늘 속에서 모습을 드러내었다——

"그 이름을 낯선 아이들한테서 들을 줄이야……."

그건 노인이었다.

엄격한 표정을 몇 십 년이나 얼굴에 새겨, 마침내 형태로 고정이 된 것만 같은 분위기를 가진 노인이었다.

불이 붙어 있지 않는 궐련을 손에 들고, 치켜 올라간 눈썹 아래에 자리한 눈으로 이쪽을 바라보고 있었다.

"……너희들이냐? 내 호텔에 쳐들어 온 꼬맹이들이."

"맞아!"

클리오가 당당하게 한 걸음 앞으로 나섰다——

"엘리스와 시나 아주머니를 돌려 줘! 미리 말해 두지만, 당신네의 부하가 그 둘을 납치한 건 틀림없으니까!"

"아, 저어…… 그, 그래요."

어떻게든 상황 수습을 하려다가——클리오의 날카로운 눈총을 받고, 매지크는 입이 쑥 들어가 버리고 말았다. 대신, 이렇게 고했다.

"저어, 서로 경찰이 얽혀드는 건 싫을 거고, 여기는 좀 조용히 일을 마무리하는 게 좋을 것 같아요. 클리오는 진짜 여기 일대를 다 박살 낼 수 있거든요."

"그렇군."

안색도 바꾸지 않고 태연하게 대답하는 노인.

"그렇군, 이라니……."

매지크는 할 말을 잃고, 노인의 말만 따라 반복했다.

노인은——그저 담담하게 말을 이어나갔다. 클리오에게도, 매지크에게도, 하물며 천장에 폴짝 앉아 있는 볼칸에게도 아니라 그저 혼잣말이라도 하듯.

"시나란 말이지……. 그 여자는 아직도 그러고 있는 건가……?"

"으응?"

클리오가 되물었다. 분노를 쏟아 낼 곳을 잃은 그녀가 어깨를 털썩 떨어뜨리며 휘청거리고 있는 게 보였다.

어쨌든 노인은 특별히 어떤 반응을 보이지는 않았다. 그저 잠시 침묵을 퀼련처럼 피우더니——

몇 초 후, 이쪽으로 눈길을 주었다.

"너희들."

"아……, 네?"

은근 기가 죽은 매지크가 대답했다. 노인이 딱히 무슨 짓을 한 건 아니었다——눈썹 하나 치켜세우지 않았다. 그저 자신을 보고 말하고 있는 노인을 보고 매지크는 이유를 알 수 없는 가슴의 동요를 느끼며 대치했다.

노인은 말을 계속했다.

"너희를 어떻게 할 생각은 없다. 딱히 내가 경찰의 개입을 두려워할 필요가 없더라도 말이지. 다만 그 노트만은 돌려다오. 그건 원래 내 아들의 것이니까."

그는 천천히 가슴 앞에서——들고 있던 궐련을 한 손으로 짓뭉갰다.

"20년 전에 죽은 내 아들의 물건이다."

그곳은 매우 넓은 방이었다.

그러나 그 대부분은 수조가 자리를 차지하고 있어서, 사람이 존재할 수 있는 면적으로만 본다면 몇 미터 정도의 네모난 공간과 수조 틈새에 있는 좁은 통로뿐이리라. 그 좁은 공간은 쓰러져 있는 두 명의 여자와 그 둘을 내려다보듯 놓여 있는 이 부근 일대의 입체 모형 지도, 그리고 그 모든 것을 등지고 수조를 바라보는 다크 슈트의 남자로 꽉 차서 답답한 느낌이었다.

"……허어……."

남자는 달리 떠오르는 말도 없는지 별 의미도 없는 소리를 냈다.

수조들은 모두 연녹색 액체로 가득 차 있었다. 몇 십, 몇 백 개나 되는 수조의 행렬을 보며 무슨 의미 있는 말을 꺼내는 게 더 어려웠다. 그 액체 자체가 발광하여 주변을 녹색으로 물들였다.

그때——

화르륵, 하는 작은 소리와 함께 모형 지도 위에 불빛이 켜졌다. 그 빛은 금세 거대해지더니, 바닥 위로 옮겨가서 사람의 형상을 취했다. 그리고…… 실체화했다.

"형님! 이제야 그 계집애를 따돌렸어요! 그러니까――"

실체화된 인간의 그림자가 아까 그 다크 슈트의 남자에게 외쳤다.

"하라는 대로 했더니, 정말로 형님 말처럼 다 잘되었어요!"

"……그러냐."

다크 슈트의 남자는 그다지 감개를 느끼지 않는 모양이었지만――
――

떨리는 손은 살짝 엿보였다.

"그렇다는 건 그 노트에 적혀 있었던 게 사실이라는 뜻이군. 이거 잘하면 성공하겠는데?"

"성공하는 겁니까, 형님?!"

"그래."

"그런데 형님, 왜 그런 것에 관심을 가지세요?"

"너 바보냐. 천인의 유적이잖아. 그것도 아무도 손을 안 댔고―― 이건 돈줄이야. 나도 보고서로밖에 본 적이 없지만, 오가는 돈만 하더라도."

"굉장합니까? 굉장한 거군요."

"그리고 너 말이야. 무려 처형장이라고. 처형장이라고 한다면…… 처형하기 위한 도구 같은 게 있다는 뜻이잖아. 그것도 불사신인 드래곤 종족을 죽일 수 있는 도구란 말이다. 완전히 병기라고 해도 과언이 아닐 정도라고. 누구한테 팔아넘기더라도 일생 아니, 다음 생까지 투자를 해도 될 정도의 돈이 된다니까."

"아아아, 형니이이임. 눈물이 멈추지 않아요."

"그래. 그딴 곳에서 고집불통 사장한테 욕이나 먹는 거지같은 인생은 이제 안녕이다."

남자는 단언하며, 자신감 있게 고개를 끄덕였다.

그리고――동료의 목덜미에 은빛의 무엇인가가 번뜩이는 것을 보았다.

제13장 수수께끼 없는 미스터리

…………

당신에 대해 몰랐던 게 아니야.

잊고 있었던 것도 아니야.

그저 잠들어 있었을 뿐.

나는 몇 년이나 의미 없는 시간을 보냈어.

그건 괜찮아. 하지만.

당신은…… 당신은 어땠지?

"나 발하노라, 빛의 칼날!"

좁은 입구에 쇄도하는 원숭이의 무리를 향해 마술의 빛이 모여들었다──

폭발은 격하게 이쪽의 몸을 뒤흔들었다. 굉음과 열파에 내장이 비명을 내질렀다. 광열파는 간신히 몇 마리의 원숭이를 후방으로 밀어버린 수준에 불과했지만.

그 태반은──두 손에 빛의 문자를 빛내면서 아무 일도 없었다는 식으로 화염 속을 돌파했다.

"젠장──"

혀를 찼다.

'역시 통하지 않아……. 그렇지만 아예 안 통하는 것도 아니란 말

이지.'

열충격파였으나 몇 마리한테는 효과가 있었다. 아마 재빨리 '통과' 시키지 못해서 그런 것이겠지만.

"으아앗!"

뒤편에 있던 도틴이 비명을 질렀다. 이 입구로 뛰어든 지 아직 몇 초밖에 지나지 않았다. 먼저 안쪽으로 도망치게 하고 싶었지만.

뒤를 돌아 확인이라도 하고 싶었지만, 쫓아오는 원숭이들을 어떻게든 처리하지 않으면 안 되었다.

'반응을 못하는 것은 막을 수가 없겠지——.'

오펜은 그렇게 판단한 후, 크게 영창했다.

"나 그리노라——"

공간에 펼쳐진 마술의 구성이 그의 힘을 얻어 활성화하기 시작했다.

"광인(光刃)의 궤적!"

외침과 함께 그의 주변에 주먹만 한 빛의 구슬이 일곱 개 떠올랐다. 빛은 평소와 마찬가지로 새하얀 색. 각각이 진동이라도 하는 것처럼 웅웅거리는 새된 소리를 울려댔다.

원숭이들의 움직임이 멈췄다. 경계라도 하는 것처럼 두 손을 벌리고 있었지만, 이쪽 공격의 정체를 몰라서 그런지 마술 문자는 발생하지 않았다.

'이게——.'

두개골에서 눈알이 튀어나올 정도의 압박감 속, 오펜은 시야 안에서 자신이 만들어 낸 구슬들의 궤도를 그려냈다. 그리고.

지지직……!

매미가 우는 것 같은 찰나의 소리가 고막에 남았다. 빛의 구슬이 그가 그려낸 대로의 궤적을 그리며 공간을 미끄러졌다.

——그런 장면이 보일 리도 없었을 터이지만.

광속으로 전이한 가짜 전구들은 원숭이들에게 비명을 지를 여유도 주지 않고 모두 제각각의 목표물에 안착했다. 먹잇감을 포착하여 부풀어 오르더니 격하게 연소했다. 통로의 온도가 상승하는 가운데, 오펜은 눈만 굴려 확인했다. 입구에서부터 쫓아오던 원숭이는 이걸로 어느 정도 전멸한 모양이었다.

'……전멸?'

등골이 싸늘해졌다. 그럴 리가 없다.

'수가 너무 적잖아!'

소리 없는 비명을 지르면서 오펜은 뒤로 돌았다. 빛이라고 해 봤자 그가 마술로 만들어 낸 도깨비불 뿐. 그러나 그 빛이 비쳐드는 어두운 통로 앞에서 도틴이 굳어져 있었다.

지인이 경직된 이유를 금방 알아차렸다——그리고 입구에서 들어왔던 원숭이의 수가 적었던 이유도. 도틴이 덜덜 떨면서 얼어붙은 곳 앞의 통로 벽에서, 바닥에서, 천장에서 '통과'한 원숭이들이 천천히 모습을 드러내는 중이었다…….

"아아아아아, 정말!"

어쩔 수 없다는 듯 오펜은 소리를 질렀다. 도틴을 뒤로 붙잡아 들고 또다시 전력으로 구성을 짜냈다.

"나 춤추노라——하늘의 누각."

시야가 사라지면서.

다시 눈앞이 보였을 때, 그는 아까 서 있었던 위치에서 수 미터 정도 떨어진 통로 안쪽으로 순식간에 이동한 뒤였다. 아직 이 부근에 원숭이는 출현하지 않았다.

"젠장······."

도틴을 바닥에 내려놓고, 원숭이가 나타나려고 하는 통로 쪽을 돌아보며 오펜은 숨을 내쉬었다. 피로로 인해 몸이 무거웠다.

"오늘은 대마술의 온 퍼레이드구나."

"그건 경기가 좋다는 뜻이에요?"

도틴이 은근 느긋한 태도로 물었다. 오펜은 눈을 가늘게 뜨며 답했다.

"금방 힘이 바닥난다는 뜻이라고!"

보니까 벽에서 뛰어나오려고 하던 원숭이들은 벌써 거의 모습을 드러낸 상태였다.

"안쪽으로 도망치자!"

오펜은 외치며――

통로 안쪽을 향해 전력을 다해 달렸다.

순식간의 일이었다.

아주 짧은 순간, 네 명은 그 자리에 모습을 드러냈다.

모형 지도 위에 빛이 밝혀지더니, 바닥에 내려와 실체화했다. 빛은 네 개. 세 개는 그대로 바닥에 내려앉았고, 남은 하나는 실체화한 순간 천장으로 떨어졌다.

"으꺅!"

천장에 떨어진 작은 그림자가 그런 소리를 냈다.

그곳은 광대한 방이었다. 그래서 천장도 아주 높았다.

바닥으로 내려선 이는 머리에 검은 강아지를 얹은 금발 소녀──검집에 넣은 검을 끌어안고 있었다. 소녀의 뒤를 이어 금발 소년이 나타났다. 그리고 마지막은 어울리지 않는 낡은 노트를 든, 험악한 눈빛을 가진 노신사였다.

"와아──."

소녀의 목소리가 주변에 울렸다. 눈을 동그랗게 뜨며 놀라움을 입밖으로 표출했다.

"이게 뭐야. 갑자기 이런 곳에 와버렸네──전이라는 걸까?"

"그, 그러네."

조금 중심을 잃으면서 소년이 동의했다. 무엇인가를 살피듯 주변을 두리번거리면서──

"여기는…… 어디일까."

넓은 공간에 꽉꽉 채워 진열된 녹색 수조의 행렬. 녹색 빛을 뿜어내는 것은 그 수조가 아니라 안에 들어가 있는 액체였다. 희미한 녹색으로 물든 공간 속, 액체 안에서 기포가 터지는 소리만 연이어 들렸다.

"소생장치."

"……네?"

소년이 되물었다.

말을 한 이는 노인이었다. 노트를 보면서──이마에 맺힌 식은땀을 오직 의지력으로 없앨 수 있다는 듯 완고하게 무시하며,

"소생장치다."

그 말만 반복했다.

——그때였다.

"앗!"

이번에는 소녀가 조금 떨어진 곳을 손가락으로 가리키며 큰 소리로 외쳤다.

"엘리스!"

소녀가 가리킨 곳에 여자가 쓰러져 있었다. 아직 젊다. 검은 머리칼을 하나로 묶은, 어쩐지 가녀린 인상을 주는 여자.

소녀의 머리에서 검은 강아지가 뛰어내렸다. 그 강아지를 이끌며 소녀는 얼른 그 여자 곁으로 성큼성큼 다가갔다.

"그 외에는 아무도 없네……."

소년은 신중한 표정으로 주변을 둘러보며 그렇게 중얼거렸다. 소녀는 그다지 신경도 쓰지 않고 여자의 곁에 쪼그려 앉았다.

"괜찮아. 살아 있어."

"당연하지."

별 감흥도 없이 중얼거린 건 노인이었다. 소녀는 확 뒤를 돌았다. 기민하게 움직이는 그녀 주변에서 그녀의 부드러운 금발이 살랑거리며 춤을 추었다.

"하지만——"

소리친 그녀가 가리킨 바닥 위에 펼쳐져 있던 것은——

주먹만 한 크기의 동그란 혈흔이었다.

돌로 만들어진 녹색 통로.

그 속에서 발소리를 울리며 오펜이 외쳤다.

"도티이이인!"

"네에에에?!"

똑같이 옆을 달리고 있던 도틴이 필사적으로 대답했다. 그를 향해 말했다.

"한 가지 알아차린 게 있는데!"

"뭔데요?!"

뛰면서 하는 대화는 더욱 호흡을 가쁘게 만들 뿐이었지만, 그래도 오펜은 말을 꺼내지 않을 수가 없었다. 전방을 가리켰다.

"우리는 계속 일직선으로만 달리고 있잖아!"

"그러네요!"

"그런데!"

"네!"

"우리보다 먼저 이곳으로 도망친 노사프를 왜 따라잡지 못하는 거지?"

"사실 그 사람은 엄청 발이 빠른 거 아니에요?!"

"그렇게는 안 보였는데!"

"그럼 벌써 붙잡혔다든가?!"

그 대답에 오펜은 발을 멈췄다. 신발 뒤축이 바닥을 쓸며 둔탁한 소리를 냈다. 갑자기 멈춘 오펜 때문에 당황했는지 도틴도 몇 미터 정도 더 가다가 달리기를 중단했다──

"왜 그러는데요?!"

그렇게 묻는 도틴에게 오펜은 고개를 저었다.

"붙잡히지 않았다고 가정해 보자."

"네에……?"

도틴이 얼빠진 목소리로 되물었다.

"그, 근거는요?"

"그딴 거 없어! 희망적인 관측일 뿐이라고! 그 녀석이 붙잡히지 않았다면 그 이유는 도대체 뭔데?!"

오펜은 될 대로 되라는 식으로 소리치면서, 달려온 통로를 돌아보았다──원숭이들은 돌로 된 통로에서는 그리 빨리 달리지 못하는지 매우 느리게 쫓아오는 중이었다. 앞으로 십여 초는 괜찮을 것이다. 혹시라도 따라잡혔다고 한들, 다시 한 번 뛸 수 있을 때나 가능한 이야기겠지만──이미 체력의 한계를 넘은 몸은 산소를 갈구하며 경련이라도 일으키는 것처럼 약동했다.

'그보다 그 녀석이 붙잡혔으면 붙잡힌 대로 그 상황을 목격해야 정상 아닌가?'

그 어디에도 없다면, 빠져나갈 수 있는 구멍이나 숨겨진 통로가 있다고 예상해 볼 수 있다.

'그런 게……?'

통로를 둘러보았다.

통로는 매우 단조로웠다. 높이와 폭 모두 3미터 정도는 될까. 연결된 이음매 하나 보이지 않는 기묘한 돌벽으로 둘러싸여 있는 모양새였다. 희미한 빛을 뿜어내는 녹색 벽이었다. 그것만으로는 불빛이 부족하니까 천장에도 몇 개의 흰 빛을 뿜어내는 마술 문자가 10미터 간격으로 그려져 있었다.

빠져나갈 길도, 숨겨진 문 같은 것도 전혀 보이지 않았다. 있다고 해도, 찾아볼 시간도 없으리라.

'그 녀석과 우리의 차이……'

출신지? 나이? 그런 게 머릿속을 하나씩 스쳐 지나가면서——

오펜은 문득 무엇인가를 알아차리고 고개를 들었다. 동시에 도틴의 외침이 들려왔다.

"아아아아앗?! 벌써 저기까지!"

돌아보니 원숭이들이 벌써 몇 걸음밖에 떨어지지 않은 곳까지 쫓아온 상태였다.

그건 무시하고, 오펜은 도틴을 붙잡았다. 들쳐 메고 천장을 살폈다.

"이런 거였단 말이지!"

그는 외치며, 천장에 빛나는 마술 문자를 향해 마술의 구성을 전개했다.

"나 달리노라, 하늘의 은령!"

그리고——

끌어안은 도틴과 함께 그는 마술 문자 안으로 뛰어들었다…….

"으아아아아!"

돌바닥에 굴러 떨어져 어깨를 심하게 부딪치면서 오펜은 간신히 자세를 다시 잡았다. 처음으로 눈에 들어온 건 녹색 바닥. 아까 있던 장소와 마찬가지로 녹색 바닥이었다. 그냥 때려 맞추기 식의 각오로 천장에 있는 마술 문자 속으로 뛰어들어 봤는데, 아무래도 예상은 빗나간 모양이다——

혀를 차며, 쫓아왔던 원숭이들을 떠올리고 파괴적인 마술의 구상을 떠올렸다. 도틴을 밀어내면서 몸을 일으킨 후, 오른손을 들고 구성을 펼치려다가 그는 순간 움직임을 멈췄다.

"……어라?"

그곳은 아까 있었던 통로와는 전혀 다른 장소였다. 벽도, 바닥도, 천장도 모두 비슷한 녹색이었지만, 그 장소는 방의 형태를 취하고 있었다. 아무것도 없다, 살풍경이라고 해도 과언이 아닐 정도의 방.

묘한 구조였다. 출구는 있지만——바닥에서 1미터 정도 높은 장소에 출입구로 보이는 통로가 뻥 뚫려 있을 뿐이었다. 천장에는 입방체를 눕혀 놓은 듯한 형태로, 별 의미도 없는 돌출부가 튀어나와 있었다. 어디에 쓰는 것인지도 알 수 없었지만. 크기는 사람 한 명이 등을 곧게 폈을 때의 길이 정도. 다시 말해, 관 사이즈였다.

"…………."

오펜은 잠시 주위를 둘러보았다.

"아무래도 일단 도망은 친 것 같다."

신음했다. 신기하다는 듯 도틴이 물었다. 바닥에 엎어져 거꾸러진 자세로.

"……그게 무슨 뜻이에요?"

"그러니까 여기는——"

오펜은 벌떡 일어나면서 막연히 주변을 가리켰다. 어깨를 으쓱했다.

"거꾸로잖아. 노사프를 봤지? 중력이 역전되어 있었어. 여기는 중력이 역전된 상태에서 생활할 수 있게 만들어진 곳이야. 아까 통로의 마술 문자는 조명 역할을 하기 위해 있는 줄 알았지만, 그건 전이를 위한 문자였던 거지. 천장을 걷고 있으면 자연히 전송되는 거라고.

이곳의 여기도."

그러면서 천장에 있는 입방체 돌출부를 가리켰다.

"침대 같은 걸로 쓰는 게 아닐까. 출구가 천장에 붙어 있는 것도 천장을 걷고 있으면 사용하기가 편하니까. 음……, 근본적인 목적은 잘 모르겠지만."

"여긴…… 도대체 뭐예요?"

"팸플릿에는 천인의 처형장이 어쩌고저쩌고……. 근데 어디까지 신빙성이 있는 내용인지는 모르겠지만."

"아까 원숭이들은 결국 뭐였을까요?"

"덤벼든 걸 보면 유적의 수호자 같은 부류가 아니었을까?"

오펜은 방 안을 가로질러 출구로 다가가, 발돋움을 하여 그 안을 들여다보면서 말을 이었다.

"그냥 별 생각도 없이 뛰어들긴 했지만, 여기서 바깥으로 나갈 수는 있겠지……?"

"정말 되는대로 사네요."

"시끄러. 다른 방법이 없었다고."

스스로 봐도 본의가 아니었던 행동을 지적받자, 오펜은 뚱해져서 대꾸했다.

"그보다 이 온천 마을에 도착한 이후로 도대체 영문을 알 수 없는 일뿐이라고. 뭐가 어떻게 돌아가는지 하나도 모르겠어. 아무래도 좋으니까 누가 좀 뿅, 하고 튀어나와서 하나부터 설명해 주면 편할 텐데."

"그런 말도 안 되는."

도틴이 아주 냉정하게 받아쳤다. 정말 그 말 그대로였지만.

한숨을 쉬며, 오펜이 얼굴을 들었다. 그때였다.

"그렇다면!"

어디선가 목소리가 울려 퍼졌다.

"내가 도움을 주지!"

"⋯⋯⋯⋯?!"

오펜은 눈을 껌벅이면서 방 안을 둘러보았다——도틴 역시 기묘한 상황에 의아해하며 난처한 표정만 짓고 있었다. 두리번거려도 목소리의 주인은 없고 소리만 아까 그 출구 바깥에서 들린다는 걸 금방 알아차렸다. 자연히 그쪽으로 시선이 모였다.

잠시 후, 통로에서——

뚱뚱한 손이 엄지손가락을 아래로 내렸다. '저형'이라는 뜻의 포즈로 불쑥 나타났다.

"⋯⋯⋯⋯."

입을 떡 벌리며 보고 있자니 그 목소리가 조용히 헛기침을 했다. 그리고.

"나는 항상 의문으로 여겼네만."

잡담이라도 하는 어조로, 진정으로 잡담으로밖에 여겨지지 않는 말을 했다.

"왜 학생은 질문을 하지 않는가. 그건 매우 이해하기 힘든 현상이네. 알고 싶으니까 학생이 아닌가? 그런데 뭘 모른다고 어찔할 수 없단 말이지. 이건 참으로 기묘한 문제란 말일세. 달리지 않는 자전거가 있겠나? 먹을 수 없는 빵이 있을까? 있다고 한들, 그게 '아, 그건 교수님 잘못이죠. 수업이 너무 재미가 없어서'라는 의미 불명의 말을 하겠는가?!"

"…………."

묵묵히 침묵만 지키고 있는 사이, 손가락은 천천히 방 안으로 들어왔다——손목. 팔. 팔꿈치. 그리고 전모가 명백히 드러남과 동시에 손가락이 취하고 있던 포즈가 처형이 아니라는 것을 오펜은 깨달았다. 엄지손가락을 위로 치켜들려고 했던 것이다. 그저 몸 전체가 거꾸로 서 있을 뿐이었다.

이윽고 뚱뚱한 중년 남자가 천장을 걸어 모습을 나타냈다. 남자는 눈을 감고, 어딘지 초연한 태도로 말을 이었다.

"이런 격언이 있다네. 무엇을 몰랐다는 것 자체를 부끄러워할 필요는 없다. 그러나 자신이 무지하다는 걸 부끄러워하지 않는다면 그것이야말로 하늘 부끄러운 줄 모르는 자이다. 자네는 질문을 했어. 그러니 자랑스러워해도 된다 이 말이지——그런데 말일세, 다음 분기의 내 연구실에 참가하지 않겠나? 자원봉사라고 사람들은 말하지만, 학문의 장은 그에 참가하는 것만으로도 보수라는 걸 잊으면 안 되네."

"……아니, 그보다 당신은 누구지?"

어안이 벙벙해져 있으면서도, 아직도 활동하는 뇌의 일부를 어떻게든 깨워 오펜은 물어보았다. 본 적이 있는 이였다——어제 여관에서 본 남자이리라. 노사프와 함께 있었던 사람이다.

남자는 그에게 있어서는 거꾸로 서 있을 터인 이쪽의 모습은 신경도 쓰지 않고, 느긋한 억양으로 응응 고개를 끄덕여 보였다.

"나는 콘래드. 귀족 연맹 유적 조사회 탐색 평의회 북부 레지본 지부 연구원장을 맡고 있는데. 자네는?"

"아——……, 저기……, 오펜이라고 하는데. ……마술사지만."

어쩐지 어색함을 느끼면서 오펜은 우물우물 그렇게 답했다.

뒤에서 소매를 잡아당기며 도틴이 말했다.

"아, 이 사람이에요. 어제 숲에서 두 동강이 났던."

그러나 콘래드는 도틴의 그 말을 완전히 무시한 모양이다. 갑자기 눈을 번쩍 빛내더니 몸을 내밀며 외쳤다.

"마술사!"

그 목소리에 환희가 가득했지만——오펜은 본능적으로 경원시해야 할 무엇인가를 느끼고 반걸음 정도 뒷걸음질을 쳤다. 콘래드는 이 역시 눈치채지 못한 것 같았다. 아니면 자기한테 이롭지 않은 건 근본적으로 이해하려 하지 않는 것일지도 모른다.

콘래드는 이쪽이 물러선 반걸음만큼 몸을 불쑥 내밀면서 기쁘게 소리쳤다.

"이거 참 훌륭하군! 내 지인 중에도 있긴 하지만, 뭐랄까 전부 비협력적인 인물들이라 말이지. 자네처럼 이런 현장에 발을 들이는 사람은 매우 드물지. 역시 로지텍 온휴디 박사의 『진리에 이르는 학문 연구의 빛』은 읽어보았는가?"

"……아니, 그게 누군데?"

눈을 가느스름하게 뜬 채, 오펜은 솔직하게 되물었다. 콘래드의 눈에 얇은 꺼풀이 하나 끼기라도 한 것처럼 그림자가 서렸다.

"아아……, 뭐, 그 책이야 두껍기만 하고 별 의미도 없으니까 넘어가도 괜찮지만. 그럼 캐서린 마하트 박사의 『힘내자, 젊은이들이여』는……?"

"모르는데."

"으윽, 팔라프 노코 씨의 『구구 팔십일』 정도는."

"모르겠다니까."

"아아아아아, 이럴 수가."

콘래드는 누가 들어도 명확할 정도로, 심한 곤혹감에 가득 찬 소리를 지른 후——뭔가 비난이라도 하는 것처럼 이쪽을 흘겨보며 물었다.

"……그럼 종이접기 정도는 해 봤는가?"

"갑자기 거기까지 레벨이 팍 낮아지는 게 묘하게 열 받는데."

팔짱을 끼며 오펜이 차갑게 대꾸했다.

"그보다 마술사는 마술 제어만으로도 바쁜 몸이야! 학습 기간의 대부분을 그 일에 쏟아부어야 한다고! 그래도 어지간한 고등교육보다 훨씬 더 고되게 공부를 해야 하니까, 그냥 좀 내버려 두시지!"

"음, 그렇게 나온다면 또 할 말이 없군."

불평이라도 할 줄 알았는데, 콘래드는 대번에 납득을 했다. 그는 감동이라도 한 것처럼 또 응응거리며 고개를 주억거렸다.

"어라?"

이제 와서 도틴의 존재를 알아차렸는지 동그란 눈을 크게 뜨며 반응을 보였다.

"거기에 있는 건 살인 버섯이 아닌 사람 중 한 명."

"……그렇게 이상한 이름으로 기억할 거라면 차라리 잊어 주세요."

"아니, 잘 기억하고 있네."

스스슥, 하고 앞으로 나와 도틴을 올려보며——아니, 이쪽에서 보자면 내려다보는 것이 되지만——, 콘래드는 의문을 품은 목소리로 말을 꺼냈다.

"사실 좀 곤란한 일이 있어서 말이네. 실은 자네 형이 내가 여기서 발견한, 한 선구자의 연구 노트를 가지고 갔단 말이지."

"……네?"

"그 노트가 있으면 대륙 전체를 센세이셔널한 충격에 빠트릴 수 있다만——들었나? 무려 센세이셔널이란 말일세. 이런 단어를 평생에 몇 번이나 쓸 수 있을지."

"아, 응……."

건성으로 대꾸만 하면서——

오펜은 도틴과 마찬가지로 콘래드의 페이스를 도저히 따라가지 못하겠다는 심정으로 바라만 볼 수밖에 없었다.

"내가 이곳에서 발견한 것에 대해 들어 보면 자네들도 분명 센세이셔널일세."

천장에 거꾸로 선 채로 그렇게 말하는 콘래드를 올려다보느라 이제 목까지 아파오는 걸 느끼면서, 오펜은 도틴의 물음을 들었다.

"……센세이셔널이라는 단어 사용법이 상당히 잘못된 것 같다고 말해 주는 게 좋을까요?"

말해 주는 게 낫다는 건 언급할 것도 없었다. 그러나 알려 줘 봤자 뭐가 어떻게 되는 것도 아니리라. 그래서 오펜은 그냥 침묵만 지켰다. 콘래드는 어째서인지 기쁜 미소를 지으며 자랑스럽게 말했다.

"지금까지 천인의 처형장. 이게 발견되지 않았단 말이지."

손가락을 척 세우며 근처 아무 데나 가리켰다.

"불사의 천인에게 어떻게 형벌을 내릴 수 있을까. 그게 수수께끼였단 말이네."

불사.

오펜은 그 단어를 머릿속에서 씁쓸하게 반복했다. 물론 이건 문자 그대로의 '불사'가 아니다. 천인이 현재 역사에서 모습을 감췄다는 사실이 그 점을 증명하고 있다.

천인의 불사. 그건 그녀들이 강대한 마술에 의해 죽음을 멀리하는 데에 뛰어난 능력을 가지고 있다――그녀들은 기나긴 수명을 가지고, 자연 재해까지도 마술로 제어했으며, 각종 병을 낫게 할뿐만 아니라, 외적에 맞서 싸웠다――그 정도의 의미밖에 없다.

그러나 그것도 때와 장소에 따른다. 특히 마술로 죽음 그 자체를 떨쳐 낼 수 있다면, 그 종족은 처형자보다도 강대한 마술을 다루는 범죄자를 결코 엄히 다스릴 수 없다. 쉽게 말하자면, 강한 자를 처벌할 수 없다는 뜻이다.

그러나 실제로 천인은 아주 원활하게 사회를 운영했다고 한다. 사법의 처리도 포함해서 말이다. 이 점은 천인이 지상에서 모습을 감추고 나서 오랜 세월 동안, 인간 역사학자들에게는 크나큰 모순점으로 남아 의문시되었다. 그 부분에 대해서는 오펜도 들은 적이 있었다.

허나 그래도 씁쓸함을 느꼈던 건――아까 머릿속에 떠오른 어떤 한 가지 이유 때문이었다.

'천인에게는…….'

그러나 이쪽의 표정은 알아차리지 못했는지 콘래드는 계속 말을 이었다.

"이 유적――우리가 지금 있는 이 유적, 이 자체는 전혀 발견되지 않았던 건 아니지. 조사대가 몇 번이나 이곳에 와서…… 음, 돌아오지는 못했지만. 돌아오지 못했던 이유는 내가 직접 체험해 보았으니 말일세."

"…………?"

잘 이해하지 못한 오펜은 시선으로 질문을 던졌다. 콘래드는 그걸 바로 알아차렸다──학생의 의문에는 민감한 모양이다. 바로 추가 설명을 했다.

"그 원숭이와 닮은 동물 말이야. 그 능력을 이해할 수 있었는가?"

"……글쎄. 물질이든 뭐든 통과시키는 건 봤지만, 경비병의 역할로 보기에는 다소 실전적이지는 않던데."

오펜은 자신의 생각을 그대로 입에 올렸다. 예전에 교실에 있었던 시절을 문득 떠올리면서. 옆에서 도틴이 끼어들었다.

"그래도 꽤 고전하지 않았어요?"

흰숨을 쉬며──오펜은 어깨를 으쓱했다.

"천인이 순수한 전투를 위해 만든 생물이 그렇게나 많이 있다면 '고전(苦戰)'이라는 말로 끝나지 않아. 그 예전에 살인 인형 기억나지? 다시 말해, 우리가 지금 살아 있다 = 녀석들은 그다지 실전적이지 않았다는 뜻이야."

"그렇지, 그렇지."

콘래드는 만족스럽게 고개를 끄덕였다. 중력을 거슬러 배가 출렁였다.

"그건 경비병 따위가 아니지. 경비병 자체는 의미가 없다네. 손가락으로 허공을 쓸기만 해도 최고의 병사들을 완전히 먼지로 만들어 버리는 종족에게 경비병 따위는 우스운 일이니까. 그 짐승들의 역할은 자신들의 능력을 죄인에게 사용하는 것. 그리고 그 능력은──죄인을 이 시설에서 바깥으로 내보내지 않는 것."

"……어떻게?"

"그거야 당연하지 않나."

매우 자랑스럽게 자신을 가리켰다.

"표적의 몸을 다치지 않게 하면서 분해한 다음, 체내에 마술 문자를 삽입하는 것이지. 아무리 그래도 자신의 체내에 있는 문자는 해제할 수 없어——심지어 천인이라도 말일세. 문자의 효과는 보는 대로 해당자에게 작용하는 중력을 역전시키는 것. 이 건물에서 한 걸음이라도 나가면 그대로 영원히 추락할 수밖에 없지. 하늘을 향해서 말이야. 뭐, 여기까지의 내용은 선구자의 연구로 추측되어 있네만."

"그런데도 당신, 굉장히 침착한데?"

오펜은 게슴츠레 뜬 눈으로 중얼거렸다. 콘래드는 마치 화단 가꾸기의 비결이라도 가르쳐 주는 듯한 말투였지만, 그 내용은 전혀 온화한 것이 아니었다——특히 콘래드 자신에게 있어서는.

"……내가 착각하는 게 아니라면 말이지. 이야기를 종합하면 당신은 평생 그 꼴로 있을 수밖에 없다는 걸로 들리는데."

"설마."

그 중년 연구자는 아주 느긋하게 어깨만 으쓱했다. 가슴께 주머니를 뒤지다가——무엇을 찾는지는 알 수 없었지만, 목적했던 것은 찾을 수 없었나 보다——, 아무것도 쥐지 못한 그 손가락을 조금 원망스럽게 바라보았다.

"그래 봤자 출입 금지 지역에 발을 들이기만 한 것이니 경범죄 수준일세. 이틀 정도 지나면 문자는 자연 소멸할 테니까. 과거에도 실례가 있었지——이 부근을 조사한 조사원이 행방불명이 된 지 사흘 후, 산산조각이 나서 이 숲에서 발견되었다더군. 추론은 이렇다네. 이 숲에서 그 짐승에게 붙잡힌 조사원. 안타깝게도 하늘로 낙하하고

만 거지. 아마 몇 분 만에 사망했겠지만. 그리고 잠시 후에 문자의 효력이 사라지면서 다시 지상으로 낙하했다. 이건 지동설을 부정하는 소재로써, 과거 몇 번 정도 보고서가 학회에서 이용되기도 했지만."

"……재판도 없이 원숭이가 형을 집행한다는 거야?"

의심스러워하며 오펜이 물었다. 콘래드는 웃었다.

"아니, 처형장으로 접근한 자들을 일단 붙잡아 구속한다는 일종의 긴급조치겠지. 천인 입장에서 보면 중력 역전은 그리 치명적인 일도 아닐 테니까."

그리고——문득 생각이 났다는 듯, 주변을 둘러보았다.

"이런 설명을 하기 전에, 노사프 연구원——내 조수인데——이 어디로 도망을 쳤나 보더군. 아무래도 바깥으로 나갈 길을 찾으려고 하는 것 같던데. 그런 짓을 하지 않아도 나갈 방법은 있는데 말이지……."

중얼거리는 콘래드에게 오펜은 그다음 이야기를 재촉했다.

"그 녀석이라면 아까 만났어. 아마 무사할 거야. 그보다 당신은 결국 무슨 말을 하고 싶은 거지?"

"그러고 보니 이야기의 핵심에서 벗어났군."

계속 느긋한 동작으로 연구자는 말했다. 아차, 하는 식으로 이마까지 두들겨댔다.

"나는 우연히 귀중한 고문서를 입수했다네. 그걸 보고 예전 연구 보고서에 있던 이 처형장에 대해서 한 가지 의문이 생겼단 말일세. 그 고문서에 의하면 사실 천인은 천 년 전부터——"

"이미 절멸의 위기에 처한 상태였다."

"…………."

처음으로 콘래드라는 남자의 어안이 벙벙해진 얼굴을 보고――

딱히 만족감을 느끼지는 않았지만, 오펜은 그를 노려보기라도 하는 것처럼 바라보며 팔짱을 끼었다.

"최초의 마수, 바질리콕과의 싸움으로 그녀들은 이미 자손을 남길 능력을 잃었어. 종족 전체의 멸망이 선고되었다고 해서 사법이 필요 없다는 뜻은 아니지만, 멸망하려는 종족에게 있어 사형이라는 건 그야말로 난센스가 아닐까 싶은데. 일부러 이런 대규모의 처형장을 만들 의미가 있을 것 같지가 않아. 그럼 이 장소에는 다른 존재 이유가 있을 수도……."

"훌륭하군!"

콘래드는 감동했는지 완전히 흥분한 어조로 떠들어댔다.

"내가 고문서를 보고 처음으로 알아 낸 사실을 마치 이미 알고 있었던 것처럼! 특히 천인이 자손을 남길 수 있는 능력을 잃었다는 사실을 아는 자들은 아무도 없을 줄 알았네! 도대체 어디서 그러한 지식을?!"

"음……, 뭐, 좀 여러 가지 일이 있었거든."

적당히 얼버무리며 손을 내저었다. 도틴이 고개를 갸웃거리며 소리를 높였다.

"저어, 어제부터 신경 쓰였던 건데…… 고문서라는 거 말이에요. 그거 현대어로 작성되었다고 하지 않았나요? 그런 걸 믿는 거예요?"

그걸 듣고 오펜은 저도 모르게 흠칫했다. 마음에 짚이는 것이 있어 물어보려고 했다――그러나 굳이 물을 필요도 없이 콘래드는 뭔가를 자랑하고 싶은 어린아이처럼 웃으며 품속에 손을 넣었다.

"호오오……, 알고 싶은가? 이 유명한 금서에 대해서. 나도 고서

점에서 이걸 발견했을 때는 눈을 의심했다네. 이 책을 위해 수많은 자들이 목숨을 잃었다고 하지. 아무래도 이건 번역된 사본 같지만."

그 설명에 확신이 생긴 오펜은 머리를 쥐어 쌌다━━

"이거라네!"

카랑하게 외치며 콘래드가 품에서 꺼낸 것은.

싸구려로 보이는 얄팍한 책 한 권이었다. 척 봐도 종이 질은 나빴고, 보기보다 훨씬 가벼운 것 같았다. 외장은 화려했다. 가선과 금박 처리에 엠보스 가공. 그런 가공은 질 나쁜 표지를 더욱 너덜너덜하게 만들고 있었다. 색 배합은 참으로 엉망이었다. 분홍색 바탕에 녹색 스트라이프. 그리고 큼지막하게 적힌 제목은…….

도틴이 나직하게 그 제목을 읽었다.

"……세계서?"

"그렇지! 굉장하지 않나! 자자, 가까이 와서 보겠나? 천장까지 몸을 띄운다면 얼마든지 보여주겠네. 그쪽으로 넘겨주는 건 좀 그렇고. 손을 놓으면 책이 그쪽으로 떨어지게 되니까 회수할 수가 없거든━━근데 어라? 마술사 씨, 왜 그렇게 풀이 잔뜩 죽어서 바닥에 웅크리고 있는 겐가?"

"아…… 아니, 아무것도 아니야……."

'이, 일단은 중요한 역사 자료였던 것을 우리 문제 때문에 누나가 태워 버렸다고 하니까, 그게 좀 미안하다 싶어서 내가 짧게 정리한 건데…….'

머리를 쥐어뜯으며 오펜은 꿍얼거렸다. 두 번 다시 만날 일은 없을 줄 알았는데, 이리도 쉽게 재회를 하고 말았다.

콘래드는 그 「세계서」를 팔랑팔랑 넘기며, 혼자 상념에 잠긴 표정을 짓고 있었다.

"……근데 잘 이해가 안 가는 건 '그렇기 때문에 잘은 모르겠지만, 이 신이라는 존재가 어딘가에서 불쑥 튀어나왔기 때문에 곤란한 상황인 듯하다. 신이여, 그냥 꺼져라'라는 기술 말인데……. 어떻게 생각하는가?"

잠시 정신을 가다듬고 일어나 오펜은 작은 목소리로 변명을 했다.

"아니……, 그게 처음에는 제대로 쓰려고 했지만, 쓰다 보니 그런 웃기지도 않는 이야기를 쓰는 게 중간부터 너무 바보 같은 짓 같아서……."

"호오, 하긴 그런 해석도 있겠군!"

"그것보다!"

오펜은 큰 목소리로 버럭 외쳤다──얼버무리려는 의도가 없지는 않았다는 건 마음속으로만 솔직하게 인정해두었다.

"일단 사태가 그리 긴박하지 않다는 건 알았는데, 어쨌든 그 노사 프라라는 녀석과 천하제일 멍청이 너구리를 찾는 편이 좋지 않을까? 더 바보 같은 짓을 하기 전에."

"그도 그렇군. 이쪽 통로를 나아가면 전이 장치가 있으니, 명확한 사용법을 해명하면 사람을 찾는 것쯤은 쉬울 걸세. 아까도 말했지만, 이 유적을 발견한 누군가의 연구 노트를 살인 버섯이 아닌 사람의 형이 가지고 가버렸으니까."

"아니, 그러니까……."

도틴이 힘없이 항의를 하고 있었지만──

그런 것과는 별개로.

오펜은 희미하게 머릿속에서 어떤 경고가 울리는 것을 감지했다.

딱히 구체적으로 무엇인가 있었던 건 아니었지만.

'……뭐지?'

뭔가 중대한 걸 잊은 듯한.

"…………?"

영 납득이 되지 않는 것을 목구멍 안쪽으로 밀어 넣으며, 오펜은 녹색의 방을 나서는 콘래드와 바닥에서 조금 떨어진 출구 위로 기어오르기 위해 벽에 매달린 도틴을 바라보았다.

그리고.

고개를 내저으며 오한을 떨쳐 내었다.

상관없어.

나는 상관없어.

이 순간이 모두 허사가 되어도.

영원히 에둘러 가더라도.

그저 당신에게 전하고 싶은 게 있어. 이제 됐다.

이제는 됐다고…….

제14장 나 자신이 아닌 나

그 남자한테 그리 하는 일은 그다지 어려운 일은 아니었다.

목덜미에 은빛 강철을 박아 넣는다.

비명도 들리지 않았다.

피를 뒤집어쓸 걱정도 필요 없다.

출혈 따위는 거의 없을 터였다──죽게 하면 안 되니 말이다. 적어도 재료가 되기 전까지는.

그 남자의 동료가 이쪽을 돌아보았다. 지금까지 알아차리지 못했던 걸까? 의외로 눈한 남자인 걸까. 어느 쪽이든 상관없지만.

상관없다. 그 남자의 가슴에도 강철을 박아 넣었다.

그 남자가 품에서 무엇인가를 꺼내어 그걸 던졌다.

번쩍임과 함께 다소의 아픔을 느꼈다.

아픔. 그러나.

상관없다──

쓰러진 두 남자를 바라보며, 그녀는 조용히 혼잣말을 했다.

운다는 행위를 배운 그날부터. 이제 상관없다. 무슨 일이 있어도 나중에 울면 되니까.

"혈흔이 하나뿐이라니 어쩐지 부자연스럽지 않아?"

클리오는 그렇게 자신의 의견을 내놓았다.

"그게 피라고 정해진 것도 아니지 않나."

여전히 노트를 보며 냉정하게 답하는 핀 로츠.

이 논쟁을 들어도 매지크는 잘 판단할 수가 없었다. 굳이 따지자면, 어느 쪽이어도 괜찮지 않을까 하는 게 솔직한 마음이었다. 그게 혈흔이든 그렇지 않든 여기가 정체를 알 수 없는 장소라는 점에는 별 차이가 없으니 말이다. 정체를 알 수 없다 즉, 위험하다는 뜻이다.

정신을 잃고 있는 엘리스는 아무 말도 해 주지 않았다. 다친 곳은 하나도 없는 것 같았지만.

그리고——

"어이—."

저 높은 곳에 있는 천장——10미터 정도일까——에 거꾸로 서 있는 볼칸의 목소리가 들려왔다.

"어쩐지 나만 멀리 떨어져 있어서 외롭다만."

"뭐 어쩌라고."

박정하게 클리오가 대꾸했다.

매지크는 한숨을 쉬면서 주변을 둘러보았다. 저도 모르게 위팔을 끌어안았다——불안을 걷어낼 수가 없었다. 여기가 어디인지 알 수 없었지만 이 분위기만큼은 몇 번이나 맛보았다. 광대한 공간을 포함한 건물 구조. 흠집 하나 없는 바닥과 벽. 용도를 알 수 없는 장치들. 녹색의 액체로 가득 차 있는 거대한 수조는 첩첩이 겹쳐 끝없이 늘어서 있었다.

그렇다. 이 분위기는 익숙했다. 천인의 유적에는 모두 공통점이 존재했다.

돌아보니 벽에 찰싹 달라붙은 것처럼 자리한 이 부근의 모형 지도가 시야에 들어왔다. 숲의 나뭇가지에서 본 것과 동일했다──그리고 로츠 호텔의 사장실에 있던 것과도. 모든 곳이 정밀하게 표현되어 있어서 온천 마을의 건물까지 재현된 지도였다. 천인이 만든 것이라면 몇 백 년 전의 모습이 있어야 하는데.

"……그건 변화한다."

마치 이쪽의 심정을 읽은 것처럼 핀이 조곤하게 말했다.

시선을 돌려보니 노인은 노트에서 얼굴을 들고 있지 않았다. 눈을 가늘게 뜨고──노안인가 보다──마치 내용을 소리 내어 읽기라도 하는 듯 담담하게 말을 이었다.

"그것의 실태는 무한히 색이 변화하는 모래 덩어리지. 실제 지형을 따라 변화하도록 만들어져 있다. 그 모형 지도가 나타내는 곳 이외에는 전송의 힘이 닿지 않는 모양이더군. 일종의 제한이랄까. 지도에 손을 대고 소정의 발동 주문을 외우면 사용할 수 있지. 전송 장치는 이 지역에 몇 개나 있는데, 다른 전송 장치가 있는 장소가 아니면 전송할 수가 없다."

매지크는 그저 조용히 그를 바라만 보았다. 딱히 무슨 의미가 있었던 건 아니었다. 그저 시선을 돌릴 계기를 잡지 못했을 뿐이다. 그 시선을 불쾌하게 여겼는지, 아니면 다른 이유가 있었는지─, 핀 로츠는 갑자기 노트에서 얼굴을 들었다. 노트를 보려고 가느스름하게 떴던 눈을 이번에는 다시 다른 느낌으로 가늘게 떴다.

"……주니어는 여기서 꺼내 온 거구나. 나한테 있는 그 장치와…… 또 하나를 더."

갱. 매지크는 문득 그 단어를 떠올렸다.

"저어~."

일단 물어보기로 했다.

"그건 그렇고 결국 뭐가 어떻게 돌아가고 있는지 전혀 모르겠는데요……."

노인은 이쪽을 슥 쳐다보았다. 어쩐지 주눅이 들어 뒷걸음질을 쳤다. 그러나 노인은 조용히 이렇게 고했을 뿐이었다——

"너희는 시나를 찾고 싶다고 했었지?"

그것 역시 갑작스러운 말이어서 무슨 뜻인지 이해하지 못했다. 매지크는 되묻지 못하고 그냥 가만히 있기만 했다. 노인은 그대로 말을 계속했다.

"그 여자가 모습을 감추었다면 여기에 있을 거다."

"모습을 감추었다고?"

뒤를 돌아보면서 클리오가 입을 비죽였다.

"그게 아니라 당신의 부하 두 명이 납치해 갔다니까——"

노인은 전혀 상대를 해 주지 않았다. 성가셔하는 태도조차 보이지 않은 채, 그저 손만 내저어 클리오의 목소리를 쫓아버렸다.

"나는 나대로 아들을 찾고 있다. 이 연구 노트의 저자 말이다. 쓸데없는 취미였지만 녀석은 이 유적에 빠져 있었지……. 그리고 여기 장치가 모든 비극을 뒤엎을 거라는 바보 같은 소리를 했었고."

핀은 주변을 둘러보는 모양이었다. 고개를 돌리는 중이었다.

"20년 전이 되는군."

그 세월을 전부 짊어진 듯한 피로감이 목소리에 배어 있었다.

"내 아들은 이 유적에서 행방불명이 되었다. 당시 내 호텔의 주점에서 노래하던 여자……, 시나 쇼스키와 함께."

그리고 그 순간——

조용한 유적 안에 크고 날카로운 웃음소리가 울려 퍼졌다.

오늘도 역시 부유하는 그것을 보고 있다.

둥실둥실 떠다니는 그것.

소리도 없이 미끄러지듯 흐르는 용액 속에서 무엇인가를 되찾으려고 헤매는 것처럼.

액체는 빈틈없이 가득 차 있다. 그것은 그 안에서 계획대로 자라, 내실을 다지려 하는 것인가.

아니면, 그 자신 역시 용액 속으로 녹아 들어가려는 것인가…….

웃음소리. 조롱하는 듯, 부들부들 떨리는 듯.

자신의 웃음소리였다. 바보 같다. 그러나 멈출 수가 없었다.

모처럼 우는 법을 배웠는데. 자신은 왜 웃고 있는 걸까?

"……응?"

오펜은 분명 무엇인가를 들은 기분이 들어 얼굴을 들었다. 머리카락을 잡아당기는 듯한 무엇인가를 느꼈다.

구체적인 무엇인가는 없었다. 계기조차 없었다. 실제로 귀에 무슨 자극이 남은 것도 아니었다.

'……비명?'

문득 그런 생각이 들었다.

여전히 석연치 않은 기분을 느끼면서 몸을 돌렸다.

그곳은 아까 그 방에 딱 하나 있었던 출구의 바로 바깥이었다. 기나긴 복도에는 무수한 입구들이 즐비했다. 역시 예상대로 모두 천장을 걷고 있으면 드나들기 쉽도록, 오펜 쪽에서 봤을 때 출구가 바닥에서 위로 떠 있는 구조였다.

이 장소의 유래를 떠올리며 유치장이 아닐까 상상했다. 쇠창살이고 뭐고 하나도 없다. 그보다 천인이라면 마술로 바로 전이할 수 있으니 가둬 놓는 의미도 없겠지만.

복도의 막다른 곳에 다른 것과는 조금 다른 입구가 있었다. 어디가 어떻게 다른지는 매우 간단했다. 그곳만 문이 달려 있었기 때문이다. 가벼운 나무문이었다. 역시 거꾸로 되어 있고, 왼쪽으로 열리게 되는 형식이었다. 쇠창살이 없는 것과 같은 이유겠지만 잠금 장치가 없었다. 방은 그리 넓지 않았으나 다른 방과는 달리 천장 침대가 없어서 심히 답답하지는 않았다.

그리고 방 가장 안쪽에는 낯익은 모형 지도가 자리하고 있었는데, 그걸 지금 콘래드와 도틴이 들여다보고 있는 중이었다. 무슨 이유에서인지 이 장치만은 천장에 거꾸로 붙어 있지 않고, 그저 평범하게 바닥에 설치된 상태였다.

빤히 살펴볼 것도 없이 여관에 있었던 것과 동일한 것임을 바로 알아차렸다. 민가 같은 분위기의 여관에 있는 것보다도 이런 비현실적인 장소에 방치되어 있는 편이 더 어울리는 것 같았다.

"다시 말해, 이게 전이 장치라는 걸세."

콘래드가 이제야 생각났다는 것처럼 갑자기 돌아보며 그렇게 설명했다. 어째서인지 자랑스러워하기까지 했다.

눈썹을 치켜 올리며 오펜은 진절머리 난다는 식으로 대답했다.

"아까도 들었어."

실제로 이 방에 온 이후로 콘래드의 해설 횟수는 벌써 십여 회에 이르는 수준이었다. 허나 그가 아무리 애를 써도 장치는 꿈쩍도 하지 않는 것 같았지만 말이다.

"으으음."

얼굴을 찡그리며——그 정도로 얼굴이 단단히 긴장한 것도 아니었지만——, 콘래드는 다시 장치를 들여다보았다.

"아까는 제대로 됐는데. 가고 싶은 장소에 이렇게 손가락을 대고, 발동 주문은——"

웅얼기리는 소리를 질 알아들을 수 없었지만, 내상의 사성은 이해가 되었다.

'……어쩌다보니 작동을 했다는 거군.'

한숨을 쉬며 사실을 인식했다.

'그런데——.'

그렇게 인식만 하고 있어 봤자 아무 소용도 없어서 그런 건 아니지만, 오펜은 잠시 사고 회로를 돌렸다. 녹색 천장은 다른 벽과 마찬가지로 옅게 발광을 하고 있었다. 그걸 올려다보며 곰곰이 상념에 잠겼다.

'이게 천인의 전이 장치라고 한다면…… 그런 게 왜 온천 여관에 있는 거지?'

이것과 동일한 것은 이 근방의 유적에는 얼마든지 더 있다고 한다. 조사대에 의해 발굴된 것도 결코 적지 않을 것이다. 물론 이런 천인 유산의 소유권은 대부분 귀족 연맹에 속한다. 왕권 반역죄로 처벌될 위험성을 무시하고 도굴을 저지르는 자들도 없지는 않지만, 그렇게 유통 (가능하다고 하면) 되는 물건은 어떤 의미에서 보면, 왕가로부터 매입하는 가격보다 훨씬 비싸다. 당연히 일반인의 손에 들어가는 경우는 거의 없다.

허나 이것이 천인이 만든 것인 줄도 모르고 시장에 팔아 버렸다는 가능성도 없지는 않다. 잘 조사해 보지 않으면 여기에 있는 전이 장치는 잘 만들어진 입체 지도로밖에 보이지 않는다.

'……음, 근데 조사대가 다 이런 녀석만 있는 것도 아닐 텐데.'

반쯤 뜬 눈으로 오펜은 콘래드를 바라보았다.

역시 비슷한 표정으로 도틴도 그를 올려다보고 있었다. 그러다가 끙끙거리며 고심하는 콘래드에게 물었다.

"……혹시 발동 주문을 기억 못하거나 그런 건 아니죠?"

"그럴 리가 없지. 만약 그렇다면 자네들이 나를 쉬이 존경하기 어려워서 곤란하지 않겠나."

"아니, 좀 더 절박해서 곤란할 것 같은데요."

"발동 주문은 말이지."

천장에 선 채로 싱글거리며 콘래드는 말했다. 그리고는 몇 개의 고어를 입에 담았다.

"이건 '우리의 시간을 끝나게 하지 않겠다'라는 의미다만."

"그런데 왜 장치가 작동하지 않나요?"

"그게 문제란 말일세."

팔짱을 끼며 고개를 갸웃거리는 콘래드.

오펜은 어쩐지 남의 일처럼 그 모습을 바라보면서 가슴속으로 반복했다.

'우리의 시간을 끝나게 하지 않겠다.'

그러나 그녀들의 시간은——그녀들이 살아갈 수 있었던 시간은 이제 모두 사라졌다.

그녀들은 과거가 되었다. 그리고 그녀들의 다양한 사적 공간이었을 장소를 유적으로 삼아 우리는 지금 이 자리에 있다.

오펜은 눈을 감았다.

모든 것을 잃는다는 건 바로 이런 것이다. 자신이 비탄에 잠길 일도 없다. 분노로 몸을 떠는 것도 할 수 없다. 아무것도 없다. 천국도 지옥도 없다. 정말로 모든 것을 잃는다. 모든 것을 잃는 것은 다른 그 어떤 것으로 표현할 수도, 대용할 수도, 보상할 수도…… 없다.

사고의 바다 속에 너욱 싸고들려고 하다가——그때.

"응?"

오펜은 고개를 들었다. 또 무슨 소리가 들린 것 같았는데.

그러나 이번에는 비명이라고 여기지는 않았다.

'아니……, 웃음소리야.'

그 순간.

"으아앗!"

도틴이 경악에 차서 외쳤다. 얼른 그쪽을 쳐다보았다. 여전히 콘래드와 둘이서 전이 장치를 보고 있었나본데, 아까와는 달리 지금은 장치에 변화가 나타나고 있었다. 장치 위의 상자 정원을 형성하고 있던 고운 모래가 회오리를 일으키며 솟아오르고 있었던 것이다. 모래는 순식간에 색을 변화시키면서 점차 의미가 있는 '그림'을 만들어 내기 시작했다. 공간에 그려진 모래의 영상——

그 영상에 비친 것을 보고 오펜은 말문이 막히고 말았다.

그건 마치 노이즈 같았다.

노이즈와 같은 물체였다. 그게 어떤 것——어딘가를 떠돌아다니려고 했다. 형용하기도 어려운 불가사의한 모습. 형태는 그저 계속 불규칙한 연쇄만 일으키다가, 전혀 의미도 없는 것으로 변하고 말았다. 모래 영상이 선명하지는 않아서 잘 알 수도 없었지만.

"…………?!"

할 말을 잃고 일순간의 경악에 굳어져 버린 사이에, 모래 영상은 뚝 끊어졌다. 부력을 잃고 아래로 후드득 떨어진 모래가 원래의 입체지도의 형태로 되돌아갔다.

"…………호오."

콘래드가 놀라움에 차서 신음했다.

"그렇군. 어디 발음을 잘못한 모양이네. 어디 보자……. 사전이 있으면 단번에 해결일 텐데. 안타깝게도 짐은 노사프 연구원이 옮기고 있던 터라 분실하고 말았네. 운반과 분실을 직선적으로 연결하면 도난을 의미하지만, 노사프 연구원은 그런 악독한 자는 아니니 혹시 몰라 미리 지적함세."

"아니, 그런 설명은 됐고!"

오펜은 이제야 몸을 내밀었다.

"지금 건 공간이 이어지려다 만 거 아니었어? 장치가 작동한 거잖아. 어떻게 한 거야? 기억 좀 해 봐!"

"갑자기 왜 그렇게 의욕적인데요?"

마구 따지는 중, 옆에서 도틴이 끼어들었다. 오펜은 자신도 잘 알수 없는 묘한 초조함을 느끼며 외쳤다.

"알았으니까!"

둘을 밀어내는 것처럼 장치 쪽으로 몸을 내밀고, 그는 계속 생각했다.

'지금의 불쾌감은…… 도대체 뭐지?'

그 정체를 이해하지 못한 채, 오펜은 지금은 전혀 작동하지 않는 장치를 노려보기만 했다.

불꽃. 자신.

여관에 불을 지른 건 자신.

웃음을 터뜨리며, 마치 가위에라도 눌린 것처럼 기억을 떠올렸다.

뚝뚝 떨어지는 기름에 불꽃을 갖다 댔다.

툭 터지는 것처럼 번지는 빛.

무엇인가를 위해 그 행동을 했지만.

무엇 때문이었는지 기억이 나지 않았다.

누군가의 명령을 받아 그런 짓을 한 것 같기도 하고, 자기 자신이 그 행동을 하고 싶어서 그랬던 것 같기도 했다.

불꽃. 자신. 그건 모든 것을 끊어내어 버렸을지도 모른다.

참으로 어처구니가 없다.

——분명 바라지 않는 게 아닐까. 이 끝나지 않는 마음. 그 사람에 대한 마음. 무엇보다 강한 소망. 그 소망과 함께 살아가는 것. 이 낙원에서 살아가는 것을…….

저벅.

'……발소리?'

클리오는 허리 뒤에 손을 깍지 낀 채로, 등 뒤를 휙 돌아보았다——
——갑자기 고개를 돌린 바람에 머리 위에 있던 레키가 떨어질 뻔했다.
레키는 버둥거리며 얼른 매번 앉던 자기 자리로 돌아갔다.

눈을 잘게 깜빡거리며 주변을 둘러보았다——

참 보면 볼수록 따분한 장소라고 생각하며 그녀는 한숨을 쉬었다.

무엇이 연상되는지 묻는다면, 아마 자신의 집 창고가 떠오를 것 같
았다. 아버지의 창고가 아니다. 정원에 있는 창고다. 필요 없는 것,
더 이상 쓸모가 없는 것을 쑤셔 넣었을 뿐인 곳. 문을 잠가 놓고 그
문을 여는 것마저도 완전히 잊어버린 듯한, 그런 분위기의 공간.

'언니랑 어머님은 잘 지내고 있을까…….'

문득 가족들을 떠올리며 또 탄식했다.

'싸우지 않고 지내면 좋겠는데.'

어쩐지 우울함마저 느껴지는 녹색 수조. 아니, 안에 들어 있는 액
체가 녹색인가. 수조는 규칙적인 느낌을 주는 불규칙한 배치로 놓여
끝없이 이어졌다. 포개어진 부분은 더욱 진한 녹색으로 변해 엉성한
그라데이션을 만들어 내고 있었다.

벽 가장자리에 덩그러니 놓여 있는 그 모형 지도. 이게 없었더라
면, 자신이 처음 있었던 장소가 어딘지 찾을 수도 없었을 것이다. 그
정도로 이곳의 풍경은 단조롭기 짝이 없었다. 관찰을 할 마음조차 사
라질 정도로.

모형 지도 근처에 핀 로츠——그 노인이 서 있었다. 무슨 의미심

장한 말을 하면서 사람을 이런 영문을 알 수도 없는 곳까지 끌고 온데다가, 이제는 혼자서 노트를 열심히 보며 중얼거리기만 한다. 발밑에는 엘리스를 똑바로 눕혀 놓았다. 특별한 외상은 없는 듯했다. 그저 눈을 뜰 낌새 없이 푹 잠들어 있었다. 그녀가 눈을 뜨면 사정을 조금 더 알 수 있을지도 모르지만.

조금 떨어진 곳에서 할 일이 없어 심심한지 매지크가 주변을 어슬렁어슬렁 걸어 다니는 중이었다. 마침 바로 위에서는 역시나 할 일이 없어 한가해 보이는 볼칸이 천장에 책상다리를 하고 앉아 있는 게 보였다.

일단 클리오는 검집을 찰칵 울리며 검을 천천히 뽑아들었다. 매끄러운 강철의 날이 찌릿한 소리를 내며 공기를 빨아들었다. 킴라크의 마음에 들지 않는 암살자한테서 받은 검이지만, 정말 꽤 좋은 물건인 것 같았다──사실은 잘 모르겠지만, 오펜 역시 그렇게 말하기도 했으니 그냥 좋다고 믿기로 했다.

'아마 이걸로 진짜 사람을 베어 보면 차이를 알 수 있을지도.'

그런 생각을 했다. 물론 그런 일을 자신이 할 수 있을지는 잘 모르겠지만.

갑자기 발도를 하는 바람에 놀랐나 보다──매지크가 물었다.

"클리오? ……갑자기 왜 그래?"

"왜 그러긴."

그녀는 짜증스럽게 중얼거렸다. 검집을 어떻게 할까 잠시 망설이다가 물림쇠를 억지로 벨트 속에 끼워 넣은 다음 말을 이었다.

"언제까지고 이런 곳에 있어 봤자 뭐가 되겠어. 잠깐 시나 좀 찾으러 갔다 올게. 피의 흔적도 신경 쓰이고 말이야."

클리오가 말하면서 바닥에 동그랗게 퍼져 있는 혈흔을 손가락으로 가리켰다. 그때, 침착한 목소리가 그녀를 제지했다.

"그만둬라."

핀이었다. 어느새 노트를 덮어 옆구리에 끼고 있었다.

"위험하다."

"그 말이 맞다아아아아!"

머리 위에서 버럭버럭 쳐대는 고함――

"꼬맹이 계집애가 계집애적인 발상으로 계집애적인 위기를 부르는 건 내 알 바가 아니나, 네 경우 그 위기가 꼭 다른 사람한테까지 몰아치니 참으로 민폐다. 그러니 이 마스마튜리아의 투견, 볼카노 볼칸, 천장처럼 너 같은 꼬맹이 계집애의 손이 닿을 리도 없는 안전한 곳에 있다고 하여 하는 말은 아니다만. 일단 면봉으로 출혈을 일으켜 죽고 싶지 않다면, 으아아악?!"

마지막은 클리오가 천장을 향해 던진 검에 하마터면 찔려 죽을 뻔하자 꽥 지른 비명이었지만.

소리를 내며 바닥에 떨어진 검을 주워들고, 클리오는 핀을 향해 몸을 돌리며 단호하게 고했다.

"위험하다고 타령만 하고. 그런 건 정체도 알 수 없는 것에 비하면 훨씬 나아! 시나도, 당신네 수하 두 명도 어디 있는지 모르는데! 찾으러 가야 뭐가 되도 되잖아!"

"어차피 저쪽에서 먼저 올 거다."

"어떻게 그걸 아는 건데――"

클리오는 그렇게 말하다 입을 다물었다.

화를 낸 얼굴이 그대로 굳어서 움직이지를 못하게 되었다.

기막히다는 심정으로 그녀는 천천히 표정에서 힘을 뺐다.

핀의 등 뒤에 있는 모형 지도에 변화가 일어났던 것이다. 지도를 형성하고 있던 모래가 무너져 둥실 떠오르더니 무슨 영상과 같은 것을 만들어 냈다. 그 영상은 빛을 뿜어내며 소용돌이치면서 무엇인가를 토해 냈다――인간의 그림자 형상을 한 것을.

그것은 떠밀려 나오는 것처럼 모형 지도 위에서 바닥으로 낙하했다. 화면에서 투두둑 하고. 그러나 돌바닥에 부딪쳐도 신음 소리 하나 내지 않았다.

그것은 인간의 형태를 하고 있긴 했지만――

결코 인간은 아니었다. 좀 더 단적으로 말하자면, 짐승이었다. 가장 먼저 이해한 것은 그것이 원숭이와 닮았다는 점이었다. 그러나 결코 원숭이는 아니었다. 그 짐승은 두개골에 수조가 꽂혀 있었기 때문이다. 그 속에 든 용액에 뇌 같은 육괴가 둥둥 떠 있었다.

'저게 뭐야――?'

클리오는 머릿속 사고 회로가 멈추는 것을 자각했다. 그리고――그녀는 머릿속을 비우고, 몸이 알아서 처음에 일으킬 행동에 모든 것을 걸기로 했다.

"레키!"

불렀다. 의미가 있어서, 의도가 있어서 그런 건 아니었다. 그저 불렀다. 그러나 머리 위의 아기 드래곤의 움직임은 신속했다. 순간, 공간 속으로 튀어 나온 원숭이의 몸을 흰 불꽃이 감쌌다.

원숭이는 버둥거리면서 바닥을 굴렀다. 쓰러져 있는 엘리스의 곁을 아슬아슬하게 스쳐 지나가며, 사라지지 않는 불길에 계속 타들어 갔다. 핀이 엘리스를 안아 올리려 했다. 매지크가 무슨 비명을 지르는 것이 들려왔다. 볼칸은…… 잘 알 수 없지만, 이쪽 역시 뭐라고 고함을 치는 것 같았다.

그 비명의 내용이 들린 건 아니었다. 그러나 어떤 절망적인 것이 느껴지긴 했다.

곁눈질로 살펴보았다. 아니, 어디를 쳐다보아도 마찬가지였다. 시야 전체에. 어디를 향해도. 바닥. 벽. 천장. 모두.

모든 곳에서 지금 불길에 휩싸인 것과 같은 생김새의 원숭이가 출현하고 있는 중이었다. 전이 장치에서 오는 것이 아니었다. 바닥이나 벽. 마치 물에서 불쑥 떠오르는 것처럼 무수한 원숭이가 통과하여 방으로 침입하고 있었던 것이다. 그 두 손에 빛나는 문자가 보였다…….

"레키——"

다시 불렀다. 역시나 정지된 사고로.

원숭이는 바로 보이지 않게 되었다.

시야가 눈부신 빛으로 가득 차서——

클리오는 의식을 잃었다.

어쩌라는 걸까.

어쩔 수 없지 않은가.

지금까지 그랬던 것처럼.

앞으로도 계속——이 꿈은 끝나지 않는다.

계속 끝나지 않는다.

끝나지 않는――다고?

'…………?!'

짜 맞춘 돌처럼 잘 조합된 의식의 틈새 사이로 차가운 물이 새어 들어오는 듯한.

그런 감각과 함께 눈을 떴다.

눈을 뜨려고 하다가 그녀는 매우 후회했다――둔탁한, 하지만 명확한 고통이 두개골을 흔들었다. 만약 실제로 머리에 구멍이 났다고 한다면, 딱 이런 통증을 느끼지 않을까 하고 그녀는 생각했다.

잠시 묵묵히 견뎠다.

아픔은 사라지지 않았지만, 그대로 점점 익숙해졌다.

그리고 아픔만이 아니라, 다른 감각에도 의식을 집중할 수 있게 되자 이번에는 곧바로 불쾌감이 엄습했다. 뭔가 질척한 것이 몸을 감싸고 있었다. 진득진득한 것이 붙어서 몸을 더럽히는 게 느껴졌다. 아직 눈을 뜨지 않았기 때문에 자신이 어디 있는지 잘 알 수는 없었지만, 적어도 청결한 침대가 아니라는 걸 알고, 그녀는 차라리 눈을 뜨지 않는 게 나을지도 모른다며 신음했다.

자신의 이름을 떠올렸다. 쇼스키. 엘리스 쇼스키.

엘리스는 각오를 다지고 눈을 떴다.

"나 참, 괜한 짓이나 해대고……. 남의 영역에 멋대로 들어와서는……."

귀에 들어온 건 그 목소리였다. 반사적으로 몸이 굳어졌다. 무슨 환상처럼 머릿속에 감정의 빛이 떠올랐다 사라졌다. 손발이 잘 움직이지 않는 것 같았다. 감각은 있었지만, 의식이 따라가지 못했다.

처음에 눈에 들어온 것은 바닥이었다. 녹색 바닥. 흠집 하나 없는 바닥은 양수 같은 느낌의 미지근한 녹색 액체로 흥건했다. 그 액체 위에 엎드려 있었던 것이다. 액체에는 뭔가 깨진 유리 조각 같은 것이 섞여 있는 것 같았다. 그리고 녹색에 섞여 들지 않은 검붉은 살점도.

엘리스는 비명을 질렀다. 몸이 움직이는 대로 벌떡 일어났다――

기다리고 있던 것은 비현실적인 광경이었다.

일어나려고 바닥에 짚은 손이 점액으로 인해 미끄러질 뻔했다. 불쾌감을 참아내며, 그녀는 이를 악물었다. 아니, 목이 메었던 것일지도 모른다. 헐떡거리며 공기를 갈구하자, 흉부의 골격 모두가 한번 오므라들었다가 다시 펴지는 듯한 고통.

잘 알 수는 없었지만, 그곳은 녹색의 바닥과 천장이 끝없이 펼쳐지는 장소였다. 창문 같은 건 없었지만, 벽이나 바닥에서 빛이 새어 나왔다. 광대한 공간에 거대한 수조가 몇 개나 늘어서 있었는데, 어찌된 일인지 그중 몇 개는 심하게 파손된 채였다. 바닥을 더럽히고 있는 액체는 그곳에서 흘러나온 모양이다. 그 액체에 섞인 살점이나 혈액은 이곳저곳에 굴러다니고 있는 기묘한 동물의 사체――그 파편인 듯했다.

몇몇 짐승들은 죽지 않았다. 아니, 죽지 않은 것이 더 많은 것일지도 모른다. 원숭이와 매우 닮은 생김새였다. 머리에서 튀어나온 수조를 제외하면 말이다. 그것들은 아무 행동도 하지 않고 그냥 가만히 서 있을 뿐이었다. 즐비하게 늘어선 수조 그늘에 그냥 멍하니.

바로 근처에 나란히 누운 형태로 쓰러진 사람들이 눈에 들어왔다. 모두 알고 있는 사람들이었다. 이름이 매지크라고 했던가――그리고 그 옆에 클리오. 그리고……

그 노인에 대해서라면 더더욱 잘 알았다. 아니, 오히려 레지본 온천 마을에서 노인의 이름을 모르는 자는 없다. 대 핀 로츠. 반사적으로 오싹할 정도의 혐오감을 느끼면서 엘리스는 노인을 바라보았다. 세 명 모두 기절한 것 같았다.

큰 부상을 입은 건 아닌 듯했지만 이곳저곳 그을리고 더러워져 있는 상태였다. 엉망진창이 된 주변으로 보아 폭발 같은 것에 휘말린 게 아닐까 싶었다. 쓰러진 클리오 옆에 검이 나뒹굴고 있었다. 저건 분명 클리오가 가지고 있었던 것이다. 가짜 검인 줄 알았는데.

그리고 마지막으로 어머니의 모습이.

어머니는 이쪽을 등지고 바로 정면의 수조를 바라보는 중이었나. 그 수조 안에는 아주 기이한 것이 둥둥 떠 있었다.

그건 육괴였다. 아니, 마구 찢긴 거대한 고깃덩어리라고 해야 할까. 해파리처럼 축 늘어져서 수조 안을 떠다녔다. 아무 의미도 없어 보이는 형태를 한 그것은 보는 이에게 생생한 불쾌감을 안겨 주었다. 크기는 엘리스의 신장보다 네, 다섯 배는 될까. 체적은 어느 정도일까?

십 몇 배? 몇 십 배? 추정조차 할 수 없었다.

육괴로부터는 아무런 감정도 느껴지지 않았다. 그저 떠다닐 뿐이었지만——그게 단순한 육괴가 아니라는 건 금방 알았다. 육괴에는 다리가 돋아나 있었기 때문이다. 누가 봐도 명백한 사람의 다리가.

'……?! 아니야…….'

바지를 입은 다리였다. 검은 슈트의 하반신. 검은 슈트. 몇 번이나 봤다.

출렁……, 하고 수조 안에서 육괴가 흔들리며 반전하니 뒤편에 툭 튀어 나온 팔이 시야에 들어왔다. 두꺼운 팔이었다. 정확히는 알 수 없었지만, 분명 덩치 큰 남자의 것이리라.

'그 2인조야……. 로츠의 부하.'

한 대 심하게 얻어맞기라도 하는 듯한 충격 속에서 엘리스는 그것을 깨달았다. 아무리 봐도 살아 있는 것 같지는 않았다. 육괴는 반전을 계속하더니 다시 원래 보이고 있던 측면을 이쪽으로 향했다. 그때에는 이미 다리가 사라진 후였다. 육괴 안으로…… 빨려 들어갔나 보다.

"…………?!"

모르겠다. 모르겠지만──

문득 엘리스는 자신의 가슴속에 자리한 차분한 감정을 발견했다. 자신은 놀라고 있다. 그러나 그 놀라움을 냉정히 바라보고 있는 또 하나의 자신이 있는 듯한…….

"엄마……?"

다른 방도도 없이 엘리스는 그렇게 중얼거렸다. 이쪽으로 등을 돌린 어머니에게. 시나는 천천히──길거리에서 누가 불러 세우기라도 한 것처럼 아주 태연하게 뒤를 돌아보았다. 그 얼굴에는 딱히 특별한 표정도 없었다.

오싹한 상상이 뇌리를 스치고 지나갔다. 그 어떤 근거도 없지만. 자신을 냉정히 바라보는 또 하나의 자신. 그건 분명 이 어머니와 같은 얼굴일 것이 분명하다…….

"엘리스."

시나가 발한 말은 그뿐이었다. 돌아본 어머니를 보고 수많은 의문

이 머릿속에 떠올랐다. 그걸 소리 내어 물어보기 전에——

엘리스는 우뚝 움직임을 멈췄다. 어머니가 검을 가지고 있다는 것을 알아차렸다. 분명 저것은 오펜이 어머니에게 맡겼던 것이다. 그런데 로츠의 부하가 창문을 깨고 여관으로 들어왔을 때도 갖고 있었던가?

엘리스가 아무 말도 하지 못하고 있는 사이, 시나는 담담한 목소리로 말을 꺼냈다. 눈도 거의 깜빡거리지 않고.

"……어차피 언젠가는 할 이야기였으니까."

"뭐? 그게 무슨 뜻이야?"

고개를 힘없이 흔들며——엘리스가 물었다.

"……여기는 어디야?"

"유적이야. 여관에 있던 모형 지도는 손을 좀 대서…… 보이지 않게 숨겨 놓았지만. 그 덕분에 언덕이 하나 더 늘어나고 말았지."

"…………?"

"어떻게 설명하면 좋을지. 너는 정말 바보로구나. 설명하는 것마저도 고민하지 않으면 안 되다니."

투덜거리면서 다시 수조 쪽으로 고개를 돌렸다.

엘리스도 따라서 그 육괴로 시선을 주었다.

그리고——

"꺄아아아아악?!"

비명을 질렀다. 육괴가 변화하고 있었다.

인간의 모습으로. 아니——

인간과 가까운 모습으로.

정확히 말해서, 어린아이가 점토로 만든 인형 같은 모습이었지만.

그래도 분명히 육괴는 부글부글 기포를 뿜어내면서 인간의 형태를 갖추려고 애를 쓰는 것처럼 보였다. 살점이 찢어지면서 팔이 되려다 가——손가락을 형성할 수 없어서 비틀려 엉뚱한 방향으로 뻗어 나갔다. 데포르메된 것처럼 변한 머리에는 비스듬히 기울어 얼굴이 이중으로 드러났다. 혼란에 빠져 있다. 원래부터 인간의 크기도 아닌 육괴가 그 질량을 그대로 유지한 채 인간이 되려고 하고 있었기에, 몸체는 마치 악몽처럼 일그러지기만 했다. 몇 명의 인간을 억지로 뭉쳐서 거인의 형상을 만들려고 한 듯한 추악한 구조체. 그런 존재로 보이기만 했다.

"시끄러!"

시나가 날카롭게 소리쳤나——다시 이쪽으로 고개를 돌린 표정에는 명확한 분노가 엿보였다.

"정말 바보 같은 애로구나! 비명을 지르다니——이걸 보고 비명을 지르다니……!"

그 입가가 굳어지면서 잘게 떨렸다. 이 정도로 어머니가 화를 내는 건 처음 보았다. 작은 어깨를 분노로 들썩이며——힘을 준 팔이, 그 손에 쥔 은빛 단검이 흔들렸다.

"참 처치도 곤란한 바보 같은——"

"바보는 너다, 시나."

이 비현실적인 상황 속에서 그 목소리만 냉정하게——

동시에 푹 하는 둔한 소리가 울렸다.

시나의 복부에 검이 박혀 있었다.

검을 들고 있던 건 노인이었다. 대 핀 로츠가 바닥에 엎드린 채, 클리오의 검으로 시나의 옆구리를 찔렀던 것이다. 시나는 냉랭하게 그걸 바라보기만 했다.

엘리스는 소리도 없이 그 광경을 바라보았다. 저 멀리서, 이 눈앞의 광경과는 전혀 상관없을 정도로 저 멀리서 목소리가 들린 것 같았다.

무슨 짓을 하는 거야——이제 됐다.

그렇게——

제15장 끝나지 않는 과거

"결국 너는 이런 곳에서 내 아들을 길렀다는 거군."

대 핀의 목소리에는 강철과 같은 울림이 깃들어 있었다.

"마침내 덜미를 잡히고 말았네."

그리고 시나의 목소리에는 얼음 같은 울림이.

검 끝이 배에 박혀 있는데도——그녀의 목소리에는 고통도, 절망도 느껴지지 않았다. 인사라도 나누고 있는 듯, 별것도 아니라는 어조.

핀온 검을 쥔 채로 친친히 몸을 일으켰다.

"돌려받겠다. 네가 훔쳐간 아들의…… 시신을."

"그건 그냥 못 넘어가겠네."

시나는 눈을 가늘게 뜨며 위험한 분위기를 풍겼다.

"그 사람을 배신한 건——당신이었잖아!"

소리치면서 세게 뒷걸음질을 쳤다.

검의 끝부분이 배에서 빠져나왔다. 선혈이 뿜어져 나올 것을 예상하고, 엘리스는 몸을 움츠렸다. 그러나.

뒤로 물러난 시나는 다친 곳 하나 없었다. 몇 센티미터나 검이 몸을 파고들었는데도 상처 하나 보이지 않았다. 핀은 경악에 찬 소리를 질렀다. 동시에 시나의 배에 빛의 문자 같은 것이 떠오르더니——

거기서 일어난 일은 또다시 엘리스의 이해 범주를 뛰어넘은 수준이었다.

시나의 몸에서 그 짐승이——손바닥의 문자를 빛내면서 원숭이가 튀어나왔던 것이다. 본 그대로를 믿는다면, 그녀의 몸 안에 숨어 있다고 하는 것이 옳으리라. 원숭이가 힘차게 뛰어나와 핀에게 달려들었다.

"이게!"

노인은 어울리지 않을 정도로 민첩하게 검을 휘둘러 원숭이의 급소를 단번에 찢어 발겼다——그렇게 보였다. 하지만 검은, 물이라도 베는 것처럼 원숭이의 몸을 통과했을 뿐이었다. 원숭이가 째지는 울음소리를 내며 노인의 목에 매달렸다. 손바닥에 있는 문자가 더욱 강하게 빛을 발했다.

"크아아아아앗?!"

노인의 손에서 검이 떨어지자, 칼날이 바닥에 부딪치며 금속음을 퍼뜨렸다. 그의 모습이 순간적으로 일그러지는 것을 엘리스는 두 눈으로 똑똑히 보았다. 원숭이는 한 번 바닥에 툭 내려앉더니, 다시 노인에게 달려들었다. 이번에는 태클이라도 하는 것처럼 노인을 세게 밀쳤다. 원숭이의 몸통 박치기에 핀은 그대로 비틀거리면서 수조 쪽으로 넘어졌다. 그리고 그대로——매우 두꺼워 보이는 유리를 통과하여 수조 속으로 쑥 들어가고 말았다.

노인의 입은 비명의 형태로 굳어진 채, 그대로 유리 저편으로 밀려들어 갔다. 녹색 액체 속에서 흔들리며 허우적거리지도 않고——수조 안을 느긋이 지배하고 있는 육괴 쪽으로 접근해갔다…….

육괴에 뒤통수가 닿은 순간, 대 핀 로츠의 얼굴에 절망적인 무엇인가가 떠오르는 것을 엘리스는 목격했다. 육괴는 크게 부풀어 오르더니 노인의 몸을 단번에 감쌌다. 너무 빠르지도 않고, 그렇지만 그리 시간을 들이지도 않고 아까와 똑같은 변화가 육괴에게 일어났다. 기형적인 사람 모양으로 변화하다가——그리고 변화에 실패하고 다시 육괴로 돌아가고 말았다.

모든 것은 몇 초도 채 되지 않은 사이 벌어진 일이었다. 대 핀 로 츠를 수조에 밀어 넣은 원숭이는 그대로 탁탁탁 걸어, 멀찌감치 떨어 져 지켜만 보고 있는 동료들 틈으로 들어갔다.

"…………."

엘리스는 그저 묵묵히 그 모든 장면을 지켜볼 수밖에 없었다. 남은 것은 그저 바닥에 떨어진 검…….

들려오는 것은.

"정말 바보 같은 남자라니까."

시나는 오직 그 말민 중얼거렸다. 그리고 은빛 난섬을 끌어안늣 들 고서 말했다.

"온천 마을 갱으로 지내는 편이 좋았을 것을. 죽을 때까지 말 이야."

"……엄마……?"

그냥 입을 다물고 싶었다——모든 게 끝날 때까지 계속. 입을 다 물고 있고 싶다는 유혹이 믿을 수 없을 정도로 강했다. 그 이상 편한 것도 없으니 말이다. 그러나 그런 생리 현상과는 달리 그녀는 말문을 열지 않을 수가 없었다.

"도대체 뭐야……? 설명 좀 해 줘. 난…… 뭐가 뭔지 모르겠어."

시나는 바로 대답하지 않았다. 성큼성큼 걸어 쓰러져 있는 클리오 와 매지크를 잠시 관찰했다——이 아이들도 기절한 척하고 있는 건 지 확인하는 모양이다. 이 두 소년소녀를 보고 시나가 든 단검의 끝 이 조용히 흔들렸다. 그걸 보고 온몸에 소름이 돋았다. 엘리스는 언성을 높였다.

"엄마?!"

"알아. 어떻게 설명하면 좋을지 생각 중이란 말이다."

'아니야──.'

엘리스는 속으로 외쳤다.

'죽일까 말까 고민한 거라고──저 애들을. 전혀 관계도 없는, 로츠도 아니고, 아무것도 아닌 저 애들을.'

"엘리스."

그렇게──이쪽을 똑바로 응시하며 부르는 시나는 그런 무자비한 악의가 있는 것처럼 보이지는 않았다. 그러나 그 느낌이 오해였다고 믿을 만한 무엇인가가 있는 것도 아니었다.

어쨌든 시나의 말투에는 변함이 없었다. 얼음의 기운이 깃들어 있었다.

"엘리스, 이건 말이다."

그녀가 가리킨 것은 등 뒤에 있던 수조, 거대한 육괴가 떠다니는 그 수조였다.

"모든 비극을 뒤집어엎을 수 있는 것. 다시 말해, 죽은 자를 소생시키는 장치야."

투둑──

전이 장치가 가동하면서 아주 순간적인 의식의 단절이 있은 후, 귀에 들린 건 그런 소리였다.

올려다보니 유난히 높은 천장에 낙하한 콘래드가 묘하게 가벼운 낙법과 함께 포즈까지 취하고 있었다.

"그래, 그랬던 거군."

머리 위에서 들려오는 매우 침착한 콘래드의 목소리에 착실히 되묻는 도틴이었다.

"뭐, 뭐가 그렇다는 거예요?"

"발음은 완벽했는데 말이지. 문제는 전이에는 집중력이 필요한 모양이더군. 목적지를 강하게 이미지하지 않으면 안 된다는 뜻일세. 유감이지만, 나는 아까까지 딸의 약혼자를 자칭하는 사기꾼에 대해 생각했단 말이지."

"아, 네……."

"그런 것 때문에 이 고생을 했단 말이야?"

오펜은 불평하며 주변을 둘러보았다.

"그런데 여기는 유적의 어디쯤이지?"

거대한 수조가 늘어선 광대한 방. 아니, 방이 아니라 시설이라고 해야 좋을까. 그저 주변 일대는 상당히 큰 폭발이 일어났었는지 엉망진창이었다. 수조도 몇 개 정도 파괴되어 바닥에 그 내용물을 흩뿌려 놓은 상태였다. 거의 대부분 점액질의 액체이긴 했으나, 원숭이의 사체 역시 굴러다니고 있었다.

"……전투의 흔적이네. 사고로는 보이지 않아."

혼잣말을 했다.

그때.

"으아아아아아앗?!"

"음?!"

천장에서 목소리 두 개가 울렸다. 그리고 다음 순간, 천장에서 두 그림자가 낙하했다.

하나는 머리부터 바닥에 격돌했고——

또 하나는 기묘할 정도로 가벼운 몸놀림으로 낙법을 구사해 또다시 포즈를 척 취했다.

거의 소리도 없이 멋지게 착지한 건 콘래드였다. 그리고 또 한쪽은…….

오펜은 찌부러진 개구리처럼 바닥에 달라붙어 있는 그것을 보고 조용히 물었다.

"……뭐하는 거냐, 복너구리."

"너구리는 무슨! 그게 아니라 만인이 바라던 궁극의 영웅!"

벌떡 기세 좋게 일어나——그는 옆에서 포즈를 잡고 있는 콘래드와 경쟁이라도 하는 것처럼 검을 뽑아들고 무슨 자세를 취했다.

"이 마스마튜리아의 투견, 볼카노 볼칸 님은 낙하 중 문득 옛 추억에 젖어드는 정도의 자유낙하를 하더라도 완전 괜찮지! 그러니, 원수는 외나무다리에서 만난다고, 삼각 눈의 사악한 마술사를 보면 처치하거나, 무찌르거나, 경찰에 연락하기로 정했기 때문에, 그림 연극에서 실수로 두 장을 넘겨서 죽을 각오를 정하는 게 좋을 거다!"

"…………음, 일단 무사한 것 같구나."

게슴츠레한 눈으로 대꾸했다.

포즈를 취한 채, 콘래드가 설명조로 말했다.

"아무래도 마술 문자의 효력이 사라진 모양일세."

그리고.

"형!"

소리친 이는 도틴이었다. 형을 향해 재빨리 다가왔다.

"다행이다. 죽은 줄 알았단 말이야."

"으으음, 왜 다들 죽은 줄 아는 걸까. 평소에도 이 형은 무적이라고 말했다만."

"……그런데 여기서 뭘 하고 있는 거야, 형?"

"음!"

볼칸은 크게 고개를 끄덕였다.

"아니, 잘은 모르겠지만. 그 뭐냐, 빙글 머리 계집애한테 강제로 이곳에 끌려오고 보니, 갑자기 원숭이들의 습격을 받았지. 근데 동물 킬러인 이 몸은 바로 쓱싹쓱싹 베어버렸지만, 그런데 또 갑자기 그 계집애가 엄청난 폭발을 일으켜서. 일단 전황을 확인하고자 그늘 속에 숨어 있었다만, 무슨 일인지 원숭이들은 그 녀석들을 들쳐 메고 저쪽으로 가버린 것 같더군."

"다시 말해, 클리오의 폭발을 틈타서 도망을 쳤는데, 아무도 쫓아오지를 않아서 그냥 여기에 있게 되었다는 뜻이네. 근데 왜 클리오는 여기에 있는 거냐?"

"전이 장치는 여관에도 있었으니 말일세."

이제 포즈 잡기에도 질렸는지, 스스슥 다가온 콘래드가 참견했다.

"이 살인 버섯이 아닌 사람의 형이 가지고 간 노트에 사용법이 적혀 있었기도 했고……."

"음……, 이 몸을 부를 때 살인이라는 호칭을 붙이는 건 나쁘지 않지만, 버섯 같은 건 좀 신경이 쓰이는군."

"그런 문제야?"

도틴이 힘없이 끙끙댔다.

오펜은 혀를 찼다. 한 손으로 뒤통수를 감싸며 말했다.

"나 참, 녀석들. 하여간 귀찮은 일을 늘리기만 하고——그래서 원숭이가 끌고 간 방향은 어디야?"

"알고 싶으면 6만 번 빙빙 돌아서 멍멍 하고——"

"뾰족하게 세운 주먹으로 쪼이는 걸 조금이라도 싫다고 느낀다면, 솔직히 대답하는 게 좋을 거다."

"저쪽입니다요."

볼칸은 대번에 답하며, 광장 중앙 방향을 손가락으로 가리켰다.

그러자——

"꺄아아아아악?!"

바로 그 방향에서 엘리스의 비명이 들려왔다.

"이 노트는."

그렇게 말하며 시나가 품에서 꺼낸 것은 한 권의 낡은 노트였다. 사용감이 짙었지만 결코 낡아 문드러지지는 않았다. 그녀는 표지를 사랑스럽다는 듯 손으로 쓰다듬으며 들어 보였다.

"20년 전, 한 남자가 쓴 것이지. 이 유적에 관한 조사 기록……. 어설픈 유적 조사대의 것과는 수준이 달라. 그 사람은 원래라면 이런 촌구석에서 불완전한 교육만 받고 살아야 할 인물이 아니었다고."

도취되어 있는지, 그 눈빛은 옅었다. 노트를, 그리고 은제 단검을 손에 들고 시나는 노래라도 하는 것처럼 말을 이었다.

"그 사람의 연구는 완벽했어. 이 노트에 이 유적이 가진 모든 기능에 대해 적혀 있단 말이다."

그리고 주변에 서 있는 원숭이들을 손끝으로 가리켰다.

"저 원숭이들은 내 손발이 되어 움직이지……. 그 뇌에 내 감각을 공유하는 걸 박아 놓았으니 말이야. 내 명령으로 움직이고, 나와 동조하여 원하는 행동을 해 준다……, 이런 방법까지 적혀 있었단 말이다."

"…………."

엘리스는 그저 그 말을 듣기만 했다.

지금 상황을 이해하고 있다는 자신은 없었다──덧붙이자면, 정말로 듣고 있는지조차 수상할 정도라고 스스로도 인식했다. 의식이 몽롱했다. 뭔가 알고 싶지 않은 사실을 듣고 있는 것 같아서, 그녀는 정체 모를 두려움을 느꼈다.

그러나 시나는 계속 말을 이어나갔다.

"20년 전, 나는 이 마을에 왔지."

옛날이야기. 처음 듣는 건 아니었다. 그러나 이전에 들었던 것과는 뭔가 달랐다.

시나의 눈이었다──엘리스는 떨리는 팔로 자신의 몸을 끌어안으며 자신을 바라보는 그녀의 눈을 마주 보았다. 과거에 대해 이야기해 줄 때, 시나는 이쪽과 눈을 마주치는 일이 없었다. 그러나 지금은 이쪽을 바라보고 있었다.

'……그런데 왜 그렇게 그리운 눈으로 나를 바라보는 거야……?'

그 의문에 대답해 줄 이는 없었다.

오직 조용하게 시나가 자아내는 말만이 주변에 넘쳐날 뿐이었다.

"노래를 부르는 걸 업으로 삼아, 이 마을에서 제일 큰 여관──로츠지, 물론――의 주점에 자리를 잡고 꽤 열심히 일했어. 그런데 핀 로츠한테는 외동아들이 있었지. 나보다 10살이나 어렸지만…… 그런 건 우리에게 아무래도 상관없었어."

그녀는 말하면서 고개를 저었다.

"……그의 이름은 핀 로츠 주니어. 우리는 결혼했지. 누구도 축복해 주지 않았지만 말이다――아니, 아예 인정해 주려고도 하지 않았지. 그래도 우리는 결혼을 했어. 아까도 말했지만, 그는 정말로 총명한 젊은이였어. 나는 어떻게든 그를 왕도로 데리고 가고 싶었어. 제대로 된 공부를 시키고 싶었던 거야. 그도 그걸 바랐고. 다만 여비도 없이 어디로 갈 수는 없었지."

시나는 다시 노트를 들어 보였다.

"그는 어릴 때부터 이 유적에 드나들었어. 실은 이 유적이 위험하지 않다는 걸 그는 잘 알았지. 그리고 마술 문자를 해독할 줄 몰라도 이 유적의 기능에 대해서는 누구에게도 지지 않을 정도의 지식을 가지고 있기도 했어. 나는 이 지식을 조사대에 팔면 두둑한 금액을 받을 수 있을 거라고 그에게 말했다. 그도 그 제안을 받아들였고. 그래서 자신이 알고 있는 모든 것을 이 노트에 정리했지……."

그녀는 음성을 서서히 줄이더니――고개를 살짝 숙이고 어떤 소리를 냈다. 침을 뱉는 듯한 소리였다.

"그렇지만, 그 사람은 배신을 당했단 말이야. 대 핀 로츠는 외동아들을 잃고 싶지 않았던 거지. 노트를 빼앗아 자신이 유적 조사대에 그걸 넘기려 했다고!"

다시 얼굴을 들었을 때, 시나는 코 밑을 실룩이며 뒤로 돌았다. 수조에 떠다니는 육괴. 그 안에――그렇다. 그 안에 대 핀 로츠도 있다는 것을 깨닫고 엘리스는 몸서리를 쳤다.

시나의 이야기는 계속 되었다.

"물론 조사대에게 넘어간 노트는 불완전한 것이었지. 그저 휘갈겨 쓴 메모 수준이었어. 진짜 연구 노트는 내가 맡아 두고 있었지. 발굴했던 전이 장치도 숨겨 놓았고 말이야. 그런데 그는 불안해했어. 자신의 연구가 불완전하다는 소리를 듣는 게 아닐까 하고. 그래서 그는 그때까지 접근하려 하지 않았던 유적의 최심부──여기를──로 들어갔다."

그녀의 말이 점차 빨라졌다. 숨결도 거칠어졌다.

"나는 사흘을 기다렸어. 그런데 그 사람은 돌아오지 않았지. 나는 노트를 의지해서 선이 상치를 사용해 유적 안으로 들어갔어. 그런데 그 사람은……."

그때.

순간. 그 모든 기세를 잃고 말을 멈췄다.

시나는 돌아서서 수조에 떠다니는 육괴를 슬픈 눈으로 올려다보았다.

"무슨 일이 있었는지는 몰라. 아마 조사를 하던 중에 무슨 실패라도 했겠지. 내가 봤던 건 이 수조 안에 떠다니는 그 사람이었어."

눈동자가 떨리고 있었다. 수조의 표면을 손으로 어루만졌다.

"몇 번이나 꿈을 꿨지. 이 사람이 죽는 순간을 본 게 아니니 알 수는 없지만. 그래도 나는 그 꿈속에서 처음으로 울었어. 울었단 말이다."

잠시 후──

그녀는 수조에서 손가락을 떼었다. 짧은 탄식이 터지더니, 이제 모든 것을 떨쳐냈다는 듯 목소리에서는 감상이 전부 사라진 뒤였다.

"어떤 원리인지는 모르겠지만, 이 용액 안에서 생물은 죽지 않아. 이 사람도, 이 수조를 떠다니며 계속 살아 있었어! 단지——"

그러면서 두 팔을 벌렸다.

"시간이 지나면서 점차 그 사람의 몸은 변화하기 시작했어. 무너지고 있었던 거지. 살아 있는 것도 아니고, 죽어 있는 것도 아니야. 그런 경계 속에서. 소생 장치는 불완전한 것이라고 이 사람도 노트에 그렇게 적어 놓았어……. 인간으로 있기 위한 구성 요소들이 다 사라지는 거라고 그러더구나. 그걸 뭐라고 하는지는 모르겠지만. 그걸 보충하지 않으면 이 사람은…… 인간으로 있을 수 없게 되는 거야."

온통 퍼져 있던 육괴의 주름이 거기에 동조라도 하는 것처럼 흔들렸다…….

"그래서 그걸 보충해 준 거야. 당연하지 않니? 계속 그렇게 해서 ——언젠가 이 사람이 원래 모습으로 돌아올 때까지. 당연하지 않니?!"

시나는 계속 그 말만을 반복했다. 당연하다. 숨을 후우, 내뱉더니 자조하듯 웃었다.

"나는 여기에 있던 일용품 같은 것들을 팔아서 돈으로 바꾸었어. 여관을 마련하기 위한 자금으로 삼은 거지. 나는 여기에 머무르지 않으면 안 되었다고. 이 사람을 계속 보고 있기 위해서는……."

그녀의 자조는 더욱 짙어졌다.

"참 우습지. 원래는 그 사람을 왕도로 데리고 가기 위해 쓸 자금이었는데, 이 사람을 여기에 숨기기 위해 사용하다니. 하지만 언젠가 이 사람을 부활시킬 수만 있다면 선택의 여지는 없었다."

계속——

그녀는 끊임없이 이야기했다. 그러나 엘리스는 어떻게든 꼭 해야 할 말을 토해냈다.

"그런 건 불가능해……."

목에서 짜낸 목소리는 역시——예상했던 대로——어쩐지 바짝 말라 있었다. 울음소리처럼.

"20년 동안 아무에게도 들키지 않고 그런 일을 어떻게 지속할 수 있겠어. 전부 다 농담…… 인 거지?"

"정말 너는 바보로구나."

시나는 쌀쌀맞았다. 어처구니가 없다는 듯 어깨를 으쓱했다.

"하긴 마을 사람이 없어지기라도 하면 난리가 나겠지."

그렇게 차갑게 이야기를 이어나갔다.

"그렇지만 여행객이라면…… 돌아갈 때 휙 없어져 봤자 그저 행방불명일 뿐. 게다가 빈도까지 낮으면 말이지. 그저 몇 년에 한 명 정도야. 오늘은 세 명이나 보충할 수 있었으니까 앞으로 10년은 문제없을 거다. 어차피 시체가 나오는 것도 아니니."

"그럴 수가——"

믿어지지 않는 심정으로 엘리스는 외쳤다.

"그럼 몇 명이나 지금처럼 그렇게——산 제물처럼 바쳐 온 거야?! 몇 년이나, 몇 년이나……. 로츠 녀석들이 없었다면 저 애들로 할 셈이었어?! 아니——로츠라도, 아무리 그래도 이런 식으로……."

바닥에 쓰러져 있는 소녀를, 소년을 그리고 육괴가 떠다니는 수조를 가리키며 외치고…… 울었다. 왼쪽 눈에서 뜨거운 눈물방울이 뺨에 타고 흐르는 걸 느꼈다.

"그런…… 잔인한……."

"잔인하다고?!"

시나에게 있어 그 말은 의외였던 모양이다. 잔뜩 격앙되어 몇 번이나 되풀이했다.

"잔인, 잔인하다고?! 말했잖아. 선택의 여지도 없었고, 그런 건 앞으로도 없어! 그리고 말이다, 엘리스. 뭔가 착각하고 있는 거 아니냐?!"

그녀가 이쪽을 향해 내민 것은 단검의 끝이었다. 매우 예리한 단검의 선단──

"앞으로 네가 이제까지 내가 했던 일을 이어받아야 한단 말이다! 선택의 여지는 없어. 너는 나니까!"

"무슨……."

말뜻을 이해하지 못하고, 자신도 역시 의미 없는 말을 웅얼거릴 수밖에 없었다. 시나는 말을 이으며 더욱 큰 소리로 외쳤다.

"네가 도대체 뭔 줄 알아? 내 딸──설마! 이게 뭔지 아니, 엘리스?"

그렇게 말하며 그녀는 옷깃을 잡아당겨 자신의 가슴께를 보여 주었다. 그곳에는 커다란 상처가 있었다. 쪼그라든 것 같은 상처가.

엘리스는 신음했다.

"……상처…… 화상 흔적이라고, 그랬잖아……."

"화상이라고──흥! 그렇긴 하지. 피부를 태워서 벗겨 낸 상처니까. 살아 있는 살점도 이 장치를 이용하면 생물을 키워 낼 수도 있단 말이다. 그 방법은 이 사람이 해명했지."

그러면서──벌써 이걸로 몇 번째일까──살점을 가리켰다. 마치 숭배자가 신을 예로 들기라도 하듯, 몇 번이나 손가락으로 가리켰다.

"원숭이들을 조종하기 위해 필요한 뇌의 일부는 이걸로 만들었어. 하지만 그런 건 어차피 부산물에 지나지 않았지. 내가 필요했던 건……."

어둡게 빛나는 시나의 눈동자에는 이제 아무것도 비치지 않는 것 같았다. 그림자마저 없었다. 빛도 없었다. 그저 안구 속에 담겨서 활짝 벌어져 있기만 한 물건. 그것은 무엇을 드러내지도 않았다. 무엇이 나타나지도 않았다. 엘리스는 그게 두려울 뿐이었다.

그리고 또한 그 말도.

"내가 필요했던 건…… 이 사람이 되살아났을 때, 내가 없으면——의미가 없지 않니? 이 사람에 걸맞은 내가 없으면 어쩌겠어. 엘리스, 그게…… 너라고."

끼익——

소리가 들렸다. 귀 안쪽에서 뭔가 삐걱거리는 소리.

"몇 년 전에 너를 여기서 배양하고——주워왔다면서 양녀로 키웠지. 내 기억을 잇게 하려고 했지만, 그건 잘 안 된 것 같더구나. 언젠가 그 사람을 맞이할 때를 위해서……."

그게 나.

크게 기우는 세계 속에서——

그녀는 소리치려고 했다. 뭔가 크게 토해내려고.

하지만 그건 너무나도 거대했다. 목이 막혀서 토해낼 수도 없었다. 그러나 그 대신에.

그녀는 내달리려고 했다. 몸을 기울여 바닥에 떨어진 검을 집어 들려고 했다. 그렇지만.

어느새 벌써 시나가 눈앞에 있었다. 이제 화도 내고 있지 않았다. 그저 감정 없는 눈으로 이쪽을 보며――은빛 단검을 들이밀었다.

엘리스의 손가락은 바닥에 떨어져 있던 검까지 몇 센티미터를 남겨 두고 멈추고 말았다.

"…………."

"무슨 짓을 하려는 거니? 너는…… 정말 바보구나."

대답할 수가 없었다. 겨누어진 검 끝에서 덜덜 떠는 수밖에 없었다. 그 순간.

목소리를 들었다.

딱히 상냥하고 아름답지도 않았다. 하지만 선명하고 강했다. 날카로운 외침.

"나 발하노라――"

그 목소리에는 힘이 깃들어 있었다. 그녀가 굶주림마저 느낄 정도로.

"빛의 칼날!"

하얀 섬광이 일직선으로 원숭이의 무리를 꿰뚫었다. 그저 서 있기만 했던 원숭이 십여 마리가 날카로운 반짝임 속에서 사라졌다. 폭발의 진동을 느끼며 엘리스는 신음을 내질렀다. 빛은 딱히 원숭이들을 노렸던 것이 아니었다. 그 빛이 향하던 곳은――

콰지직!

거대한 육괴가 아주 평화롭게 떠다니던 수조에 빛이 내리박혔다. 수조의 유리는――매우 단단한 것인지――깨지지는 않았지만, 표면에 몇 갈래의 균열을 일으켰다. 난잡한 거미집처럼 그려진 균열.

시나가 소리 없는 비명을 질렀다. 마구 휘몰아치는 열파 속에서 엘리스는 그 비명을 들었다.

저벅…….

모든 일에 마침표를 찍으려는 듯 발소리가 들렸다.

수조의 그늘 속에서 모습을 드러낸 것은 검은 옷을 입은 남자였다. 빈정거리기만 했던 눈빛에 지금은 예리함을 품은 채.

"그런 거였군."

남자는 허리에 두 손을 대고, 어깨를 으쓱하는 모양이었다.

"사이비 온천에 딱 좋은 결말일지도 모르겠네──사이비 처형장에, 사이비 소생 장치라니."

"뭐가 사이비라는 거냐?!"

그녀의 격노는 예상된 바였다.

그래서 그런 건 아니었지만, 오펜은 침착하게 말을 이어나갔다. 한 걸음 앞으로 나섰다. 시나가 엘리스의 목에 들이댄 단검이 차갑게 빛나는 것이 보였다.

'이 이상은…… 다가갈 수 없겠는걸.'

붙들린 인질 때문에 어쩔 수 없는 상황이 되어, 오펜은 발걸음을 멈췄다. 두 사람 너머에는 쓰러져 움직이지 않는 클리오와 매지크가 눈에 들어왔다.

"…………."

그녀들을 각각 쳐다보며 오펜은 고했다.

"뭐가 처형장인지. 멸망을 눈앞에 둔 천인에게는 다시 말해, 동료를 죽이는 건 말도 안 되는 일이었다는 거야. 그래서 이렇게 커다란 소생 장치를 만든 거지. 일단 처형을 하고 일정 기간이 지나면 다시 소생을 시키는 거란 말씀. 아마 그게 그녀들 나름의 형기였겠지. 그녀들이 더욱 강력한 힘을 가진 죄인을 처벌할 수 없을 거라는 의문도 이걸로 해결이지. 그야 그렇잖아. 나중에 되살아날 걸 안다면 위험을 감내하면서까지 반항할 이유도 없으니까."

저도 모르게 쓴웃음을 지었다.

"죄를 무실화시키는 것. 이게 사법을 원활하게 운영하기 위한 그녀들의 결론이었다는 거지. 불사의 종족다운 참 속 편한 답이야."

"허나 그 덕분에 되살릴 수 있다는 거다."

"못할 걸!"

오펜은 되받아 크게 소리쳤다. 주먹에 힘이 들어갔다.

"이 나조차도 아는 일이야. 여기 장치는 불완전하다고. 아니, 완전한 소생 장치 따위는 대륙 그 어디에도 없어. 그러니 천인은 이 유적을 인간들에게 전하지 않았던 거지――우리가 잘못 사용하지 못하도록!"

그리고――

시나의 눈을 응시하며, 오펜은 어조를 낮추었다. 가느스름하게 눈을 뜨며 중얼거렸다.

"실제로 천인은 지상에서 모습을 감췄어――누구 하나 부활하지 못하고."

그때 타닥거리는 큰 발소리가 들리더니 콘래드가 쫓아왔다. 달리기는 잘 못하는지 헉헉 숨을 헐떡이며 나타났다. 볼칸과 도틴도 함께.

"어어."

쉽게 숨을 고르지 못하고, 가슴 언저리를 쓸어내리면서 콘래드가 말했다.

"이야기는 대충 들었네만."

"아아."

"연구자로서 합리적인 조언을 하자면 말이네. 그 남자가 살아 있다면, 자신을 배양한 방법처럼 그 남자를 배양하면 좋지 않았을까 싶네만."

"그게 합리적이야……?"

"정확한 지적이라고 바꿔 말해도 되네."

"아니, 그러니까."

오펜은 끙끙대며 대꾸하면서 시나 쪽으로 흘끔 시선을 던졌다. 그녀는――일단, 이걸 제대로 된 발언이라고 인식한 듯했다.

"몇 번이나 시험은 해 봤어. 왜 이…… 사람이 이렇게나 커진 줄 아는 거야?"

"그건 이치에 맞지 않지 않나. 왜 그쪽의 아가씨만 성공한 겐가?"

"……뭐, 그거야 생체적으로 봤을 때, 남자는 불안정하니까. 이런 무모한 장치로 배양하면 온몸이 일종의 암 세포로 변한다고 해도 놀랍지 않아."

"으음, 나도 저 일부가 되었을지도 모르니 암이라는 비유는 듣지 말길 바라네."

그런 문제인지는 알 수 없지만, 진심으로 그건 싫은지 턱에 주름을 만들며 심각한 표정으로 콘래드가 신음했다.

그러나 시나는 차갑게 말했다.

"당신 따위는 써먹을 수 없어."

혐오의 시선으로 콘래드를 노려보며 말을 이었다.

"당신……, 담배 피잖아? 이 사람은 섬세하다고."

콘래드는――한심하게 기운 빠진 표정을 지었다.

"이런 상황에서도 혐연 현상이 일어나다니."

"그러니까 그런 문제가 아니라고 했잖아."

오펜은 콘래드에게 그렇게 헤살을 놓고, 그를 뒤로 물러서게 했다. 호오오, 하는 소리를 내며, 콘래드가 엉덩방아라도 찧듯 뒤로 물러났다. 엉덩방아를 찧는다는 건 뭔가에 발이 걸렸기 때문이라는 뜻으로, 그 뭔가라는 건 말할 것도 없이 볼칸과 도틴이었다. 꾸욱, 하는 소리와 함께 두 사람은 깔리고 말았다.

"어이, 사채업자! 이 위대한 영웅을 아저씨 밑에 깔리게 하다니――"

비난을 쏟아내는 볼칸의 안면을 옆에서 걷어차 입을 다물게 한 후, 오펜은 시나 쪽으로 몸을 돌렸다.

"어쨌든――"

그러면서 오른손을 들며 고했다. 그녀와 엘리스의 목에 들이댄 검을 보면서.

엘리스는 아무 말도 하지 못하고, 그저 얼어붙어 있을 뿐이었다. 검이 무서워서 그런 것인지, 아니면 다른 이유가 있는지 오펜은 판단할 수 없었지만.

"어쨌든, 말이 통할 것 같지도 않군. 하지만 잊지 마. 인질을 붙들고 있는 건 당신만이 아니야. 내가 한 번 더 마술을 쓰면, 이 배양 수조를 전부 파괴할 수 있으니까."

그때까지 서서히 포위망을 좁혀오던 원숭이들의 무리가 딱 멈췄다.

손가락 끝은 액자처럼 육괴의 모습을 장식하는 수조를 향해 있었다.

"볼칸, 도틴."

오펜은 간신히 콘래드의 엉덩이 밑에서 기어 나온 두 지인들을 불렀다.

"저쪽에서 자고 있는 클리오와 매지크를 데리고 와 줘."

"아, 네."

순순히 고개를 끄덕이려는 도틴의 목을 뒤에서 꽉 누르면서 볼칸이 버럭 소리쳤다.

"어이, 이 만국 깜짝 마술사! 너, 바로 30초 전에 얼굴에서 제일 푹 들어간 곳에 발길질을 해 놓고 무슨 속셈으로 남한테 명령질이냐?! 적당히 하지 않으면 안면을 붙잡고 손목 회전해서 죽인다――"

"빚, 없었던 걸로 해 줄게."

"…………뭐?"

영문을 알 수 없다는 얼굴로 되묻는 볼칸에게 오펜은 진지한 얼굴로 반복해 말했다.

"내 부탁을 들어 주면 빚은 전부 없었던 걸로 해 준다니까."

"………….."

그래도 잠시 볼칸은 그 의미를 이해할 수 없었는지, 눈알만 데굴데굴 굴리며 생각에 잠기는 것 같더니――

눈을 반짝 뜨며, 그의 입가가 명확히 '네'의 형태로 변하려 했다. 그러나 바로 직전에 멈추더니 볼칸은 다시 재확인했다.

"저——정말이지?"

"그래."

"정말이라는 건 거짓말이 아니라는 뜻이렸다?!"

"내가 왜 거짓말을 하겠냐."

"옛써——, 흑마술사님!"

볼칸은 얼른 경례 포즈를 취하더니 빠른 어조로 지껄여댔다.

"이 볼카노 볼칸, 얼마든지 잽싸게 저 꼬맹이들을 회수하여 오겠사옵니다! 아아, 점점 빨라져라 내 손발이여!"

묘한 주문을 읊으면서 클리오와 매지크가 있는 곳까지 후다닥 달려갔다. 도중에 시나 곁을 지나쳤지만 시나는 움직이지 않았다. 이쪽——아니, 수조로 향한 오펜의 오른손에서 눈을 떼려 하지 않았다.

되돌아올 때도 한바탕 난리를 치면서, 그래도 어떻게든 두 지인은 클리오와 매지크를 들쳐 메고 질질 끌며 데리고 왔다. 돌아오자마자 엉엉 울어 젖히며, 다시 경례를 했다.

"돌아왔습니다, 흑마술사님!"

"그래."

오펜은 전혀 표정을 바꾸지 않고 볼칸에게 대꾸했다.

"볼칸."

"네."

"그거 거짓말이야."

"어이?!"

"역시나."

깨달았다는 듯 나직이 중얼거린 건 도틴이었다.

전력으로 항의하려는 볼칸을 완전히 무시한 채, 오펜은 아직도 기절해서 움직이지 않는 클리오와 매지크를 바라보았다. 이런 상황에서 잘도 잔다.

"나 참, 이쪽은 교착 상태라 수습도 안 되는 판국에."

그러나 문득——

'응……?'

오펜은 문득 의아함을 느끼고 미간을 좁혔다.

'레키가 없잖아……?'

항상 클리오 곁을 어슬렁거리던 아기 드래곤의 모습이 보이지 않았다.

그때 아직도 투덜투덜 불평하던 볼칸이 클리오 쪽으로 몸을 돌렸다.

"아, 열 받아! 진짜 열 받네. 굳이 대놓고 말하자면 정말 열 받은 상태다! 결국은 진지하게 거짓말까지 지껄이게 되었구나, 이 깡패 시즌이 한창인 사채업자가. 네놈이 그런 식으로 나온다면, 이 몸이 하게 될 짓은 당연히, 이거다!"

주먹을 쥐고 자고 있는 클리오의 얼굴을 힘껏 때렸다——

푸우욱.

소녀의 안면이 함몰되더니 그대로——바닥을 더럽히고 있는 배양액과 완전히 똑같은 녹색 액체가 되어 무참히 흩어지고 말았다. 동시에 옆에 있던 매지크도 주르륵 녹아 똑같은 상태가 되었다.

"…………?!"

눈을 동그랗게 뜨고, 잔뜩 소름이라도 돋은 모양새로 굳어진 볼칸을 보며 오펜은 반사적으로 방어태세를 취했다.

"그렇게 들켰으니, 이제 기습 스타트!"

귀에 익숙한, 새된 소리가 어디선가 울려퍼졌다——

눈앞에, 그러니까 시나와 자신 사이의 공간에 커다란 틈새가 나타났다.

그리고 잠시 후, 거기서 레키를 머리에 올려놓은 클리오와 그녀에게 목덜미를 붙잡힌 매지크가 나타났다.

'공간 전이?!'

오펜은 가슴속에서 비명을 질렀다. 딥 드래곤 종족의 공간 전이는 본 적이 있다. 거리, 다시 말해, 공간에 대해 정신지배를 걸어 물리적 거리를 제로로 만들어 버리는 강제적 구성. 지배는 거의 순간적으로, 그것이 해제되었을 때에는 당연히 공간은 원래의 거리로 복원되기 때문에 순간적으로 팽창하고 만다.

그 결과, 어떤 일이 일어나느냐면.

대폭발에 튕겨나가면서 오펜은 주마등처럼 여러 가지 기억을 곱씹었다. 누나들한테 잔뜩 골탕을 먹었던 소년 시절, 세상 때문에 잔뜩 골탕을 먹었던 청년 시절, 아무튼 그런 이것저것 황당무계한 고생만 겪어온 최근.

그리고 현재. 지금 이렇게 얼토당토 않는 폭발에 날아가기도 한다.

바닥을 구르면서 오펜은 어쩐지 울고 싶어졌다.

폭발이 끝나고.

근처에 있던 수조 유리에 짓눌린 꼴로 오펜은 정지했다. 뭔가 무거운 것에 짓눌린 느낌이 들었다. 의식이 완전히 부활된 후, 눈을 뜨니 거꾸로 쓰러진 자신의 몸 위에 클리오가 달랑 올라앉아 있었다. 같은 방향으로 날아온 모양이다.

레키를 머리에 얹은 채로 에헴 하고 헛기침을 한 다음, 살짝 그을린 클리오가 어리둥절해하며 중얼거렸다.

"어라? 시나 아주머니 바로 뒤에 나타나서 멋지게 엘리스를 구할 셈이었는데. 왜 전이를 하고 나서 폭발에 날아가게 되는 거지?"

이전에 봤던 딥 드래곤은 전이 후에도, 다른 구성을 짜서 폭발로부터 자신의 몸을 지켰다. 당연한 일이다.

그러나 아직 새끼에 불과한 레키는 그렇게 잘 될 리가 없었다. 방어가 불완전했기 때문에 폭발에 휩쓸린 것이다. 목숨이 붙어 있었던 것만 해도 그나마 성공이라고 할 수 있으리라.

일단 그 설명은 하지 않고, 오펜은 끙끙거렸다.

"……그렇군. 레키의 마술로 배양액에 정신 지배를 걸고 형태만 너와 매지크로 만들었던 거라 이거지? 자기들은 어디에 숨고, 기습할 기회만 노렸고 말이야?"

"좋은 생각이지?"

오펜의 몸 위에서 비키려고 하지도 않고 클리오는 묻기에 바빴다. 오펜은 반쯤 눈을 뜨며 고했다.

"내가 반경 1킬로미터 이내에 있을 때는 두 번 다시 쓰지 마."

그녀를 밀쳐내며 벌떡 일어섰다.

주변은 더욱 엉망진창이 되고 말았다. 폭발 때문에 깨진 수조는 더 늘어난 상태였다. 바닥에 쏟아진 배양액의 양도.

"……우린 도대체 어디까지 날려 온 거냐."

"그렇게 멀리 날아간 것 같진 않은데."

그다지 설득력도 없는 말을, 그것도 이유도 갖다 붙이지 않고 자신감 있게 클리오가 말했다.

폭발 지역――그러니까 아까 자신들이 서 있던 장소는 금방 찾아낼 수 있었다. 정말로 그다지 멀리 떨어져 있지는 않았다. 거의 십여 미터 정도 날아갔을까. 목숨을 잃지 않고 버텼다는 행운에 감사하면서 오펜은 주변을 둘러보았다. 이곳저곳에서 제각각 쓰러진 모습이 눈에 들어왔다. 엎드려 눈이 핑핑 도는 매지크, 포개져서 뭐라고 떠들어대는 지인 형제, 어째서인지 평온무사하게 있는 콘래드. 원숭이들은 무사한 것 같기도, 아닌 것 같기도 해서 잘 알 수가 없었다. 그러나 얼핏 세어만 봐도, 20마리는 있는 것 같았다. 그리고…….

마침 반대 방향으로 날아가서 그런가 보다. 금이 간 수조에 시나와 엘리스가 짓눌린 형태로 기대어 있었다. 이마에서 피를 흘리며 의식도 명료한 것 같지 않았지만, 시나가 든 검은 여진히 엘리스의 목을 겨눈 채였다.

상황이 호전도, 악화도 되지 않았다. 여전히 변함은 없고, 거리만 벌어졌을 뿐이었다.

오펜은 이곳저곳 아픈 몸을 이끌며 앞으로 나섰다. 그러자 움찔 떨며 시나가 단검을 다시 쥐었다. 엘리스에게 갖다 댄 검을 더욱 강하게 들이대며, 그녀는 울부짖었다.

"다가오지 마!"

그 눈은 어떻게 보아도 이성의 일부가 떨어져 나가고 있다고 밖에 보이지 않았다.

"죽일 거다! 이제 아무래도 좋아――아무래도 좋다고! 어차피 다시 만들면 되니까! 조금이라도 가까이 오면――"

"그만해!"

비명 같은 소리를 지른 건――엘리스였다. 고개를 젓자, 그 때문에 목에 가져다댄 칼에 피가 배어들었지만 그래도 소리쳤다.

"이제 그만하라고——!"

"시끄러!"

시나가 버럭 외쳤다. 그녀는 검을 이용해도 상대의 입을 다물게 할 수 없다는 걸 알았는지, 꽉 조이기라도 하는 것처럼 엘리스의 목에 팔을 감았다.

"시끄러워! 그보다 너 따위가 그런 말을 할 수 있을 리가 없어—— 너도 이 원숭이들과 똑같다고!"

"…………?!"

엘리스의 몸이 움찔 떨렸다. 시나는 말을 이었다.

"너는 내 사고를 따라가도록 되어 있다고. 마지막에는 내가 원하는 것을 생각하고, 내가 바라는 걸 하게 되어 있어. 그래야 했는데—— ——너는 정말 바보로구나!"

"나는…… 엄마의 생각을…… 따라가고 있다고?"

"그래. 내가 원하는 걸 절로."

"엄마의…… 생각만을."

엘리스의 눈에 뭔가 멍한 것이——그리고 멍한 것 속에 선명한 것이 떠올라 있었다.

"내가 생각하는 건 엄마의 생각과 똑같다고……."

"그렇다고 하잖아! 시끄러워!"

"여관에 불을 지른 건…… 나."

"…………?!"

처음으로——시나의 얼굴에 경악의 빛이 서렸다.

"기억났어……, 지금. 여관에 불을 지른 건 나야. 내가…… 내가…… 근데 어째서?"

자문한 엘리스였지만——그 대답을 알고 있는 것처럼 시나가 주춤거리는 것이 보였다. 동요했는지 손에서 단검이 떨어졌다. 은제 단검이 바닥에 부딪쳐 튀어 올랐다.

엘리스는 그런 것도 신경 쓰지 않고, 점차 강한 어조로 말을 쏟아냈다.

"바깥으로…… 나가고 싶었어."

"시끄러——, 시끄러——"

반대로 힘을 빼앗기기라도 한 것처럼 시나의 목소리에 두려운 기색이 어렸다. 엘리스가 몸을 굳혔다. 옭죄어진 목에 손가락을 끼워 넣어 저항했다.

"나는…… 그런 여관에 있지 말고, 바깥으로 나가고 싶었어."

"무슨 소리를——"

"저 마술사를 데리고 온 건 나야!"

엘리스의 목소리가 점차 비명으로 바뀌었다.

"엄마를 막을 사람을 데리고 온 건 나!"

"시끄럽다고 하잖아!"

찰나——

오펜은 무엇인가를 욕했다.

무엇에 대해 그랬는지는 자신도 알 수 없었다. 자기 자신일지도 모른다. 지금까지 살아오면서 몇 번이나 그런 매도를 한 기분이 들었다.

눈앞에서 일어난 일.

그게 일어난 이유도 알지 못했다. 시나와 엘리스가 날뛰어서 그런 것일지도 모른다. 아니면 그저 시간이 지나서 그런 것일지도 모른다. 다른 이유가 있었던 걸지도 모른다. 그녀들이 등지고 있던 수조가——수없이 금이 가 있던 수조 유리가 갑자기 깨졌던 것이다.

넘치는 녹색의 배양액이 순식간에 두 사람을 짓눌렀다. 그리고 그 위에서——거대한 육괴가 덮쳐 왔다.

"엘리스?!"

소리친 이는 클리오였다. 머리 위의 아기 드래곤을 내려서, 그 얼굴을 들여다보았다. 그녀가 발한 목소리는 비명에 가까웠다.

"레키, 어떻게 좀 해 줘——"

그러나 드래곤은 녹색 눈을 깜박거릴 뿐이었다. 오펜은 고개를 젓고, 크게 오른팔을 들어올렸다. 육괴가 바닥을 튀어 오르고, 콘래드와 매지크, 볼칸에 도틴이 황급히 이쪽으로 도망쳐오는 것을 보면서——

"나 발하노라——"

"잠깐만 기다리게!"

그 말을 한 건——누구보다도 의외였다——콘래드였다. 다시 헉헉거리며 말했다.

"그 애도 휘말리게 될 걸세!"

"알고 있어!"

오펜은 달려온 중년 남자를 보고 물어뜯을 것처럼 소리쳐 대꾸했다.

"어떻게든 조절을 잘해서…….."

"자네 솜씨로는 무리일세."

콘래드는 시원하게 단언했다. 두툼한 뺨에 정체를 알 수 없는 자신이 엿보였다. 이 나이대의 남자 특유의 경험과 자신감이라고 해야 할까.

그러나——

"그럼 누가 할 수 있는데?!"

"생각해 보게. 잘 보고 생각을 하란 말일세. 마술사라면 그걸 배우지 않았나."

"생각해서 뭐가 되는데!"

상대의 말이 옳다는 건 안다. 그러나 오펜은 될 대로 되라는 식으로 소리쳤다. 이러는 와중에도 육괴는 바닥에 퍼지면서 공기에 닿아 버둥거리기라도 하는 것처럼 꿈틀대었다. 거대한 질량을 가진 그 육괴가 날뛰면서 水조가 엎어지고, 넘벼드는 원숭이늘을 흡수해서 더욱 크기를 부풀리고 있었다…….

"장치를…… 부수고 있는, 건가……?"

오펜이 저도 모르게 중얼거렸다.

"스승님!"

"어이, 빌어먹을 마술사!"

매지크와 볼칸, 도틴이 동시에 달려왔다. 매지크는 완전히 새파랗게 질린 표정이었다.

"도, 도망쳐야 해요——저 전이 장치가 있는 곳까지."

"……잠깐만!"

오펜은 매지크를 붙잡기라도 하는 것처럼 불렀다. 콘래드의 말을 들어서 그런 건 아니지만, 일단 보았다. 쓰나미같이 출렁이는 거대한 육괴의 춤을 관찰했다. 봐서 뭔가 알 수 있는 건 아니었다——괴로운 심정으로 오펜은 인정했다. 그러나 어떤 예감이 들었다. 보고 있으면 뭔가 알 수 있다…….

육괴 표면이 기묘하게 부풀어 오른 부분이 있었다. 그 부분만 바닥에서 튀어 오르지도 않고, 꿈틀거리지도 않았다. 그저 기묘하게 솟아올라가 있을 뿐이었다. 그리고 그 흰 표면이 갑자기 찢겨졌다. 은빛 칼날이 안쪽에서 육괴를 찢은 것이다. 은 단검을 두 손에 쥐고 가느다란 팔이 모습을 드러냈다. 뭔가를 갈구하는 것처럼 허우적거리더니 육괴 안에서 나온 건 엘리스였다.

"엘리스!"

클리오가 환성을 질렀다.

엘리스는 허둥거리면서 간신히 육괴에서 몸을 빼냈다. 검을 안고 비틀비틀——이쪽으로 달려왔다.

"엘리스!"

다시 클리오가 외쳤다. 콘래드가 만족스럽게 고개를 끄덕이는 모습이 보였다.

"무사……하다고?"

믿을 수 없다는 듯 오펜이 중얼거렸다. 엘리스는 도중에 정신을 다잡은 것처럼 힘차게 달려왔다. 금방 이쪽에 도착하자, 그녀는——묵묵히 은제 단검을 건네주었다.

"…………."

이쪽도 묵묵히 그것을 받아들었다.

문득 얼굴을 들었다. 육괴는 여전히 날뛰는 중이었다. 버둥거리며 수조를 넘어뜨리고, 마지막 저항을 하는 원숭이들을 삼켜 갔다.

"……가지. 어차피 배양 수조 바깥으로 나오면 오래 살 수도 없으니."

콘래드의 말에 오펜은 정신을 차렸다. 고개를 끄덕인 후, 전원의 얼굴을 보았다.

"가자――전이 장치까지 달리자."

"서둘러. 봐봐……. 오래 살지 못할지도 모르지만, 벌써 이쪽까지 왔는걸."

날뛰는 육괴를 가리키며 클리오가 신음했다.

달리면 전이 장치가 있는 장소까지 그리 오래 걸리지도 않을 것이다. 등 뒤의 파괴음을 들으면서 모두 계속 달렸다. 깨진 수조, 바닥을 적시는 배양액, 그 위를 달리다 보니 마침내 벽 가장자리에 놓인 모형 지도가 시야에 들어왔다.

"도착했다!"

매직크가 외쳤다. 모두 정신없이 다가와 장치를 둘러싸는 것처럼 집결했다.

또다시 숨을 거칠게 내쉬며――게다가 이번에는 장거리를 달린 바람에 안색이 보랏빛이 되어 있는―― 콘래드가 장치에 손을 대었다. 숨을 가라앉히면서 그야말로 연구자답게 눈을 감고 발동 주문을 외웠다――

"우리의 시간을 끝나게 하지 않겠다."

………….

아무 일도 일어나지 않았다.

미간을 좁히며 콘래드가 한탄했다.

"으음, 역시 그 사기꾼의 얼굴이 뇌리를 스치는군……. 딸을 달라고 어리석은 소리를 하던 그 남자가."

"이제 됐으니까 그냥 빠져!"

오펜은 콘래드를 밀치며 모형 지도 위에 손을 얹었다. 숨을 들이쉬며——그리고 외쳤다.

"우리의 시간을 끝내게 하지 않겠다!"

"아니야……."

터지는 감각 속에서——

무엇인가에 씌인 것처럼 엘리스의 목소리가 귓가에 남아 있었다.

"시간은…… 끝나. 언제든 끝나. 끝내서——바꾸어 나가지 않으면 안 돼!"

빛 속으로 모든 것이 사라지면서.

그리고 전이 장치가 작동되었다.

에필로그

"아―, 매지크, 너 뭐하고 있는 거야! 계란도 못 깨니? 왜 할 줄도 모르면서 한 손으로 깨려고 하는 거야? 봐, 껍질이 들어가 있잖아."

"아, 아니, 할 수 있어. 클리오가 옆에서 하도 시끄럽게 구니까……."

"아― 정말, 여기는 됐으니까 저쪽에서 간 좀 봐줘. 근데 잠깐 매지크, 그거 뚜껑 안 덮여 있는데?"

"……뭐?"

이어서 주방에서 들려오는 비명을 들으며, 오펜은 고개를 들었다. 펜션·숲의 나뭇가지의 식당 겸 홀. 방 한가운데 놓여 있는 입체 모형 지도는 이제 완전히 원래 모습대로 되돌아와 있었다. 깨진 창문도 마술로 고쳐서 이제는 흠집 하나 없었다.

식당에서 오펜은 딱히 할 일도 없어서 의자에 그저 멍하게 앉아 있을 뿐이었다. 로츠 호텔의 습격, 그리고 오너인 대 핀 로츠의 사망―― 온천 마을은 결코 작지 않은 소동으로 소란스러웠다. 로츠 호텔 또한 반나절이나 걸려 마술로 복원시켰고, 핀 로츠의 죽음에 관해서도 콘래드가 증언을 해 준 덕분에 무죄를 인정받게 되었다. 온갖 피로에 빠져서 조용하고 평온한 시간을 만끽하고 있는 참이었지만…….

잠시 후, 주방의 문이 열렸다. 클리오가 쏙 얼굴을 내밀었다. 무슨 곤란한 일이라도 있는지 미간을 좁힌 채였다.

"……오펜……."

이름을 불렀다. 오펜은 신음 섞인 목소리로 대답했다.

"왜?"

"매직크가 냄비 안에 타바스코를 한 병 다 넣었는데, 먹을 수 있겠어?"

"먹겠냐!"

일단 소리를 질렀다. 그러나 클리오는 기죽지 않고, 무엇인가 생각났다는 것처럼 손뼉을 짝 쳤다.

"하지만 혹시 맛있을지도 모르잖아."

"먹고 싶으면 네가 먹어."

"으음, 어쩐지 뭐랄까 신기하게 거부할 수 없는 매력을 느낀단 말이야."

고뇌라도 하듯 중얼거리며 다시 주방으로 사라졌다.

잠시 후 다시──문이 열렸다. 그러나 이번은 주방이 아니라 복도 쪽 문이었다.

눈길을 주니 문을 열고 엘리스가 들어오던 참이었다. 그녀는 지금 대화를 들었는지 미소를 지었다.

"……어쩐지 이거 미안한데. 손님들한테 식사를 준비하게 하다니."

오펜은 다시 재개된 주방 안 소란에 귀를 기울이며 어깨를 으쓱했다.

"네 이야기를 듣고 저 녀석들 나름대로 신경을 쓰는 거겠지. 이럴 때는 그냥 편하게 해 주는 대로 있으면 돼."

"그래. 분명…… 그렇겠지."

"그것보다 우리야말로 미안해. 여행 경비까지 받게 돼서."

"그런 건 신경 쓰지 마. 결국, 가방을 찾지 못했잖아?"

"아아. 근데 검은 되찾았고, 그 외에 중요한 건 딱히 들어 있지도 않았으니까."

그렇게 말하며 오펜은 잠시 엘리스의 얼굴을 바라보았다. 역시 그 표정에서 무엇인가를 읽어낼 수는 없었다——어쩐지 힘이 빠져나간 듯한 눈동자. 애매한 입매.

'실은…… 전혀 안 닮은 거 아니야? 시나하고는…….'

오펜은 문득 속으로 그렇게 혼잣말을 했다. 하긴 그거야 당연한 일일지도 모르겠지만.

그렇게——

상념에 잠겨 있는 사이, 엘리스의 표정에 어두운 기색이 드리워졌다. 자신의 어깨를 감싸며 그녀는 멍하게 중얼거렸다.

"나는…… 왜 살아남을 수 있었던 걸까?"

아마 누군가한테 한 질문은 아니었으리라——그걸 못 알아챈 것도 아니었지만, 오펜은 헛기침을 하며 입을 열었다.

"……마술사답게 해설을 곁들이자면 말이지. 물론 추측이지만."

그 말을 듣고 엘리스가 이쪽으로 주의를 돌렸다. 오펜은 의자에서 일어나 그녀에게 등을 돌린 후, 방 안을 가로질러 창문으로 다가갔다.

"그건 이미 인간이라고 부를 수 있는 것이 아니었어——20년이나 되는 세월 동안, 잡아온 사람들을 흡수하는 것으로 어떻게든 형질을 유지하는 사이에 오히려 그 행위만을 하는 물체로 전락하고 말았지. 인간으로 돌아가기 위해서 남을 흡수하는 게 아니라 그저 누군가를 흡수하기 위한 성질을 얻었을 뿐이야."

창틀에 손을 대고 창문을 밀어 열었다. 가을바람이 식당으로 솔솔 불어 들어왔다.

"닿기만 해도 무조건 인간을 흡수해버리는 거야. 그렇지만 한번 흡수하면 완전히 똑같은 사람을 빨아들일 필요는 없는 거지. 어차피 이 세상에 똑같은 사람은——보통 없으니까. 쓰러졌을 때…… 너보다 먼저 시나와 닿았으니까 너는 흡수될 수가 없었던 거고."

거기까지 말한 다음 다시 뒤를 돌아보았다. 엘리스는 어쩐지 불안한 얼굴로 이쪽을 바라보고 있었다. 그녀가 무슨 말을 하고 싶은지 이해는 되었다. 하지만 그걸 입에 담는 건——분명——괴로운 일이리라.

선수라도 치는 것처럼 오펜은 다시 말을 고쳤다.

"그렇지만."

그렇게 말했다.

"딱히…… 그 남자가 원하던 것이 시나 쇼스키고——네가 시나가 아니라서 살았다는 걸로 해도 되지 않을까."

"시나……가 아니라고?"

"그렇잖아. 죽은 사람이 되살아나지 않는 것과 마찬가지로 동일 인물을 만들어 내는 건 불가능한 일이니까."

"…………."

그녀는 머릿속으로 뭔가를 정리하려는 것처럼 시선을 들었다. 아니, 무슨 대단한 고심까지는 아니었나 보다. 몇 초 후, 그녀는 금방 망아(忘我)의 늪에서 되돌아왔다.

키득, 하고 웃었다.

"……고마워."

그 미소는 꽤——매력적이었다.

다시 한 번 크게 기침을 한 후, 오펜은 미소 짓는 그녀에게서 눈을 돌렸다.

"어쨌든 너도 여기에 없는 게 나을지도. 콘래드가 내시워터로 내려갔고 그 유적에 관한 보고가 퍼지게 되면 마술사 동맹도 움직일 거야. 그렇게 되면 넌 중요 참고인이 될 거고."

"……어디로 가면 좋을까."

그녀의 목소리에 다시 불안감이 배어들었다. 쳐다보니, 그녀는 마치 놀이를 거절당한 어린아이처럼, 비스듬히 고개를 숙인 채 손가락만 모아 꼼지락거리고 있었다.

"어떻게 살아가면 좋을까. 나는 여기 이외의 장소는 하나도 모르는데."

오펜은 한숨을 쉬었다. 창밖을 보면서 그리고——중얼거렸다.

"……글쎄. 네가 직접 말했었잖아?"

변함없이 조용한 온천 마을을 보면서 고했다.

"시간은 끝나기 때문에 바꾸어 나가는 거라고."

그리고 조용히 덧붙였다.

"나도 잊지 않을게."

그러면서 잘게 쪼개진 구름의 흐름을 바라보았다.

"아마 그게 천인——과거에서만 살 수밖에 없었던 그 녀석들과 우리의 차이일 테니까."

창문으로 몸을 내밀고 드높은 하늘을 올려다보며 중얼거렸다.

그리고——

"다 됐다!"

꽃무늬가 들어간 냄비를 들고 클리오가 주방에서 나타났다.

튤립 모양의 주방장갑(엘리스는 꽃을 좋아한단다)에 싸인 냄비는 아직도 부글부글 소리를 내는 중이었다. 오펜은 자연히 얼굴을 찌푸렸다.

"……클리오?"

신이 나서 파닥파닥 걸어오는 그녀에게 물었다.

"왜? 오펜."

"꽤 빨랐네."

"……뭐가?"

"다시 만든 것치고는 엄청 빨랐던 것 같아서."

"다시 만들었다고?"

"그러니까…… 타바스코 말이야."

"아아."

이제야 알아들었는지, 클리오가 눈을 빛냈다. 응응하고 고개를 끄덕거렸다.

"이거 역시 의외로 맛있었어."

"필요 없다고 했잖아!"

전력으로 부정하며 외쳤다.

어쨌든 간에…….

"어쩐지…… 그래. 역시 이전부터 그런 생각이 안 드는 것도 아니었어."

중얼중얼 투덜거렸다. 푸념을 늘어놓고 싶은 마음도 당연히 든다.

살아 있다면.

"그래, 맞아……. 어느새 내 존재는 잊혀진 것 같지 않아?"

노사프는 유적 안에서, 일단 안전한 입구에 앉아──

산 그림자에 가려져서 보이지 않으나 저 멀리 있는 레지본 온천 마을의 방향을 바라보며, 그런 말을 중얼거렸다.

후기

"아——……."

"으음."

"우으——……."

"저기."

"아——……."

"…………."

"우——……."

"으랏."

"흐억?! ……누, 누구야?! 갑자기 등에서 작가의 뒤통수를 금속 야구 방방이로 위협을 가하는 자는?!"

"나야, 엘리스. 자, 이제 작가 후기 시작했으니까 정신 좀 차려."

"으음, 그 말이 맞아. 정신을 바짝 차려야지. (바짝)"

"……지금 혹시 바짝 정신 차리는 소리였어?"

"자! 오래 기다리셨습니다. 12번째의 권말! 정말 세상은 여러 가지 로 뒤숭숭하지를 않나, 원작자가 라디오 출연을 하지를 않나, 편집자 의 음모로 인해 12권의 발매가 12월이라는 헛소문이 퍼지지를 않나, 이런 여러 일이 일어난 반년 간! 여러분은 어떻게 지내셨습니까. 작 가입니다."

"아니, 그런 건 아무래도 상관없는 일이야. 그런데 상권과 하권의 두께가 아주 차이가 많이 나지 않아?"

"겉으로 보기에는 두꺼울지도 모르지만, 기분 탓이니까 눈치채고 그러면 안 됩니다. 그리고 책장에 진열해서 10권과 12권 사이에 끼이게 되면 11권의 얄팍함이 돋보이기 때문에 서점처럼 평면으로 진열하는 게 대략 좋습니다."

"대략 좋다…… 라고?"

"솔직히 분량 조절을 실패하긴 했지만, 근데 원래 상하권으로 쪼갤만한 내용도 아닌데 말이야. 작가가 하고 싶었던 것을 전부 한 바람에 조금 묘하게 된 것뿐이지."

"그러니까 당신이 모자라서 그렇다는 거네?"

"시끄러. 일부러 의식해서 문체도 조금씩 바꿔 보고 있기도 하지만, 다음 화부터는 원래대로 돌아가겠습니다. 근데 제가 세부적으로 신경 쓰고 고집하는 부분은 읽는 사람 입장에서는 별로 중요치도 않은 거라고 여길 수도 있단 말이죠."

"약한 소리를 하는구나."

"현실적이라고 해 줘. 아무튼 남에게 있어 중요하지 않은 것이기 때문에 고집하고 신경을 쓰는 법이야."

"……이 생물체는 자꾸만 알 듯, 말 듯한 이치로 세상을 사네."

"생물체라니."

"뭐 어때. 그런데 다음부터는 어떻게 할 거야?"

"어떻게라니……. 어떻게 할까."

"거기서 고민을 왜 해."

"음, 그걸 이렇게 하겠다고 말했는데, 하지만 그걸 이렇게 하는 것
보다 저쪽을 먼저……, 근데 좀."

"저기."

"그런데 저쪽은 빠르면 빠를수록……. 아니, 그렇지도 않구나. 그
러니까 역시 그걸로 되겠지 뭐, 응."

"저기 말이야."

"그래, 그래. 그거면 되겠다. 그 안에서 조금씩 그걸."

"…………."

"그러니까 즉——"

"으럇."

"푸헉?! ……누, 누구야?! 갑자기 위협을 가하는 건 뒤통수를 작
가의 금속 야구 방망이로 등 뒤에서?!"

"뭔 소리야. 그럼 이런 생물체는 그냥 내버려 두고, 슬슬 막을 내
리겠습니다."

"아, 애가 또 지난번처럼 그냥 마무리를 지으려고 하네."

"그런고로 또 다시 See you ♪"

"다음 권말에서도 또 만나요!"

1998년 9월———
아키타 요시노부

마술사 오펜 뜻밖의 여행 애장판 6

초판 1쇄 발행 2018년 9월 15일

저자 아키타 요시노부

발행인 원종우
발행처 (주)이미지프레임

주소 (13814) 경기도 과천시 뒷골1로 6, 3층
영업부 02-3667-2653 **편집부** 02-3667-2654 **팩스** 02-3667-2655
메일 edit01@imageframe.kr **웹** vnovel.co.kr

ISBN 978-89-6052-678-5 02830 **(세트)** 978-89-6052-649-5

Majyutsushi Orphan Haguretabi Shinsoban Vol.6
by Yoshinobu Akita
Copyright © 2012 Yoshinobu Akita Illustrated by Yuuya Kusaka
First published in Japan in 2012 by T.O Entertainment, Inc.
Korean translation rights arranged with T.O Entertainment, Inc.
through Shinwon Agency Co.